A REGOLA D'ARTE

STEFANO TURA

A REGOLA D'ARTE

PIEMME

Questo romanzo è un'opera di fantasia. Personaggi e situazioni sono invenzioni dell'autore e hanno lo scopo di conferire veridicità alla narrazione. Qualsiasi analogia con fatti, eventi, luoghi e persone, vive o scomparse, è puramente casuale.

Pubblicato per

PIEMME

da Mondadori Libri S.p.A.
© 2018 Mondadori Libri S.p.A., Milano
Pubblicato in accordo con Benedetta Centovalli Literary Agency

ISBN 978-88-566-6419-5

I Edizione aprile 2018

Anno 2018-2019-2020 - Edizione 1 2 3 4 5 6 7 8 9 10

Stampato presso ELCOGRAF S.p.A. - Stabilimento di Cles (TN)

A mio padre

Così rivesto la mia nuda scelleratezza,
con vecchi avanzi di stracci della
sacra scrittura; e appaio un santo proprio
quando più agisco da demonio.

WILLIAM SHAKESPEARE

Sono l'incubo peggiore che abbiate avuto,
sono il più spaventoso dei vostri incubi
diventato realtà, conosco le vostre paure,
vi ammazzerò a uno a uno.

STEPHEN KING

1

La testa pende da un lato, appoggiata alla grossa corda che stringe il collo, le cui vene sono esplose. La pelle sotto il mento, strizzata dalle fibre ruvide della corda, è di colore blu. Il sangue ha disegnato un reticolo irregolare sotto l'epidermide, trasformandola in una sorta di mappa fluviale. Dalla bocca, aperta e contorta, fuoriesce un filo denso di bava giallastra che si insinua tra l'angolo basso delle labbra e la lingua che, ormai priva di colore, fa capolino tra le fauci aperte.

Gli occhi sono sbarrati e iniettati di sangue. I capillari sono scoppiati e l'iride ha già cominciato a perdere colore. Il resto del corpo è immobile, appeso a una putrella di ferro grazie a una cima da scotta intrecciata per barche a vela. I piedi sono a circa un metro e sessanta centimetri da terra. Le braccia pendono lungo i fianchi. Le dita delle mani sono nere e gonfie. È buio e la sagoma che scende dal soffitto riflette la sua ombra sul pavimento nell'unico taglio di luce che rischiara parzialmente quello spazio enorme.

L'uomo attaccato alla fune è di razza caucasica, sui quarant'anni. Indossa un completo grigio perla di Paul Smith sopra una camicia bianca di batista, aperta fino al quarto bottone così da svelare il petto nudo e glabro. Le gambe sono leggermente divaricate e dalla patta dell'inguine parte una chiazza di un liquido scuro che scende nella parte interna della coscia, supera ginocchio e polpaccio, fino a raggiungere il piede, chiuso in una Johnston & Murphy nera allacciata, modello Oxford, e avvolto in un calzino corto e nero in seta, macchiato dello stesso liquido. Perpendicolarmente al corpo, sul pavimento bianco in resina, c'è una pozza irregolare del diametro di nove centimetri, di una sostanza gialloverde, parzialmente secca.

Accanto a essa, a terra, un parallelepipedo di plastica dura e trasparente della grandezza di un astuccio da occhiali e alto meno di due centimetri racchiude un biglietto stampato con una serie di indicazioni. Un titolo: EFFETTO BREXIT. Un sottotitolo: SUICIDIO DI UN BROKER. Un nome: DANIEL REED. Un luogo e una data: LONDRA, NOVEMBRE 2017.

L'opera, a grandezza naturale, è situata al centro della sala più ampia della Browns Arbiter Gallery, a Hanover Square, la piazza che collega New Bond Street con Regent Street, le due principali strade del commercio e della moda londinesi.

La galleria, i cui soci sono irlandesi, russi e italiani, è specializzata in arte moderna ed è nota per ospitare di frequente opere degli Young British Artists, un gruppo di "visual artists" britannici usciti dall'Università di Goldsmiths a Londra alla fine degli anni Ottanta e divenuti famosi per le loro opere trasgressive, dissacranti, violente ed estremamente realistiche, realizzate con carcasse di animali, manichini di cera, escrementi e fluidi biologici. Descrivono morte, mutilazioni, malattie, malformazioni e sofferenza.

L'inaugurazione della mostra, il cui titolo è *Life, Death and Accidental Resurrection*, è uno degli eventi più attesi del Frieze Art Fair di Londra.

2

«Trovo che ti somigli parecchio, ha il tuo stesso colorito» dice sogghignando Tarcisio Parenzi, in piedi sotto alla riproduzione in cera del manager impiccato di Reed, mentre sorseggia un calice di Taittinger.

«L'unica cosa che abbiamo in comune sono le Oxford, per il resto ti posso assicurare che quella corda la uso solo d'estate in Sardegna sulla mia barca a vela, e ovviamente la chiamo cima» risponde altrettanto divertito Aldo Bertello, stando attento a non pestare con le sue scarpe da quattrocentodieci sterline quella pozza di vera urina secca.

I due uomini sono tra i più noti esponenti della comunità italiana di Londra.

Parenzi, cinquantuno anni, corpulento, capelli grigi, folti e volutamente trasandati, con un ciuffo di lato che copre l'occhio destro, è stato nominato da circa un anno direttore dell'Istituto di Cultura di Londra. Ha diretto per tre anni la Fiera Internazionale d'Arte Moderna di Milano, ma il suo merito più grosso è stato quello di frequentare i salotti giusti del mondo politico e imprenditoriale lombardo.

Ed è in uno di questi incontri che ha conosciuto Aldo Bertello, cinquantadue anni, ex commercialista e dirigente politico della Regione Lombardia, fresco di promozione a direttore dell'Istituto del Commercio Estero di Londra. Un uomo con i lineamenti appuntiti, i capelli brizzolati perfettamente pettinati, il viso sempre sbarbato di fresco, abbronzato per tutti i mesi dell'anno, con un fisico asciutto, modellato grazie a ore di palestra e massaggi.

Dopo nemmeno dodici mesi i due si sono ritrovati nella capitale britannica con posizioni di prestigio e salari di diverse centinaia di migliaia di euro, oltre a un budget considerevole di soldi pubblici da spendere per cene di rappresentanza, eventi per promuovere l'arte e il commercio italiani e sponsorizzare artisti emergenti e coraggiosi imprenditori del Belpaese in cerca di fortuna in Inghilterra. Naturalmente dopo accurate segnalazioni da parte degli "amici" o dei politici di riferimento.

Entrambi sono assidui frequentatori di serate mondane e manifestazioni legate all'arte e agli italiani altolocati che vivono a Londra, dove esibiscono con provato talento un falso interesse sia per l'una che per gli altri.

«Ecco i miei uomini!» dice una voce femminile alle spalle di Parenzi e Bertello, mentre i due sono ancora intenti a fissare l'impiccato. «I miei cavalieri delle notti più *cool* di Londra» aggiunge la donna, materializzandosi fra loro e imponendo la sua statuaria fisicità.

Alexandra Evie Mangiarotti regala a entrambi un leggero bacio sulla guancia e un sorriso bianchissimo di denti ricostruiti.

Cinquantacinque anni combattuti a suon di botox, protesi per il seno, cosce liposucchiate e trattamenti di bellezza settimanali, è la direttrice e co-titolare della galleria Browns Arbiter. Originaria dell'Essex, figlia di un autista di taxi e di una cameriera di pub, vive a Londra dall'età di diciannove anni, da quando vi si trasferì con i pochi risparmi messi da parte dai genitori, lasciando loro credere di essersi iscritta alla University of the Arts di Londra. In realtà, grazie al suo metro e ottanta di altezza e alle sue curve sapientemente esibite, Alexandra Clarke cominciò a lavorare in club e locali notturni fino a entrare in un'agenzia di escort per clienti ricchi ed esigenti.

Tra questi vi era anche l'uomo che avrebbe cambiato per sempre la sua vita. Pietro Mangiarotti, il "King Of The Cheese", ovvero un industriale della provincia di Parma capace di costruire una fortuna milionaria esportando Parmigiano Reggiano e altri prodotti caseari in Inghilterra a partire dagli anni Ottanta, quando anche a Buckingham Palace e Downing Street esistevano solo il *cheddar cheese* e il *goat cheese*. Offrendo con gioia e leggiadria le sue grazie a Mangiarotti, nonostante lui fosse più vecchio di diciassette e passa anni, Alexandra, che allora non aveva ancora aggiunto al suo nome il vezzo del *second name*, Evie, riuscì non solo a farsi comprare un bell'appartamento di due stanze e giardino nel quartiere di Notting Hill, dove concedersi a lui senza la scomodità delle stanze d'albergo ma, dopo due soli anni di assidua e quasi esclusiva frequentazione, o almeno questo è ciò che gli fece credere, gli strappò anche una promessa di matrimonio che non mancò di fargli mantenere appena otto mesi più tardi.

Lady A.E. Mangiarotti divenne così co-intestataria di una catena di *italian delicatessen* e *street food restaurant* nel Nord e centro di Londra, oltre a una serie di bar e appartamenti, ma soprattutto mise al mondo il "Prince Of The Cheese", Alessandro Peter Mangiarotti, l'erede di famiglia. Inoltre, per entrare da star nel mondo dell'arte e della cultura londinese, lei che da quell'ambiente ai suoi occhi così eccitante si era sempre sentita rifiutata, si fece comprare dall'anziano e generoso consorte una delle gallerie d'arte più rinomate del centro di Londra, creando una società per potervi inserire due dei suoi amanti fissi: un ricettatore russo e un trafficante di opere d'arte di Dublino.

Venticinque anni dopo le nozze, il vecchio re del formaggio la rese una vedova ricca e inconsolabile, e fu allora che Alexandra Evie decise di aprire le porte del suo mondo di latticini, gioielli e soldi sporchi anche ai membri più importanti ed economicamente più forti di quella comunità da cui proveniva il suo adorato Pietro, nonostante lui stesso se ne fosse sempre tenuto alla larga: gli italiani.

«Vedo che siete particolarmente attratti dal povero broker distrutto dalla Brexit!» dice Alexandra, prendendo sottobraccio Parenzi e Bertello. «Be', state attenti a non fare la stessa fine, ora che noi britannici ci siamo finalmente scrollati di dosso questa cappa di smog europeo e voi dovete sottostare alle nostre regole...» aggiunge la donna, concentrando il suo sguardo malizioso su Bertello.

«L'arte non ha confini,» replica con fare sicuro Parenzi «semmai i problemi sono di chi pensa solo agli affari e ai soldi, vero Aldo?»

Bertello sembra divertito dalle provocazioni ma ancora di più dalle occhiate che Alexandra gli sta lanciando.

«Se è per questo, posso anche cambiare settore» dice «e poi se le regole sei tu a imporle, cara Alexandra, credo proprio che mi piacerebbero...»

La donna si succhia le guance e si inumidisce le labbra siliconate, mentre un fremito di eccitazione le attraversa le membra.

«Avete visto anche le altre opere?» aggiunge, cambiando bruscamente discorso per non svelare troppo le sue pulsioni e continuare a recitare la parte della gallerista illuminata. «Io adoro Desmond Kirk e trovo che la sua testa di maiale nella teca di vetro con le larve e le mosche che vi ronzano attorno sia sublime!» spiega, accentuando il tono di voce entusiasta. «È la rappresentazione del ciclo della vita che nasce dalla putrefazione della carne.»

Alla parola *carne* Parenzi e Bertello si scambiano uno sguardo complice con un muto e spietato riferimento ai centimetri di carne e pelle tagliati e ricuciti nel corpo da ultracinquantenne di Alexandra, sottoposto a ripetuti interventi di chirurgia estetica.

Lei se ne avvede, non se ne cura e prosegue: «...ma l'opera che mi fa veramente impazzire è *Fetus* di Mairi Bjorn!

Quell'essere non ancora umano appoggiato alla sedia da parto olandese, imbrattata di sangue e placenta, è un inno alla non-vita e alla non-maternità. La divinazione dell'aborto!».

Alexandra vorrebbe dirigere i suoi due ospiti, sempre più infastiditi, verso l'installazione di Bjorn ma la loro attenzione viene attratta da un gruppo di persone che fa capannello attorno a un'altra opera, situata in una stanza più piccola della galleria, nella parte opposta all'entrata.

Parenzi è il primo a staccarsi e raggiungere quell'angolo. I visitatori sono intenti a commentare l'opera. Sembrano colpiti e ammirati dal suo realismo, che definiscono più crudo e sciocante di tutti gli altri lavori in esposizione. Il direttore dell'Istituto di Cultura si fa largo tra gli ospiti e vi si piazza davanti. È una figura in dimensioni reali di un uomo sui sessant'anni, vestito con un completo elegante blu, accasciato sul pavimento a poca distanza dal muro. Le braccia e le gambe giacciono in modo scomposto. Ha la faccia per metà schiacciata contro il suolo, incollata con un liquido del colore del sangue che crea una pozza estesa rosso scuro. La sua gola è completamente squarciata. Sul muro bianco in corrispondenza del corpo vi sono punti, strisce e schizzi rossi più chiari che disegnano forme irregolari come in un quadro astratto.

Una sensazione di malessere e disagio pervade Parenzi, che fa istintivamente un passo indietro e rischia di scontrarsi con una donna sui quarantacinque anni, in abito lungo da sera di Alexander McQueen di colore verde smeraldo, che si precipita con il terrore negli occhi verso l'opera e lancia un urlo straziante che spezza il brusio sommesso della galleria, facendola piombare in un silenzio malato.

Per un attimo c'è chi pensa che anche quel grido, quasi animale, faccia parte della performance artistica.

Poi la donna si inginocchia a fianco della figura umana con la gola straziata, piangendo disperata. Con le mani lorde di sangue, abbraccia quel corpo e si porta al petto la testa del marito morto.

3

Tutta Hanover Square diventa scena del crimine. La polizia blocca il passaggio delle auto e dei pedoni dai quattro ingressi della piazza, interrompendo la comunicazione tra le strade circostanti e creando lunghe file di auto sia su Regent Street sia su New Bond Street. Decine di agenti in divisa, autopattuglie e furgoni della Scientifica invadono il perimetro attorno alla galleria d'arte. Gruppi di curiosi si assiepano oltre i nastri bianchi e blu della polizia con la scritta CRIME SCENE, domandandosi quale immane delitto possa essere stato commesso da rendere necessaria una così vasta interdizione del luogo incriminato. C'è chi ipotizza un attacco terroristico con armi chimiche che avrebbe già fatto diverse vittime, chi invece si dice sicuro che sia in corso una negoziazione tra la polizia e un gruppo armato jihadista che avrebbe preso in ostaggio decine di civili, tra cui anche dei bambini, durante l'inaugurazione di una mostra e che ora starebbe minacciando di sgozzarli se la prima ministra britannica non dovesse concedere la libertà a decine di terroristi islamici rinchiusi nelle carceri del Regno Unito.

All'interno della galleria Browns Arbiter la tensione è altissima. La scoperta dell'omicidio dell'uomo, inizialmente scambiato per un'altra opera d'arte, ha seminato il panico. In pochi secondi si è passati da un'atmosfera rilassata e festosa a scene di isteria collettiva con gli ospiti che, urlando e inveendo, hanno fatto irruzione nei locali del guardaroba, spintonandosi e buttando per aria gli stand per tentare di recuperare il più presto possibile i loro effetti personali e correre fuori. Le opere e le installazioni sono state travolte e sfasciate dalla gente in preda al terrore. I camerieri che stavano girando con i vassoi pieni di coppe di champagne sono stati scaraventati a terra e con essi decine di bicchieri e bottiglie che sono andati in frantumi. Alcuni degli invitati sono scivolati sulle pozze viscide di vino e champagne, cadendo rovinosamente sui vetri. Il pavimento bianco di resina della galleria si è trasformato in pochi secondi in una distesa di sangue, schegge, alcol, liquidi organici, lembi di abiti strappati, scarpe, quasi tutte da donna, e oggetti che facevano parte delle installazioni in mostra. L'impiccato di Reed, colpito a ripetizione dalle persone in fuga, ha preso a dondolare furiosamente fino a quando la testa si è staccata dal collo, facendo crollare a terra il resto del corpo che è stato calpestato fino a venire smembrato.

All'arrivo della prima pattuglia di polizia, nella galleria sono rimasti soltanto Alexandra Evie Mangiarotti, una decina di persone del suo staff, tra camerieri, hostess e assistenti, l'ambasciatore italiano a Londra, Angelo Sermonti, assieme alla moglie Katia Russell e al consigliere Gian Battista Albertario, il console generale Ludovico Botta, e uno solo dei tre uomini del servizio di sicurezza di un'agenzia privata di buttafuori bulgari, ingaggiati per l'occasione grazie alle conoscenze del socio russo della galleria.

Oltre, naturalmente, a Emilia Stefanelli De Vitis, moglie dell'uomo assassinato, la quale, dopo avere scoperto il cadavere del marito, è quasi svenuta per lo shock ed è stata salvata dalla folla terrorizzata grazie alla prontezza di un cameriere indiano che l'ha presa in braccio, portandola in un ufficio.

La vittima, un top manager della City, è un personaggio di grande spessore non solo nella comunità italiana, ma nell'intera classe imprenditoriale e politica londinese.

Il suo nome è Achille Stefanelli De Vitis. Sessantun anni, milanese ma di origine napoletana, si è fatto strada tra speculazioni e operazioni di borsa, investendo enormi quantità di denaro di provenienza dubbia. Si è trasferito dall'Italia a Londra diciotto anni prima per motivi fiscali e qui i suoi guadagni si sono moltiplicati anche grazie all'appoggio di lobby e amicizie nel mondo finanziario e politico italo-britannico. Per ingraziarsi le istituzioni italiane presenti a Londra, è divenuto un benefattore, donando grosse somme per iniziative benefiche e culturali. È anche il maggiore finanziatore dell'unica scuola italiana presente nella capitale britannica, nonché una sorta di mecenate per gallerie e artisti italiani ancora sconosciuti che cercano di farsi strada nell'insidioso ambiente dell'arte londinese. Ospite fisso e ricercato a cene di gala, ricevimenti in ambasciata, prime teatrali e vernissage, ha nella sua agenda decine di persone influenti nel mondo politico e finanziario della City. È spesso invitato a eventi in cui sono presenti membri della camera dei lord e appartenenti alla famiglia reale. La moglie, dodici anni più giovane di lui, è direttrice di un circolo femminile che si occupa di raccogliere soldi per opere di beneficenza, soprattutto per i bambini orfani e malati. I suoi due figli hanno frequentato scuole private d'élite a numero chiuso. Possiede un'agenzia di broker e consulenza finanziaria, oltre a un numero imprecisato di immobili tra studi, abitazioni, open space e palazzi. Assieme alle operazioni di borsa, la sua principale fonte di reddito sono le speculazioni immobiliari e edilizie. Vive in una villa su tre piani a Highgate, uno dei quartieri più ricchi a nord di Londra, vicino al famoso cimitero dove è sepolto Karl Marx.

Suo anche un ex maniero ristrutturato di otto stanze e un parco di diversi ettari a Slaughter, nelle Cotswolds, con annesso campo da golf.

Il pagliaccio, approfittando della confusione, esce in fretta dalla galleria da una porta secondaria. Ora si trova all'angolo tra Hanover Square e St. George Street, nei pressi dell'entrata di servizio della casa d'aste Sotheby's e oltre il cordone di polizia, confuso tra la folla di curiosi. Osserva la scena in silenzio, mentre i lampeggianti blu delle autopattuglie si riflettono sul suo viso ancora truccato.

4

«Ricorda quando i signori De Vitis sono arrivati alla galleria?» chiede James Riddle, *chief superintendent* della West End Central Police Station di Mayfair. Al suo fianco, in divisa, c'è Amanda Jefferson, vice ispettrice e sua assistente.

Dinanzi a loro, seduta su una poltrona bianca in polipropilene disegnata da Verner Panton, c'è Alexandra Evie Mangiarotti. È esausta e provata. Ha il viso solcato dalle scie di lacrime essiccate che hanno trascinato il trucco sopra gli zigomi gonfiati dal botox. I capelli sono arruffati e le braccia nude sono percorse da una serie di tagli e graffi che la donna si è procurata cercando di raccogliere i vetri esplosi dalle bottiglie e dai bicchieri andati in pezzi. Accanto a lei, in piedi, dietro alla sedia, c'è il suo assistente, Andrea Lo Judice, un uomo minuto, sui quarantacinque anni, elegante e riservato, il cui unico interesse in quel momento sembra essere quello di aiutare e consolare la titolare della galleria.

Riddle è un uomo vicino ai cinquanta, alto e grosso. Con la carnagione molto chiara e i capelli di quel bianco tendente al giallo, tipico degli ex biondi. Una barba rasata a livello 5 del rasoio, per la maggior parte grigia, con chiazze di colore biondo sul mento e nei baffi, gli incornicia il volto massiccio in cui spiccano due occhi azzurri e profondi e sopracciglia folte e scomposte. Le sue mani sono grosse e forti. Per la stazza imponente ricorda l'ex sindaco di Londra, Boris Johnson, ma con il fascino e il magnetismo di Philip Seymour Hoffman, l'attore americano scomparso nel 2014.

Amanda è una donna determinata nell'aspetto e nel carattere. Trent'anni, nata a Brixton, il quartiere a sud di Londra dove si concentra la maggior parte delle famiglie di immigrati giamaicani, è la quarta figlia di una coppia di anglo-caraibici, un tempo titolari di un piccolo negozio di ortofrutta nel mercato coperto della zona. Capelli corti, tagliati nello stile di Halle Berry e con la stessa pelle scura, Amanda, grazie al fisico snello e scattante, da adolescente è stata campionessa di atletica al Lambeth College di Brixton, ma a una carriera da centometrista professionista ha preferito la laurea in legge e una dura gavetta a Scotland Yard.

«Achille ed Emilia sono stati tra i primi ad arrivare» dice Alexandra, piegando la testa in avanti e portandosi una mano alla fronte, senza rivolgere lo sguardo all'ufficiale di polizia, fermo in piedi al suo cospetto. «Ricordo di averli accolti all'ingresso e ringraziati per la loro presenza. Abbiamo scambiato qualche parola e poi li ho invitati a fare un giro per osservare la collezione, promettendo loro che li avrei raggiunti più tardi.»

«E lo ha fatto?» chiede Riddle.

«Purtroppo no. C'erano talmente tante persone che li ho persi di vista.»

«Quindi non ha notato nessuno intrattenersi con il signor De Vitis durante la serata?»

«Non ricordo. Posso solo dirle che, subito dopo averli salutati, a loro si sono fatti incontro l'ambasciatore Sermonti e il console generale Botta.»

«E ora dove sono i due diplomatici? Pensavo di trovarli qui...»

«Se ne sono andati poco prima che lei arrivasse, detective. Hanno atteso l'arrivo della prima pattuglia e poi hanno lasciato la galleria. Erano visibilmente sconvolti, soprattutto Katie, la moglie dell'ambasciatore. Erano entrambi molto legati al cavalier De Vitis.»

Riddle stringe le labbra con fare pensieroso quindi si gira verso la sua assistente, parlando volutamente a voce alta per essere certo che Alexandra possa sentirlo.

«Amanda, per favore, inoltra subito una richiesta attraverso i canali diplomatici del Foreign Office» ordina. «Voglio interrogare al più presto l'ambasciatore e il console italiani.»

La poliziotta fa un cenno affermativo con la testa e si allontana di qualche metro mentre compone un numero al proprio cellulare.

«Vedo che la galleria è dotata di un impianto di telecamere di sicurezza» riprende Riddle. «È funzionante?»

«Certo!» si intromette con fare orgoglioso Lo Judice. «Abbiamo quattro telecamere per ogni stanza, due all'ingresso, due all'esterno, nell'entrata principale, e una nell'entrata di servizio per i fornitori e le consegne.»

«Bene,» dice Riddle «mi faccia avere per cortesia la registrazione originale di tutte le telecamere prima e durante il ricevimento, fino all'arrivo della polizia. E anche quelle relative alla preparazione e all'allestimento della mostra nei giorni precedenti. Inoltre la prego di fornirmi l'elenco di tutte le persone a cui è stato recapitato l'invito, gli ospiti che erano presenti, gli artisti e il personale della galleria. Di tutti voglio nomi, qualifiche, nazionalità e indirizzi di residenza. Non dimentichi eventuali corrieri o consegne, sponsor, catering, cibi e bevande. Devo sapere con certezza chi sono tutte le persone che, per qualunque ragione, hanno messo piede nella galleria negli ultimi tre giorni. La Scientifica ha raccolto campioni del sangue rinvenuto nelle sale, oltre a quello della vittima. Dobbiamo capire a chi appartiene, per cui non escludo che verrà chiesto alle persone che erano presenti se sono disposte a sottoporsi all'esame del dna.»

«Detective, ha visto in che stato è ridotta la galleria!» lo interrompe Alexandra, visibilmente contrariata. «C'è sangue dappertutto! La gente è impazzita, per scappare hanno distrutto le opere, si sono calpestati, sono rovinati sui vetri, si sono lacerati braccia e gambe. Ho visto delle donne con gli abiti da sera completamente lordi di sangue...»

«Ma nessuno è rimasto ferito gravemente, mi sembra...» sottolinea Riddle.

«Non credo, ma anche se qualcuno lo fosse stato ha comunque preferito andarsene» risponde Alexandra. «Convincerli a fare l'esame del dna sarà un'impresa molto ardua.»

«Lei non si preoccupi, signora. Anzi, se non ha nulla in contrario comincerei proprio da lei.»

«Io vado a prendere i filmati» dice Lo Judice, avviandosi verso gli uffici, mentre cresce la tensione nella stanza.

«Amanda, vai con lui, per favore» ordina Riddle.

Mentre i due si allontanano, il poliziotto afferra una sedia trasparente in policarbonato modello Nizza di Craftenwood e si accomoda di fronte ad Alexandra in modo da creare un contatto visivo diretto con la donna.

«Da quanto tempo conosceva De Vitis?» le chiede.

«Era un caro amico di mio marito. Non ricordo nemmeno più la prima volta che l'ho incontrato. Sono passati parecchi anni.»

«Era in buoni rapporti con lui?»

«Buoni? De Vitis è... era una delle persone migliori che io abbia conosciuto. Sempre gentile e disponibile, pronto ad aiutare le persone bisognose, amante dell'arte e generoso con tutti. Aveva un cuore immenso. Lui e il mio Pietro sono uomini di una categoria superiore. Soprattutto in questo ambiente di merda...»

«A quale ambiente si riferisce, signora?»

«Alla comunità italiana di Londra. Un'accozzaglia di disonesti, invidiosi, meschini approfittatori e leccaculo!»

«Che però non ha esitato a invitare all'inaugurazione della sua mostra, mi pare...»

«Sono le regole assurde di questa società. Uno squallido teatrino che si ripete a ogni occasione ma a cui devi giocoforza partecipare se non vuoi rimanere esclusa da tutti. Il mio Pietro non sopportava di avere a che fare con i suoi connazionali espatriati e per molto tempo li ha evitati. Non ha mai avuto bisogno di loro per il suo lavoro e ha creato un impero senza chiedere nulla a chicchessia. Poi però ha capito che, per evitare che gli facessero la guerra, avrebbe dovuto accettare questa scomoda convivenza. Io faccio lo stesso. Ho buoni rapporti con ognuno di loro ma non permetto a nessuno di mettermi i piedi in testa.»

«Tornando a De Vitis, è possibile che avesse dei nemici?»

«Lo escludo. Come le ho detto, Achille era un uomo meraviglioso. Non posso immaginare qualcuno che lo volesse morto. Era molto più facile e conveniente chiedergli aiuto... o soldi.»

«Problemi in famiglia?»

«Scherza? Emilia e Achille sono la coppia più felice che io conosca! Si amano... voglio dire... si amavano profondamente. E hanno due ragazzi d'oro. Sono una famiglia molto unita. Sarà dura per loro.»

«Lei ha detto che De Vitis era un uomo molto generoso, un benefattore, giusto?»

«Può dirlo forte. Non ho mai conosciuto nessuno così altruista. A parte il mio Pietro.»

«Era tra i suoi finanziatori?»

«In che senso, scusi?»

«Nel senso che De Vitis finanziava i suoi progetti artistici e le sue mostre. Mi sembra una domanda molto chiara, signora Mangiatorri.»

«Mangiarotti prego! Be', sì, Achille era un grande

amante dell'arte e un forte sostenitore dei giovani talenti artistici. Con lui avevamo una grande sintonia e una concomitanza di vedute, così...»

«Quanti soldi le ha dato per allestire questa mostra?»

«Non vedo cosa c'entri questo adesso!»

«Sto solo cercando di farmi un quadro generale della situazione. Se ha dei problemi a rispondere le farò avere una richiesta formale da parte dell'autorità giudiziaria.»

«Nessun problema, detective. Solo che non ne ho la minima idea. Per avere queste informazioni può contattare l'ufficio contabile della società che gestisce la galleria. Io non mi occupo della parte commerciale.»

«Lo farò» risponde Riddle prontamente mentre Amanda e Lo Judice rientrano nella stanza. L'assistente della gallerista ha la testa bassa e lo sguardo preoccupato e imbarazzato. La poliziotta è nervosa e contrariata.

«Qualche problema?» chiede Riddle, vedendo il loro atteggiamento.

«Sì, ispettore,» risponde Lo Judice «qualcuno ha fatto sparire le registrazioni. Non c'è alcuna immagine della serata!»

5

Le temperature sono scese bruscamente e Londra ha già dimenticato quei pochi momenti di sole e caldo primaverile, mai comunque superiore ai 20 gradi, che hanno consentito al prestigioso Met Office di Exeter, il servizio meteorologico più famoso d'Europa, di definire l'ormai impalpabile passaggio delle stagioni, qualificando quella appena trascorsa come l'estate britannica più mite degli ultimi diciotto anni. L'autunno ha ripreso i suoi pieni poteri, ammantando il cielo di grigio e cancellando ogni riflesso dalle pareti di vetro specchiato dei grattacieli di Canary Wharf.

È lunedì mattina e milioni di persone calpestano migliaia di metri di asfalto per raggiungere le stazioni di treni e metropolitana. Si accalcano nei vagoni, cercando di individuare, il più velocemente possibile, quello spazio nel nulla da fissare per evitare lo sguardo degli altri viaggiatori. Le note soffocate e distorte di brani musicali a tutto volume filtrano dagli auricolari e dalle cuffie di chi si vuole autoconvincere di essere l'unico passeggero della metropolitana e finge di dormire per non cedere il posto a sedere, atteso da otto fermate, alla donna incinta di sei mesi, appena salita, che ora gli sta di fronte, in piedi, con lo sguardo di rimprovero e il badge appuntato in bella vista sul seno rigonfio che recita BABY ON BOARD.

James Riddle vive a Elephant and Castle, quartiere a sud di Londra, ed è felice di questa scelta.

Non è una zona elegante, tantomeno ricca. Un'oasi sorprendentemente dimenticata dalla gentrificazione della "Cool London" che mantiene quell'atmosfera scomposta e maleodorante, figlia di un frullato urbano fatto di *kebab houses*, self service asiatici del tipo All You Can Eat, fish and chips gestiti in larga parte da immigrati turco-ciprioti e pub stantii della catena Wetherspoon, dove la pinta non supera le tre sterline. Il tutto circondato da interi anelli di grattacieli di case popolari dove ancora vivono famiglie che si mantengono con i sussidi, e dove gli agenti immobiliari che tentano di piazzare a prezzi da "russi" i pochi appartamenti svincolati dal controllo degli uffici amministrativi devono girare con la scorta per non essere presi a calci.

La gente di Elephant and Castle è forse l'unica, in una metropoli senza più identità, a sentirsi parte di una comunità che non prevede distinzioni di gender, provenienza geografica o culturale e che è ancora capace di guardarsi e salutarsi. Non ci sono le catene di abbigliamento o di ristoranti, e i corner shop multiprodotto – aperti ventiquattro ore, nei quali si può tranquillamente dare del pakistano al titolare indiano senza che questi si offenda – sono di gran lunga preferiti ai pochi supermercati del quartiere, rigorosamente in formula discount.

Quando a malincuore ha dovuto lasciare Hull per Londra, scalando i gradini di una carriera che da agente scelto del commissariato dell'East Yorkshire lo ha portato prima a diventare ispettore nella sede centrale di Scotland Yard e poi capo ispettore della West End Central Police Station di Mayfair, Riddle ha cercato per settimane una casa che non lo facesse sentire inghiottito nello stomaco tritatutto della capitale, che avesse un affitto umano e che non lo costringesse ogni mattina a percorrere le stesse miglia della mezza maratona di Londra. Aveva già perso ogni speranza quando una sera, al termine di una giornata trascorsa tra riunioni di lavoro e caffè freddi e amari, in debito di aria e spazi, aveva deciso di camminare verso sud senza meta. Dalla stazione di polizia si era diretto verso Embankment, superando la folla di turisti onnipresente a Piccadilly Circus e Trafalgar Square. Aveva quindi attraversato il Golden Jubilee Bridge, aggirato il monumentale Imax del British Film Institute di Waterloo, lambito il leggendario teatro The Old Vic ed era sceso fino alla cattedrale di Southwark, fermandosi, dopo cinquanta minuti, quando davanti ai suoi occhi era comparso, come un miraggio in un deserto di smog, un elefante con una torre caricata sulla schiena, posto su un piedistallo tra un centro commerciale e l'entrata della stazione della metropolitana di Elephant and Castle.

Solo qualche mese più tardi Riddle avrebbe appreso che quello strano monumento colorato di rosso era ispirato al marchio di una fabbrica di coltelli del Settecento, sorta proprio in quello svincolo stradale su ciò che rimaneva di un ufficio postale del diciassettesimo secolo.

Quel giorno invece il poliziotto si sentì come Annibale in guerra con gli elefanti e tracciò il suo terreno di conquista. Impiegò meno di una settimana per trovare un delizioso appartamento al piano terra in una ex casa popolare di soli due piani e quattro unità, formato da un soggiorno con cucina, una camera da letto matrimoniale, un bagno con doccia e un piccolo giardino condominiale con vista su una distesa di enormi edifici grigi e sporchi. Il proprietario era un sarto sudcoreano di sessant'anni che viveva al piano di sopra e che, grazie a un mutuo acceso quindici anni prima, era riuscito ad acquistare entrambi gli appartamenti non appena questi erano stati messi sul mercato. L'affitto era più che ragionevole ma soprattutto la distanza dalla stazione di polizia di Mayfair era esigua: quarantacinque minuti a piedi, venti con il bus.

James Riddle è nato con la pioggia, cresciuto con la pioggia e invecchiato con la pioggia. Solo il giorno del suo matrimonio con Tina Langton, una sua ex compagna di scuola proveniente da una famiglia discendente da un famoso prelato anglicano della zona, William Langton, il cielo di Hull era stranamente sereno. Forse per questo la loro convivenza si è sgretolata al primo acquazzone.

    James aveva trentadue anni, pochi soldi, nessuna prospettiva e una sola certezza: fare il poliziotto. Ha amato Tina e l'idea che avrebbe potuto avere una vita normale, fatta di cene in famiglia, messe alla domenica, barbecue in giardino nei giorni di festa con parenti, colleghi e amici, bambini schiamazzanti per le scale di una *maisonette* in stile edoardiano e sesso regolare nei fine settimana. Ma il destino disegnato per lui era un altro. Entrambi i genitori morti prima dei sessant'anni per collasso cardiaco e aneurisma, una sorella di sette anni più giovane, schiava dell'alcol e ospite fissa di un centro per dipendenti cronici, nessun figlio e una moglie che non l'ha mai considerato all'altezza della sua nobile e benedetta famiglia. E tantomeno amato. Hull e la divisa sono stati i suoi unici interessi e quando ha dovuto sceglierne uno ha deciso per il secondo, lasciandosi alle spalle un passato fatto di pagine mai scritte.

    Piove a dirotto e James Riddle non ha l'ombrello perché ama le gocce di pioggia che gli colano sulla testa, che si insinuano nel collo e gli inzuppano i vestiti. Adora lo *splash* delle suole di cuoio delle scarpe nelle pozzanghere. Lo aiutano a sentirsi vivo, a pensare e a concentrarsi. Quella mattina, mentre sta andando a piedi alla stazione di polizia di Mayfair, attraversando il ponte sul Tamigi che difende la Londra antropica e tollerante del Sud dai tentacoli di quella sovrumana e polverizzante del centro e del Nord, continua a pensare all'omicidio nella galleria. È la prima volta che gli capita un caso del genere. Un delitto a regola d'arte, non solo in senso figurato. L'assassino ha lanciato una sfida verso un mondo fatto di immagini, illusioni e promesse. Ha voluto dimostrare di esserne all'altezza, se non superiore. Una performance esemplare del male che la morte ha reso realistica più di ogni opera esposta, divenuta improvvisamente vuota e insignificante. Fuggendo dalla galleria, dopo la scoperta del *vero* cadavere, la gente non si è fatta alcuno scrupolo nel distruggere e calpestare quelle sculture che fino a pochi minuti prima aveva osannato e mitizzato. Così il killer ha avuto la sua rivincita, la sua opera è rimasta l'unica. Una firma incancellabile.

Nessuna arma del delitto. La vittima, Achille Stefanelli De Vitis, aveva la gola squarciata. Una profonda ferita inferta con un'arma da taglio lunga e affilata di cui non si è trovata traccia nella galleria. Anche il sangue attorno al cadavere era poco rispetto al tipo di lesione. È evidente che il corpo è stato sistemato in quell'angolo della galleria a decesso avvenuto, pensa Riddle, e che l'omicidio si è consumato in un altro luogo.

Telecamere manomesse, un palcoscenico, un attore protagonista morto al primo atto, un pubblico inconsapevole e un regista anonimo e spietato.

Il vento sferza la pioggia sul volto bagnato di Riddle mentre il poliziotto cerca di mettere a fuoco tutte le cifre dell'enigma.

6

La West End Central Police Station è un edificio squadrato e anonimo, di colore grigio. Quattro piani più una serie di sopraelevazioni che rendono il tetto una specie di labirinto. Sorge al numero ventisette di Savile Row, all'angolo con Boyle Street dove, da un braccio in ferro battuto, svetta un lampione blu con la scritta POLICE, unico marchio di riconoscimento del palazzo, oltre alla piccola placca di metallo posta all'ingresso principale, a fianco della scala di dieci gradini che porta all'interno. Una scelta architettonica sobria e di basso profilo, fatta appositamente per non intaccare l'atmosfera di pace, prosperità e ricchezza che si respira in quello che è noto per essere uno degli angoli più esclusivi del quartiere di Mayfair.

Savile Row, la celebre strada dei sarti londinesi, dove tutta la nobiltà anglosassone, con in testa i membri della famiglia reale, va a farsi cucire costosissimi abiti su misura, è famosa anche per essere il luogo dove i Beatles, il 30 gennaio del 1969, sul tetto di una casa al civico numero tre, fecero un concerto a sorpresa che divenne la loro ultima apparizione dal vivo tutti assieme.

Di fronte alla stazione vi sono una sede delle gallerie d'arte moderna e contemporanea Hauser & Wirth e un ristorante italiano molto selettivo dai prezzi inaccessibili chiamato, non a caso, Il Ricamo. Le vetrine di entrambi i locali fanno angolo su New Burlington Street, una via corta e stretta, a doppio senso di marcia, che conduce nella monumentale Regent Street.

Arrivando a piedi alla stazione di polizia, bagnato di pioggia dalla testa ai piedi, Riddle nota per la prima volta come quell'incrocio di strade contenga i simboli del caso a cui sta lavorando: il capitale, l'arte e l'Italia. Prima di salire le scale dell'edificio, si mette a osservare la vetrina d'angolo della Hauser & Wirth. A quell'ora la galleria è semideserta. Sull'unica parete visibile dalla strada, svetta un dipinto olio su tela di due metri per uno dell'artista ungherese Rita Ackermann. Su uno sfondo rosso sangue, si intravedono quattro figure di donne. Tre di esse sono senza volto, la quarta ha il viso sfigurato da una smorfia di dolore mentre appoggia la mano sulla testa della donna che le sta a fianco, come a volerla consolare. Quest'ultima ha il capo chino e la faccia tra le mani. In primo piano vi è un calice vuoto. Il titolo della mostra è *Kline Rape* e una scritta sul muro invita a scoprire le storie che si nascondono dietro i dipinti dell'artista.

Riddle guarda con insistenza il profilo dell'unica donna nel dipinto con una parvenza di lineamenti quando, improvvisamente, sul suo viso compaiono due occhi che iniziano a fissarlo fino a farlo trasalire.

«Mi spiace, non volevo spaventarla!» dice una voce impostata alle sue spalle, mentre i due occhi schizzano via dal riflesso del vetro.

Il poliziotto si gira di scatto e si trova di fronte un uomo sui sessant'anni, con un completo blu a doppiopetto sotto un cappotto di cachemire dello stesso colore, protetto da un ampio ombrello sponsorizzato da una nota azienda automobilistica italiana. Camicia bianca stirata a puntino, cravatta azzurra a tinta unita, capelli brizzolati, viso perfettamente sbarbato, occhi scuri e profondi e un sorriso a trentadue denti ostentato con sicurezza.

«Piacere, sono Angelo Sermonti, ambasciatore italiano» dice l'uomo, in un inglese impeccabile, tendendo la mano al detective.

Riddle si sente a disagio all'idea di allungare la sua mano fradicia verso quella asciutta e fresca di manicure del diplomatico italiano. Decide così di lasciarla dentro la tasca della giacca e accenna un breve saluto con la testa che somiglia a un inchino e che lo fa sentire ancora di più in imbarazzo.

«A Scotland Yard mi hanno detto che è la stazione West End a occuparsi dell'omicidio del dottor De Vitis» riprende l'ambasciatore. «Ho appena parlato con il comandante John Gardiner, il quale mi ha gentilmente informato che è lei a condurre l'indagine. Mi sono così permesso di aspettarla.»

Solo a sentire il nome di Gardiner, Riddle si irrigidisce. Volta istintivamente lo sguardo verso la stazione di polizia quindi si gira di nuovo verso Sermonti. Dietro di lui, a circa un metro di distanza, scorge un uomo magro, più giovane, con i capelli ricci, scomposti dal vento e un naso lungo e appuntito. Anche lui, come Sermonti, indossa un cappotto blu, lungo quasi fino ai polpacci.

«Le presento Gian Battista Albertario, primo consigliere e responsabile delle relazioni pubbliche dell'ambasciata italiana» dice prontamente l'ambasciatore, interpretando lo sguardo interrogativo del poliziotto.

La mano destra di Riddle resta saldamente infilata nella tasca della giacca, ma questa volta il detective evita anche ogni altra forma di saluto mentre l'uomo rimane impalato alle spalle del suo superiore, sfoggiando un sorriso tirato.

«Avrei bisogno di parlarle,» prosegue Sermonti «ma vorrei farlo subito se non ha nulla in contrario. Alle nove devo essere al Foreign Office per una riunione di preparazione del prossimo G7.»

Riddle non porta l'orologio ma è in grado di scandire i tempi della sua giornata con precisione cronometrica. L'ambasciatore ha deciso di dedicargli non più di un quarto d'ora e ciò significa che il loro non sarà un colloquio e tantomeno l'interrogatorio che lui ha richiesto.

«Non mi basta un quarto d'ora,» attacca Riddle «ho fatto richiedere all'ufficiale di collegamento della polizia metropolitana di poterla sentire a verbale. Possiamo fissare l'interrogat...»

«Oh sì, certamente!» lo interrompe Sermonti. «La mia segreteria sta cercando di reperire uno spazio nella mia agenda della prossima settimana. Ma prima di allora ci tenevo a conoscerla e a scambiare con lei alcune impressioni, non le porterò via troppo tempo. Possiamo anche evitare di salire in ufficio. Le posso offrire un caffè in un ottimo ristorante che si trova a pochi passi da qui, il titolare è un mio caro amico e le assicuro che fanno l'espresso più buono di Londra, secondo la vera tradizione napoletana.»

7

Dormire a Brixton è una missione impossibile. Tanto più se, come Amanda Jefferson, vivi ad Atlantic Road, nel cuore del mercato coperto. Durante la notte la colonna sonora è un misto di musica giamaicana, urla, schiamazzi, clacson suonati a ritmo di reggae, sirene di ambulanze e deflagrazioni continue, ugualmente interpretabili come petardi, fuochi d'artificio o colpi di arma da fuoco.

Durante il giorno, il sottofondo cambia poco con l'aggiunta delle grida dei venditori ambulanti.

Ma Amanda è nata a Brixton e per nulla al mondo rinuncerebbe a quel frastuono infinito, da sempre la sua ninnananna.

«*...I got enemies, got a lot of enemies, got a lot of people tryna drain me of my energy, they tryna take the wave from a nigga...*» La voce tagliente di Drake squarcia il silenzio della stanza da letto.

«*Fuck you, nigga!*» sbiascica Amanda, con la voce ancora impastata dal sonno mentre, allungando una mano incerta sul comodino, cerca di bloccare l'allarme del suo smartphone.

L'orologio digitale segna le 09.00 AM. Drake si zittisce e la pioggia si accanisce sulla finestra della camera. "Un altro giorno *dimmerda!*" pensa Amanda, mettendosi a sedere sul letto. Poi realizza che non deve andare a lavorare e il suo viso si illumina.

Colazione, palestra, spesa, pranzo veloce e pomeriggio davanti alla nuova tivù a cinquantacinque pollici, con pannello a retroilluminazione, in definizione 4K, a divorare tutti gli episodi di *Luther*, la serie poliziesca appena scaricata. Niente o nessuno potrà permettersi di cambiare il programma del suo unico giorno di riposo settimanale.

Il getto poderoso di acqua bollente le infiamma la pelle. Dopo un'ora di duro allenamento, Amanda chiude gli occhi e la sua mano scivola sul ventre piatto, pronta a regalarle qualche minuto di piacere disinteressato.

Dal suo nuovo pulpito sulla vaschetta del water, Drake ricomincia a cantare e si becca un'altra sequenza di insulti.

L'incanto del momento si è rotto. Amanda esce dalla doccia, imprecando. Afferra il telefono e controlla il nome sullo schermo: Virginia Watson. Sta per rifiutare la chiamata, poi ci ripensa. Virginia è la figlia di Lisa, un'amica di sua madre. Ha circa la sua età ed è rimasta senza genitori prima dei trent'anni. Non ha una relazione fissa, in compenso è madre di due figli, nati dal rapporto con un narcotrafficante giamaicano che sta scontando dieci anni di carcere per detenzione e spaccio di sostanze stupefacenti. La più grande, Cindy, ha cinque anni, il più piccolo, Cyril, ne ha uno e mezzo. Amanda e Virginia sono nate nella stessa strada, in un'enorme casa popolare di Brixton Hill Road, e hanno trascorso buona parte della loro infanzia giocando nel cortile della chiesa di St. Matthew. A dodici anni sono entrate in una gang formata da coetanei. Ragazzi del quartiere, utilizzati come baby spacciatori di marijuana da trafficanti anglo-giamaicani. È per scappare ogni volta dalla polizia che Amanda ha capito di essere più veloce degli altri. Ed è stata la sua fortuna. Al Lambeth College di Brixton è entrata nella squadra di atletica ed è stata selezionata per i Giochi del Commonwealth, nella categoria juniores. Lo sport l'ha allontanata dalla strada e le ha cancellato anche tutte le amicizie di quartiere. Si è buttata a capofitto negli allenamenti e in un rapporto con uno studente di due anni più vecchio di lei, già campione di salto in lungo. Un amore forte, fisico, assoluto, dissoltosi nel giro di poche ore quando Amanda lo ha scoperto nel letto della sua compagna di squadra. Annientata dalla rabbia e dalla delusione, Amanda ha deciso di lasciare lo sport e dedicarsi anima e corpo agli studi universitari. Prima la laurea in legge, poi la scelta di mettere a frutto le sue esperienze criminali e legali per la sicurezza pubblica. Scotland Yard è così divenuta la sua seconda casa.

Virginia invece si è fatta inghiottire da Brixton e dalle spietate leggi delle sue strade. Non ha finito di studiare, non si è sposata, ha avuto uomini violenti e smarriti e ogni volta ha dovuto ricostruire la sua vita, senza l'aiuto di una famiglia. Solo Amanda le è sempre rimasta accanto, come una sorella, una compagna e un'amante.

«Vi, che succede? Tutto okay?» dice Amanda al telefono appoggiato sullo spigolo del lavandino mentre si passa l'asciugamano tra i capelli.

«Ci-Cindy...»

Pronunciato a fatica il nome della figlia, Virginia inizia a singhiozzare e non riesce più a smettere.

«Calmati per favore, Virginia!» riprende Amanda con il cuore in gola, afferrando il cellulare e portandoselo all'orecchio. «Cosa è successo a Cindy? Sta bene?»

Virginia comincia a piangere a dirotto, in preda alle convulsioni.

«Ti prego, Virginia, riprenditi e raccontami tutto con calma, altrimenti non posso aiutarti» la supplica Amanda, cercando di controllare l'angoscia che le sale dal petto. «Dov'è Cindy? Le è successo qualcosa?»

I gemiti della donna iniziano a diminuire fino a spegnersi in un silenzio inquietante e doloroso. Il cuore di Amanda prende a battere all'impazzata.

«Virginia, ti prego!» si mette quasi a urlare.

Un lampo si abbatte nel cielo, seguito da un tuono fragoroso che fa vibrare i vetri della finestra del bagno della poliziotta.

«È scomparsa, me l'hanno portata via» dice la donna, dopo un'interminabile serie di secondi, con una voce talmente carica di disperazione da provocare una fitta lancinante tra le costole di Amanda.

8

«Prego, ispettore» dice l'ambasciatore Sermonti, invitando Riddle a entrare per primo nel ristorante Il Dissapore.

Pur essendo passate da poco le nove del mattino, il locale è pieno. Si trova nel gomito di una piccola strada che collega New Bond Street, la via delle boutique dei grandi stilisti internazionali, a Oxford Street, la tradizionale strada dello shopping. All'esterno il ristorante ha un aspetto anonimo. L'ingresso è una porta in legno laccato bianca con un pannello di quattro vetri decorati sulla sommità. La vetrina che si affaccia sulla strada è di un materiale riflettente che impedisce di vedere all'interno dove, per altro, una grande tenda bianca protegge la sala da sguardi indiscreti.

L'interno del locale è sorprendentemente ampio. Una reception che potrebbe essere quella di un hotel di lusso, un bar ultramoderno con bancone in marmo nero e seggiolini alti di pelle immacolata e una vasta sala ristorante con tavoli di tutte le forme e dimensioni, divani, séparé e una fontana di granito in mezzo alla stanza, con un flusso di acqua continuo, che ricorda la forma del Vesuvio. A quell'ora nel ristorante vi sono solo uomini, tra i trentacinque e i cinquant'anni, tutti in giacca e cravatta e completi scuri. Parlano fitto mentre consumano una sontuosa colazione a buffet, ricca di frutta, cereali, yogurt, croissant, uova e salumi. Camerieri in giacca bianca fanno lo slalom tra i tavoli per servire il caffè in eleganti caraffe d'argento. Il clima è quello di una mega riunione d'affari con le comodità di un lounge a cinque stelle.

Una ragazza alta, mora, poco più che ventenne, truccata in modo troppo sofisticato per quella fascia oraria e vestita con un tubino nero di Chanel e tacchi a spillo da serata da Oscar, si fa loro incontro, pronta a recitare il messaggio di benvenuto che ha imparato a memoria quando, alle spalle del poliziotto, riconosce Sermonti e la sua gentilezza scolastica si trasforma in cortigianeria.

«Ambasciatore, che piacere!» dice la giovane, drammatizzando il saluto. «Preferisce che le faccia preparare una saletta riservata o faccio accompagnare lei e i suoi ospiti al tavolo?»

«Grazie mille, Anita, ci fermiamo solo qualche minuto per un caffè,» risponde l'ambasciatore «qui staremo benissimo.»

I tre si accomodano in un salottino di fronte al bar, mentre Anita impartisce ordini a raffica alla ragazza del guardaroba e a un cameriere affinché si occupino di ritirare i loro soprabiti e portare una bottiglia di acqua minerale Blue Keld Artesian con tre calici di cristallo.

Riddle si siede su una poltrona di pelle arancione e sente i pantaloni bagnati di pioggia incollarsi al cuscino. Incrocia per una frazione di secondo lo sguardo di Albertario che lo sta osservando con un misto di commiserazione e superiorità all'insaputa di Sermonti, impegnato a controllare alcuni messaggi sul cellulare.

«Angelo!» risuona una voce alle spalle del gruppo.

Si avvicina un uomo sui cinquantacinque anni, con un ampio sorriso sul volto abbronzato, incorniciato da una sottile barba grigia, capelli radi e pettinati all'indietro con dosi abbondanti di brillantina, occhiali da vista squadrati con montatura blu elettrico, completo blu monopetto, camicia a righe bianche e blu, cravatta viola Marinella con piccoli disegni ellittici bianchi e un fermacravatta in oro con minuscoli diamanti bianchi, abbinato ai gemelli da polso.

«Non ti aspettavo,» prosegue l'uomo «come stai?»

L'ambasciatore si alza prontamente per stringergli la mano, costringendo Albertario a un scatto da saltatore in alto per balzare in piedi contemporaneamente al suo capo. Riddle resta invece seduto, fingendosi disinteressato per nascondere il disagio.

«Sono giorni difficili ma sto bene, Alberto, grazie» risponde Sermonti. Quindi volge l'attenzione a Riddle, il quale suo malgrado è obbligato ad alzarsi.

«Ispettore, le voglio presentare il proprietario di questo posto incantevole» attacca il diplomatico.

«Piacere, sono Alberto Serrano» dice l'uomo, allungando la mano al poliziotto.

«*Chief superintendent* James Riddle» replica il detective con una stretta potente.

«Ho promesso al nostro caro ispettore che gli avrei fatto provare il tuo celebre espresso alla napoletana» prosegue Sermonti.

«Con grande piacere, Angelo. Posso offrirvi anche una fetta di pastiera? È appena uscita dal forno, è qualcosa di sublime. Mimmo me l'ha appena fatta assaggiare...»

«Non per me grazie, sai che non posso mangiare dolci, sebbene Mimmo sia un artista in cucina, ma sono certo che l'ispettore Riddle gradirà la tua offerta. Lo chef di questo ristorante, Mimmo Finocchiaro, è veramente un genio, detective, le consiglio di approfittare» sottolinea l'ambasciatore.

«Va bene il caffè!» risponde perentoriamente il poliziotto, frustrando le velleità del titolare del ristorante e raffreddando di proposito quell'atmosfera di complicità che si stava creando.

Albertario non apre bocca, conscio del fatto che nessuno abbia intenzione di coinvolgerlo.

«Siediti con noi, ti prego» dice l'ambasciatore, invitando Serrano a unirsi al gruppo.

Materializzandosi dal nulla, un cameriere biondo, in divisa bianca immacolata, sposta una poltrona da un tavolo a fianco di quello dei tre ospiti e la sistema tra l'ambasciatore e il detective, attendendo che Serrano si sieda. Quindi aggiunge un quarto calice al vassoio con la minerale e si allontana con discrezione, promettendo di tornare nel giro di pochi minuti con i caffè.

«Ho voluto che Alberto rimanesse con noi» riprende Sermonti, appoggiando una mano sul braccio del titolare del ristorante «poiché lui, come tutti noi del resto, era molto legato al cavalier Stefanelli De Vitis. Mi creda, ispettore, la sua morte è stata un evento inaspettato che ha sconvolto l'intera comunità italiana di Londra.»

Serrano abbassa lo sguardo per dare maggiore solennità alle parole dell'ambasciatore mentre Riddle fissa entrambi con impazienza.

«Ho già espresso alla ministra, Mrs. Ruth Cumberland, la fiducia totale delle istituzioni italiane nella polizia e nella giustizia britanniche e ora che l'ho conosciuta di persona non posso che essere maggiormente convinto che la Metropolitan Police riserverà il massimo impegno alle indagini sull'omicidio. Come ho riferito alla rappresentante del governo, il cavalier De Vitis era una persona di altissimo profilo morale e intellettuale. La sua scomparsa rappresenta una perdita incolmabile per tutta la collettività e per il mondo economico e culturale londinese. È essenziale che venga fatta immediatamente chiarezza sulle cause dell'omicidio e che il colpevole venga assicurato alla giustizia. Le istituzioni italiane sono disponibili a una piena e fattiva collaborazione con gli inquirenti. Il mio ufficio e i miei collaboratori sono a sua disposizione per qualunque esigenza. Ci tenevo a dirglielo di persona.»

Riddle lo fissa in silenzio per qualche minuto, indeciso su come replicare. Se prima era rimasto infastidito dal fatto che l'ambasciatore italiano si fosse rivolto direttamente a Scotland Yard e al suo superiore, Gardiner, sapere ora che Sermonti aveva addirittura parlato con la ministra dell'Interno rischia di fargli perdere la calma. Non vuole mostrarsi troppo debole e accondiscendente ma nemmeno fare passi falsi.

«Le posso assicurare che il nostro ufficio garantisce il massimo impegno riguardo a tutte le indagini» risponde quindi con fare volutamente distaccato. «La ringrazio per la sua disponibilità di cui vorrei approfittare al più presto per farle alcune domande a proposito della sera del delitto.»

«Ci conti, ispettore, la mia segreteria la contatterà a breve per fissare un appuntamento. Nel frattempo qualunque novità dovesse emergere riguardo al caso, le sarei grato se potesse informare il consigliere Albertario o anche me direttamente se lo ritiene opportuno. Come ho detto alla ministra Cumberland, posso metterle a disposizione del personale della polizia di stato italiana qui a Londra a cui fare riferimento e per affiancarla nella sua inchiesta.»

«Non è necessario e non rientra nelle procedure,» ribatte prontamente Riddle «ma la ringrazio ugualmente per la sua sollecitudine.»

L'arrivo dei caffè non è sufficiente a rasserenare il clima teso fra i quattro. Serrano ha lo sguardo sempre più preoccupato, Albertario si morde l'interno della guancia in attesa di un qualsiasi segnale da parte dell'ambasciatore.

«Non mi deve ringraziare,» riprende Sermonti «è mio dovere, come rappresentante del governo italiano, offrire la massima collaborazione alle istituzioni del paese che ci ospita. Ora la devo proprio salutare» aggiunge, alzandosi in piedi e tendendo nuovamente la mano a Riddle. «Parlare con lei è stato illuminante, sarà un piacere riferire al comandante Gardiner l'ottima impressione che ho avuto nel conoscerla. La prego di porgergli i miei saluti.»

Riddle rimane in piedi, impietrito, a osservare i due diplomatici uscire dal ristorante. Prima di varcare la porta Albertario si gira verso di lui, sorridendogli in modo beffardo.

«Un altro caffè, ispettore?» chiede Serrano, ma il poliziotto non lo sta ascoltando.

9

Mirco Scarnecchia sa che ciò che sta facendo avrà delle conseguenze ma non ha saputo resistere. Seduto a un tavolino in alluminio e acciaio, sistemato vicino alla vetrina di una pasticceria italiana di Brixton, sta divorando una crêpe con Nutella, fragole e zucchero a velo assieme a un cappuccino *large* con cioccolato in polvere che galleggia sulla schiuma. In lotta continuamente con la bilancia, Mirco cerca di assolversi, pensando che in fondo viaggia tutto il giorno in bicicletta, correndo da una parte all'altra di Londra, spesso salta il pranzo e si concede solo due o tre cene complete alla settimana.

Ma i fatti lo riportano sempre alla dura realtà. Da quando, due anni prima, si è trasferito a Londra da Revigliasco, piccola frazione di Moncalieri, in provincia di Torino, è ingrassato di almeno sette chili, tutti figli di un'alimentazione disordinata e poco sana, fatta di panini infarciti di maionese, hamburger, patatine, dolci, merendine e litri di birre di ogni gradazione. Cibo spazzatura che affligge il metabolismo di intere generazioni di inglesi della *middle* e *lower class* e di immigrati che non si possono permettere alimenti sani e naturali. Mirco, che ha da poco compiuto ventisei anni, vive con apprensione i cambiamenti del suo aspetto fisico ma in questo momento della sua vita ha altre priorità. Insegue l'obiettivo di diventare un fotografofilmmaker e di poter entrare in un circuito che gli consenta di mantenersi, producendo e realizzando film, documentari e reportage fotografici. Il cinema e la fotografia sono sempre stati i suoi sogni.

Dopo due anni di studi umanistici all'Università di Torino, Mirco ha abbandonato l'ateneo piemontese per frequentare un corso di ricerca e formazione al Centro Sperimentale di Cinematografia di Torino. Qui ha conosciuto degli studenti inglesi che gli hanno consigliato di tentare il grande salto e iscriversi alla London Film School, scuola di cinema internazionale, famosa in tutto il mondo, e altrettanto costosa, con sede a Covent Garden, nel centro della capitale britannica. Fondato nel 1956, l'istituto ha, tra i membri onorari, registi come Ken Loach e Abbas Kiarostami.

Dando fondo ai propri risparmi Mirco è volato a Londra e, dopo avere superato brillantemente il test d'ingresso, ha ottenuto l'iscrizione alla laurea triennale in regia e sceneggiatura.

Ma la sua vita a quel punto era tutta da inventare. Inizialmente ha condiviso un piccolo appartamento con altri studenti francesi e spagnoli vicino alla scuola, poi l'aumento vertiginoso degli affitti lo ha costretto ad allontanarsi sempre di più dal centro di Londra. Fino a trovare uno studio-flat di venticinque metri quadrati in un ex casermone popolare fatiscente a Herne Hill, sobborgo a sud della città che confina con Stockwell, Tulse Hill e Brixton. Si è comprato una bicicletta di terza mano e provenienza dubbia al mercato coperto sotto i ponti di London Bridge e ha sperimentato tutti i lavori possibili del giovane studente immigrato: lavapiatti, cameriere, barista, fattorino, cassiere di cinema e dog sitter.

Ora lavora presso una delle attrazioni turistiche più frequentate di Londra, il Sea Life London Aquarium, un enorme spazio sulle rive del Tamigi a fianco della grande ruota, il London Eye, dove – in oltre due milioni di litri di acqua, contenuti in vasche gigantesche – nuotano cinquecento specie diverse di animali marini. Una macchina da soldi che ogni anno attira oltre un milione di visitatori da ogni parte del mondo.

Mirco è addetto alle foto ricordo, deve cioè convincere i turisti a farsi fotografare sullo sfondo di squali e tartarughe giganti che nuotano negli acquari a tutta parete, pagando diverse decine di sterline. Scatti tutti uguali e privi di ogni spunto creativo ma che, per lo meno, lo fanno sentire più in tema con i suoi propositi che consegnare pizze o pulire piatti e bicchieri.

Tolti i soldi per la retta universitaria e l'affitto, quel poco che gli rimane Mirco lo investe in telecamere, lenti fotografiche e programmi di montaggio e foto per il computer. L'ultimo suo acquisto è una microcamera GoPro Hero4 con risoluzione video 1080p che ha montato sul caschetto che usa per andare in bici e con la quale filma ogni giorno i chilometri percorsi da casa al lavoro o alla scuola, registrando tutto ciò che gli capita, dagli incontri di lavoro, ai litigi con gli automobilisti, fino alle manifestazioni di protesta. Appena ha un po' di tempo scarica le immagini sul computer e salva quelle che ritiene più interessanti per realizzare il suo primo documentario.

Il conto della pasticceria, sommato agli effetti immediati dell'accoppiata cappuccino-crêpe, gli provoca una fitta dolorosa alla pancia ma Mirco non ha tempo per andare in bagno. Ha il turno del mattino e prima di recarsi all'Aquarium vuole passare all'Italian Bookshop, l'unica libreria italiana di Londra, per ritirare un libro che ha ordinato sulla vita e i lavori del fotografo Gabriele Basilico. E poi spera di incontrare Rebecca, una ragazza di venticinque anni italiana che lavora nella libreria.

Con l'intestino in disordine Mirco recupera dal tavolo il casco con la telecamera e fa per indossarlo quando si accorge di avere lasciato accesa la GoPro in modalità di registrazione. Indeciso se spegnerla, controlla lo stato delle batterie. Ha ancora diverse ore di carica. Il film della giornata è appena iniziato. Mirco esce dalla pasticceria, salta sulla bici e si lancia su Brixton Road verso Stockwell. Percorre circa cento metri e si ferma al semaforo dell'incrocio con Stockwell. La strada è larga ma vi sono due file di mezzi fermi nel suo senso di marcia. Percorre con attenzione l'angusto corridoio ciclabile rimasto tra il marciapiede e le auto e raggiunge la fine della strada, fermandosi in corrispondenza del fianco sinistro di un furgone bianco anonimo e senza finestrini, a parte quelli della cabina di guida. Istintivamente Mirco si gira verso il furgone, dirigendo l'obiettivo della telecamera che ha sul casco all'interno dell'abitacolo. Al posto di guida scorge un uomo poco più che trentenne con i capelli biondi e lisci e il viso perfettamente rasato. Mirco rimane colpito dal fatto che l'uomo, pur essendo alla guida di un mezzo commerciale, non indossi una divisa o un vestito da lavoro ma una giacca blu con taglio sportivo sopra una camicia bianca aperta. La sua sorpresa aumenta quando, sul sedile a fianco, vede appoggiata una parrucca di capelli ricci sintetici di colore arancione con un piccolo cappellino applicato sulla sommità e un naso rosso da clown. Per qualche secondo il giovane fotografo incrocia lo sguardo dell'uomo. I suoi occhi sono chiari, quasi grigi e lo stanno fissando intensamente. C'è qualcosa di sinistro e pericoloso nella sua espressione. Un brivido di terrore si scarica sulla schiena di Mirco mentre scatta il verde. Il giovane si rigira velocemente verso la strada e prova a ripartire, ma le mani gli tremano e non riesce a controllare il manubrio della bicicletta. Si blocca e appoggia il piede sinistro sul marciapiede per evitare di cadere nel momento in cui il furgone bianco lo supera, sfiorandogli di pochi centimetri la gamba destra.

10

«Coraggio, Virginia, fai un respiro profondo e raccontami tutto dall'inizio.»

Appena chiusa la telefonata, Amanda Jefferson si è precipitata a piedi a casa dell'amica che si trova a meno di dieci minuti dalla sua. Virginia Watson vive con i due figli in un modesto appartamento di due stanze e cucina, nel piano seminterrato di una casa popolare di Saltoun Road, a Brixton. Quando la poliziotta è entrata in casa l'ha trovata seduta sul letto, con il telefono in mano e lo sguardo fisso sul pavimento. Vicino a lei, seduto a terra, il figlio piccolo Cyril, con lo sguardo incollato allo schermo del televisore a guardare un DVD di cartoni animati.

Sul volto della donna le lacrime si sono ormai seccate. Ha gli occhi gonfi e i capelli arruffati, nonostante ore di piastra abbiano spianato la sua chioma afro. Virginia è una donna minuta, dai lineamenti delicati e le ossa sottili che contribuiscono a rendere il suo aspetto ancora più fragile e vulnerabile. Vedendo Amanda è scoppiata nuovamente a piangere, sopraffatta da spasmi e singhiozzi.

«Ti ho preparato del tè» dice la poliziotta, porgendo all'amica con una punta di imbarazzo una tazza bianca e rossa con la scritta I WILL NOT KEEP CALM AND YOU CAN FUCK OFF. «In cucina ho trovato solo questa...»

Virginia allunga la mano senza nemmeno alzare la testa. Si asciuga il naso con la manica della felpa e sorseggia lentamente il tè bollente. Quindi stringe la tazza con entrambe le mani e se la posa sul grembo, rimanendo con lo sguardo abbassato.

Amanda le concede qualche secondo poi si siede di fianco a lei sul letto e le circonda le spalle con un braccio.

«Ora mi dici che cosa è successo esattamente a Cindy?» le chiede con un tono confortante.

«Questa mattina siamo usciti di casa presto per andare a scuola» attacca Virginia con un filo di voce. «Come sempre siamo andati a piedi. Da qui ci vogliono circa venti minuti e gli autobus a quell'ora sono stipati.»

«Dov'è la scuola?» interviene la poliziotta.

«Vicino a Brixton Road, è un edificio moderno con uno spazio giochi per bambini recintato sul davanti.»

«Che ore erano quando siete usciti?»

«Saranno state le otto. Alle otto e trenta la scuola chiude le porte.»

«Hai portato anche Cyril con voi?»

«Certo, non posso mica lasciarlo a casa da solo!»

«Sì... ovvio, scusa.»

«Tra l'altro lui sta mettendo i denti e questa notte non mi ha fatto chiudere occhio» riprende la donna.

Amanda guarda il bambino che continua a fissare lo schermo, rapito dai colori sgargianti dei personaggi di SpongeBob.

«Quando siamo arrivati a pochi metri dall'entrata della scuola» prosegue Virginia «Cyril ha cominciato a piangere perché non voleva più stare nel passeggino. Ho cercato di calmarlo ma si è innervosito ancora di più e si è messo a urlare per essere preso in braccio. Eravamo in mezzo alla strada, nel pieno del traffico del mattino e per giunta in ritardo. La situazione mi stava sfuggendo di mano e i bambini lo hanno subito percepito. Cindy ha iniziato anche lei a fare i capricci e a frignare che non voleva andare a scuola perché aveva male alla pancia. Lui nel frattempo si è quasi fatto venire le convulsioni e per poco non mi è scivolato fuori dal passeggino mentre stavamo percorrendo le strisce pedonali. L'ho afferrato per un braccio e gliel'ho stretto fino a piantargli le unghie nella pelle. Ha cominciato a gridare come un pazzo e io più di lui. Cindy si è spaventata e ha preso a tremare, attaccandosi come una piovra alle mie gambe. Le ho urlato di staccarsi e di correre a scuola, minacciandola di portarla ai servizi sociali se avesse continuato a comportarsi in quel modo. Mi ha guardato con gli occhi pieni di lacrime e di paura e poi si è messa a correre verso l'istituto. Mi sono sentita morire...»

«Sono cose normali, Virginia, capitano in tutte le famiglie» dice Amanda, cercando di consolarla. «Tu sei una madre forte e coraggiosa, non hai nulla da rimproverarti.»

Non bastano però le parole della poliziotta per rincuorare la donna.

«Quando Cindy si è allontanata» prosegue Virginia, stringendo i pugni per riuscire a continuare il racconto «invece che controllare che entrasse a scuola mi sono girata verso Cyril poiché mi sentivo in colpa per avergli fatto male al braccino. Mi sono accovacciata e ho cominciato ad accarezzarlo sulla testa, passandogli la mano sul viso per asciugargli le lacrime. Quindi gli ho staccato la cintura e l'ho preso in braccio, stringendolo forte. Lui si è calmato e solo a quel punto mi sono girata verso l'entrata della scuola ma Cindy non c'era.»

«A che distanza eri dall'edificio?»

«A non più di cinquanta o sessanta metri, sul marciapiede, nell'angolo della strada.»

«Riuscivi a vedere con chiarezza la porta d'ingresso della scuola?»

«Be', c'era molta gente sul marciapiede, soprattutto genitori con bambini e non riuscivo a capire se Cindy era oltre quella ressa. Però vedevo bene l'ingresso dell'istituto che si trova al piano rialzato e ci sono dei gradini all'esterno che conducono alla porta.»

«E non l'hai vista salire?»

«No.»

«Possibile che fosse già entrata?»

«È quello che ho sperato, ma era passato troppo poco tempo da quando l'avevo lasciata... sì, insomma, da quando le avevo detto di correre a scuola.»

«E invece?»

«Invece no. Cindy non è mai arrivata a scuola. Ho avuto subito questo terribile presentimento e sono entrata nella scuola con Cyril in braccio, lasciando il passeggino fuori. Ho guardato in tutti i corridoi, i bagni e le aule. Mi sono precipitata nella classe dei bambini della sua età e ho chiesto alle insegnanti. Nessuna però aveva visto la mia bimba. Ho rifatto tre volte il giro di tutta la scuola con il cuore in gola. Poi sono tornata fuori e ho ricontrollato la strada. Ho cominciato a correre avanti e indietro, girando attorno al palazzo. Ho guardato dentro tutte le macchine parcheggiate in quel tratto di strada e sono entrata almeno in una decina di negozi della zona, chiedendo disperatamente ai titolari e ai clienti se avevano visto la mia bambina o qualcuno assieme a lei. Ma niente...»

«È comprensibile,» dice Amanda «a quell'ora ci saranno state decine di bambini in strada e altrettanti adulti. A meno che non sia accaduto qualcosa di strano che possa avere attirato l'attenzione, è difficile che qualcuno possa avere messo a fuoco Cindy.»

«Me l'hanno portata via!» si strugge Virginia. «Ne sono certa. L'hanno rapita!»

«Aspetta, non è detto. Perché avrebbero dovuto farlo? Forse si è solo allontanata e ha finito per perdersi. Magari qualcuno l'ha trovata e sta cercando di capire dove vive. Bisogna subito diramare un avviso. Hai già contattato la polizia?»

«No, per carità!» singhiozza la donna. «Non voglio mettere di mezzo gli sbirri, comincerebbero a farmi un sacco di domande. E Jerome non me lo perdonerebbe.»

«Okay ma non angosciarti più del dovuto,» la rassicura Amanda «ho un amico alla Brixton Police Station. Vedrai che presto Cindy sarà a casa.»

«Me l'hanno presa,» ripete con un filo di voce la madre «me lo sento.»

«Dai smettila, Virginia, chi avrebbe dovuto rapire tua figlia? C'è qualcosa che non mi hai detto e che dovrei sapere? Da quanto tempo non vedi e non senti suo padre?»

«Jerome è in carcere. Lui non c'entra niente.»

«E allora troveremo Cindy, te lo garantisco. Tu rimani qui con Cyril mentre io vado dal mio collega. Ma ho bisogno che tu sia lucida e risponda al telefono. E che mi avverti subito se ci sono delle novità. Posso lasciarti ora, mi assicuri che stai bene?»

«Sì, sì... grazie» risponde Virginia mentre la poliziotta si alza dal letto per avviarsi verso la porta.

«Amanda?» la blocca la donna, prendendole una mano. «Ti prego, riportami la mia bambina» la supplica mentre i suoi occhi si riempiono nuovamente di lacrime.

11

«È un caso ostico e pericoloso, Riddle, c'è in gioco la credibilità della polizia. E anche la carriera.»

«La mia o la tua?» chiede sarcasticamente il detective.

«Quella di tutti» risponde Gardiner. «Smettila di fare battute e concentrati sulle indagini. Hanno la priorità assoluta, l'ordine arriva direttamente dal ministero.»

Il comandante della stazione di polizia di Savile Row, John Gardiner, e il detective James Riddle sono chiusi nell'ufficio del caposezione, all'ultimo piano dell'edificio in cemento grigio nel centro di Londra.

Gardiner ha qualche anno più di Riddle e la stessa carnagione pallida, evidenziata dai pochi capelli grigi pettinati all'indietro che lasciano scoperta buona parte della fronte e del cranio. È un uomo di media statura che si tiene in forma, controllando l'alimentazione e facendo una moderata attività fisica. Cura molto il suo aspetto esteriore e ritiene doveroso presentarsi in modo accurato e distinto quando si ricopre un ruolo pubblico come il suo. Apprezza l'austerità della divisa che spesso preferisce agli abiti civili. Non può permettersi le creazioni dei sarti di Savile Row ma riesce ugualmente, quando le circostanze lo richiedono, a indossare con studiata eleganza i completi blu e grigi dei grandi magazzini Marks & Spencer, acquistati appositamente durante le stagioni dei saldi. Ha sempre il viso perfettamente rasato, occhiali da vista con montatura invisibile sugli occhi piccoli e scuri e da qualche tempo ha sostituito il dopobarba dozzinale, utilizzato per anni, con un'acqua di colonia comprata, in confezione maxi, nel duty-free dell'aeroporto internazionale Luqa di Malta, di ritorno da una riunione dell'Europol. Il suo intenso e pungente profumo, che da mesi invade la stanza di Gardiner, è mal sopportato dallo staff di agenti e ufficiali di polizia del suo reparto, ma solo Riddle non si fa alcun problema a tossire in modo irriverente ogniqualvolta entra in quell'angusto ufficio a vetri.

Gardiner apprezza lealmente l'intuito investigativo di Riddle e la tenacia che il poliziotto ripone nelle indagini, però non tollera la sua sciatteria, la sua vita disordinata e la sua mancanza di ambizioni.

Dal canto suo il detective riconosce a Gardiner la capacità di svolgere un ruolo istituzionale che lui non saprebbe nemmeno immaginare pur considerandolo l'antitesi di un poliziotto, il tipico funzionario in carriera che ha bisogno di nascondere dietro una divisa la propria inadeguatezza sul campo.

Riddle è in piedi, appoggiato a una parete, in un angolo della stanza di Gardiner che lo ha invitato inutilmente a occupare una delle sedie di fronte alla sua scrivania. Una chiazza di acqua piovana e sudore ha intriso la sua giacca sotto una spalla. Ha i capelli ancora umidi e arruffati. Un ciuffo grigio gli scende sulla fronte, coprendogli l'occhio destro. Sta masticando una gomma al gusto di eucalipto grazie alla quale riesce a fatica a tenere sotto controllo la voglia di accendere una sigaretta e fumarla in faccia al suo capo, per coprire l'odore nauseabondo di limone, lavanda e muschio che pervade l'aria. Sul tavolo del comandante c'è il fascicolo sull'omicidio De Vitis, aperto su una serie di foto del cadavere scattate dalla polizia scientifica, oltre alla copia stampata di una e-mail dell'assistente della ministra dell'Interno Ruth Cumberland che chiede di dare la precedenza al caso e fornire al suo ufficio con regolarità e urgenza ogni aggiornamento sulle indagini.

«Questa mattina ho ricevuto la nota del ministero e ho parlato di persona con l'ambasciatore italiano, Angelo Sermonti,» riprende Gardiner «e ho capito che è necessario individuare al più presto una pista investigativa che faccia diminuire le pressioni sulla polizia e consenta ai vertici del ministero di rassicurare le istituzioni italiane che il caso verrà presto risolto.»

«Davvero? E come facciamo?» ribatte Riddle. «Arrestiamo per sospetto omicidio uno di quei disgraziati in libertà vigilata che teniamo senza motivo da anni sotto controllo? Oppure becchiamo un tossico che si massacra le vene nei vicoli vicini alla galleria e gli spargiamo sui vestiti il sangue del morto? Anzi, mi è appena venuta un'idea migliore, puntiamo sull'allarme terrorismo che funziona sempre. Ci sarà sicuramente tra i camerieri che lavoravano quella sera qualche figlio di immigrati africani o mediorientali a cui hanno fatto il lavaggio del cervello! Un bel foreign-fighters-jihadista di ritorno dalla Siria che odia il mondo pagano e immorale dell'arte occidentale. Che ne dici, capo, è una pista conveniente?»

«Io dico che ti conviene smettere immediatamente di fare l'idiota, Riddle!» sbotta Gardiner, sbattendo un pugno sul tavolo. «Qui non siamo a Hull ma in una metropoli che non ammette distrazioni da parte di chi ha il dovere di mantenerla sicura e vivibile, che chiede giustizia e non perdona gli errori. Che paga e pretende. Se vuoi vivere a Londra metti da parte sentimentalismi e battute. Hai visto quanti giornalisti e telecamere ci sono fuori dall'ingresso? Per cosa credi che siano corsi qui? Non aspettano altro che sollevare un polverone e accusarci di incompetenza e inettitudine. Pensi di liberartene con una delle tue stupide battute? Ci metto un attimo a toglierti il caso se parti con il piede sbagliato!»

Riddle rimane impassibile alle minacce del suo superiore. Continua a masticare lentamente la gomma e solleva con un soffio il ciuffo di capelli che gli cade sul volto.

«Ho fatto una ricerca sulla vittima» riprende, senza modificare il tono della voce. «Stefanelli De Vitis è apparentemente l'uomo perfetto. Nessun problema in famiglia, circondato da amici che lo adorano, generoso, sensibile e sempre pronto ad aiutare chi ha bisogno. Ha un patrimonio inestimabile ma paga le tasse fino all'ultima sterlina per non parlare delle opere di beneficenza. Sovvenziona decine di organizzazioni caritatevoli che si occupano di homeless, tossicodipendenti, malati terminali, rifugiati e richiedenti asilo, ex detenuti, bambini orfani e profughi di guerra e persino dipendenti dal gioco d'azzardo. Ogni anno fa donazioni per centinaia di migliaia di sterline in favore della ricerca contro il cancro e le malattie degenerative e organizza, assieme all'ambasciata italiana e ai più alti esponenti della sua comunità, cene e serate di gala per raccogliere fondi al fine di promuovere l'arte e la cultura italiane. È il principale finanziatore della Scuola italiana di Londra e pare abbia pagato di tasca sua diversi milioni per la ristrutturazione completa della chiesa cattolica italiana di San Pietro, a Clerkenwell. Lo conoscono tutti, da Downing Street a Buckingham Palace a Parliament Square. È amico in modo trasversale di politici conservatori e laburisti, organizza battute di caccia alla volpe con membri di spicco della famiglia reale, va a cena con i vescovi della Chiesa anglicana ma anche con il nunzio apostolico del Vaticano, e pare che sia stato anche il maggiore sponsor della campagna elettorale del sindaco di Londra. Contrario alla Brexit ma allo stesso tempo consulente di istituti e fondazioni per la ricerca e lo sviluppo economico del paese attraverso accordi commerciali extraeuropei. Molti imprenditori italiani gli devono riconoscenza per averli aiutati ad aprire negozi, boutique, ristoranti, società di consulenza e persino cliniche mediche private. Ma anche il mondo spietato della finanza internazionale ha nei suoi confronti una sorta di venerazione. È chiamato il "Principe della City", colui che trasforma in asset e dividendi tutto ciò che tocca.»

«Dove vuoi arrivare, Riddle? La storia di De Vitis è già su tutti i giornali. Vieni al punto.»

«Voglio dire che se c'era un uomo a Londra apparentemente senza nemici questo era De Vitis, nonostante ciò è stato ucciso barbaramente e chi lo ha massacrato ha voluto farlo platealmente, accanendosi sul suo corpo e oltraggiandolo in pubblico, proprio durante uno degli eventi di maggiore visibilità per la vittima. Un atto che sembra ispirato da una rabbia profonda nei confronti di quest'uomo e che ha tutte le caratteristiche di una vendetta. Un omicidio premeditato in ogni particolare, compresa la postura del cadavere.»

«Tu sai meglio di me che in giro ci sono dei pazzi maniaci che farebbero di tutto per finire in prima pagina sui giornali e in televisione. Uccidere una celebrità, un personaggio politico di spicco o un campione dello sport e farlo in modo violento e raccapricciante è la maniera migliore per diventare una star del male. Chi ti dice che non si tratti di un assassino esibizionista? Magari abbiamo a che fare con un *serial arts killer* che fa dei suoi delitti delle installazioni d'autore...»

Riddle smette per qualche secondo di schiacciare la gomma fra i denti e sbircia il suo comandante di sottecchi, incerto se considerare le sue affermazioni una battuta di spirito.

«Ho qualche dubbio che la morte di De Vitis sia opera di un omicida seriale» sottolinea, sbuffando un'inesistente nuvola di fumo dalla bocca. «La vittima è un uomo e per giunta non più giovane, non vi sono elementi che facciano dedurre come l'assassino sia in preda a pulsioni a sfondo psico-sessuale e il contesto appare inoltre decisamente insolito per un tipo di delitto che prevede un rituale sadico e compulsivo. Ma se ritieni possa essere una pista concreta, non c'è alcun problema. Sono certo che Scotland Yard potrà metterci a disposizione i suoi migliori profiler.»

«Lascia stare Scotland Yard! Non voglio ficcanaso e rompicoglioni nella mia... cioè, nella nostra indagine! Datti da fare per beccare questo macellaio senza coinvolgere altri Sherlock Holmes del cazzo! E soprattutto senza fare agitare quelli dell'Home Office.»

«Ho già chiesto di interrogare l'ambasciatore italiano Sermonti e pensavo di fare lo stesso anche con il console generale, Botta» spiega il detective. «Vorrei passare al setaccio la vita di De Vitis, i suoi rapporti con i connazionali espatriati e capire se ci sono dei segreti o delle verità inconfessabili nel suo passato.»

«Pessima idea, Riddle! Evita di creare attriti con gli uffici diplomatici. Ci manca solo che oltre dalla ministra dell'Interno mi arrivino pressioni e rimostranze anche dal ministro degli Esteri! Segui le procedure classiche, interroga i testimoni, controlla le telecamere di sicurezza, analizza le impronte, individua l'arma del delitto e crea una lista di possibili sospetti, partendo da soggetti già noti alla giustizia. Dobbiamo chiudere il caso velocemente e senza clamori.»

12

Il casolare è a lato di una strada stretta che un tempo era asfaltata ma che ora si presenta come un sentiero malridotto, fatto di terriccio, ghiaia, blocchi di bitume sbriciolati e profonde buche provocate dal ghiaccio che nei mesi invernali infierisce sul manto dissestato, infiltrandosi per diversi metri nelle falde friabili.

L'edificio si trova a San Giorgio, venticinque chilometri a ovest di Bologna, nelle pianure che dividono il capoluogo emiliano da Imola. È una tipica struttura anonima, a due piani, con muri in mattoni forati, un numero minimo di piccole finestre, protette da persiane in legno scuro, un portone doppio scrostato e fuori squadro e un cortile in ghiaia e sassi, pieno di sterpaglie e cespugli di ortiche. Lo scheletro di una serra con le vetrate frantumate, i resti di un orto bruciato dal sole e dal vento e una rimessa con il tetto di tegole sfondato completano il panorama di quell'angolo di terra di nessuno che lascia solo immaginare il suo passato di lotto agricolo dell'hinterland bolognese, dove la crisi economica ha bloccato la riqualificazione del territorio, verniciando di squallore e abbandono quelle terre che nella città delle torri vengono volgarmente definite "la Bassa".

Ma quel casolare non è disabitato. E chi lo utilizza, sebbene in condizioni di anonimato, è un soggetto violento e pericoloso.

Di questo è convinto senza ombra di dubbio Alvaro Gerace, capo ispettore della sezione anticrimine della questura di Bologna. Un uomo di cinquantatré anni che vive di ossessioni maniacali per quella forma di equità sociale che ai suoi occhi somiglia sempre di più a una caccia ai fantasmi. In lotta perenne contro l'ambiente a cui appartiene e di cui non può fare a meno, drogato dalla ricerca senza compromessi della verità e vittima di quel sistema chiamato giustizia, o terzo potere, le cui sembianze non sa più riconoscere, Gerace è magro, alto, con il volto pieno di rughe e due occhi neri, infossati e densi di rabbia. I capelli sono talmente folti e scuri da sembrare tinti al cospetto di una barba incolta, i cui peli tendono progressivamente al grigio. Alvaro da tempo non ha più bisogno di respirare, non sente la necessità di mangiare, considera le ore di sonno una inevitabile perdita di tempo e non riesce più a lasciarsi andare poiché la morte, che lo accompagna silenziosamente da anni, ha paralizzato le vibrazioni del suo cuore, strappandogli quelle poche persone per le quali si era illuso che avrebbe potuto cambiare la sua vita. Il destino lo ha preso di mira, salvandogli la vita in più di un'occasione ma ibernandolo dentro una corazza di passività emotiva che tiene sedate le sue pulsioni. Anche quando, come adesso, è appostato da quattro ore all'interno della propria auto in una piazzola protetta da tre grossi platani, ad appena un centinaio di metri dal casolare, con in mano una Beretta bifilare calibro 9x21 automatica a 15 colpi di cui il primo in canna. Con lui, nel sedile a fianco c'è la sua partner, Clarissa Di Natale, vice ispettrice del nucleo investigativo digitale, la nuova sezione pilota di polizia informatica del comando provinciale di Bologna. Trentanove anni, capelli neri corvino, occhi verdi e con una propensione innata all'ottimismo, Clarissa, per il suo fisico asciutto e dinamico, potrebbe apparire la tipica poliziotta da pronto intervento che spende le sue giornate in strada a inseguire assassini, ladri e spacciatori. In realtà l'ispettrice

Di Natale trascorre oltre dodici ore al giorno chiusa in un ufficio della questura davanti a monitor e computer di ultima generazione per indagare i misteri della rete, superare le difese di siti e account, portare a galla gli inconfessabili segreti di pedofili, molestatori, trafficanti di droga e armi e stalker che sfruttano l'etere per commettere delitti senza metterci la faccia. Da cinque anni fa coppia fissa con Gerace nel lavoro e nella vita, anche se spesso si domanda se i due livelli siano realmente compatibili. Unendo le loro forze e competenze i due poliziotti hanno risolto casi difficili come la scomparsa di una bambina inglese in una località turistica della riviera romagnola e l'aggressione mortale di due ragazzi bolognesi, trasferitisi in Inghilterra in cerca di lavoro. Per Clarissa, Alvaro è un amante, un fratello, un padre, una guida e un compagno. Lo ama sinceramente ma da tempo ha smesso di provare a cambiarlo, sebbene si imponga con forza di non assecondare le sue paranoie. Alvaro considera Clarissa una parte necessaria e vitale di se stesso. È la luce che lo guida attraverso le stanze buie della sua anima e la mano che tiene lontana la canna della pistola dalla sua tempia. Ha scoperto di amarla quando ha scoperto di non sapere amare e ne è diventato dipendente. Accanto a Clarissa, Alvaro ha imparato a distinguere il lato positivo della vita e ha ritrovato la voglia di inseguirlo, ripulendo nel frattempo il mondo da criminali e assassini.

Il cielo comincia lentamente a schiarirsi e a svelare i contorni dei campi che circondano il casolare. Due autopattuglie della polizia, entrambe con a bordo una coppia di agenti scelti, armati e pronti a intervenire, sono ferme a fari e lampeggianti spenti nella strada che collega Osteria Grande a Varignana, in corrispondenza del viottolo che conduce all'edificio. Aspettano il segnale lanciato da Gerace.

Il tracciatore che indica la posizione del cellulare dell'uomo a cui Alvaro e Clarissa stanno dando la caccia da giorni lampeggia sul monitor del tablet della poliziotta, puntando sul casale. Le finestre sono chiuse e nessuna luce filtra dall'interno, ma la presenza di uno scooter nel cortile autorizza i due investigatori a ritenere che il loro uomo sia dentro quel rudere. È un insegnante di sostegno di una scuola elementare del quartiere Barca, nella zona est di Bologna, non lontano dal cimitero della Certosa, dove si trova la maggiore concentrazione di alloggi popolari della città. L'istituto ospita in maggioranza figli di coppie di immigrati extracomunitari che hanno ottenuto il permesso di soggiorno o lo status di rifugiati politici o bambini provenienti da famiglie italiane a basso reddito se non totalmente disoccupate. Alcuni genitori si sono rivolti alla polizia per segnalare abusi fisici di tipo sessuale nei confronti dei loro figli ma la direzione della scuola, messa sotto pressione dalle indagini degli investigatori del commissariato Santa Viola, si è affrettata a indirizzare i sospetti verso i residenti di un piccolo campo nomadi che sorge nell'Area Verde della Filanda, a poche centinaia di metri dall'istituto. Le ripetute perquisizioni nell'area, ordinate dal magistrato di turno, hanno portato all'arresto di due nomadi, nella cui roulotte sono stati trovati gioielli rubati e centocinquantamila euro in contanti. Il campo è stato parzialmente sgomberato ma le molestie nei confronti dei bambini, e soprattutto delle bambine, della scuola non sono cessate. Così il dirigente del Santa Viola si è rivolto alla questura per chiedere aiuto e il caso è finito sulla scrivania di Clarissa Di Natale. In poche ore la vice ispettrice ha controllato il sistema informatico della scuola, ha passato al setaccio le postazioni fisse dei computer e si è fatta dare l'elenco di tutti gli insegnanti, i bidelli, gli addetti alle pulizie e al servizio mensa dell'istituto, controllando i loro indirizzi di posta elettronica, gli account di Twitter, Instagram e Facebook, le telefonate fatte con Skype, le applicazioni scaricate sui cellulari, i siti web maggiormente visitati e tutto il materiale da loro archiviato. Non c'è voluto molto per identificare il presunto molestatore. Un docente di trentasette anni, single, di nome Olindo Bergamaschi, originario di Saludecio, in provincia di Rimini, laureato in lingue all'Università di Bologna e assunto a tempo determinato nella scuola del quartiere Barca come insegnante di sostegno per alunni stranieri che non conoscono la lingua italiana. Nel suo computer Clarissa ha trovato centinaia di foto pedopornografiche di bambine, anche di pochi anni, costrette ad atti sessuali con adulti con i volti coperti. Video di stupri di minorenni e chat criptate che rimandano a link e pagine web per pedofili. Ma soprattutto un filmato rivoltante di un festino hard all'interno di un casolare di campagna con protagonisti bambini e bambine al massimo di otto anni e adulti maschi con indosso costumi e maschere da pagliacci alla cui vista il cuore della poliziotta ha cominciato a battere all'impazzata. Dopo avere trasferito il video su una chiavetta, Clarissa si è precipitata nell'ufficio di Alvaro per mostrarglielo. Lo hanno guardato assieme, fotogramma per fotogramma, decine di volte per capire se, tra i clown violentatori, vi fosse anche "Filippo il Pagliaccio", alias Marcello Ruffini, presunto sequestratore e probabilmente assassino di quattro bambine scomparse anni prima in diverse località della Romagna e mai ritrovate, a cui Alvaro ha dato la caccia inutilmente per mesi fino a quando i casi sono stati definitivamente archiviati. La mancata cattura del pagliaccio è rimasta una ferita aperta e sanguinante nell'animo del poliziotto e tuttora gli regala incubi e notti insonni. Soprattutto dopo una mail giunta due anni prima al suo indirizzo di posta elettronica, impossibile da tracciare anche per un'esperta come Clarissa, nella quale qualcuno, firmatosi come "Filippo il Pagliaccio", implorava il poliziotto di mettere fine alla sua follia. Quel messaggio, straziante e terrificante, era stato uno degli ultimi segnali del presunto killer, prima di un silenzio assordante di oltre ventiquattro mesi, e stava mettendo a dura prova l'equilibrio psicofisico di Gerace, stremato ed estenuato dall'ossessione per il pagliaccio. Ora, nonostante sia risultato impossibile identificare i protagonisti di quel video, l'individuazione dell'insegnante pedofilo ha riacceso, nella mente di Alvaro, la speranza di risolvere, o quantomeno districare, anche il caso delle bambine scomparse. Per questo la sua cattura è stata studiata e pianificata per settimane dai due poliziotti, con il consenso del questore e della procura della repubblica. È però essenziale non fare passi falsi e soprattutto prenderlo vivo.

13

Mimmo Finocchiaro ha finito di impostare il menu per la cena, inserendo alcune variazioni sulla carta e lasciando istruzioni dettagliate al suo *sous-chef*. Dopo diversi giorni di lavoro senza sosta, si è finalmente concesso una serata di riposo. Nel bagno del suo ufficio, al piano seminterrato del ristorante, si toglie la giacca da cuoco in cotone nero a doppio petto personalizzata con le iniziali *M.F.* sul petto, si sistema la folta chioma di capelli neri con dosi abbondanti di gel e indossa una camicia bianca e un pullover di lana leggera blu navy che fanno risaltare il colore quasi olivastro della sua pelle. Nonostante la leggenda secondo la quale un cuoco per essere credibile e affidabile deve essere sovrappeso, poiché assaggia i prodotti e i cibi che utilizza e prepara, Finocchiaro è decisamente troppo magro rispetto alla sua altezza, pur avendo un fisico tonico e muscoloso. Ha da poco compiuto quarantadue anni, non è sposato e divide la maggior parte del suo poco tempo libero con una ragazza della Martinica di venticinque anni che lavora come fotomodella, conosciuta durante la registrazione di un talk show televisivo.

La "brigata di cucina" del ristorante Il Dissapore è composta da diciotto persone, ognuna con compiti diversi, dal cuoco capo-partita al rosticciere, al verduraio, all'addetto alla griglia, fino ai responsabili della sezione pesce e di quella di dolci e pasticceria. Fanno parte dello staff anche un *master of wine* e due sommelier. Il personale è quasi tutto italiano ed è stato selezionato con attenzione da Finocchiaro. Sono in maggioranza ex allievi che lui stesso ha formato quando, all'inizio della sua vita e carriera londinese, fu chiamato a dirigere una scuola di cucina italiana annessa a un ristorante nel quartiere centrale di Marylebone. Fanno eccezione un sommelier neozelandese e uno *chef potager* francese che conoscono però alla perfezione la lingua italiana, grazie ad anni di lavoro in alberghi a cinque stelle internazionali.

I centocinquanta posti a sedere del prestigioso ristorante italiano sono sempre prenotati per tutte le sere della settimana, compresa la domenica. La selezione dei clienti è rigorosa, non tanto per la tradizione del locale, quanto per i prezzi proibitivi che hanno reso Il Dissapore un ritrovo di magnati russi carichi di soldi di dubbia provenienza da investire in proprietà e attività londinesi, squali della finanza, super manager a capo di aziende di servizi online, titolari di esclusive società edilizie e immobiliari e ricchi ereditieri in fuga dal fisco del proprio paese di origine. Non mancano inoltre personaggi del mondo dello spettacolo e della televisione, star del calcio internazionale, attori e musicisti, seppure il loro ruolo sia quasi sempre quello di ospiti non paganti.

In origine il locale era molto diverso. Apparteneva a un uomo d'affari cinquantenne, italo-americano, con padre siciliano e madre newyorkese, emigrato da Modica, in Sicilia, di nome Gaspare Mancuso che lo aveva aperto nel 2008, approfittando del terremoto finanziario provocato dal fallimento della banca d'investimento americana, Lehman Brothers. Lo shock dei mercati che ne era seguito aveva scatenato una crisi economica senza precedenti, capace di raggiungere le sponde opposte dell'Atlantico. In pochi mesi, a Londra, decine di bar, ristoranti, negozi e palestre erano stati costretti a chiudere, due delle principali banche erano state salvate grazie all'intervento del governo, centinaia di migliaia di cittadini avevano visto bruciare in pochi minuti i loro risparmi e i prezzi degli affitti erano scesi ai livelli del dopoguerra. Mancuso non aveva alcuna esperienza nel campo della ristorazione ma aveva grande fiuto per gli affari e un intuito innato nel trovare le persone giuste su cui fare affidamento. Non gli ci volle così molto tempo per capire che quel giovane cuoco di Enna, appena sbarcato a Londra con una valigia piena di sogni e ambizioni, conosciuto durante una cena di lavoro in un ristorante di Marylebone, avrebbe fatto la sua fortuna. Una sera lo aspettò in strada al termine delle sue lezioni di cucina e lo convinse a seguirlo a piedi fino a New Bond Street per mostrargli i locali vuoti di un ex showroom di una famosa casa di moda francese, costretta a terminare la propria attività a Londra a causa della crisi economica.

«Vedi Mimmo,» disse Mancuso al giovane cuoco siciliano, mettendogli una mano sulla spalla, mentre gli indicava quell'enorme spazio desolato «questo sarà il nostro ristorante. Io sarò il finanziatore e tu il maestro. Sarà un locale unico in tutta la città, un luogo con un'anima e un cuore. I clienti faranno la fila per provare le tue creazioni, insegnerai l'arte della cucina italiana al mondo e io sarò sempre al tuo fianco, pronto a sostenerti. Rivoluzioneremo il modo di stare a tavola di questo popolo.» Al di là delle promesse retoriche di Mancuso, il progetto si rivelò effettivamente un successo. Finocchiaro volle chiamare il ristorante La Fenice per sottolineare la rinascita dalle ceneri della recessione e in pochi anni il locale, sobrio, elegante, con una cucina semplice e raffinata e una clientela attenta e consapevole, si conquistò la fama di miglior ristorante della capitale britannica. Le riviste specializzate inglesi e internazionali lo inserirono ai primi posti in tutte le classifiche del gusto, Finocchiaro iniziò a vincere premi e ricevere proposte per condurre programmi televisivi sulle reti nazionali, scrivere libri di ricette e di storia della cucina, e fare il giudice in talent show televisivi per aspiranti cuochi. Fedele alla parola data, Gaspare Mancuso gli offrì di subentrare come socio al cinquanta per cento, vendendogli la metà delle quote del ristorante. Così la premiata ditta siciliana "MF" fece spiccare il volo alla Fenice e si impadronì della città.

Poi all'improvviso, a cinque anni dall'inaugurazione del locale, tutto crollò. Gli stessi giornali che prima avevano incensato il ristorante cominciarono da un giorno all'altro a denigrarlo con recensioni spietate sulla qualità del cibo, sull'inadeguatezza del servizio e sull'iniquità dei prezzi, sottolineando la deriva, a loro dire inarrestabile, intrapresa dal ristorante.

Gli importatori di prodotti alimentari dall'Italia presero a consegnare al ristorante merce scadente e di seconda scelta, fino a incidere in maniera pesante sul livello dei piatti. Anche i clienti più affezionati iniziarono a disertare il locale e la società finanziaria che gestiva l'immobile aumentò in un anno del settanta per cento la quota d'affitto dei locali. Le banche chiusero i canali di finanziamento e la metà dei dipendenti si dimise in cerca di una sistemazione che offrisse maggiori garanzie per il futuro. Persino i rappresentanti delle istituzioni italiane a Londra, un tempo onnipresenti a cene e serate di gala organizzate alla Fenice, si dimenticarono di colpo della sua esistenza.

In una di quelle notti londinesi tormentate dal vento del mare del Nord che fa vibrare i vetri delle finestre e risveglia i fantasmi dei vecchi palazzi del centro, Gaspare Mancuso telefonò a Mimmo.

«È tutto finito, amico mio» gli disse con una voce che sembrava provenire già dal regno dei morti. «Spero che un giorno tu possa perdonarmi.»

Il cuoco tentò inutilmente di chiedere spiegazioni al suo socio e amico, lo supplicò in tutti i modi di non interrompere la comunicazione e di aspettarlo. Quindi si precipitò a casa di Mancuso, pregando Dio di arrivare in tempo. Ma la morte aveva già fatto i compiti. Trovò il suo compaesano ormai senza vita, appeso a una corda legata a un grosso ramo di una quercia nel giardino della sua villa a Highgate.

I giorni successivi il tribunale dichiarò il fallimento del ristorante La Fenice. Il locale venne chiuso e messo all'asta dall'autorità giudiziaria. Ad aggiudicarselo, per una cifra quattro volte inferiore al suo reale valore, fu un uomo d'affari napoletano, residente a Londra, di nome Alberto Serrano il quale, ancora prima di iniziare i lavori di ristrutturazione, si mise in contatto con Finocchiaro e gli propose di assumerlo come *executive chef*.

14

«Finalmente, credevo non arrivassi più» dice Rebecca, prendendo da una fila di libri, conservati in un angolo della sua scrivania, un volume intitolato *Appunti di viaggio: 1969-2006* del fotografo Gabriele Basilico. «È arrivato ieri pomeriggio, un miracolo che sia riuscito a trovarlo, era già fuori catalogo. Purtroppo è un po' costoso ma ho già parlato con Ornella e mi ha detto che posso farti il trenta per cento di sconto. Puoi darmi un acconto e il resto a fine mese quando ti pagano... Ma, Mirco mi stai ascoltando?»

«Come? Ah, sì, scusa, anzi, grazie e... quanto ti devo?»

«Che cosa ti è successo? Hai una faccia... sembra tu abbia appena visto un fantasma.»

Mirco Scarnecchia si siede su un piccolo sgabello a fianco della scrivania di Rebecca, con lo sguardo verso una parete di scaffali di libri. Non riesce però a mettere a fuoco nemmeno un titolo. Ha ancora il cuore sottosopra e gli occhi glaciali di quell'uomo alla guida del furgone stampati nella mente.

La libreria italiana di Londra è un piccolo e grazioso locale, con gli esterni verniciati di bianco, che si trova a Gloucester Road, nel ricco quartiere londinese di Kensington. Ha una vetrina ad angolo e un piccolo salottino da caffè nel seminterrato, utilizzato per presentazioni di libri ed eventi letterari.

La sua titolare, Ornella Tarantola, è una donna che ha appena superato i cinquantacinque anni, originaria di Brescia, ma con metà della sua vita trascorsa nel Regno Unito, sebbene non abbia mai pensato di diventarne suddita. È alta, magra, con un viso espressivo e lo sguardo diretto e privo di trucco di chi ha vissuto anni difficili senza rinunciare alla trasparenza del pensiero e della mente.

La libreria italiana, che tutti a Londra conoscono come Italian Bookshop, è stata aperta nel 1994 da una società inglese, in un periodo in cui l'interesse per la lingua e la cultura italiana sembrava essere in crescita. In vent'anni ha cambiato tre sedi e diverse volte ha rischiato di chiudere a causa della crisi dell'editoria e, più in generale, di quella economica, che ha azzerato le tasche di tanti lettori. È solo grazie a Ornella, che ha preso in mano le redini della libreria alla fine degli anni Novanta, se l'Italian Bookshop non solo è sopravvissuto ma è divenuto un punto di riferimento per italiani di ogni età che vivono a Londra e per quegli inglesi illuminati che amano essere parte di qualcosa che vada oltre le loro usanze, tradizioni e frontiere. La libreria italiana è divenuta una famiglia allargata, un luogo in cui non esiste la diversità e la Brexit è un'offesa all'intelligenza umana. In questi anni tanti giovani italiani, appena arrivati a Londra, vi hanno lavorato, anche per brevi periodi, prima di trovare una sistemazione. Qualcuno è rimasto, come Rebecca Sotti, una ragazza sarda di ventisei anni, piccola di statura, con i capelli neri e ricci e un viso dolce che nasconde una ferrea volontà, arrivata a Londra con l'intenzione di fermarsi solo qualche mese per capire se iscriversi all'università e che al contrario, dopo cinque anni vissuti nella capitale britannica, non solo si è laureata in letteratura inglese alla Kingston University ma è anche divenuta cittadina britannica, superando brillantemente le prove richieste per ottenere il doppio passaporto. E soprattutto ha fatto breccia nel cuore di Ornella, che l'ha scelta per proseguire la vita e la storia della libreria italiana di Londra.

Rebecca e Mirco si sono conosciuti durante la presentazione di un libro sulla comunità italiana londinese e si sono piaciuti subito. Lui è rimasto colpito dalla sua gentilezza e sensibilità, oltre che dalle sue forme sinuose e proporzionate. Lei ha colto la parte geniale e irrequieta di Mirco e ne è rimasta affascinata. Ma in otto mesi si sono incontrati solo una volta fuori dalla libreria e hanno trascorso tutta la serata al bar dell'ultimo piano della galleria Tate Modern a bere tè verde, mangiare piccoli sandwich al formaggio e parlare di romanzi horror, fotografia, film e serie televisive thriller, fermandosi più volte a osservare, in silenzio, lo skyline illuminato dei grattacieli della riva nord del Tamigi. Si sentono profondamente legati l'uno all'altra e sanno che il primo bacio è solo una questione di tempo. Che nessuno dei due ha però voglia di incalzare.

«Sei sicuro di stare bene? A che ora devi essere al Sea Life?» chiede Rebecca.

«In realtà dovrei già essere là,» risponde Mirco «ma oggi non me la sento di stare chiuso nell'acquario a fotografare orde di turisti obesi in posa con quei poveri pesci sfiniti.»

«E cosa pensi di fare?»

«Mi inventerò una scusa. Dirò che mi è venuta la febbre e sono andato dal medico per farmi prescrivere dei farmaci.»

«Ci hai pensato bene? Guarda che il manager impiega un secondo a cacciarti. Mi hai detto che è un tipo esigente e sai come funziona qui a Londra...»

«E allora? Chi se ne frega di quel posto di merda! Per quello che mi pagano poi...»

Rebecca arrossisce, colpita dal tono veemente di Mirco.

«Non ti ho mai visto così agitato,» dice, con il cuore leggermente in affanno «sei strano oggi.»

«Ti chiedo scusa, Rebecca,» risponde prontamente il giovane, rendendosi conto di avere proiettato su di lei le proprie paure «non volevo risponderti male, sono stato ingiustamente aggressivo. È che questa mattina mi è capitata una cosa che mi ha particolarmente scosso e non riesco a comprenderne il motivo.»

«Forse se me ne parli possiamo capirlo assieme.»

«Non voglio romperti con le mie paranoie, tu stai lavorando...»

«La libreria è vuota, lo vedi tu stesso, e Ornella è di sotto che sta facendo degli ordini per dei testi scolastici. Non esiste momento migliore.»

«D'accordo.»

Nel quarto d'ora successivo Mirco racconta a Rebecca, con la voce ancora malferma a causa della tensione, di quell'incontro di pochi secondi in strada con quell'uomo alla guida del furgone bianco. Di quel suo sguardo carico di violenza silenziosa che gli ha rivolto dopo essersi accorto che lui aveva notato la parrucca da pagliaccio sul sedile a fianco e di quegli occhi taglienti come lame che gli hanno mozzato il respiro.

«Ha fatto dei gesti? Ti ha detto qualcosa, ti ha minacciato?» chiede Rebecca.

«No, nulla. È ripartito a tutta velocità e non l'ho più visto.»

«Ma tu sei sicuro che stesse guardando proprio te?»

«Mi vengono i brividi se penso a quello sguardo. Sento i suoi occhi ancora addosso. Stava valutando come agire. Sono certo che se fossimo stati in una situazione diversa non avrebbe avuto esitazioni a fermarsi, scendere e...»

«E tutto questo solo perché hai visto quella parrucca sul sedile? Non ti sarai fatto suggestionare?»

«Mah, non lo so, forse hai ragione. Cosa posso dirti? L'unica certezza che ho è che mi tremano ancora le mani e ho fatto una fatica incredibile ad arrivare fino a qui in bicicletta.»

«Non è che per caso si tratta di qualcuno che conosci o che hai già incontrato da qualche parte? Forse lui ti stava guardando solo per cercare di metterti a fuoco...»

«Mai visto prima. E poi quello non era lo sguardo di qualcuno che cerca un contatto. Anche se sono soltanto un povero fotografo, illuso e disoccupato, so riconoscere le espressioni della gente, riesco a cogliere il significato di certe occhiate.»

«Be', allora vediamo se il tuo terzo occhio ci può svelare il segreto di quest'uomo dagli occhi di ghiaccio» dice Rebecca, sorridendo.

«Cosa intendi? Non capisco» risponde Mirco.

«Da quando sei entrato non ti sei mai tolto il casco. Ce l'hai sempre in testa, più attaccato dei capelli. Se tu non riesci a riconoscere il *boogeyman*, forse potrà farlo lei» prosegue la ragazza, indicando la piccola telecamera fissata al caschetto da bici con la spia rossa ancora accesa.

15

«Ogni volta che ti vedo non posso non pensare a Luther. Sembri veramente il gemello di Idris Elba, anche se lui è decisamente più figo!» dice Amanda, comparendo sulla porta dell'ufficio di Peter McBride, comandante della stazione di polizia di Brixton.

L'edificio è un parallelepipedo in cemento grigio con cinquantaquattro finestre tutte uguali, disposte a griglia su tre file da diciotto, che rendono la facciata dell'edificio una specie di alveare fortificato. Sorge dove Gresham Road e Canterbury Cres confluiscono in Brixton Road, la lunga strada che taglia tutto il quartiere. Un punto strategico nel cuore di uno dei rioni a più alta densità criminale della città, palcoscenico ideale delle gang e punto di approdo per molti immigrati dall'America Centrale. Ma anche fascia ad alta espansione culturale e creativa, territorio di conquista per artisti di nuova generazione, ispirati dalle mille facce diverse del quartiere, eredi legittime delle infinite identità del suo figlio più famoso e amato: David Bowie, nato a Brixton nel gennaio del 1947 come David Robert Jones.

In quarantasette anni di vita la faccia di Peter McBride non è invece mai cambiata. Ha sempre l'espressione di qualcuno sul punto di estrarre una pistola, un coltello o un pugno di ferro e colpirti in modo letale e definitivo, senza lasciarti il tempo di aprire bocca. Come quando, a soli quindici anni, ha inferto trentasette coltellate a un suo coetaneo di nome Abel Smith, strappandogli la vita.

A Moss Side, quartiere della periferia di Manchester, dove il destino ha voluto che nascesse e diventasse il capo di un gang di adolescenti, era noto come BigMac, non solo per la sua stazza da pugile peso massimo, cresciuto troppo in fretta, ma anche a causa dello squallido fast food, eletto a quartier generale della sua piccola armata di giovani banditi, in perenne guerra con le altre gang della zona.

A dodici anni Peter aveva già collezionato diverse condanne per furto, spaccio di droga, atti di violenza, rissa, detenzione di armi da taglio e affiliazione ad associazione criminale giovanile per un totale di cinque anni di carcere, ridotti a due e mai scontati. Con l'omicidio di Abel Smith, rimasto clamorosamente impunito a causa dell'omertà dilagante a Moss Side, il destino di Peter sembrava segnato. La sua morte violenta, come supremo e inevitabile atto di vendetta dei compagni di Abel, sarebbe stata solo una questione di tempo se un prete di strada giamaicano non fosse intervenuto per farlo scappare da quelle strade assetate di sangue. Il reverendo Juggla, a cui la madre di Peter si era rivolta per chiedergli aiuto, implorandolo di portare suo figlio lontano da sé e dalla vita senza futuro a Moss Side, riuscì a fare trasferire di nascosto il giovane nella comunità di recupero di un altro prete, molto diverso da lui, il reverendo Stark, fondatore di un centro di riabilitazione forzata per adolescenti violenti e pericolosi nel Leicestershire.

Peter è cresciuto in quella specie di carcere protetto, subendo soprusi e umiliazioni fisiche e psicologiche e coltivando una rabbia profonda per tutto ciò che rappresentasse l'autorità, sia quella con gli abiti talari, sia quella con indosso una divisa. Ha modellato il suo fisico per anni fino a diventare una perfetta macchina da combattimento. Ma si è dedicato anche all'allenamento della mente, ottenendo prima il diploma e poi la laurea triennale in antropologia. Il reverendo Stark, per il quale BigMac non ha mai smesso di provare un odio viscerale, lo ha costretto, a completamento del suo lungo percorso di recupero, a fare domanda per entrare in polizia dove Peter, grazie ai suoi titoli e alla sua esperienza di vita, ha scalato velocemente i diversi gradi della carriera fino a diventare ispettore.

Ma in tutti gli anni passati a Scotland Yard e nella National Crime Agency e nonostante le decine di casi risolti, i premi e gli encomi, McBride non è mai riuscito a scrollarsi di dosso la puzza di sangue, polvere e fango di Moss Side, è rimasto un uomo senza padroni che riconosce unicamente la legge della strada e che decide da solo come e quando fare giustizia. Ciò lo ha reso incompatibile con la politica subdolamente corretta della polizia britannica.

Licenziarlo non è mai stato possibile, condannarlo a un ritorno, in apparenza premiale, alle sue radici è stata la trovata geniale e ipocrita di Angie Brown, la prima donna a capo di Scotland Yard in centottantasette anni di vita della celebre Metropolitan Police londinese. Così BigMac è stato promosso a comandante della stazione di polizia di Brixton, un buco nero nel cuore nero di Londra.

«*Yo, sista!* Cosa ci fa una gnocca da paura come te in questo lercio commissariato di gatti neri di strada? Ti sei già stancata della puzza di sudore rancido di sbirro bianco che si respira a Savile Row?» dice Peter, girandosi verso Amanda.

BigMac è in piedi davanti alla finestra della sua stanza, nell'angolo supremo dell'alveare, partendo dalla prima fila in alto a sinistra, dalla quale si ha una visione spettacolare di tutta Brixton. In controluce la stazza del poliziotto appare ancora più imponente. Indossa una maglia attillata nera a maniche lunghe con profondo scollo a V e piccoli bottoni bianchi, che enfatizza i muscoli guizzanti di pettorali, spalle e bicipiti. Sotto l'ascella, la fondina di cuoio vuota della sua Glock. La scelta monocromatica del suo look prosegue con jeans neri senza cintura, anfibi dello stesso colore Kenneth Cole e una rasatura quasi a zero con un pizzetto appena disegnato che circonda labbra e mento. Ma il nero più intenso è quello dell'iride che contrasta con il bianco immacolato della sclera, rendendo i suoi occhi degli strumenti non convenzionali di persuasione.

«Non ancora, BigMac, anche se devo ammettere che rispetto al mio capo tu sei decisamente più *hot*!» risponde Amanda, fissando di proposito il gonfiore dei quadricipiti che tende la tela dei jeans di McBride.

«Ti ho mai detto che mi sta sul cazzo che qualcuno mi chiami così? BM è acqua passata, quell'uomo non esiste più. Ora sono semplicemente PMC o ispettore McBride.»

«Ops! Devo avere toccato un nervo scoperto. Scusa, PMC, non volevo offenderti.»

«Non preoccuparti, sorellina, detto da te non è mai un'offesa. Non sei come quei cazzoni di dirigenti di Scotland Yard che fanno apposta a chiamarmi col mio soprannome *gangsta* per rimarcare il mio passato e sbattermi in faccia che io non sono come loro. Come se fosse una mia fottuta aspirazione!»

«L'hai detto, *bruv*! Quelli da anni non riescono più a vedere il loro uccello quando vanno a pisciare e si eccitano a fare i selfie con il sindaco o i politici di turno per postarli sulle loro squallide pagine di Facebook. Non riuscirebbero a catturare un pollo in una gabbia...»

McBride sorride e invita Amanda a sedersi su un divano a due posti di pelle nera in un angolo della stanza su cui fa accomodare solo gli amici o i colleghi ai quali non vuole imporre la distanza del suo grado e la sua presenza fisica. Quindi prende la sedia di fronte alla scrivania e si sistema dinanzi a lei.

«Ti trovo in gran forma, Amanda,» riprende «ma dubito che tu sia qui in cerca di complimenti. Quindi spara...»

«La mia non è una visita ufficiale» si affretta a chiarire la poliziotta.

«Non conosco nemmeno il significato di questo termine» la tranquillizza immediatamente McBride.

«È per una mia amica che vive anche lei a Brixton. Anzi per la sua bambina» riprende Amanda.

«Chi è? La conosco?»

«Si chiama Virginia Watson, abita a Saltoun Road.»

«Parliamo di quella Virginia? La donna di Jerome Boyd, il *narc* di Brixton Water Lane?»

«Esattamente, e della loro figlia Cindy, di cinque anni.»

«Che cosa hanno combinato?»

«La piccola è scomparsa. È successo questa mattina mentre l'accompagnava a scuola, a Brixton Road. Virginia è convinta che gliel'abbiano portata via.»

«In che senso? Intendi dire dalla scuola?»

«A dire il vero lei crede che qualcuno gliel'abbia rapita prima che entrasse nell'edificio. Sfortunatamente non è riuscita a controllare se la piccola avesse effettivamente varcato l'ingresso della scuola. Fatto sta che dentro non c'è mai arrivata.»

«Scusa ma non capisco. Dov'era Virginia? Non hai detto che l'ha accompagnata a scuola?»

«Sì però ha avuto un problema con l'altro bambino, Cyril, di un anno e mezzo, e si è distratta mentre la figlia percorreva il tratto di marciapiede fino all'ingresso. Così non è riuscita a sincerarsi che Cindy entrasse regolarmente a scuola. Si è subito precipitata in classe ma la bimba non c'era e nessuno degli insegnanti l'aveva vista. Ha chiesto agli altri genitori e l'ha cercata disperatamente in tutte le strade attorno alla scuola senza trovarla. Appena tornata a casa mi ha chiamato, in preda all'angoscia.»

«Mah,» dice McBride, grattandosi il mento «un rapimento di un minore in pieno giorno davanti alla scuola in una delle vie più affollate di Brixton. Tu le credi?»

«Non lo so» risponde Amanda. «In questo momento mi interessa solo capire dov'è Cindy ed essere certa che stia bene.»

«Boyd?»

«È in carcere con ancora sette anni da scontare. Ho controllato.»

«D'accordo, ma allora perché Virginia non è qui con te per fare la denuncia? La sparizione di un minore è un caso con la massima priorità e potrei immediatamente mandare fuori delle volanti e delle squadre a cercarla, istituire dei posti di blocco e mettere in circolazione la sua foto nei nostri canali. Sai bene quanto sia importante agire subito in questi frangenti...»

«No, niente denuncia. Sono venuta per chiedere aiuto a un amico, non per aprire un'indagine ufficiale, te l'ho già spiegato. Se non ti va di farlo, nessun problema, posso arrangiarmi da sola. Scusa il disturbo» risponde Amanda seccata, mentre fa il gesto di alzarsi dal divano. Peter la ferma, appoggiandole delicatamente una mano sul braccio.

«Non ho detto questo, sorellina, non ti agitare. Vedi di fronte a te uno di quei poliziotti ottusi, tutti divisa e regolamento? Non credo, quindi rilassati. Ti aiuterò a cercare la figlia della tua amica senza compilare alcun modulo, ma se vuoi che io abbia qualche chance di trovarla devi dirmi tutto. Qual è il problema di Virginia?»

Amanda abbassa lo sguardo e sospira, sfregandosi nervosamente le mani sulle cosce.

«La droga» risponde, ricreando il contatto visivo con Peter. «Non ne è mai uscita. Credo si faccia ancora di crack come quando viveva con Jerome. È paranoica, depressa e apatica ma è una buona madre. Si fa un culo spaventoso per non fare mancare nulla ai suoi bambini. Denunciare la scomparsa di Cindy per lei potrebbe significare perdere la potestà sui figli. E vista la sua condizione, i servizi sociali non avrebbero altra scelta che portarglieli via ma sarebbe la fine. Virginia vive per quei bambini.»

«E per loro è giusto vivere con una madre che si fa di crack?» chiede Peter.

«Se è capace di amarli e dedicarsi a loro come fa lei, sì, è giusto. Il calore e l'affetto di una madre sono insostituibili. Non esiste comunità, casa protetta o famiglia affidataria che possa offrire a dei bambini l'amore che Virginia nutre per loro. Io la conosco bene, la sua è una lotta continua e disperata contro la dipendenza ma non ha mai sottratto un solo minuto del suo tempo ai figli. È una donna sola che si è caricata sulle spalle il peso di una vita di errori e scelte sbagliate e sarebbe disposta a farsi uccidere per i suoi bambini. Senza di loro non resisterebbe un solo giorno.»

Il peso delle parole di Amanda toglie il respiro a Peter. Il poliziotto ripensa a sua madre e rivede i suoi occhi pieni di lacrime mentre lei gli spiega che ha deciso, per il suo bene, di affidarlo a un uomo di chiesa che lo porterà via da Moss Side, lo farà studiare e diventare una persona perbene. Ricorda il dolore lancinante e la rabbia incontrollabile quando, otto anni più tardi, il reverendo Stark gli comunica che sua madre è deceduta per un attacco di cuore e, contemporaneamente, gli nega il permesso di tornare a Manchester per andare al suo funerale.

«D'accordo,» dice alla fine McBride «facciamo come dici tu. La vicenda non uscirà da questa stanza, ce ne occuperemo solo io e te ma dobbiamo agire velocemente e non fare errori. Tu torna da Virginia e cerca di capire chi sono le persone che frequenta in questo momento, se ha dei debiti con gli spacciatori o di qualsiasi altro genere, tipo prestiti non pagati o problemi con degli strozzini. Io nel frattempo controllo come si comporta Jerome Boyd in carcere e se ha ancora rapporti con l'esterno. Inoltre cerco di procurarmi ufficiosamente i filmati delle telecamere di sicurezza della zona della scuola e di fare qualche domanda in giro. Conta su di me, *sista*, troveremo quella bambina!»

16

«Qual è il piano, Alvaro?» chiede Clarissa.
«Blocchiamo tutte le vie di fuga, circondiamo l'edificio e cerchiamo di convincerlo a uscire. Se resiste entriamo con la forza ma senza sparare un colpo a meno che non sia strettamente necessario. Da quanto sappiamo Bergamaschi dovrebbe essere disarmato. Nel caso miriamo comunque alle gambe, bisogna assolutamente prenderlo vivo.»
L'ispettore Gerace guarda nervosamente l'orologio. Dal casolare non giunge alcun segno di vita.
«È ancora lì dentro?» chiede.
«Così pare» risponde Clarissa, controllando per l'ennesima volta il puntino rosso sul suo tablet che indica la posizione del cellulare di Olindo Bergamaschi.
«Okay, dai il segnale» ordina Alvaro.
Clarissa afferra la ricetrasmittente e pronuncia in modo chiaro: «*Codice 10-56!*». Dopo qualche secondo giungono le conferme da parte delle due pattuglie.
Alvaro scende dall'auto con la pistola in mano, seguito da Clarissa, anche lei armata con la sua Beretta d'ordinanza. Corrono velocemente e senza fare rumore fino alla porta d'ingresso del casolare e si dispongono sui due lati, con le spalle al muro. Dopo avere a loro volta avvertito la centrale affinché organizzi controlli e posti di blocco sulla strada provinciale tra San Giorgio e Varignana, i quattro agenti

delle volanti raggiungono il casolare e si dispongono, armi in pugno, in corrispondenza delle quattro pareti dell'edificio, tenendo sotto mira le finestre.

Alvaro sente l'adrenalina scorrergli nelle vene e le pulsazioni aumentare. Fa un respiro profondo e guarda negli occhi Clarissa. Lei ricambia lo sguardo e gli fa un breve cenno affermativo con la testa.

Il poliziotto solleva la pistola in aria con entrambe le mani, tenendola a fianco della testa.

«Signor Olindo Bergamaschi,» dice a voce alta, scandendo bene le parole «sono l'ispettore Gerace della questura di Bologna. La casa è circondata. Esca lentamente e con le mani in alto. Nessuno ha intenzione di farle del male. Faccia come le ho detto e non ci saranno problemi!»

Dal casolare non giunge alcuna risposta. Clarissa appoggia l'orecchio alla parete esterna per cogliere ogni eventuale rumore. Dopo qualche secondo guarda Alvaro e scuote la testa.

«Signor Bergamaschi!» riprende Gerace. «Siamo della polizia. Apra la porta per favore!»

Gli agenti in divisa, appostati nei quattro angoli del casolare, allargano le gambe, puntano le pistole alle finestre più in basso e si mettono in posizione di tiro. Alvaro si allontana dalla parete e si piazza davanti alla porta, facendo loro segno di attendere un suo ordine. Quindi bussa vigorosamente per tre volte, spostandosi immediatamente di lato.

«Signor Bergamaschi!» grida Gerace. «Stiamo per entrare. Si sdrai per terra e non faccia sciocchezze!»

Ancora nessuna risposta.

Alvaro guarda gli agenti e alza una mano. Poi stringe il pugno per dare il segnale. Sta per sferrare un calcio alla porta ma Clarissa improvvisamente lo blocca, sollevando l'indice della mano senza la pistola. Mentre Gerace rimane fermo, puntando verso la porta del casolare con entrambe le mani strette sull'impugnatura della sua Beretta, Clarissa appoggia nuovamente l'orecchio alla parete. Poi si sposta lentamente verso la prima finestra, sul lato destro dell'ingresso. Alvaro le fa segno di fermarsi , lei non gli dà ascolto e si accovaccia a fianco degli scuri. Sono entrambi chiusi ma l'usura ha consumato le liste di legno, creando delle fessure dalle quali è possibile guardarle all'interno. Anche chi si trova dentro la casa può però scorgere chiunque si avvicini alla finestra. Alvaro si sbraccia vigorosamente per intimare a Clarissa di allontanarsi dalla finestra e tornare immediatamente in una posizione sicura, togliendosi dalla linea di tiro. Uno degli agenti si sdraia a terra a meno di dieci metri dalla finestra e punta l'arma verso la casa. Clarissa ignora l'ordine di Alvaro e si avvicina ancora di più alla finestra. Con un leggero movimento si porta radente allo scuro di sinistra e allinea lo sguardo a una sottile fessura tra le liste di legno.

Alvaro sente le vene del collo che pulsano all'impazzata ma non può permettersi di esitare ancora. Sta per avventarsi contro la porta quando Clarissa lo coglie nuovamente di sorpresa. Si alza di colpo e con uno scatto improvviso lo precede, portandosi di fronte all'ingresso. Quindi sferra un calcio potente nella parte alta della porta, poco sopra la serratura. I cardini, vecchi e arrugginiti, cedono di schianto e la porta cade a terra. La poliziotta si precipita all'interno senza nemmeno puntare la pistola e sparisce nella semioscurità.

«Cazzo, fermati!» grida Alvaro mentre inizia a correrle dietro con la pistola in pugno, seguito dall'agente che si era appostato fuori.

Quelli rimasti all'esterno tendono le braccia, aspettando un segnale.

Con il cuore in gola Alvaro entra nell'enorme stanza al piano terra del casolare e vede Clarissa che tenta inutilmente di sollevare le gambe di un uomo che pendono dall'alto. L'ispettore alza lo sguardo e riconosce Olindo Bergamaschi. La sua testa è appesa a una corda legata a una trave del soffitto. Ha gli occhi sbarrati, la lingua fuori e la pelle del collo di un colore bluastro. A terra vi sono una pozza di liquido scuro e una sedia ribaltata.

17

"Segui il flusso del denaro." Un pensiero costante rimbalza nella mente del detective James Riddle mentre controlla per l'ennesima volta il fascicolo sull'omicidio del cavalier Achille Stefanelli De Vitis. Gli elementi a disposizione della polizia sono drammaticamente scarni. Manca l'arma del delitto, le immagini delle telecamere a circuito chiuso della galleria sono state fatte sparire, nessun testimone si è fatto avanti e non esiste ancora un movente. I primi risultati delle analisi scientifiche confermano che De Vitis è morto a causa di una profonda ferita con arma da taglio al collo, inferta probabilmente da un lato del collo, che gli ha troncato arteria carotide e vena giugulare, provocandogli un'asfissia da inondamento di sangue delle vie respiratorie. Il decesso è avvenuto in dodici secondi. L'abbondante dissanguamento, che ha imbrattato gli abiti della vittima, ha reso impossibile la rilevazione di impronte su buona parte dei suoi vestiti. Chi lo ha ucciso ha usato un'arma lunga e affilata, tipo un coltello combat militare o uno da cucina di circa venti centimetri. Il corpo è stato trascinato nell'angolo della galleria in cui è stato rinvenuto da un altro locale, utilizzato come ripostiglio, il cui ingresso dista pochi metri. Secondo una sommaria ricostruzione, la vittima sarebbe stata uccisa dentro al ripostiglio e quindi il cadavere sarebbe stato portato all'esterno e adagiato sul pavimento a poca distanza dal muro in un lasso di tempo variabile dai novanta ai centoventi secondi. Questo spiegherebbe anche gli schizzi di sangue sulla parete. Il dissanguamento sarebbe proseguito in loco, fino al totale esaurimento. Non si esclude che il corpo sia stato avvolto in un telo per rendere più agevole il suo spostamento, non lasciare scie di sangue sul pavimento e non attirare l'attenzione. La natura delle opere esposte nella galleria avrebbe favorito l'autore, o gli autori, del delitto nel non creare sospetti durante la dislocazione del corpo. Nei reperti non figurano né teli insanguinati né altri strumenti per il trasporto di oggetti pesanti. L'esame del luminol ha evidenziato una larga traccia ematica sul pavimento del ripostiglio, rimossa approssimativamente con uno straccio bagnato di acqua e detersivo per pavimenti. Anche questo materiale non è stato rinvenuto.

Nell'area principale della galleria sono state rilevate numerose impronte di sangue, appartenenti a persone diverse, che si presume siano da riferire alle ferite che gli ospiti si sono procurati nel tentativo di correre fuori dal locale, rovinando a terra sui vetri delle decine di bottiglie andate in frantumi.

Riguardo alla lista delle persone presenti nella galleria al momento dell'omicidio, l'ufficio amministrativo della società a cui fa capo il centro espositivo ha fornito alla polizia la lista di tutti gli invitati, del personale dipendente, dei collaboratori occasionali e dello staff addetto alla sicurezza. Ma non è stato in grado di mettere a disposizione degli organi investigativi né il numero né i dati delle persone ingaggiate dal servizio di catering che ha provveduto a cibi e bevande e che risulta essere di proprietà del ristorante Il Dissapore.

La consorte del defunto, Emilia Bonetti, coniugata Stefanelli De Vitis, è stata ricoverata in stato di shock al pronto soccorso dell'ospedale St. Thomas di Westminster alle ore ventuno e quindici e dimessa il mattino seguente alle undici. Non sono stati rilevati traumi di tipo fisico. Gli abiti che la signora Bonetti indossava la sera del delitto presentano tracce abbondanti di sangue della vittima, giustificabili dal fatto che la vedova ha sollevato e abbracciato il corpo del marito, tentando anche di bloccare l'emorragia di sangue dal collo con le mani. Sono catalogati nei reperti alla voce "Bonetti".

Oltre all'escussione della signora Alexandra Evie Mangiarotti, proprietaria della galleria Browns Arbiter, e del suo assistente Andrea Lo Judice, in qualità di testi, non sono finora state raccolte altre dichiarazioni a verbale.

Riddle richiude il fascicolo e lo sposta in un angolo della scrivania.

La stazione di polizia di Savile Row è un viavai di ufficiali e agenti ma l'assenza della sua partner, Amanda Jefferson, lo fa sentire spaesato. Soprattutto dopo la sfuriata del comandante Gardiner che avrebbe volentieri condiviso con la sua collega. C'è qualcosa che l'ispettore non riesce a mettere a fuoco in questo caso ma che non riguarda il modus operandi dell'assassino o, meglio, non la parte scientifica e razionale del delitto, bensì quella, per così dire, creativa. Per Riddle è come se l'omicidio di Stefanelli De Vitis fosse un dipinto realizzato appositamente sopra un'altra immagine, già presente nella tela, per nascondere la verità originale. Ma allo stesso tempo l'autore dell'opera contraffatta, attraverso il nuovo disegno, avrebbe indicato il motivo del suo gesto.

"Segui il flusso del denaro," continua a ripetere la voce nella testa dell'ispettore "come insegnano le tecniche di investigazione dell'FBI nelle indagini sui grossi sodalizi criminali, sui reati finanziari e riguardo alle inchieste su mafia e riciclaggio di denaro sporco."

Riddle chiude gli occhi e lascia vagare liberamente i suoi pensieri. E d'improvviso nella sua mente si accende una luce.

«Cazzo!» impreca Riddle, aprendo freneticamente i tre

cassetti della scrivania e cominciando a rovistare tra carte, libri e manuali. Poi finalmente si ricorda. Si alza di scatto dalla sedia e raggiunge l'ufficio del comandante. Gardiner è al telefono e non nasconde il suo disappunto quando vede Riddle piombargli nella stanza. Ma l'ispettore gli fa segno di volere soltanto consultare un volume che si trova nello scaffale della sua stanza. Senza attendere il permesso si avvicina alla piccola libreria in ferro ed estrae un manuale dal titolo *Metodi e tecniche del riciclaggio di denaro* realizzato da un gruppo di docenti e studiosi della London School of Economics and Political Science su fiscalità internazionale e criminalità organizzata. Si mette il libro sotto il braccio ed esce dalla stanza, salutando con un cenno della mano Gardiner, il quale non alza nemmeno lo sguardo.

Tornato alla scrivania, Riddle inizia a sfogliare concitatamente le pagine fino a quando non trova il capitolo che gli interessa.

Costituzione di una società di copertura

Una pratica abbastanza diffusa tra le organizzazioni criminali di tutto il mondo consiste nella costituzione di società che hanno per oggetto il commercio di opere d'arte.
Le operazioni di acquisto sono effettuate, ovviamente, in forma di denaro contante. Quando la società riesce ad accumulare una notevole quantità di opere di vario genere tra quadri d'autore, sculture, dipinti di artisti famosi e opere di giovani emergenti, procede alla formazione di diversi lotti di merce che saranno poi venduti in case d'asta sparse in tutto il mondo. I lotti in questo modo andranno al miglior offerente. Tuttavia accade spesso che un affiliato all'organizzazione tenda ad acquistare nuovamente i lotti messi all'incanto al fine di ripetere l'operazione. In questo caso l'unico costo che l'organizzazione sostiene per ripulire il denaro è rappresentato dal valore della commissione relativa a ciascuna operazione di vendita.

Mentre legge con attenzione il manuale, nella mente di Riddle ripassano le immagini delle sculture e dei quadri fatti a pezzi nella galleria Browns Arbiter.
Ma il capitolo successivo si rivela ancora più illuminante.

Tra le tecniche di riciclaggio più impeccabili vanno certamente annoverate quelle che si fondano sull'immissione del denaro sporco nei circuiti di moneta legale. La predisposizione di tali tecniche presuppone il possesso di attività commerciali caratterizzate da un ingente flusso di cassa, come ristoranti e casinò. La costituzione di questa tipologia d'imprese consente che il denaro sporco possa essere integrato nel sistema legale senza correre rischi. Perfino per uno scaltro investigatore di polizia sarebbe un compito arduo dimostrare quanti pasti un ristorante ha realmente venduto e quanti invece sono stati registrati in modo fittizio. Per porre in essere tale tecnica il sodalizio criminale può agire in due modi: rilevare un'attività commerciale già esistente oppure costituirne una ex novo. In quest'ultimo caso accade quasi sempre che la società abbia il solo fine di fatturare operazioni inesistenti.

Non ha ancora scoperto nulla e non può in nessun modo dimostrare di essere sulla strada giusta, ma Riddle si sente euforico come se avesse identificato le tessere più importanti del puzzle. Infila il manuale nella tasca della giacca, lacerando quello che resta della fodera ormai distrutta, ed esce a passo veloce dalla stanza. Varca la soglia della stazione di polizia e si dirige verso New Bond Street. Giunto quasi alla fine della strada, imbocca la piccola via che conduce al ristorante Il Dissapore.
Sta per entrare nel locale quando vede uscire una giovane alta e mora. Riconosce subito Anita, la ragazza della reception, sebbene al posto dei tacchi a spillo indossi ora comode scarpe da ginnastica.
«Salve Anita, sono l'ispettore James Riddle della Metropolitan Police, ci siamo conosciuti questa mattina, ricorda?»

La giovane ha un momento di esitazione poi rientra subito nel suo ruolo.

«Ma certo, ispettore! Era con l'ambasciatore Sermonti. Ricordo benissimo. Cosa posso fare per lei?»

«Vorrei parlare con il proprietario del ristorante, il signor...»

«Il dottor Alberto Serrano!» dice prontamente Anita.

«Sì, esatto. Proprio lui. È ancora nel ristorante?»

«Purtroppo no, ispettore, il dottor Serrano è uscito per incontrare delle persone e, se ricordo bene, oggi non ritorna. Ma se mi lascia un suo recapito la faccio richiamare dal suo assistente appena...»

«Non importa, Anita, grazie lo stesso. Tornerò in un altro momento.»

«Mi spiace» recita la giovane mentre Riddle fa per tornare sui suoi passi.

«Perché non fa un salto domani sera?» lo blocca Anita. «Ci sarà una cena di gala per raccogliere fondi per la Scuola italiana di Londra. Verranno anche l'ambasciatore, il console generale, il direttore dell'Istituto di Cultura, quello del Commercio Estero, insomma ci saranno tutti i più alti rappresentanti delle istituzioni e della comunità italiana di Londra. Sarà anche un modo per rendere omaggio alla memoria del cavalier De Vitis. Sono sicura che al dottor Serrano farà piacere averla tra i suoi ospiti.»

«Non ne dubito» risponde Riddle. «Grazie Anita, ci sarò senz'altro.»

18

«Ha finito di scaricare?» chiede Rebecca.

«Ancora quarantacinque secondi,» risponde Mirco «era da un po' di tempo che non trasferivo le immagini e c'è parecchio materiale.»

I due ragazzi seguono con lo sguardo il download delle sequenze filmate dalla telecamera nel computer portatile di Mirco. La libreria è immersa nel silenzio. Da quasi dieci minuti non s'è visto nemmeno un cliente e Ornella continua a lavorare nel seminterrato, completamente assorta dall'inventario e riordino dei libri scolastici. L'icona indica che tutte le immagini sono state trasferite nel laptop. Mirco stacca il cavo dal computer e dalla telecamera e lo ripone nello zaino. Poi ha un attimo di esitazione. Si gira verso Rebecca che gli rimanda uno sguardo dolcemente interrogativo.

«Hai ragione, forse mi sono fatto suggestionare,» attacca Mirco «magari quel tipo del furgone stava soltanto pensando ai cavoli suoi e non mi ha nemmeno notato.»

«E la parrucca da pagliaccio?» chiede Rebecca.

«Non ce l'aveva mica indosso! Era sul sedile a fianco, potrebbe essere per un bambino o per una festa in maschera. Che cosa ne sappiamo...»

«Senti Mirco, ormai abbiamo scaricato le immagini e non ci costa niente dare loro una veloce occhiata,» insiste

Rebecca «così ci togliamo ogni dubbio. Tanto non è che ci sia molto da fare in questo momento in libreria.»

«In realtà ci sarebbe più di un'ora di girato da controllare ma adesso vedo se riesco a isolare le clip. Quelle che ci interessano dovrebbero essere le ultime» spiega Mirco mentre inizia a trascinare in un altro spazio del monitor una serie di sequenze.

«Ecco fatto!» dice il ragazzo dopo qualche minuto. «La prima dovrebbe essere questa.»

Sullo schermo compare un fermo immagine di una strada. Mirco clicca sulla modalità full screen e schiaccia *play*. Rebecca si stringe a lui, osservando le immagini con un misto di eccitamento ed emozione.

Le riprese sono realizzate con un obiettivo grandangolare che altera le proporzioni dei soggetti in primo piano. Sono comunque chiare e a fuoco. Mostrano una fila di auto ferme a un semaforo.

«In questo momento io sono sul lato sinistro, nella corsia ciclabile» spiega Mirco. «Mi sto avvicinando al furgone.»

«In che zona sei?» chiede Rebecca.

«È l'incrocio tra Brixton Road e Stockwell. Ecco il furgone bianco!» indica Mirco, con un velo di ansia nella voce. «È il primo, all'inizio della coda.»

«Blocca l'immagine, presto!» lo interrompe la ragazza.

Mirco esita per una frazione di secondo e poi spinge il pulsante pause. Le riprese si congelano nel momento in cui la telecamera inquadra il retro del furgone, seppure spostato da un lato del fotogramma. Rebecca afferra una penna e un foglio di carta e si annota il modello e il numero di targa del mezzo.

«Che cosa stai facendo?» le chiede Mirco.

«Trascrivo i dati del furgone, non si sa mai.»

«Non credo sia necess...»

«Non ti preoccupare, se non dovessero servire li butterò. Andiamo avanti adesso.»

Mirco riavvia le sequenze. L'obiettivo della telecamera inquadra il lato sinistro del furgone, poi si gira verso la strada e si ferma. Si fissa sul semaforo rosso e ricomincia la panoramica verso destra, scoprendo progressivamente l'immagine dell'interno del camioncino.

«È lui!» dice Mirco, con un sobbalzo, mentre sul monitor compare il volto di un uomo sui trent'anni, biondo, con indosso un elegante completo blu e una camicia bianca. Sta guardando proprio verso la camera. Senza attendere la richiesta di Rebecca, il giovane clicca sul fermo-immagine.

«Allora, cosa ne pensi?» le chiede.

Rebecca stringe leggermente gli occhi per mettere a fuoco quel quadro digitale e si concentra sullo sguardo dell'uomo.

«Hai ragione, Mirco!» dice la ragazza, dopo averlo osservato con attenzione per diversi secondi. «C'è qualcosa di cattivo e di minaccioso in quegli occhi. Non ci sono dubbi sul fatto che ti stia guardando e studiando. Dà l'impressione di essere sul punto di aggredirti, se non peggio. Ora capisco la tua angoscia, se dovessi mai trovarmi di fronte quello sguardo la sera mentre rientro a casa penso che potrei svenire di paura!»

La telecamera si sposta sul sedile a fianco e inquadra la parrucca da pagliaccio con il cappellino e il naso finto.

«Vista così sembra una sequenza da film dell'orrore,» riprende Rebecca «quei capelli finti, ricci e colorati, sono spaventosi. Altro che festa per bambini...»

L'obiettivo ritorna sul volto dell'uomo, la cui espressione si è fatta ancora più dura e sinistra. Poi scatta il verde e la telecamera torna bruscamente verso la strada. Il furgone schizza via a tutta velocità, passando a pochi centimetri dalla lente. L'immagine barcolla in una sequenza confusa e mossa delle mani di Mirco sul manubrio della bici, delle chiome degli alberi, dell'asfalto stradale e delle ruote. Dopo un po' l'inquadratura si stabilizza e le immagini riprendono lentamente a scorrere.

«E a quel punto non riuscivo più a smettere di tremare» commenta Mirco. «È stata dura riprendere a pedalare, tenendo la bicicletta in equilibrio.»

Rebecca gli stringe una mano e sospira, guardando Mirco negli occhi con fare comprensivo e gentile.

«Sapevo che eri un ragazzo sensibile» dice «ma ti assicuro che l'espressione di quell'uomo, il suo aspetto glaciale e la furia che traspare dai suoi occhi vuoti e fissi riuscirebbero a terrorizzare anche un super eroe. Non avevo mai visto un soggetto così inquietante.»

«Almeno adesso capisci la mia agitazione quando sono arrivato qui. Grazie di avermi aiutato a esorcizzarla, ora sono molto più tranquillo anche se di lavorare oggi proprio non se ne parla.»

«Grazie a te di avere condiviso con me questa avventura» dice Rebecca, sfiorandogli i capelli con la mano. Quindi avvicina il viso a quello di Mirco e chiude lentamente gli occhi. Lui respira il profumo della sua pelle e chiude a sua volta gli occhi, aprendo leggermente le labbra. Le bocche dei due ragazzi sono a pochi centimetri e quasi si sfiorano. Una sensazione di calore invade la pancia di Rebecca mentre il suo cuore inizia a pompare il sangue al doppio della velocità. Mirco le prende delicatamente la testa tra le mani e appoggia le sue labbra a quelle di lei nel momento preciso in cui Ornella sale l'ultimo gradino della scala interna e compare nella stanza. Nel vedere i due ragazzi che stanno per baciarsi, la titolare della libreria si blocca, restando a bocca aperta. Poi d'istinto si porta una mano sulle labbra per evitare di emettere qualche suono e svelare la sua presenza. Non può però fare a meno di sorridere e quasi commuoversi mentre riscende lentamente le scale. Ma a rimandare il primo bacio di Mirco e Rebecca ci pensa il terrificante conducente del furgone bianco.

L'audio del computer di Mirco parte di colpo con il suono distorto di una sirena della polizia. I due ragazzi riaprono gli occhi allarmati e con il cuore in gola, staccandosi dall'abbraccio. Impiegano qualche secondo per capire che si tratta di una nuova clip del filmato della telecamera di Mirco che è andata in *autostart*. Il giovane fotografo cerca di bloccarla ma i suoi movimenti sono impacciati e privi di coordinamento. Alla fine decide di schiacciare la barra spazio e l'immagine si blocca.

«Merda, oggi qualcuno ha proprio deciso di farmi venire un colpo!» impreca Mirco, mentre riprova a stoppare il filmato. Sta per uscire dalla sequenza di immagini e spegnere il computer quando Rebecca, che nel frattempo si è ricomposta, lancia un'ultima occhiata al monitor e rimane senza fiato.

«Oddio Mirco, guarda!» lo avverte. «Ancora quel furgone. È fermo dall'altra parte della strada!»

Il ragazzo si avvicina allo schermo per osservare la scena. Manda in *play* la sequenza. La telecamera è ferma e inquadra una strada ampia, a doppio senso di marcia, piena di traffico. Un riflesso luminoso compare e scompare nelle immagini. Vicino al marciapiede opposto si scorge il furgone bianco, fermo. Sembra parcheggiato a poca distanza da un edificio a cui si accede con una scala esterna di una decina di gradini. La presenza di decine di bambini e bambine, oltre agli adulti che li accompagnano e alle auto ferme lungo la strada, fa pensare che si tratti di una scuola anche se, da quella distanza, è impossibile leggere la placca di metallo posta a fianco della porta d'ingresso.

Mirco rimane inizialmente sorpreso nel vedere quelle sequenze, poi gli tornano in mente tutti i particolari.

«La telecamera è rimasta accesa!» afferma con tono quasi trionfante per avere decifrato il mistero. «Ho dimenticato di spegnerla quando sono andato a un bar a Brixton Road a fare colazione questa mattina. Mi sono tolto il casco e l'ho appoggiato sul tavolo di fronte alla vetrina e la Go-Pro ha continuato a registrare. Per fortuna ha un sacco di memoria e le batterie durano una vita.»

«Sembra lo stesso furgone» sottolinea Rebecca, concentrandosi sulle immagini.

«Lo è sicuramente, ma chissà perché sta lì fermo. Quella ha tutta l'aria di essere una scuola elementare» si domanda Mirco.

«Forse ha appena accompagnato suo figlio» ipotizza Rebecca «e il travestimento da clown sul sedile appartiene al bambino.»

«Non so, c'è qualcosa che non mi convince,» dice lui «sono già cinque minuti che guardiamo la scena e il furgone è ancora lì fermo. Di solito i genitori scaricano i figli e ripartono subito. Anche per non rischiare di prendere la multa visto che in quella zona dovrebbe esserci il divieto di fermata. Invece lui se ne sta lì immobile. Sembra che aspetti qualcuno.»

«Quando lo hai avvicinato in bicicletta al semaforo c'era solo lui nell'abitacolo del furgone, giusto?» chiede la ragazza.

«Nei due sedili sì» precisa Mirco. «Il furgone ha però i finestrini solo nella parte di guida e una porta scorrevole senza vetri nel lato destro. Dall'esterno è impossibile vedere ciò che trasporta dietro.»

«Vuoi dire che...»

«No Rebecca, non voglio arrivare ad alcuna conclusione. Mi turba unicamente il fatto che quel tipo così ambiguo pochi minuti prima che lo beccassi al semaforo fosse fermo davanti a una scuola.»

«Continuiamo a guardare la registrazione,» suggerisce Rebecca «forse capiremo meglio il motivo per cui era lì.»

Mirco riavvia la clip. Per quasi tre minuti la telecamera rimane fissa ma la situazione non cambia. I bambini e i genitori continuano ad arrivare e a entrare nella scuola. Il furgone bianco resta fermo a una decina di metri dall'ingresso. Una giovane madre con due bambini, uno dentro al passeggino e un'altra a piedi di circa cinque anni, attraversa la strada sulle strisce pedonali. A un certo punto si ferma per dire qualcosa al più piccolo. Sembra particolarmente nervosa. Lo estrae dal passeggino e lo prende in braccio ma lui si divincola. La bambina appare disorientata. La madre le fa segno di proseguire da sola e le indica l'ingresso della scuola che si trova a meno di cento metri da lì. Lei ha l'aria contrariata ma la madre ancora di più e le ordina di muoversi. Mentre la piccola si incammina verso la scuola, la madre le gira le spalle per trattenere il figlio che si sta ancora dimenando e rischia di caderle dalle braccia. D'improvviso la telecamera si muove e la sequenza si interrompe.

«Qui mi sono alzato e ho indossato il casco per uscire dal bar» spiega Mirco. Schiaccia l'avanzamento veloce delle immagini ma il furgone non compare più fino a quando lo si rivede fermo all'incrocio.

«Siete partiti quasi contemporaneamente,» sottolinea Rebecca «peccato che nelle riprese non ci sia il momento in cui il furgone si muove.»

«Già, in realtà non mi ero nemmeno reso conto che la telecamera stesse ancora registrando,» spiega Mirco «l'ho scoperto poco prima di uscire dal bar e mi sono accertato che le batterie non si fossero scaricate.»

Mirco interrompe la visione delle immagini, chiude le icone e spegne il laptop, abbassando il coperchio.

«Questo è tutto, cosa vogliamo fare adesso?» chiede a Rebecca.

«Secondo me dobbiamo andare dalla polizia» risponde lei con aria preoccupata.

«La polizia? Per dire cosa? Che ho visto l'uomo nero? Farei una figura da idiota, si metterebbero tutti a ridere» ribatte Mirco con un sorriso imbarazzato.

«Non credo che nessuno possa fare dell'umorismo dopo avere visto lo sguardo di quell'uomo,» lo riprende Rebecca «non dimenticarti che poco prima era fermo davanti a una scuola. E poi credo che sia meglio anche per te.»

«Per me?»

«Sì, Mirco. Lui ti ha visto in faccia.»

19

Si guarda allo specchio e fatica a riconoscersi. È talmente abituato a indossare delle maschere, reali o illusorie che siano, da non riuscire più a identificarsi in una sola persona.

È chino sul lavandino mentre l'acqua scorre a fiotti dal rubinetto aperto. Unisce le mani sotto il getto gelato e se le porta sul viso. Poi torna a guardare l'immagine di quell'uomo riflessa nella parete. Le gocce d'acqua scivolano via dalla fronte, dagli zigomi, dal naso e dalla bocca e sembrano disegnare ogni volta lineamenti diversi. L'acqua è diventata bollente e sprigiona aloni di vapore. Libero diventa Marcello che si trasforma in Filippo e assume le sembianze di un clown. I suoi occhi sono talmente chiari da tendere al grigio. Restano fissi sulla parete riflettente, rimbalzando quell'espressione di furore tra il mondo reale e quello astratto. Nella sua mente scorrono velocemente fiumi di immagini. Sangue, paura, facce distorte, occhi imploranti, ghigni perfidi e poi quelle piccole mani che chiedono aiuto. Il pianto di un neonato, la cantilena straziante di un bambino terrorizzato che cerca di scacciare gli incubi. Una luce accecante e d'improvviso un buio profondo, squarciato da grida disumane. Un flash ed ecco gli occhi increduli e atterriti di un uomo, in piedi, davanti a lui, con la gola squarciata. Il sangue che zampilla dal suo collo a intermittenza, seguendo il ritmo delle pulsazioni. Il vestito blu da sera che si ricopre di un liquido scuro mentre le gambe cedono e l'uomo cade a terra, in avanti, sempre con lo stesso sguardo sgomento. Le urla della gente, il caos, vetri che si infrangono, porte che sbattono, esseri umani fatti a pezzi, calpestati, oltraggiati. Ma non sono reali. L'aria, la notte, il buio, gli sghignazzi irriverenti di un pagliaccio. Un altro flash accecante. Risate di bambini, divise scolastiche, piedi che corrono sul marciapiede, cellulari che squillano, una sirena che rompe il brusio e sconvolge l'uniformità sonora per pochi secondi. Arriva lei. Cammina da sola, proprio verso di lui. Piccoli passi perduti verso un destino inconsapevole. Qualcosa scatta nella sua mente. Le sue braccia, le sue gambe e le sue mani si muovono da sole. Sanno esattamente cosa fare e come farlo. Bastano pochi attimi. Il rumore metallico di un portellone scorrevole che si chiude. La strada, le auto, i passanti, il semaforo. Lo specchietto sembra appannato. Ma è lui che non riesce a vedere i suoi occhi. Ce ne sono altri invece che lo stanno osservando. Non due ma tre, disposti a triangolo. Quello più in alto è vitreo, nero, implacabile. Gli sta rubando l'identità. Il mostro con tre occhi è arrivato per strappargli la luce. Ma lui non si farà sorprendere. Cancellerà per sempre l'immagine di se stesso che quella creatura gli ha rubato. È pronto a combattere. Una bagliore giallo, poi subito verde. Le sue mani partono nuovamente. I piedi divorano lo spazio. Il mostro è scomparso, ora c'è solo la strada. E quel pianto esile alle sue spalle.

Lo specchio si spanna e svela un uomo con i capelli chiari, sui trent'anni. Ha una divisa da lavoro. E una missione da compiere.

20

«È evidente che abbiamo un grosso problema. E non mi sto riferendo solo all'omicidio di Stefanelli De Vitis.»

Con un gesto plateale della mano Alexandra Evie Mangiarotti solleva dalla fronte una ciocca di capelli platinati, poi aspira una lunga boccata dalla sigaretta elettronica, trattenendo per qualche secondo il fumo all'aroma di papaya, prima di espellerlo dal naso e dalla bocca. L'odore del tabacco sintetico si fonde a quello dell'essenza di mandarino giallo, altrettanto pungente, con la quale la proprietaria della galleria Browns Arbiter si è profumata ogni centimetro della pelle.

Il panorama di Londra al tramonto che si gode dal ventottesimo piano dell'Hilton di Park Lane è mozzafiato. Per incontrare il suo socio in affari pubblici e soprattutto privati, Jerry O'Moore, membro di una famiglia di Dublino proprietaria di decine di case da gioco in tutte le isole britanniche, e l'imprenditore italiano Costantino Vitiello, originario di Somma Vesuviana, titolare di una società di importazione di pasta e prodotti caseari campani con sede nella capitale londinese, Lady Mangiarotti ha prenotato la saletta privata del Galvin At Windows, uno dei locali più esclusivi del cuore di Mayfair, famoso per la sua vetrata sullo skyline londinese. E per Marco, il barman più corteggiato all'ombra del Big Ben, un quarantenne italiano della provincia di Genova, capace di creare settanta diverse qualità di cocktail, nessuno dei quali a buon mercato.

Tre di questi, un White Lady, un Mai Tai e un Gin and Tonic con il distillato London Number One, sono sul tavolo, assieme a una bottiglia di acqua minerale Royal Canadian e un vassoio di tartine di gamberi e avocado.

O'Moore è giunto direttamente dall'aeroporto London City, dove è volato da Dublino con il suo aereo privato. Sembra uscito da un film di gangster americani degli anni Sessanta con indosso un classico doppiopetto gessato, camicia bianca con colletto inamidato, cravatta con nodo sottile e scarpe lucide allacciate. Vitiello è invece molto più sobrio nel suo abito di sartoria napoletana blu notte e camicia bianca di cotone aperta sul collo, senza cravatta. Proviene dalla sua villa a Oxshott, ricco villaggio a sud-ovest di Londra, abitato da banchieri, avvocati e proprietari di società di calcio. Hanno entrambi superato i cinquant'anni.

Fuori dalla saletta, seduti su due divani, in religioso silenzio, vi sono le tre guardie del corpo e i tre autisti dei convitati.

«Per settimane avremo tutti i riflettori puntati su di noi» prosegue la donna «e ci scommetto che verrà fuori anche qualche rompicoglioni di poliziotto o giornalista che si metterà a fare domande inopportune.»

«Cosa dice l'ambasciatore Sermonti?» chiede Vitiello.

«Mi ha promesso che si darà da fare con Scotland Yard e il governo britannico affinché l'indagine sia veloce e soprattutto discreta.»

«Chi la conduce?»

«Per ora mi sembra l'abbiano affidata a un impresentabile ispettore sovrappeso, con un accento del Nord. L'ho incontrato alla galleria subito dopo il delitto. Non ricordo nemmeno il nome, devo avere il suo biglietto da qualche parte. All'apparenza è inoffensivo sebbene il suo modo di fare mi irriti.»

«Fino a quando resta nelle mani di un investigatore di provincia possiamo stare tranquilli. A malapena riescono a catturare uno stupratore. L'importante è che l'inchiesta non si allarghi e rimanga sui binari» sottolinea Vitiello.

O'Moore, che fino al quel momento non ha aperto bocca, trangugia il suo Gin and Tonic tutto d'un sorso e fa segno a un cameriere biondo, che con un tempismo cronometrico è comparso nella saletta, di portargliene un altro.

«Del Nord dove?» chiede poi l'irlandese con la bocca piena, masticando poco elegantemente un gamberetto.

«A chi ti riferisci?» domanda a sua volta Alexandra, lanciando all'indietro con la testa la solita ciocca di capelli platinati che continua a scenderle sulla fronte.

«Allo sbirro. Hai detto che è del Nord. Di dove esattamente?» ribadisce O'Moore.

«Come faccio a saperlo, mica ce l'ha scritto in faccia! Che differenza fa?» risponde infastidita la donna.

«Se viene da Manchester o da Newcastle fa differenza eccome, visto che la mia famiglia fa affari con alcuni dei capi della polizia di quelle città!»

«Be', non so cosa dirti. Informati con i tuoi canali visto che sei così efficiente...»

«Ti ho solo fatto una domanda!»

«Non lo so, va bene?»

«Calmiamoci tutti!» interviene Vitiello per raffreddare i toni surriscaldati tra la donna e il suo amante irlandese. «Non siamo qui per discutere fra di noi ma per trovare delle soluzioni. Il problema della polizia lo affronteremo più avanti se e quando si presenterà. Ora dobbiamo cercare di mettere a fuoco lo scenario in cui ci troviamo e agire di conseguenza.»

«Cosa intendi?» chiede Alexandra.

«È essenziale capire chi ha ucciso Stefanelli De Vitis e farlo prima che lo scopra la polizia così da potere prevenire danni peggiori. Avete qualche notizia o idea a riguardo?»

«Neanche minima» risponde la donna mentre O'Moore si limita a negare con un cenno svogliato della testa.

«Chi curava i suoi interessi in questo periodo?» domanda l'italiano.

«Un mare di persone, era l'uomo più ricco e potente della comunità italiana di Londra» spiega Alexandra. «Ufficialmente non aveva nemici, anche se quando raggiungi certi livelli c'è sempre qualcuno che ritiene che tu gli abbia pestato i piedi e vuole fartela pagare.»

«La mia domanda riguardava gli interessi non ufficiali...»

«Non lo so. Trattava con tanti ambienti diversi, inglesi, italiani e internazionali. Per quello che mi riguarda era lui in persona che comprava le opere d'arte e finanziava le mie esposizioni. Era un uomo molto educato e istruito, un essere speciale.»

«Certo, come no!» interviene O'Moore come un cane rabbioso. «Speciale nel comprare le *lavanderie* e fare milioni di bucati! Per non parlare di quei bei festini a luci rosse con i minorenni che raccattava dalle cosiddette organizzazioni umanitarie da lui stesso sostenute per fare sfogare i suoi simili, salvo poi farli sgozzare come dei conigli. Ma per favore, stai almeno zitta, visto che sei tu la regina di questi party...»

«Sei uno stronzo, zotico e ignorante!» lo apostrofa la donna. «Cerca almeno di avere rispetto per i morti e per ciò che tu non potrai mai capire!»

«Senti Lady stocazzo, sappiamo tutti da che ambiente provieni, non venire qui a fare la vergine aristocratica! Statuette o fiche il fine è sempre lo stesso. E il tuo lord era un porco e un bandito come lo siamo tutti a questo tavolo!» ribatte l'irlandese, rivolgendo ad Alexandra uno sguardo di disprezzo.

Vitiello è tentato di alzarsi e andarsene ma si trattiene.

«O la smettete subito oppure me ne vado!» sbotta. «Non sono venuto qui per assistere a queste scene penose!»

I due si zittiscono di colpo.

«Mi sembra di capire che nessuno di noi abbia una minima idea di chi abbia ucciso Stefanelli De Vitis e del perché lo abbia fatto» riprende. «In ogni caso io proporrei di sospendere gli affari fino a quando le acque si saranno calmate. D'accordo? Mi riferisco soprattutto a te, Jerry, okay?»

«Sì, ma cosa devo dire alla mia famiglia?» domanda O'Moore.

«Lo stesso che dirò io alla mia. Farò girare la voce. Tutti comprenderanno che non è il momento di esporsi. Non succede niente se abbassiamo i flussi per un po' di tempo. Tra l'altro siamo in piena Brexit e presto ci saranno nuove regole e nuove leggi su immigrazione e lavoro. Non tiriamo la corda.»

«E tu, Alexandra, cerca di stare vicino a Emilia e ai figli» aggiunge Vitiello, girandosi verso la donna. «È importante dare l'immagine di una comunità italiana unita nel dolore e nella comprensione ma ferma nel condannare questo brutale omicidio.»

La donna annuisce come una scolara davanti all'insegnante.

«Domani sera voglio vedervi tutti alla cena di gala da Serrano,» prosegue l'imprenditore campano «ci saranno le istituzioni italiane e inglesi, oltre a politici, membri della Chiesa, giornalisti e imprenditori. È l'occasione ideale per mostrare la faccia pulita e caritatevole degli italiani che vivono a Londra. Come lo era il nostro caro Achille. E anche per tenere lontani i sospetti.»

Terminata la predica Costantino Vitiello si alza, raggiunto in un baleno dalla sua guardia del corpo e dal suo autista mentre Alexandra e Jerry rimangono al tavolo in silenzio, aspettando che l'italiano esca del tutto dalla saletta.

«Io non sono stato invitato alla cena» dice quindi O'Moore con un tono di voce da bambino in castigo.

«Non ti preoccupare, tesoro,» risponde la donna, sorridendogli maliziosamente «questa sera ti invito io a una festa speciale, molto più divertente, in cui sarai il mio unico ed esclusivo ospite.»

21

Ci vogliono appena cinque minuti a piedi per andare dalla stazione di polizia di Brixton a Tunstall Road, una lunga strada con una zona pedonale nella sua sommità, perpendicolare a Brixton Road, dalla parte opposta della locale stazione della metropolitana.

Peter McBride percorre quelle poche centinaia di metri con la mente ancora concentrata su Amanda Jefferson e sulla bambina scomparsa. Non è la prima volta che gli capita di occuparsi di bambini spariti, scappati di casa o finiti in brutti giri. E non si tratta nemmeno della prima indagine non ufficiale che porta avanti. Anzi, nelle sue statistiche personali sono più numerosi i casi confidenziali di quelli formali. Sa come agire velocemente e nel modo giusto e soprattutto quali persone contattare per non creare allarme o coinvolgere ambienti pericolosi. Eppure McBride non si sente tranquillo. C'è qualcosa che lo turba e gli crea un groviglio di sensazioni che sale dallo stomaco e gli opprime il petto. Brixton è un quartiere difficile che ha una lunga storia criminale. Per qualcuno se l'è lasciata alle spalle, ma Peter sa bene che non basta l'apertura di nuove catene di ristoranti e supermercati o la costruzione di centri commerciali e palazzi residenziali per cancellare la personalità sociale di un luogo. Le gang di Brixton sono ancora attive, i traffici illeciti continuano regolarmente e con essi le faide. L'unica differenza è che c'è uno sforzo comune da parte della Londra affaristica per "normalizzare" le strade a suon di Starbucks e McDonald's e favorire lo sviluppo edilizio, attraverso la vendita di immobili a prezzi inaccessibili per le persone che vivono nel quartiere, fino a giungere al controllo economico del territorio. Tanto più che, con l'uscita della Gran Bretagna dall'Unione Europea, si è fatta pressante per il governo conservatore la necessità di riverniciare la facciata di un paese che nasconde profondi strati di degrado e disuguaglianza per renderla appetibile a ricchi investitori e magnati del mercato extracomunitario, seppure riconosciuti signori della guerra o spacciatori di odio e divisione.

Gli omicidi a Brixton ci sono come sempre, il numero di adolescenti accoltellati negli scontri tra gang è in crescita e la droga circola a fiumi, sotto il controllo dei boss giamaicani, veri padroni di quelle strade così impropriamente definite *cool*.

E il rapimento di una bambina di cinque anni, davanti a una scuola e in pieno giorno, è una miccia accesa in un suolo impregnato di benzina, soprattutto se la piccola è figlia di un capoclan.

L'appuntamento è su una panchina di fronte al murale che l'artista australiano James Cochran ha dipinto in onore di David Bowie nel 2013, sulla parete laterale dei grandi magazzini Morleys, divenuto un simbolo e un luogo di pellegrinaggio per i fan dell'artista dopo la sua morte, nel 2016.

Peter arriva con qualche minuto di anticipo ma il luogo è già presidiato. All'angolo con Brixton Road, McBride scorge due uomini appoggiati al muro esterno di un outlet che vende tutto a una sterlina. Indossano entrambi dei giubbotti di pelle nera. Uno porta un cappellino da baseball rosso con una grossa B bianca sul davanti. L'altro, girato di spalle, ha il cappuccio di una felpa grigia tirato sopra la testa. Fingono di parlare ma dal loro sguardo teso e attento McBride capisce immediatamente che si tratta di due sentinelle. Li supera senza guardarli e procede verso il luogo dell'incontro. La panchina si trova in mezzo alla strada, sotto a un tiglio selvatico, appena piantato. Nessuno vi si siede. Peter la raggiunge e vi si accomoda, accavallando le gambe. Poi comincia a guardarsi attorno. Di fronte a sé, da un lato del murale, il detective identifica un altro palo. È un uomo massiccio con una tuta nera aperta sui pettorali, scarpe da basket rosse e una bandana elastica nera sotto un paio di cuffie ad alta sensibilità, dotate di microfono. È in piedi a cinquanta metri da lui e non gli stacca gli occhi di dosso. McBride lo osserva per qualche secondo, quindi si alza in piedi e compie un giro di trecentosessanta gradi, rimanendo sul posto. Poi, con movimenti lenti e studiati, si toglie la giacca, per rassicurarlo che non nasconde armi e la appoggia sulla panchina. Alla fine si risiede e si mette in attesa. L'uomo gira la testa verso un lato e pronuncia qualche parola al microfono prima di tornare nella posizione originale.

Dopo una cinquantina di secondi McBride avverte un rumore di passi alle spalle. Rimane fermo, con lo sguardo rivolto davanti a sé, fino a che non sente la presenza di qualcuno seduto al suo fianco sulla panchina.

«Un bel dipinto, vero Big?» dice una voce rauca e profonda.

Il poliziotto si gira e vede un uomo sui quarant'anni, con una cascata di treccine rasta sotto un berretto di lana, ricamato con i colori della bandiera giamaicana, occhiali da sole tondi, barba incolta, una canottiera bianca attillata che evidenzia un fisico da culturista, jeans larghi, calati quasi al ginocchio e scarpe da basket alte bianche e nere con le stringhe slacciate. Sta fumando uno spinello di marijuana.

McBride lo fissa per qualche secondo e poi si volta nuovamente in direzione del murale.

«Già» risponde.

«Certo è una stronzata che nel nostro quartiere l'eroe nazionale sia un cantante scolorito che si faceva chiamare il Duca Bianco e non si è mai degnato di suonare il reggae, l'hip hop o il rap. Mentre non c'è nemmeno un poster di Marley o di Bolt. Non trovi anche tu, *bro*?»

«Usain Bolt non è un musicista» risponde McBride.

«Non importa, *bro*, *Us* è una nostra leggenda. Ha il diritto di avere il suo spazio sul muro, sei d'accordo?»

Il detective rimane qualche secondo in silenzio, poi risponde: «Io non sono giamaicano, sono di Manchester».

«Ma certo, fratello!» ribatte l'uomo, esplodendo in una risata. «Siamo tutti inglesi e siamo i padroni di questo paese di merda!»

McBride non accenna nemmeno un mezzo sorriso e allontana la testa dalla nuvola di fumo di marijuana che lo separa dall'uomo.

«Problemi, *bro*?» domanda quello, cambiando tono di voce.

«Io nessuno, tu?»

«Mai stato meglio. Sono qui sulla mia panchina preferita con un fratello che è un mito per la nostra gente e per di più lavora per gli sbirri. È una vera benedizione... e adesso spara, BigMac, perché mi hai fatto cercare?»

«BigMac non esiste. Per te sono l'ispettore Peter McBride, punto e basta! E non sono tuo fratello» sbotta Peter, lanciando uno sguardo di fuoco all'uomo che gli sta accanto.

Sentendo il tono alterato delle parole del detective, il gigante vicino al murale fa uno scatto e si porta una mano dietro la schiena, attendendo un ordine da parte del capo. Ma questi gli fa segno con la testa che è tutto a posto.

«Chiariamo una cosa, *bro*» attacca l'uomo, sfidando il poliziotto con lo stesso sguardo feroce. «A Brixton nessuno può permettersi di dare ordini a Shabba Scratch Rose, tantomeno un fratello pentito in divisa da sbirro. Se sei venuto qui per fare festa, hai trovato chi sta al gioco.

Ti organizzo una serata con i più potenti fuochi d'artificio che tu abbia mai visto, ti sembrerà di essere al Sunsplash di Trenchtown! Ma dovrai guardarti le spalle, ricordati che non sei più a Moss Side e qui non c'è nessuno che ti farà da balia.»

«Voglio solo un'informazione» riprende McBride, abbassando il volume della propria voce.

«Solo? E allora vai su Google o su Wikipedia, fratello. Qui ogni cosa si paga. Io cosa ci guadagno ad ascoltarti?»

«Forse porti a casa il tuo culo nero tutto intero, o forse no. Per quello che so a quest'ora potrebbe già esserci qualcuno che ti aspetta per fare i botti...»

Shabba schiaccia quello che resta dello spinello sotto la suola delle scarpe e comincia a ridere nervosamente, gesticolando come se seguisse il ritmo di un ritornello rap.

«Wow, che paura, *bro*! Me la sto facendo sotto. Cos'è, vuoi offrirmi la tua protezione, Big?»

«La figlia di Jerome Boyd è scomparsa. Tu ne sai niente?» dice Peter, soppesando ogni sillaba.

«Cosa? Che cazzo dici, *bro*! Io non ho più nulla a che fare con quel negro e con la sua banda di spacciamerda! Non so un cazzo di lui e non mi frega sapere un cazzo. A Brixton, Boyd ha chiuso, ora ci sono io!»

«Ne sei così sicuro?»

«*Fuck, nigga!* Adesso mi stai veramente facendo incazzare! Boyd è al gabbio, ha le mani legate, non conta più un cazzo!»

«Davvero? Pensi che, quando verrà a sapere che hanno rapito sua figlia di cinque anni davanti a scuola, se ne resterà lì tranquillo o manderà qualcuno dei suoi a cercarla? E sai cosa significa per Boyd, *cercarla*...»

«Io non c'entro un cazzo con questa storia! La mia guerra con Boyd è finita da tempo e non ho alcuna intenzione di ricominciarla. E poi mi fa schifo chi tocca i bambini. Non è nel mio stile, *bro*, e tu lo sai» spiega Shabba, ma la sua voce ora si è incrinata.

«Va bene, per questa volta voglio fare uno sforzo e crederti» dice McBride, soddisfatto di essere riuscito a condurre il discorso esattamente nella direzione che si era prefissata. «Del resto è da malati psicopatici rapire i bambini e tu sei solo un piccolo gangster di quartiere. Però capisci ugualmente che questa è una storia pericolosa che potrebbe innescare una nuova guerra a Brixton. Cosa che né tu né io vogliamo, giusto?»

L'uomo si affretta ad annuire con la testa, alternando il gesto a una serie infinita di *fuck* e *shit*.

«Perfetto, allora facciamo un patto: tu cerchi di scoprire con i tuoi canali chi ha rapito Cindy Boyd e io nel frattempo mi do da fare con i miei. In cambio, visto che, come hai detto correttamente, tutto si paga, faccio arrivare la voce alla gente di Boyd che la gang di Shabba non ha nulla a che fare con la scomparsa della bambina e che, al contrario, sta setacciando il quartiere per scoprire chi l'ha sequestrata, strappargli le palle e riportare a casa la piccola da sua madre. Ti piace come accordo... *bro*?»

«Okay, Big» risponde il gangster, allungando il pugno chiuso verso il poliziotto il quale fa altrettanto, sfiorandogli le nocche per sigillare l'intesa.

Poi McBride racconta brevemente a Shabba le circostanze e il luogo in cui Cindy è stata rapita. I due si salutano, promettendosi di scambiarsi ogni informazione utile mentre da un potente impianto stereo, azionato da un giovane con il viso truccato, giunto a portare un mazzo di tulipani bianchi a piedi del murale, risuona la voce acuta di David Bowie.

22

«A questo punto, anche se non ne abbiamo la certezza al cento per cento, direi che possiamo escludere che Bergamaschi sia Filippo il Pagliaccio. Sei d'accordo, Alvaro?»

L'ispettore Gerace non accenna ad alcun movimento. Continua a guidare, concentrandosi sulla strada davanti a sé, senza rispondere, con lo sguardo accigliato.

Non ha aperto bocca da quando lui e Clarissa sono risaliti in auto per tornare in questura a Bologna. Alvaro è furioso, non solo per l'esito dell'operazione ma, e soprattutto, per il comportamento della sua assistente che avrebbe agito, a suo dire, completamente al di fuori delle regole, mettendo a rischio la sua incolumità e quella dei colleghi.

Prima di impiccarsi a una trave del casolare, Olindo Bergamaschi, l'insegnante sospettato di essere il molestatore dei bambini della scuola del quartiere Barca, ha lasciato un biglietto scritto a mano che equivale a una confessione. È stato trovato sul pavimento, sotto al cadavere. In esso Bergamaschi ha spiegato di sentirsi sconfitto, di non riuscire a combattere i suoi impulsi e di non sopportare più di vivere con questa infamia. Ha chiesto scusa ai bambini, alle loro famiglie e al preside della scuola per averne infangato il nome. Infine ha aggiunto che il mondo sarà migliore senza una persona come lui, augurandosi che la scienza possa arrivare in futuro a debellare malattie e psicosi come la sua.

Il corpo di Bergamaschi è stato esaminato dal medico legale, mentre la Scientifica ha compiuto i rilievi nel casolare. È apparso subito abbastanza evidente come l'uomo avesse pianificato in anticipo il suo suicidio. Avrebbe infatti portato con sé, in uno zaino, sia la corda, sia il biglietto, già scritto. Nel suo cellulare non risulta inoltre alcun tipo di attività da quasi due ore prima del decesso. È probabile che l'insegnante si fosse accorto di essere sotto controllo e di non avere più scampo, ma questo aspetto sarà oggetto dell'indagine degli inquirenti che dovrà verificare anche la presenza di crimini pregressi compiuti dall'uomo ed eventuali complicità. Tutto sembra comunque far supporre agli investigatori che il sospetto non sia un violentatore seriale o una persona appartenente a un giro di pedofili organizzati.

Di sicuro, nonostante le origini riminesi di Bergamaschi, è alquanto improbabile che l'uomo possa avere a che fare con le sparizioni delle bambine nella costa romagnola negli ultimi anni, sulle quali Alvaro e Clarissa stanno lavorando. Le ricerche compiute dall'agente Di Natale avrebbero infatti accertato come, prima di trasferirsi a Bologna a inizio dell'anno scolastico per fare l'insegnante di sostegno, l'uomo abbia vissuto per otto anni tra Milano e Brescia, lavorando a tempo pieno come correttore di bozze per una casa editrice di libri e pubblicazioni scientifiche. Tra lui e il famigerato "pagliaccio" non sembrano insomma esserci punti di contatto.

«Senti Alvaro, ti ho detto che mi dispiace di essermi comportata in quel modo e mi sono già scusata mille volte» dice Clarissa, interrompendo l'ennesimo intervallo di insopportabile silenzio tra di loro. «Per quanto tempo ancora pensi di non rivolgermi la parola?»

«Perché dovrei? Non dirmi ora che ti interessa quello che penso!» risponde finalmente Gerace, senza girare lo sguardo verso di lei. «Se fosse così mi avresti quantomeno avvertito che stavi per fare irruzione nel casolare, rischiando di mandare a puttane tutta l'operazione e di farti ammazzare!»

Clarissa sospira e scuote la testa.

«Te lo ripeto, Alvaro, ho sentito un rumore all'interno e ho capito che stava succedendo qualcosa. Così ho deciso di andare alla finestra per guardare dentro e ho scorto la sedia ribaltata e i piedi dell'uomo sospesi che stavano ondeggiando. Ho immaginato che si fosse appena impiccato e ho deciso di precipitarmi da lui per cercare di salvarlo, tutto qui. Se avessi dovuto spiegarti la situazione, avrei perso troppo tempo. E poi avevo capito che non c'erano pericoli...»

«Questo lo dici tu» ribatte Gerace. «Quando ti sei piazzata davanti alla finestra non sapevi ancora quale fosse la situazione. Bergamaschi avrebbe potuto essere armato e tu saresti stata un bersaglio sin troppo facile. Inoltre non mi sembra che i tuoi sforzi siano serviti a molto...»

«Be', sicuramente non lo avremmo trovato ancora vivo seguendo i tuoi tempi!» sottolinea Clarissa irritata.

«Oh, certo!» riprende Alvaro. «Ma con i miei tempi, come dici tu, nessun poliziotto avrebbe rischiato la pelle. Pensi che io preferisca vedere morto un pedofilo o un agente di polizia?»

«Andiamo Alvaro, è stato un rischio calcolato. Sono rimasta solo pochi secondi davanti alla finestra e per di più avevamo già accertato come Bergamaschi fosse disarmato.»

«È una questione di metodo e regole di sicurezza, Clarissa. Tu sei la più grande esperta di indagini informatiche che io conosca ma sei stata poche volte sul campo e si vede. Ci sono delle norme che vanno rispettate. Le decisioni le prende solo chi ha il comando e la responsabilità dell'operazione, giuste o sbagliate che siano. Tu oggi hai violato tutti i principi, compreso quello del buonsenso.»

«Senti chi parla, il poliziotto con la statistica più alta di direttive e prassi non rispettate in tutto il corpo nazionale. L'uomo che ovunque vada si fa dei nemici e con il quale il novanta per cento dei questori italiani non vuole avere a che fare. Proprio tu mi vieni a parlare di regole? Di' la verità Alvaro, a te dà fastidio che io sia venuta in missione perché non mi hai mai ritenuta all'altezza. Sei felice solo se me ne sto rinchiusa in ufficio davanti a un computer a svolgere il lavoro palloso, ma quando si tratta di fare il Rambo vuoi essere solo tu il protagonista. Sei vecchio e patetico, ecco cosa sei!»

Alvaro inchioda la macchina di colpo in mezzo alla via Emilia, non curandosi delle auto che, dietro alla sua, si attaccano al clacson. I due poliziotti si trovano a circa due chilometri da San Lazzaro, nella prima periferia di Bologna. Il cielo sta cominciando a scurirsi e i fari accesi delle auto che viaggiano nel senso opposto di marcia disegnano dei baleni luminosi gialli e rossi sui volti dei due poliziotti. Gerace attiva le quattro frecce, si gira verso il sedile a fianco e lancia un'occhiata furente alla poliziotta, stringendo il volante fino a farsi venire le nocche bianche.

«Se io sono vecchio e patetico,» dice, con voce grave e scandendo le parole «che cazzo ci stai a fare ancora con me? Trovati un uomo giovane, cinico ed efficiente. Qualcuno che sia alla tua altezza. E lasciami vivere nella mia pietosa mediocrità.»

Clarissa sente crescerle un groppo in gola e non riesce a spingere indietro le lacrime. È infuriata e al tempo stesso addolorata per la deriva che ha preso la discussione con Alvaro. Da tempo ha deciso di passare sopra a quegli aspetti del carattere di lui che lei non ama e che faticosamente sopporta. L'amore che prova per quell'uomo è più forte dei suoi difetti e della sua testardaggine da poliziotto saccente, si è sempre ripetuta. Ma non tollera più che Alvaro la faccia sentire incapace o inadeguata sul lavoro. Si rende conto di avere sbagliato ad avere fatto di testa sua ed essere entrata nel casolare senza consultarsi con lui. Ora però, per la prima volta, si chiede se il suo vero grande errore sia stato un altro. Non ha più la forza e la voglia di controbattere. Aspetta che Alvaro faccia ripartire la macchina e si mette a fissare le nuvole nere che scorrono e svaniscono fuori dal finestrino, sperando che anche i suoi pensieri facciano lo stesso.

23

A Highgate, nel Nord-ovest di Londra, l'odore dei soldi è più forte di quello dei faggi, dei tigli e dei roseti che decorano le sontuose ville del quartiere. Sorge su una collina a centotrentuno metri sul livello della città e il suo territorio è suddiviso tra tre diverse circoscrizioni: Haringey, Camden e Islington. Nel 1884, sulla Highgate Hill, la strada che collega questo borgo elitario al quartiere confinante di Archway, venne inaugurato il primo tram su rotaie in Europa, che rimase in funzione fino al 1909. La Highgate School, istituzione storica della zona, venne edificata nel 1565 per concessione della regina Elisabetta I e da allora vi è un gruppo di persone influenti, a capo di una corporazione, chiamata, The Highgate Society, che ha lo scopo di tutelare l'unicità di questo rione esclusivo da cui si domina, in senso geografico, la capitale britannica. In maniera non dichiarata, questa specie di lobby seleziona anche le richieste di residenza, attraverso il controllo della compravendita di immobili.

Non a caso Highgate è stata ed è la casa di scrittori, poeti, artisti e personalità di spicco del mondo della cultura e della politica britannica, con qualche eccezione riservata a ricchi esponenti del mondo finanziario e imprenditoriale, non necessariamente nati nel Regno Unito.

La sua posizione è incantevole tra il principesco parco

di Hampstead e il monumentale cimitero dove sono sepolti, tra gli altri, Karl Marx, Catherine Dickens e Michael Faraday.

A bordo di una anonima Ford Focus grigia, il detective James Riddle e la vice ispettrice Amanda Jefferson percorrono Highgate Hill Road fino a giungere al luogo in cui la direttrice si divide in tre strade. Imboccano lentamente quella a sinistra, chiamata The Groove, e proseguono a passo d'uomo, passando in rassegna le fastose residenze che si trovano sul lato sinistro della via, protette da alti muri e recinzioni. Riconoscono la villa della modella inglese Kate Moss e soprattutto la lussuosa *mansion* dell'artista inglese George Michael, deceduto improvvisamente nel Natale del 2016. A distanza di più di un anno, vi sono ancora tante candele, fiori e ricordi lasciati dagli ammiratori del musicista di fronte al cancello della villa.

Duecento metri più avanti c'è la residenza Stefanelli De Vitis, un edificio vittoriano in mattoni rossi su tre piani, la cui parete frontale è quasi interamente rivestita da una rigogliosa edera rampicante. Attorno alla casa un curatissimo giardino fiorito, ricco di piante e alberi, e tutta la proprietà è protetta da un muro alto tre metri. L'ingresso esterno è controllato da un grosso cancello, in ferro lavorato di colore nero, con un solo campanello, collegato a un sistema di videoregistrazione che aziona due potenti fari, capaci di illuminare a giorno la soglia.

I due poliziotti parcheggiano l'auto dinanzi al muro esterno, sul fianco destro del cancello d'entrata. Prima di scendere e suonare, Riddle controlla l'ora sul cellulare. Sono in anticipo di cinque minuti rispetto all'appuntamento con Emilia Bonetti, la vedova di Stefanelli De Vitis. Durante il tragitto tra la stazione di polizia di Mayfair e Highgate, l'ispettore ha esposto ad Amanda i suoi sospetti riguardo alle tante attività dell'imprenditore italiano ucciso, sottolineando in particolare quelle legate alle opere di beneficenza, al mondo dell'arte e al finanziamento di numerosi esercizi commerciali, come bar e ristoranti. Un giro di denaro enorme che, secondo Riddle, potrebbe anche essere collegato a operazioni criminali come il riciclaggio sebbene, allo stato attuale, non vi siano indizi o indagini pregresse riguardo a illeciti compiuti da Stefanelli De Vitis, né siano emersi contatti diretti tra lui e la criminalità organizzata.

«Cosa ti aspetti dalla moglie?» chiede Amanda che, nella sua carriera, non si è mai occupata di reati di stampo mafioso come il riciclaggio di denaro sporco.

«In realtà non ho molte aspettative,» spiega Riddle «dubito che lei possa svelare qualcosa sulle attività del marito. Voglio solo capire qualcosa di più della vita di quest'uomo e ricostruire la sera del delitto.»

I due poliziotti scendono dalla macchina e si avviano al cancello della villa. Riddle suona il campanello e si mette a favore di telecamera, abbagliato dalle potenti luci che si accendono di scatto sopra di lui.

Dopo una trentina di secondi di silenzio assoluto, qualcuno esce dalla palazzina, attraversa il giardino e apre il cancello. È un uomo sulla trentina, dai tratti del Sud-est asiatico, in guanti bianchi, con una livrea di colore bordeaux con collo alla coreana e bottoni d'oro, sopra dei pantaloni neri con una sottile striscia dello stesso colore della giacca sulle cuciture laterali.

«Salve, sono l'ispettore James Riddle della Metropolitan Police» si presenta il detective, inserendo una mano nella tasca interna della giacca per cercare il tesserino.

«Non importa che mi mostri le sue credenziali» lo blocca subito il cameriere, parlando un inglese impeccabile. «La signora Stefanelli De Vitis la sta aspettando. La prego di seguirmi.»

«Lei è la vice ispettrice Amanda Jefferson» prosegue Riddle, cogliendo l'imbarazzo della sua collega.

«Prego, da questa parte» risponde l'uomo, ignorando totalmente la precisazione del funzionario di polizia.

I tre giungono al portone d'ingresso della villa dove ad attenderli vi è una giovane donna, anche lei di origine asiatica, in divisa nera e grembiule bianco.

«Volete lasciarmi qualcosa?» chiede con gentilezza, nonostante sia Riddle sia la sua assistente non abbiano né il soprabito né una borsa.

Terminato il loro compito i due camerieri svaniscono come d'incanto dall'ingresso della casa, lasciando la ribalta a un uomo di circa quarant'anni, in perfetta forma fisica, con i capelli e la barba di un nero acceso, molto curati, un abito blu firmato, camicia bianca e cravatta blu e un sorriso bianchissimo a trentadue denti.

«Buongiorno ispettore Riddle, sono Giuseppe Esposito, segretario personale della signora Stefanelli De Vitis» spiega, parlando un inglese pulito e privo di accento e porgendo la mano al detective. «Gradisce un caffè, un tè o un bicchier d'acqua?»

Riddle ignora la mano dell'uomo e risponde seccamente: «No grazie, la collega Amanda Jefferson e io siamo qui solo per incontrare la signora».

«Ma certo!» si scusa Giuseppe, fingendosi mortificato. «Benvenuta, agente.»

«Vice ispettrice, prego!» lo corregge Amanda.

Per evitare altre gaffe l'uomo si fa da un lato, indicando una porta alla fine di un ampio corridoio, le cui pareti sono piene di dipinti del Canaletto e di Bernardo Bellotto.

«Seguitemi per favore» recita, precedendo i poliziotti.

Oltre una porta bianca intarsiata con liste dorate, si spalanca un vasto salone in stile veneziano sulle tonalità del rosso e del bianco, con divani imbottiti, lampadari in vetro soffiato e pesanti drappeggi sulle porte-finestre.

Emilia Bonetti è in piedi vicino a un massiccio caminetto barocco con rifiniture a foglia d'oro anticate.

È una donna esile, di statura media, che dimostra almeno dieci anni di più dei suoi quarantanove. Ha il viso solcato da rughe profonde sotto gli occhi, i capelli lisci che sfiorano le spalle, di una tinta ramata, e mani sottili e ossute. Indossa un abito semplice ma estremamente elegante, composto da un vestito nero girocollo a maniche corte con gonna longuette bianca plissettata e sandali a tacco medio neri. Ha lo sguardo provato e l'aria stanca.

«L'ispettore Riddle e la vice ispettrice Jefferson, madame!» annuncia il segretario come se stesse presentando i concorrenti di un concorso canoro.

«Grazie Giuseppe, vai pure ora!» taglia corto la donna, invitando la coppia di poliziotti a sedersi su un divano stile Luigi XVI in massello intagliato e dorato e stoffa damascata rossa. Lei a sua volta prende posto a fianco, su una poltrona dello stesso modello.

Prima che qualcuno inizi a parlare, la cameriera dell'ingresso ricompare nella stanza con un vassoio d'argento su cui vi sono una caraffa di cristallo piena d'acqua e tre bicchieri di vetro sottile a pianta larga. Appoggia il portavivande su un tavolino al centro del salotto e si dilegua silenziosamente.

A rompere gli indugi e la tensione che si sono creati nella stanza ci pensa Amanda.

«Come sta, signora Bonetti?» chiede. «So che è stata dimessa da poco dall'ospedale.»

«Mi chiami Emilia, per favore» risponde la donna, abbozzando un sorriso. «Ora sto abbastanza bene, grazie per l'interessamento.»

«Grazie a lei per averci accolti in un momento così doloroso» interviene Riddle «e mi permetta di farle, anche a nome della mia collega, le più sentite condoglianze.»

«Di nulla, ispettore, è molto gentile.»

«Ecco signora Bonetti, io avrei qualche domanda da farle sulla sera del delitto,» riprende il detective «ma se non se la sente di rispondere o non è ancora pronta la prego di avvertirmi. Non abbiamo alcuna fretta, l'importante è che lei si riprenda.»

«Non si preoccupi, ispettore, ma anche lei per piacere

mi chiami Emilia, nessuno usa da anni il mio cognome da nubile» precisa la donna.

«Senz'altro, signora Emilia» dice Riddle, mentre estrae un piccolo taccuino, con metà delle pagine stropicciate a causa della pioggia, e vi scrive il nome della vedova. «Le posso domandare cosa ricorda di quella serata?»

La donna fissa un punto immaginario davanti a sé e fa un profondo sospiro, mentre inizia a rigirare la fede di oro bianco sull'anulare ossuto della mano sinistra.

«Achille e io siamo arrivati alla galleria intorno alle diciannove» attacca. «C'era già gente ma non tantissima e l'atmosfera era, come sempre, amichevole e ospitale. Ci ha accolto Alexandra, la titolare, che ci ha ringraziato affettuosamente per la nostra presenza, ha chiesto a mio marito se la giornata di lavoro fosse stata faticosa e ci ha invitato a rilassarci e fare un giro per osservare le opere, assicurandoci che al più presto ci avrebbe raggiunto per mostrarcele nel dettaglio.»

«Ha mantenuto la promessa?» chiede Riddle, ricordando bene di avere fatto la stessa domanda anche alla proprietaria della galleria.

«Non ce n'è stato il tempo» risponde Emilia, facendo una lunga pausa.

«Capisco» commenta l'ispettore. «Ricorda se vi siete intrattenuti con qualcuno dopo essere entrati?»

«Ci sono venuti incontro l'ambasciatore italiano Angelo Sermonti e il console generale Ludovico Botta. Con loro c'erano anche la moglie di Angelo, Katia, la compagna del console e il primo consigliere, Gian Battista Albertario.»

«Di cosa avete parlato, se posso chiederglielo?»

«Di nulla di particolare, i soliti discorsi che si fanno in queste occasioni. A dire il vero a parlare sono stati solo l'ambasciatore e mio marito. Angelo ha fatto i complimenti ad Achille e lo ha ringraziato per la raccolta fondi in favore della Scuola italiana di Londra. Ricordo che l'ambasciatore era molto soddisfatto poiché il ministro dell'Educazione, che credo si chiami Wilson, pare avesse confermato la sua presenza alla serata di gala a sostegno dell'iniziativa.»

«Per cosa ha fatto i complimenti a suo marito?» interviene Riddle.

«Come scusi, ispettore?»

«Lei ha detto che l'ambasciatore italiano si è complimentato con suo marito. Ricorda a che proposito?»

«Sì, certo, per la galleria. Achille è il principale finanziatore della Browns Arbiter e molte delle opere esposte in questa mostra sono state acquistate da lui e rimesse in vendita attraverso la galleria.»

«Ho capito, grazie,» precisa il detective, prendendo appunti sul suo taccuino «mi scusi se l'ho interrotta.»

«Nessun problema. Come le dicevo, siamo rimasti una decina di minuti in compagnia di Katia, Angelo e degli altri, quindi abbiamo iniziato a fare un giro da soli per osservare le opere. A dirle la verità le ho trovate un po' troppo crude e in alcuni casi anche oltraggiose, come quella sedia da parto. Ma Achille mi ha spiegato che si tratta di pezzi unici, di grande valore e di grande attrattiva.»

«Lei non è d'accordo?»

«Io non faccio testo, non capisco molto di arte, l'esperto era mio marito. Ma di sicuro, rispetto alle teste di maiale piene di mosche e larve, preferisco quei due incantevoli quadri del Canaletto sulla laguna di Venezia che forse avrà notato nel corridoio.»

«Sono molto belli, in effetti» concorda Riddle. «Fanno parte della collezione del cavalier De Vitis?»

«In realtà sono regali che Achille mi ha fatto per il mio quarantesimo compleanno. Li ha comprati a un'asta di Sotheby's dopo che erano stati esposti per qualche mese alla National Gallery. È lì che li avevo visti la prima volta e ne ero rimasta affascinata.»

«Sa per caso a chi appartenevano in precedenza?» domanda il detective.

«Presumo a qualche collezionista privato ma non saprei dirglielo con esattezza. È importante?»

«No, no. Solo curiosità personale» si affretta a chiarire Riddle, facendosi una nota sul taccuino.

Mentre l'ispettore finisce di scrivere, la donna e Amanda si scambiano un veloce sguardo e la poliziotta avverte un fremito lungo la schiena.

«Per quanto tempo siete rimasti a guardare le opere?» riprende Riddle.

«Direi venti minuti o massimo mezz'ora. Non le abbiamo viste proprio tutte.»

«Poi cosa avete fatto?»

Emilia fa un'altra pausa e un nuovo lungo sospiro, ricominciando a tormentare l'anello nuziale.

«Ho chiesto ad Achille se gradisse un calice di champagne. Lui ha gentilmente rifiutato, quindi gli ho chiesto se gli sarebbe dispiaciuto se io fossi invece andata a prenderlo. Mi ha pregato di andare senza farmi problemi e io mi sono allontanata da lui per dirigermi verso il bancone dove servivano le bevande.»

«Dove vi trovavate esattamente in quel momento?»

«Nella stanza piccola, opposta all'entrata.»

«E il bancone del bar dov'era?»

«In quella grande, subito dopo l'ingresso sulla sinistra.»

«Ha visto se suo marito si è intrattenuto con qualcuno in sua assenza?»

«No, sono andata nell'altra stanza senza voltarmi. Purtroppo al bar c'era un sacco di gente e ho dovuto mettermi in fila. Poi, visto che le cose andavano a rilento, ho deciso di andare prima alla toilette.»

«Se ricordo bene i bagni sono sempre nella sala grande, giusto?» chiede Riddle.

«Sì, a fianco del bar. È un po' difficile notarli poiché sono dietro a un pannello bianco.»

«Quanto tempo è rimasta in bagno?»

«Cinque, sei minuti?»

«Dopo è tornata al bar?»

«Sì, ma per fortuna la coda si era ridotta. Così ho chiesto un calice di champagne e mi sono riavviata verso l'altra stanza con il bicchiere in mano.»

«Dal momento in cui ha lasciato suo marito quanto tempo è trascorso?»

«Dieci, dodici minuti in totale, credo.»

Riddle annota la risposta e fa cenno a Emilia di proseguire nel racconto.

L'interruzione sembra però aumentare lo sconforto della donna che si porta una mano sul petto e inizia a respirare con difficoltà. Quindi si guarda la mano, che ha iniziato a tremare.

«Si sente bene, signora? Ha bisogno d'aiuto?» interviene prontamente Amanda.

«Sarebbe così gentile da porgermi un bicchiere d'acqua?» le risponde la donna, con voce incerta.

La poliziotta scatta in piedi, raggiunge il tavolino, riempie per metà un bicchiere e lo porge alla vedova la quale lo afferra in modo insicuro e se lo porta alla bocca, inghiottendo un piccolo sorso d'acqua.

«Vuole fare una pausa?» chiede premurosamente il detective.

«Lei è molto gentile, ispettore, ma adesso sto bene, grazie. È stato solo un attimo di smarrimento. Procediamo pure.»

«D'accordo, Emilia. Mi stava dicendo che si è assentata da suo marito per una decina di minuti...»

«Esattamente, e credo che non me lo perdonerò mai per tutto il tempo che mi resta da vivere. Se non lo avessi lasciato solo, Achille sarebbe ancora vivo...»

«Lei non ha alcuna responsabilità, signora» cerca di tranquillizzarla Riddle. «Non avrebbe certo potuto immaginare ciò che sarebbe successo. Le chiedo però di ricostruire bene questa fase, se se la sente. È estremamente importante per le indagini.»

«D'accordo, mi scusi.»

«Di nulla, Emilia, non lo dica nemmeno. Stava dicendo che dopo la coda per lo champagne è tornata nella sala piccola...»

«Esattamente e ho notato subito che si era creato un capannello di gente in un angolo della stanza. Inizialmente la cosa mi è sembrata più che normale e ho pensato stessero ammirando una delle opere. Ho cercato con lo sguardo mio marito ma non l'ho trovato. Quindi sono tornata nella sala grande e ho continuato a cercare Achille senza riuscire a individuarlo.»

«Ha chiesto di lui a qualcuno?»

«No, ho fatto alcuni giri attorno alle opere e sono tornata nella stanza in cui l'avevo lasciato. Il gruppetto di gente era aumentato, così mi sono avvicinata per capire quale opera destasse tanto interesse e anche per verificare se tra quelle persone vi fosse per caso anche mio marito. Ho faticato un po' per farmi strada, poi una coppia si è staccata dal gruppo, aprendomi la visuale, ed è stato in quel momento che ho scorto Achille per terra...»

Il silenzio cala improvvisamente nel grande salone della villa. Emilia si porta le mani sul viso e abbassa la testa, cercando di trattenere i singhiozzi. James e Amanda si scambiano un'occhiata. Nessuno dei due parla. Passano alcuni minuti. La donna non dà l'impressione di essere in grado di riprendersi. Resta seduta sulla poltrona con la testa fra le mani, piegata dal dolore. La poliziotta fa segno al detective che forse sarebbe meglio chiamare qualcuno. Lui annuisce e Amanda si alza, incamminandosi verso la porta. Prima che la raggiunga, Giuseppe compare nella stanza e si dirige senza esitazioni verso Emilia, non curandosi della presenza dei due investigatori.

«Venga, madame, la accompagno di sopra» le sussurra delicatamente, aiutandola ad alzarsi dalla poltrona.

La donna prende sottobraccio il segretario e si incammina verso la porta, sorreggendosi a fatica. Prima di lasciare il salone Emilia rivolge uno sguardo dispiaciuto verso il detective Riddle, il quale alza le mani e la rassicura.

I due poliziotti rimangono in piedi nella stanza, in silenzio, incerti se attendere o andarsene. La decisione per loro la prende il cameriere in livrea bordeaux che emerge dal nulla e con fare austero ordina: «Prego, da questa parte, signori. Vi accompagno all'uscita».

24

Finocchiaro è nervoso. Controlla per l'ennesima volta il menu della serata di gala. Lo ha già cambiato due volte, sostituendo i piatti tipici siciliani con proposte di cucina italiana di diverse regioni, come gli ha chiesto espressamente Serrano.

Il titolare del ristorante ha preteso inoltre una cena a base di pesce, invitando lo chef a disinteressarsi dei problemi di eventuali ospiti vegani, vegetariani o intolleranti. Un'imposizione che lo chef ha dovuto accettare controvoglia, visto che proprio la capacità di creare piatti per le esigenze più disparate, senza rinunciare al gusto e alla qualità, era stato il suo cavallo di battaglia nei tempi in cui le grandi riviste di *food* facevano a gara per intervistarlo.

Come antipasti, Finocchiaro ha inserito salmone marinato all'arancia e limone, razza alla trapanese con fantasia di verdure e insalatina di polipetti con patate novelle e cipolline tiepide. I primi piatti sono paccheri di Gragnano saltati alle vongole veraci e spinaci e un risotto alla marinara con erbe croccanti. Il *main cours* è una scaloppa di orata gratinata al timo, accompagnata da spicchi di patate profumate alla salvia. Quanto al dessert, l'immancabile Gran Torta Chantilly con il logo del ristorante e una mousse al miele e pinoli con crema di arance siciliane. Sui vini lo chef non ha voluto sentire ragioni, ha scelto tutti prodotti della sua terra: da un Duca di Salsaparuta metodo classico al Bianco dell'Etna, dal Nero d'Avola fino al Passito di Pantelleria.

Mimmo guarda pensieroso il monitor e rilegge per l'ennesima volta la carta, sulla quale, oltre all'intestazione del Dissapore, ha dovuto inserire il logo dell'ambasciata italiana di Londra e quelli del consolato e della Scuola italiana. Più una serie di marchi di aziende che sponsorizzano l'evento. Il suo menu in carta filigranata somiglia più a un dépliant di un festival di prodotti alimentari nel quale manca solo l'indicazione del prezzo del biglietto.

La cena costa ottocento sterline a testa e gli ospiti sono circa duecento, ma Serrano gli ha fatto capire che la raccolta fondi ha già superato ampiamente il milione di sterline, indipendentemente dal conto finale della serata.

Mentre impartisce le ultime direttive al suo staff e ricontrolla la disposizione degli ospiti nei diversi tavoli, Finocchiaro viene colto da un profondo senso di rabbia e frustrazione. Leggere i nomi di imprenditori, finanzieri e membri delle istituzioni italiane di Londra gli fa tornare alla mente Gaspare Mancuso e il loro sogno infranto. Gli sale un nodo alla gola al pensiero di quella notte in cui il suo mentore e socio si è tolto la vita senza dargli nemmeno una spiegazione, lasciandolo solo a combattere un destino che insieme avevano provato a sfidare. Appeso a quell'albero non è morto solo l'uomo che gli aveva fatto sognare un futuro di successi e nuovi obiettivi da raggiungere, ma anche la sua speranza e la sua voglia di cambiare le leggi non scritte di una terra da cui aveva tentato faticosamente di affrancarsi. Finocchiaro si sente inerme e svuotato, come il salmone che ha appena pulito e preparato, strappandogli le viscere e tagliandogli la testa. Appoggia sul tagliere il coltello giapponese con lama flessibile di ventuno centimetri per sfilettare il pesce ed esce dalla cucina, dirigendosi verso il bancone del bar. Come lo vedono avvicinarsi, con il camice sporco del sangue del salmone e le maniche arrotolate fino ai gomiti, due donne sulla trentina, truccate in modo appariscente e sedute su due sgabelli con mini abiti che lasciano scoperte le gambe lunghe e abbronzate, si portano le mani sulla bocca e sul petto e girano lo sguardo di scatto, come se, dinanzi a loro, fosse appena apparso Jack lo Squartatore. Finocchiaro finge di non essersene accorto e si introduce dietro al banco fino a raggiungere il primo dei tre baristi di turno quel pomeriggio. È un giovane biondo, con la carnagione chiara e i modi eleganti. Sta appuntandosi il numero di bottiglie di champagne che si trovano nei cassetti frigorifero sotto al banco, per essere pronto a rifornirle quando arriveranno gli ospiti.

Finocchiaro lo osserva per qualche secondo, compiaciuto della sua dedizione e al tempo stesso incuriosito.

«Sei nuovo? Non ricordo di averti mai visto prima» gli chiede, attirando la sua attenzione ma tenendosi a distanza per consentirgli di continuare a smistare le bottiglie.

Il giovane si ferma, guarda Mimmo e gli regala un rispettoso sorriso.

«Buonasera chef, mi scusi per il disordine,» risponde, lisciandosi i capelli sulla nuca «a dire il vero sono stato assunto in prova da una decina di giorni, non però come barista. Sono un cameriere di primo livello per la zona bar. Il mio supervisore mi ha chiesto di preparare lo champagne per la serata di questa sera e stavo facendo una piccola lista dei francesi.»

«Continua pure,» dice Finocchiaro «non voglio disturbarti. Ho solo bisogno di un caffè ma me lo preparo da solo.»

«Scherza, chef? Ma quale disturbo! Glielo faccio subito, per me è un piacere.»

Con un gesto veloce, il giovane chiude i cassetti di metallo e si porta alla macchina del caffè. Quindi, con movimenti rapidi e sicuri, depura il filtro, macina il caffè, lo pressa, pulisce i beccucci, aggancia il portafiltro, prende una tazzina di ceramica, conservata in acqua bollente, e la posiziona sotto a uno dei beccucci mentre per l'altro sistema un piccolo bicchiere di vetro. Aziona la macchina e dopo venti secondi porge la tazzina con il caffè fumante allo chef, rigorosamente senza zucchero.

Finocchiaro lo guarda soddisfatto e assapora con gusto l'espresso.

«Bravo!» dice, riappoggiando la tazzina sul banco. «Veramente un buon caffè. Cosa che per Londra non è mai scontata.»

«Grazie, chef» risponde il giovane, prendendo la tazzina e mettendola tra le stoviglie da lavare. «Ho imparato a farlo quando avevo sedici anni e facevo la stagione negli alberghi.»

«Di dove sei?» gli chiede Mimmo.

«Di un paesino vicino a Cesena, si chiama Gambettola, è lungo la strada per andare a Santarcangleo, non so se conosce la zona...»

«Be', ho presente Santarcangelo e ovviamente Cesena. La cucina romagnola è famosa. Ho fatto un paio di conferenze due anni fa all'Istituto alberghiero Malatesta di Rimini. Tu che scuola hai fatto?»

«In realtà non ho mai fatto corsi. Ho lavorato in riviera qua e là come barista o cameriere durante l'estate, mentre studiavo, ma non per fare il cuoco o prestare servizio in sala» risponde il giovane con una punta di imbarazzo.

«Cosa studiavi?»

«Dopo il diploma tecnico commerciale mi sono iscritto a giurisprudenza, all'Università di Ravenna, ma ho mollato all'inizio del secondo anno dopo quattro esami. Poi ho cambiato vari lavori. Oltre a barista e cameriere, per un periodo ho collaborato con una cooperativa che offre servizi per anziani e disabili, ho fatto l'animatore per feste di bambini, l'accompagnatore per turisti e ho lavorato anche nei parchi a tema.»

«E com'è che sei finito a Londra?»

«A quasi trent'anni mi ero stancato di lavori saltuari e precari. In Italia è difficile, di questi tempi, trovare un impiego fisso e pagato adeguatamente. Molta gente che conosco mi ha parlato di Londra come di un posto dove ci sono molte più possibilità, così ho deciso di provare.»

«Da quanto tempo sei in Inghilterra?»

«Da circa un mese.»

«E qui al Dissapore come ci sei arrivato?»

«Sono stato fortunato. In aereo ho incontrato una ragazza italiana, dipendente di una galleria d'arte nel centro di Londra. Le ho spiegato che avevo deciso di trasferirmi e che cercavo lavoro. Lei mi ha detto che ne avrebbe parlato con la sua titolare e dopo quindici giorni, mentre mi stavo ancora guardando in giro e mandavo curriculum a destra e sinistra, mi ha telefonato dicendomi che nel ristorante di un amico della proprietaria della galleria cercavano del personale per il bar. Mi sono presentato, ho fatto il colloquio ed eccomi qua.»

«E ora cosa vuoi fare? Pensi di rimanere?»

«Non so, al momento non ho altro. Comunque non escludo di volere fare carriera in questo settore. In fondo offre parecchie possibilità e lo stipendio non è male.»

«Mi sembri un ragazzo sveglio, se stai vicino alle persone giuste puoi farcela. Sai cucinare?»

«Me la sono sempre cavata ma da lì a dire che me ne intendo di cucina ne passa...» risponde il giovane, leggermente a disagio.

«Se ti va di imparare posso chiedere al direttore del personale di farti fare un periodo di prova con me» gli propone Finocchiaro. «Naturalmente all'inizio ti toccherà fare le pulizie e assistere gli chef, ma se dimostrerai impegno, costanza e voglia di lavorare potrai costruirti qualcosa di importante.»

«Sarebbe grandioso! Grazie mille, chef, per me è un onore!» risponde il giovane con entusiasmo.

«Bene, allora dopo parlo con il manager. Anzi gli chie-

derò se posso già utilizzarti questa sera per la cena di gala. Avrò sicuramente bisogno di persone in più in cucina.»
«A sua disposizione, chef!»
«Com'è il tuo nome?»
«Mi chiamo L...»
In quel momento suona il cellulare di Finocchiaro. Il giovane si blocca mentre lo chef estrae il telefono dalla tasca dei pantaloni, guarda lo schermo e fa segno al ragazzo che deve rispondere. Gli fa capire che si vedranno più tardi e si riavvia verso la cucina con il cellulare all'orecchio.

Libero Ruggirello riapre i cassetti frigorifero e ricomincia a selezionare le bottiglie di champagne. "Tranquillo, chef, in questo ristorante avrò molto da imparare..." rimugina, mentre un sorriso beffardo si disegna sulla sua bocca.

25

«Ma perché siamo venuti fino a Brixton?» chiede Mirco. «La stazione di polizia di Earl's Court era a solo un quarto d'ora a piedi dalla libreria. A quest'ora saremmo già tornati...»

«Hai detto tu che poteva risultare strano denunciare una semplice sensazione di pericolo senza avere nessun elemento concreto, giusto?» risponde Rebecca. «E allora meglio farlo alle persone che operano nel territorio in cui questa cosiddetta sensazione si è creata, non trovi? Inoltre c'è tutta quella parte del video di fronte alla scuola. Che senso avrebbe mostrarla a dei poliziotti di un altro quartiere che, probabilmente, non conoscono nemmeno la zona! Non vedo di cosa ti preoccupi. Al lavoro ormai non fai più in tempo ad andare e Ornella mi ha dato il permesso di prendermi mezza giornata. Nessuno ci corre dietro...»

Istintivamente Mirco si gira all'indietro quasi a volere controllare che Rebecca abbia ragione. Da quando hanno lasciato la libreria italiana per andare a segnalare alla polizia di Brixton i timori che quel filmato ha suscitato in loro, il giovane fotografo si è fatto prendere dall'ansia. A parte i continui ripensamenti, Mirco non riesce a togliersi dalla mente lo sguardo feroce di quel tipo del furgone. Se lo sente ancora addosso e teme di vedersi spuntare all'improvviso quell'uomo nei sotterranei della metropolitana o per strada, alle loro spalle. Rebecca, al contrario, è eccitata per questa missione segreta. È convinta che quelle immagini possano nascondere qualcosa di serio e pericoloso e, allo stesso tempo, si rende conto che solo parlando con la polizia Mirco riuscirà a tranquillizzarsi.

Dopo essere usciti dal Bookshop, i due ragazzi hanno preso la metropolitana a Gloucester Road, cambiando a Victoria, fino a raggiungere la stazione di Brixton Road. In meno di mezz'ora sono arrivati alla centrale di polizia di quartiere.

Prima di entrare nell'imponente edificio in cemento e vetro, Mirco ha l'ennesima esitazione.

«Sei proprio sicura di volerlo fare?» chiede a Rebecca. «Ci prenderanno per dei fanatici mitomani.»

«E se anche fosse?» ribatte la ragazza. «Vuoi davvero rischiare che quel tipo inquietante faccia qualcosa di orribile, solo per non passare per allarmista? Io no. Se non te la senti, dammi la chiavetta e vado da sola.»

Mirco guarda Rebecca con un misto di timore e ammirazione, poi le prende le mani e, cercando i suoi occhi, le dice: «Assieme a te potrei cacciare i fantasmi tutta la vita». Prima di entrare nell'edificio le loro bocche si trovano e si divorano avidamente. E in quel momento il giovane fotografo avverte che tutte le sue paure sono svanite.

L'ufficio denunce si trova al piano terra della stazione di polizia. È composto da una grande stanza nella quale vi sono una decina di scrivanie, ognuna dotata di un terminale e una stampante. Quando Mirco e Rebecca vi si presentano, solo sei di esse sono presidiate da agenti in divisa e l'attesa per potere parlare con uno di loro è di circa un'ora. I due ragazzi trovano posto su una fila di sedie appoggiate al muro, vicino a un distributore automatico di bevande e snack, e si mettono ad aspettare il loro turno. Dopo una ventina di minuti, un uomo alto e grosso, tutto vestito di nero, come il colore della sua pelle, entra nella stanza, si avvicina al distributore e inserisce un paio di monete, selezionando un caffè americano. Mentre attende la discesa del bicchiere di plastica, scorge i due ragazzi e li fissa incuriosito. Non ricorda di averli mai visti nella zona e immediatamente realizza che sono gli unici bianchi nella stanza. Ma ad attirare maggiormente la sua attenzione è il fatto che essi stiano parlando in modo assorto fra di loro, come se fossero soli, incuranti delle persone che stanno loro intorno. Per sua esperienza, tolti i poliziotti o i criminali, chiunque entri per la prima volta in una stazione di polizia, tanto più in quella di Brixton, non può fare a meno di rimanere colpito dai volti e dagli sguardi delle persone che vi si incontrano, carichi spesso di odio, paura e smarrimento. Mentre quei due giovani sembrano concentrati solo su qualcosa che li coinvolge totalmente.

L'uomo prende il bicchiere e fa un passo verso di loro, appoggiandosi al muro, mentre sorseggia lentamente il caffè. In modo discreto si mette a origliare i loro discorsi. Stanno parlando in italiano, una lingua che non conosce, ma riesce ugualmente a capire il significato di alcune parole che ha già sentito.

«È un peccato che le immagini della telecamera si interrompano proprio un attimo prima che quel furgone riparta» dice Rebecca.

«Lo so, purtroppo non sapevo nemmeno che la Go-Pro stesse registrando» aggiunge Mirco.

«Chissà che cosa ci faceva un personaggio così spaventoso dentro a un camioncino, fermo davanti a una scuola elementare. A pensare alla sua faccia mi vengono ancora i brividi...» sottolinea la ragazza.

L'uomo ha un sussulto e rischia di ustionarsi il palato con il caffè bollente. Appoggia il bicchiere ancora mezzo pieno sopra al distributore e si avvicina ai due ragazzi, parandosi in piedi di fronte a loro.

Mirco e Rebecca smettono di colpo di parlare e guardano con apprensione quella montagna di muscoli che li sovrasta.

«Sono il detective Peter McBride,» attacca l'uomo «il comandante della stazione di polizia. Posso chiedervi il motivo per cui siete qui, ragazzi?»

Mirco comincia a sudare freddo ma per sua fortuna Rebecca prende l'iniziativa.

«Dobbiamo fare una denuncia,» spiega la ragazza «stiamo aspettando il nostro turno.»

«Di cosa si tratta?» chiede il detective.

«Ecco...» prosegue Rebecca «...vorremmo mostrare un video che Mirco, il mio ragazzo, ha girato con la sua telecamera qui a Brixton. Probabilmente non è nulla di preoccupante ma ci sembra giusto avvertire la polizia, cioè voi...»

«Dov'è stato girato questo filmato?» domanda McBride.

«Davanti alla scuola elementare di Brixton Road al mattino, quando i bambini entrano nell'edificio» spiega Rebecca.

«Lo avete portato?»

«Sì, è in una penna USB.»

«Bene, allora venite nel mio ufficio che gli diamo un'occhiata» dice loro McBride, invitandoli a seguirlo.

Nell'affollato ascensore diretto all'ultimo piano della centrale di polizia, stretto fra la presenza massiccia dell'ispettore McBride e la grazia delle forme di Rebecca, Mirco sente che il suo cuore sta battendo al doppio del ritmo. Ma non è più per la paura dell'uomo con la parrucca da pagliaccio, nella sua mente ritornano costantemente tre parole che la giovane libraia ha pronunciato pochi minuti prima: «...il mio ragazzo...».

26

Quando a Brixton la luce del giorno comincia a farsi da parte per lasciare spazio alla notte, il quartiere cancella suoni e colori e ripiomba nelle tenebre del suo incancellabile passato. Il mercato delle spezie, della frutta esotica e dei fiori si trasforma nel suq dell'illegalità. Le bancarelle chiudono in tutta fretta e ai venditori ambulanti si sostituiscono i pusher di crack, gli spacciatori di eroina e i trafficanti di armi. Come insetti dall'intestino della terra, le gang escono allo scoperto e scorrazzano per le strade, squarciando il silenzio del quartiere con le note ritmate di canzoni gangsta-rap, suonate a tutto volume negli impianti montati sulle automobili. Le vie periferiche diventano campi di battaglia, gli isolati più lontani dalle zone commerciali, dove i casermoni grigi e degradati delimitano le frontiere dei territori delle bande, tornano a essere terre di conquista. La gente del posto se ne torna a casa e chiude i catenacci, compatendo quei giovani hipster, accorsi in massa da altre zone della città per affollare la manciata fittizia di pub e locali di tendenza del quartiere, con l'illusione di essere gli artefici del cambiamento e della rinascita di Brixton. E non si meraviglia se, il mattino seguente, viene a sapere che molti di loro, all'uscita dei club, sono stati aggrediti, picchiati e derubati.

Virginia Watson sta tornando a casa più tardi del solito. È andata a recuperare il figlio Cyril da un'amica a cui ha chiesto il favore di ritirare il bambino dall'asilo mentre lei aveva un colloquio per un lavoro. L'intervista è andata bene, è stata assunta come addetta alle pulizie di un fatiscente centro per anziani a North Dulwich, quartiere a sud di Brixton. Un impiego di tre giorni alla settimana, pagato il minimo salariale, con zero soddisfazioni e molti incarichi stressanti, dalla pulizia dei bagni comuni, al lavaggio delle lenzuola sporche di feci e urina dei vecchi degenti fino al riassetto e alla manutenzione delle cucine, dove la battaglia con topi e scarafaggi è persa in partenza. Virginia però ha bisogno di soldi e ha accettato il lavoro come l'ennesima sfida che la vita le ha messo davanti.

Il complesso di case popolari di Saltoun Road è immerso nel buio. La donna ha preso in braccio il piccolo Cyril per proteggerlo e sentirsi a sua volta più protetta, mentre percorre il sottopassaggio pedonale che dal parco di Windrush Square conduce dall'altra parte del viale, all'imboccatura del canale di asfalto che corre in mezzo ai diversi ingressi di quei mostri di cemento. Virginia cammina al centro del tunnel, stando attenta a non pestare le siringhe e i resti di vomito e merda sparsi negli angoli. Procede velocemente, senza voltarsi indietro. Indossa silenziose scarpe da ginnastica ma il rumore, seppure minimo, dei suoi passi le rimbomba nel cervello. A ogni metro aumenta la sua angoscia. Per scacciarla si concentra su Cindy e ricorda a se stessa che non può permettersi di lasciarsi andare se vuole ritrovare sua figlia. Si blocca, col cuore in gola, quando un grosso ratto le attraversa la strada e si infila dentro una fessura tra il suolo e la parete del sottopassaggio. A quel punto Virginia si mette quasi a correre, stringendo al petto Cyril, ormai pesantemente addormentato. Esce dal tunnel con il fiato grosso e punta verso un imponente edificio, scarsamente illuminato. Deve percorrere ancora un centinaio di metri prima di giungere al portone esterno del palazzo in cui vive. La meta è vicina ma lo sono anche i due uomini che hanno cominciato a seguirla appena fuori dal sottopassaggio. Virginia ha avvertito subito la loro presenza e ha allungato ulteriormente il ritmo dei suoi passi. Nonostante la corporatura gracile e il peso del figlio sulle braccia, la donna raggiunge velocemente l'ingresso di casa, con la mano libera estrae le chiavi dalla tasca del giaccone, apre il portone, si precipita all'interno, scende correndo una rampa di scale e in pochi secondi riesce a entrare nel suo mini appartamento, richiudendosi la porta alle spalle. Resta qualche secondo al buio per riprendere fiato ma, quando finalmente accende la luce, il respiro le si blocca completamente. Davanti a lei, seduto sul divano, c'è un uomo.

Virginia riesce a trattenere un urlo e si schiaccia contro la porta, facendosi scudo col corpo del figlio.

«Mettilo a letto!» le ordina l'uomo senza muoversi dal divano. Ha una voce calma e profonda e uno sguardo che non ammette repliche. Occupa da solo quasi tutto il sofà a due posti. Una cicatrice gli parte da un lato del cranio rasato e scende fino a metà della guancia destra, disegnando un sentiero bianco sulla pelle nerissima. Una fila di denti d'oro fa risplendere l'arcata superiore della bocca, le cui labbra carnose sono circondate da un sottile strato di baffi e pizzetto. Gli occhi sono un reticolato di piccole vene rosse, il collo è quello di un toro, su cui spicca, nella parte centrale, in corrispondenza del pomo d'Adamo, un grosso tatuaggio raffigurante un cobra che sta per attaccare. Spalle, braccia, gambe e piedi sono quelli di un colosso. Ma sono le mani a lasciare sgomenta Virginia. A parte la misura imponente, sul dorso di quella sinistra è inciso con l'inchiostro il nome della gang a cui appartiene anche Jerome Boyd, il padre dei suoi figli: "TN1", ovvero "Tell No One".

La donna obbedisce senza discutere. Con le mani tremanti, depone delicatamente Cyril nel lettino della piccola e unica stanza da letto dell'appartamento, rimanendo sempre visibile all'uomo per non destare sospetti.

Poi torna nella cucina e si va ad appoggiare al banco nell'angolo opposto a quello del divano, tenendo la testa bassa e lo sguardo rivolto al pavimento.

L'uomo sta fumando uno spinello e le esalazioni hanno invaso il bilocale. Virginia vorrebbe chiedergli di non farlo per la salute del bambino ma non riesce a emettere alcun suono.

«Sai chi sono?» domanda l'uomo, dopo alcuni interminabili secondi di silenzio.

Virginia fa segno di no con la testa.

«Io invece credo di sì. Ho notato che guardavi questo tattoo» riprende lui, alzando la mano sinistra e mostrando il dorso alla donna, la quale deglutisce faticosamente, restando in silenzio.

«Jerome sta bene ma è parecchio preoccupato» continua l'uomo «ed è anche molto incazzato perché la madre dei suoi figli gli sta nascondendo qualcosa di molto grave. È così, sorella?»

«Mi dispiace ma è accaduto tutto così in fretta...» farfuglia Virginia, sfregandosi nervosamente le mani. «Lo avrei fatto appena...»

«Ssst! Non importa che aggiungi altro, *sister*! Jerome non mi ha mandato qui per punirti. O non ancora, per lo meno! Ma ora devi essere una brava madre e dirmi tutto. Chi ha rapito la figlia del capo?»

«Non lo so!» risponde Virginia con un tono di disperazione nella voce. «Lo giuro! È scomparsa nel nulla all'entrata della scuola...»

L'uomo scuote la testa, sospira a lungo e si accarezza la cicatrice sul cranio mentre il cobra si gonfia ulteriormente, accompagnando i movimenti lenti della cartilagine tiroidea.

«Ti ripeto la domanda, donna, chi ha preso Cindy Boyd?»

Le lacrime sgorgano dagli occhi di Virginia che conosce sin troppo bene il significato del tono con cui l'uomo le sta parlando.

«È la verità!» risponde, piangendo. «Stavo accompagnandola a scuola, mi sono distratta per pochi istanti e lei è sparita. Ho chiesto in giro ma nessuno si è accorto di nulla o ha notato cose strane. Non so cosa sia...»

«D'accordo, allora sarò più chiaro!» dice l'uomo, accendendosi con lo zippo un'altra canna. «Jerome mi ha ordinato di trovare la sua bambina e non si fermerà davanti a nulla, compresa sua madre. In carcere gira voce che a portarla via siano stati gli uomini di quel verme strisciante di Shabba Scratch Rose che vuole ricattare il capo per costringerlo a cedergli il controllo di tutta la polvere che arriva a Brixton. Se sai qualcosa, e ci tieni che Cindy torni a casa, ti conviene dirmelo. Boyd ti farà proteggere mentre sistema tutta la questione e nessuno si farà del male. A parte naturalmente quelle merde infami degli uomini di Shabba. Ora te lo ripeto, donna, chi ha preso la bambina?»

«Mi dispiace... mi dispiace...» singhiozza Virginia «non ho la minima idea di chi sia stato. È successo tutto troppo in fretta. Io...»

Si porta la testa fra le mani e si lascia andare a un pianto dirotto.

L'uomo continua imperterrito a fumare, poi spegne la canna dentro a un bicchiere e si alza dal divano, avvicinandosi alla donna.

Il gusto acido del suo fiato percuote le narici di Virginia mentre cerca di farsi ancora più piccola al cospetto di quel ciclope nero che la sovrasta di quasi mezzo metro.

«Tu sai che cosa significa tutto questo?» le sussurra in un orecchio, avvicinando la testa sproporzionata a quella minuscola della donna.

Virginia vede il cobra che fluttua minaccioso, allargando le ali.

«Significa che troveremo la bambina e faremo rimpiangere di essere nato a chiunque l'abbia presa. Rivolteremo tutta Brixton, senza guardare in faccia a nessuno. Nelle strade del quartiere tornerà la guerra e ci saranno molte vittime. Ma alla fine Cindy tornerà da suo padre. Sì, hai capito bene, da suo padre. Una madre tossica e instabile come te non può crescere la figlia di Jerome Boyd. Non la vedrai più e non cercare di metterti in mezzo se non vuoi perdere anche lui.»

Nel pronunciare quest'ultima frase, l'uomo indica con la mano la stanza dove dorme il piccolo Cyril.

Poi si stacca dalla donna e fa due passi verso la porta. Virginia è pietrificata, con la testa piegata e gli occhi chiusi. Le lacrime le si sono seccate sulla faccia. Il battito del suo cuore non riesce ancora a trovare un ritmo regolare.

«Un'ultima cosa, sorella» dice l'energumeno prima di uscire dall'appartamento. «Chiuditi dentro ed esci il meno possibile. E non fare cazzate, tipo avvertire la polizia o chiunque altro. Credo che tu abbia già incontrato i tuoi nuovi angeli custodi. Fai in modo che non diventino dei diavoli.»

27

«Londra!»

«Clarissa, sei tu? Cos'hai detto? Non ho capito...»

«Ho detto Londra, hai presente? La capitale del Regno Unito!»

«So dov'è Londra ma non capisco cosa c'entri. Puoi spiegarti meglio?»

«Te lo spiego a voce, Alvaro. Posso fare una salto nel tuo ufficio ora? Sei libero?»

«Certo, ti aspetto.»

L'ispettore Gerace interrompe la comunicazione e appoggia il cellulare sulla scrivania. Quindi richiude in fretta il fascicolo delle bambine scomparse che stava rileggendo per l'ennesima volta, con la speranza di trovare qualche elemento nuovo che potesse dare un impulso alle indagini e rilanciare le investigazioni. Non vuole che la sua assistente e partner lo trovi incatenato a quella che lei continua a definire la sua ossessione, mentre per lui rappresenta la sfida più importante della sua lunga e tormentata carriera. Individuare, arrestare e neutralizzare l'uomo che si fa chiamare "Filippo il Pagliaccio", presunto responsabile della scomparsa, e probabilmente della morte, di quattro bambine in diverse zone della Romagna, è l'unica ragione che lo tiene ancora prigioniero di quella vita, che di vivo non ha più nulla. Soprattutto dopo i messaggi che proprio il fantomatico pagliaccio gli ha inviato, chiedendogli di fermare la sua follia. Quattro mail nel giro di una settimana, quindi più nulla per quasi due anni. Né messaggi, né, per fortuna, altre misteriose sparizioni di minorenni. Poi, improvvisamente, un nuovo segnale, poco più di un mese fa. Una mail, firmata sempre dal pagliaccio, con una sola frase nel testo: "Nulla è più oscuro dell'animo umano".

Clarissa ha cercato in tutti i modi di risalire all'autore dei messaggi, utilizzando alcuni tra i più sofisticati programmi di decriptazione degli IP, ma senza mai giungere a un risultato. Chiunque abbia scritto quelle e-mail si è servito di sistemi all'avanguardia, e a prova di polizia, per fare rimbalzare il mittente in varie parti del mondo, fino a farne perdere la tracce. E la procura di Bologna, dopo avere esteso oltre i tempi normalmente concessi il mandato all'ispettore Gerace, ha deciso di archiviare l'inchiesta, ordinando ad Alvaro di non utilizzare più soldi o risorse pubbliche per la caccia al fantomatico clown. Direttiva che l'ispettore ha deciso di ignorare, come nel suo stile.

Clarissa entra nella stanza di Alvaro senza bussare e si siede nella sedia di fronte alla sua scrivania, senza chiedere il permesso. Finge di non vedere lo sguardo accigliato del poliziotto e gli mette sotto il naso la stampata di una serie di tabulati.

«Guarda attentamente!» lo esorta. «Noti qualcosa?»

Lui prende il foglio e legge i nomi di città che compaiono nel documento, ovvero l'unica cosa che riesce a decifrare in un mare di simboli crittografati.

«Non capisco, sono tante città diverse. Che cosa significa?» le chiede.

«Guarda bene i nomi» attacca Clarissa con la voce piena di aspettative. «Dubai, Shanghai, Riga, Minsk, Tallinn, Misurata, Kirkuk, Sarajevo, Rostov... è la rete di cui si è servito il pagliaccio per fare rimbalzare il suo IP. Tutti luoghi che appartengono a paesi che non scambiano le loro informazioni con le autorità investigative ufficiali, rendendo impossibile per la polizia informatica europea risalire all'autore delle lettere elettroniche. Ma per fortuna il nostro clown ha commesso un errore. Mi ci è voluto un po' di tempo per scovarlo ma alla fine ci sono riuscita.»

Alvaro sente una vibrazione tra il petto e lo stomaco. Segue con attenzione le parole di Clarissa e sente di amarla come non riuscirà mai a dirglielo.

«Cerco di spiegartelo in modo conciso» riprende la poliziotta. «Le mail che Marcello Ruffini, o come diavolo si chiama veramente, ti ha inviato sono tutte all'apparenza anonime. Si è firmato come Filippo il Pagliaccio, che è anche il nome falso con il quale ha creato i vari account di cui ha sempre nascosto accuratamente l'*host*. Ogni volta ha scaricato programmi nuovi per celare l'etichetta numerica e, a prima vista, tutto ha funzionato. Ciò che questo tizio non è riuscito a controllare, almeno in un caso, è la permeabilità dei programmi che ha utilizzato. Sebbene si sia accertato ogni volta di averli cancellati completamente dalla memoria, non si è preoccupato che fossero tutti realmente inviolabili.»

Gerace stringe gli occhi ma vuole evitare di mostrarsi freddo o impaziente. Sa che Clarissa ci tiene a metterlo al corrente non solo del risultato ottenuto ma anche, e soprattutto, delle sue tecniche investigative. E Alvaro è conscio di doverle la massima attenzione.

«So che stai facendo finta di essere interessato per cui te la faccio breve» continua Clarissa. «Per mesi ho studiato e provato tutti i programmi di oscuramento degli IP in commercio. Purtroppo non solo sono tantissimi, ma vengono praticamente aggiornati in tempo reale al fine di renderli sempre più sicuri e sofisticati. Fino a quando ho verificato uno tra i programmi più semplici e gratuiti che all'inizio aveva tralasciato poiché lo ritenevo troppo *basic*. È Free Hide IP per Firefox. L'ho craccato facilmente e sono andata a controllare tutti coloro che, nel periodo dell'invio delle mail, lo avevano scaricato. Ed ecco il colpo di scena. Nelle scorie del suo utilizzo, tra i milioni di utenti in ogni parte del mondo, c'era anche il nostro Filippo. Una sola traccia con un numero IP, anzi, parte di esso. Provando le varie combinazioni numeriche sono risalita a un'etichetta credibile. Ho fatto tutte le verifiche e ho scoperto che si tratta di un dispositivo di un albergo di Londra.»

«In che senso di un dispositivo?» chiede Alvaro.

«Un dispositivo di rete, cioè un terminale, un computer insomma...»

«Che si trova dentro un hotel di Londra?»

«A quanto sembra sì. È registrato presso l'hotel Claridge's, un albergo a cinque stelle a Brook Street, nel quartiere di Mayfair. Ho controllato su Google Maps, si trova nel pieno centro della capitale. Dal sito mi sembra tutt'altro che un posto a buon mercato, è frequentato da gente piena di soldi e utilizzato spesso per conferenze, riunioni di lavoro e addirittura per il lancio di film hollywoodiani. Si serve di diverse reti a banda larga e fibra ottica e ha almeno cinque sistemi WirelessLan. L'IP potrebbe essere di un terminale di un ufficio, di un centro stampa temporaneo o del business center dell'albergo.»

«E, secondo la tua ricerca, quale delle mail del pagliaccio sarebbe partita da Londra?» domanda l'ispettore.

«L'ultima, quella arrivata poco più di un mese fa» precisa Clarissa.

«Quindi» insiste Gerace «se la traccia che hai individuato è da collegare effettivamente al nostro clown, lui si trovava fisicamente a Londra in questo hotel e nulla esclude che possa essere ancora là...»

«Hai detto bene, Alvaro, solo se la mia pista è corretta...» sottolinea la poliziotta.

«Però non capisco,» insiste l'investigatore «perché Ruffini, o Filippo, o come cazzo si chiama questo stronzo, non ha usato le stesse precauzioni delle lettere precedenti?»

«Chi lo sa, forse non ha avuto abbastanza tempo. Oppure il computer che ha utilizzato nell'albergo aveva dei blocchi che non gli hanno consentito di scaricare programmi illegali più sicuri» spiega Clarissa.

«D'accordo, questa è la spiegazione tecnica. Ma io mi chiedo, che bisogno c'era di mandarmi una nuova mail, dopo due anni di silenzio e per giunta da Londra, rischiando di farsi scoprire? E cos'ha fatto in tutto questo tempo?» si interroga Alvaro.

«Mi dispiace di poterti offrire solo soluzioni tecniche, capo...»

«Oh, scusa Clarissa! Non volevo sminuirti, stavo solo ragionando sul fatto che...»

«Sto scherzando, Alvaro, stai tranquillo! Lo so che non puoi fare a meno di me... e del mio talento da cyber-detective!»

«Sei una perla rara, Clarissa, oltre a essere insuperabile nel tuo campo hai una predisposizione naturale per le indagini.»

«Lascia stare per favore, i complimenti ti vengono malissimo. Sembra un discorso funebre. Per fortuna riesco a leggerti nel pensiero, che è molto più seducente delle frasi che ti escono dalla bocca. Comunque sì, sono d'accordo con te, Alvaro, è strana questa necessità del pagliaccio di riprendere i contatti dopo tanto tempo. A maggior ragione se davvero si dovesse trovare a Londra. Avevamo già notato come il messaggio fosse diverso dagli altri, non più una richiesta d'aiuto ma una specie di aforisma che pareva contenere un'informazione o un suggerimento.»

«A questo punto resta solo una cosa da fare» sentenzia Gerace.

«Londra?»

«Già.»

«Secondo me te lo puoi scordare, almeno ufficialmente» lo avverte Clarissa. «Né la procura né il questore autorizzeranno mai un viaggio in Inghilterra sulla base di semplici congetture e per giunta riguardanti un caso già aperto e richiuso due volte.»

«Li convincerò, voglio agire alla luce del sole e con i pieni poteri» ribatte Gerace. «Non mi va più di buttare le mie ferie, e i miei soldi, per fare ciò che gli altri non fanno. Almeno fino a che resterò in polizia.»

«Allora prima di chiedere qualunque cosa dobbiamo trovare qualche elemento più concreto riguardo alla possibile presenza del pagliaccio a Londra» dice Clarissa.

«Tipo cosa?» chiede Gerace.

«Non so, per esempio controlliamo con la polizia aeroportuale se un certo Marcello Ruffini si è imbarcato per Londra da un aeroporto italiano negli ultimi mesi» spiega la poliziotta.

«Ottima idea! Ci pensi tu?» domanda Alvaro.

«No fallo tu, per favore,» risponde Clarissa «sei più bravo di me in queste cose. Io, come dici tu, sono un'investigatrice dell'etere... e poi vorrei fare qualche altra ricerca.»

La poliziotta si alza, fa il giro della scrivania, stampa un bacio sulla fronte di Gerace e se ne va. Alvaro balbetta un *gra-grazie* che lo fa sentire ancora più ridicolo e inadeguato. La donna che lui ama e ammira profondamente, ma con la quale non riesce a trasformare in parole le proprie passioni, gli ha appena dato un'altra lezione.

28

È tutto pronto.

Anita e altre due ragazze sono sulla porta del ristorante con i tablet alla mano, pronte ad accogliere gli ospiti e spuntare i loro nomi nella lista elettronica.

Due uomini del servizio d'ordine, in completo nero e auricolare all'orecchio, stazionano all'inizio e alla fine del tappeto rosso, delimitato da leader di corda dello stesso colore su aste dorate.

Il proprietario del Dissapore ha chiesto e ottenuto di chiudere la strada al traffico, pagando una cifra esorbitante alla circoscrizione di Mayfair per l'occupazione del suolo pubblico. Possono accedere alla via dove sorge il ristorante soltanto le macchine private degli ospiti, che verranno poi prese in consegna dal personale del locale per essere parcheggiate, oltre ai taxi che accompagnano gli invitati. Per i mezzi con autista è stato predisposto uno spazio più appartato.

Quattro baristi in giacca blu elettrico, camicia bianca, pantaloni neri e cravatta nera *slim*, sono schierati a distanze uguali dietro il bancone. I camerieri della zona bar sono divisi a coppie, un maschio e una femmina, nei quattro angoli della stanza. Indossano tutti camicia, pantaloni e cravatta nera, senza giacca.

La sala ristorante è stata organizzata in venti tavoli da

otto persone. Quello principale, riservato alle autorità, è in fondo alla stanza ed è rettangolare. Alle spalle di esso vi è un pannello bianco con i simboli degli sponsor, il logo della Scuola italiana e delle istituzioni governative, nonché uno spazio a diverse caselle dove verrà scritta la cifra raccolta grazie a questa iniziativa. A fianco, un podio da conferenza in acrilico trasparente con la targa del ristorante sul lato frontale. Gli altri tavoli sono tondi e per ognuno di essi è stato destinato un cameriere di sala in smoking color panna e tre aiuto-camerieri che indossano pantaloni con gilet nero sulla camicia bianca e papillon nero. I sommelier sono in tutto cinque, la giacca bordeaux, e ognuno di loro ha la responsabilità di quattro tavoli. Una composizione di tulipani bianchi è sistemata al centro di ogni mensa. I posti sono assegnati con alternanza tra uomini e donne, quando è possibile. Sono indicati con una matita colorata, sistemata nello spazio tra i piatti e i bicchieri, a cui è legato un cordino rosso e un'etichetta bianca che riporta il nome dell'ospite, scritto in corsivo con inchiostro blu. Una scelta che simboleggia la Scuola italiana, a cui sono destinate le donazioni raccolte nella cena di gala. Avvolta nei candidi tovaglioli dei posti in cui siedono le ospiti donne, vi è una rosa bianca recisa, senza spine nel gambo. La cucina è in fermento. Gli antipasti e i dolci sono già quasi tutti pronti. I primi piatti e le pietanze verranno cotti all'istante. A ogni cuoco è stata consegnata una divisa bianca, nuova fiammante, con bottoni neri a doppiopetto e ricamo tricolore sulla spalla destra, oltre a una falda grigia gessata, legata in vita per gli uomini e a pettorina per le donne. Mimmo Finocchiaro indossa invece la sua personale divisa nera a doppiopetto con bottoni dorati e rifiniture grigie sul colletto che riprendono le iniziali M.F. cucite sul petto. Lo chef cammina su e giù per la cucina come un leone in gabbia. Non è del tutto convinto del menu ma a renderlo irrequieto non è la scelta di cibi e bevande quanto la presenza contemporanea, nel ristorante, di tante persone che disistima profondamente. Incrocia per qualche secondo lo sguardo del giovane cameriere biondo che ha "strappato" temporaneamente alla zona bar. È vicino all'angolo delle lavastoviglie e sta asciugando meticolosamente i piatti su cui verranno servite le portate. Non appena si accorge dell'interesse dello chef, il giovane gli sorride e alza il pollice per rassicurarlo.

Il flusso degli invitati è iniziato e in pochi secondi l'area del bar è stata invasa di gente. L'atmosfera è calda e rilassata. I camerieri volteggiano qua e là con i vassoi colmi di calici di champagne. Gli uomini sono tutti in smoking, le donne indossano eleganti e costosi abiti da sera.

Alberto Serrano svolge nel migliore dei modi il suo ruolo da padrone di casa, dispensando sorrisi, strette di mano, inchini e baciamano, con particolare attenzione agli ospiti che ritiene più importanti.

Uno di questi è sicuramente il ministro britannico dell'Educazione, Eric Wilson, esponente di spicco del partito conservatore, un uomo sui cinquantacinque anni, piccolo di statura, completamente pelato e dal fisico appesantito, giunto al ristorante con un'auto di servizio assieme alla moglie Amber, di almeno dieci anni più giovane. Il membro del governo inglese è stato subito preso in consegna dall'ambasciatore italiano, Sermonti, che lo ha ripetutamente ringraziato per la sua partecipazione all'evento. Con loro anche il console generale Botta e l'immancabile consigliere Albertario. Alla lista dei cortigiani si sono aggiunti prontamente il direttore dell'Istituto italiano di Cultura, Parenzi, e quello del Commercio Estero, Bertello.

Il detective James Riddle è stato tra i primi ad arrivare, poco dopo le diciannove. Ha raggiunto il ristorante a piedi, partendo dalla stazione di polizia. Non sapeva ci fosse un dress code ma se anche lo avesse saputo non sarebbe cambiato nulla, visto che non ha mai posseduto un tuxedo e per nessuna ragione avrebbe speso soldi per noleggiarne uno appositamente per la serata. Mentre percorreva il tappeto rosso, il suo disagio è cresciuto, quando uno degli uomini del servizio d'ordine ha tentato di bloccarlo e rimandarlo indietro. Solo l'intervento di Anita ha evitato che il poliziotto venisse cacciato malamente dalla fila.

«Sono desolata per l'incidente» si è scusata con Riddle la giovane hostess, sorvolando elegantemente sulla questione abbigliamento. «Troverà il suo nome nella lavagna all'ingresso della sala ristorante,» ha aggiunto «ma se non ricordo male, il suo posto dovrebbe essere al tavolo numero dieci. Si goda la serata e di qualunque cosa dovesse avere bisogno, mi consideri a sua disposizione» lo ha quindi salutato, invitandolo a entrare nel locale.

Riddle si è rifugiato in un angolo della zona bar, rifiutando almeno quattro volte il calice di champagne offerto dai camerieri e mettendosi a studiare gli ospiti.

La sua attenzione viene catturata dall'entrata nel ristorante di Alexandra Evie Mangiarotti. Ha i capelli platinati e voluminosi come quelli di Dolly Parton. È compressa in un luccicante abito da sera scollato, modello sirena, in color oro e paillette, che non lascia nulla all'immaginazione. Accanto a lei c'è un uomo dai modi raffinati come quelli di un macellaio, il suo smoking è corredato da un fascione elastico che gli fa da panciera dello stesso materiale dorato del vestito della titolare della galleria Browns Arbiter. Ai piedi veste stivali da cowboy. È intento a trangugiare coppe di champagne come fosse acqua minerale e a fissare spudoratamente il fondoschiena delle ospiti più giovani. Dietro a loro appare un signore distinto, sulla cinquantina, con i tratti mediterranei. Dà l'impressione di conoscere molta gente e a tutti concede un'amichevole stretta di mano e un sorriso educato. Riddle lo segue con lo sguardo per qualche secondo e realizza che, non lontano da lui, vi è un uomo possente, tra i trenta e i quarant'anni, vestito in modo impeccabile, che non lo perde mai di vista. Sotto la giacca dello smoking, il detective individua immediatamente il rigonfiamento di una pistola.

«Non si muova!»

L'ordine perentorio giunge alle spalle del poliziotto e lo fa trasalire. Riddle irrigidisce i muscoli del collo e si gira guardingo fino a quando il suo sguardo incontra quello gioviale ed espansivo di Alberto Serrano, che gli fa notare come il suo braccio sia a pochi centimetri da una fila di calici pieni di champagne, appoggiati sul bancone.

«Mi scusi se l'ho spaventata, detective» dice, sorridendo, il proprietario del ristorante. «Volevo evitare che si potesse fare del male. Devo avvertire i miei camerieri di stare più attenti quando servono lo champagne!»

Riddle ritrae prontamente il braccio e si gratta nervoso la parte posteriore del collo, cercando di assumere inutilmente un atteggiamento risoluto.

«Grazie e... scusi... non mi ero accorto che...»

«Non lo dica nemmeno, ispettore! I miei ospiti devono sentirsi sempre a loro agio quando sono nel mio locale» lo blocca Serrano. «A proposito, grazie per avere accettato il mio invito. Per noi è un grande onore.»

Riddle abbozza un mezzo sorriso mentre cerca di dare un significato al plurale usato dall'uomo.

«Grazie a lei ma in realtà mi sento un po' in imbarazzo visto che si tratta di una cena di beneficenza e io non ho partecipato in alcun modo alla raccolta fondi» spiega il detective.

«Ci mancherebbe!» ribatte deciso Serrano. «Lei, ispettore, è un ospite di riguardo. La sua presenza ci rende un grande onore e conta più di ogni altra cosa. E poi le assicuro che le donazioni sono state oltremodo generose. Come potrà constatare presto.»

«Mi fa piacere. Al giorno d'oggi, tra la crisi e l'incertezza economica, non è facile convincere le persone a gesti di solidarietà.»

«La comunità italiana di Londra è sempre stata molto

generosa, detective. Siamo come una grande famiglia, ognuno è pronto a dare una mano. È proprio una questione di cuore.»

«Già, me ne sto rendendo conto. Una generosità che non conosce limiti. Proprio riguardo a questo, mi chiedevo se c'è una quota minima fissata per le donazioni in favore della Scuola italiana.»

«Assolutamente no, tutti sono liberi di fare la loro offerta ma le assicuro che i donatori sono, come sempre, estremamente generosi.»

«Come funziona la raccolta? Bisogna iscriversi, lasciare dei dati?»

«Chi vuole può farlo ma sono bene accette anche le offerte anonime. La cosa bella di queste iniziative è riscontrare come proprio l'altruismo non abbia bisogno di ostentazione. I donatori più generosi sono coloro che abitualmente preferiscono rimanere nell'ombra.»

«Lo sospettavo» commenta Riddle, abbassando il tono della voce.

«Come ha detto, scusi? Non ho sentito» chiede Serrano.

L'intero ristorante ammutolisce all'improvviso quando all'ingresso compare Emilia Stefanelli De Vitis. La vedova dell'imprenditore ucciso ha un aspetto stanco ma si muove con grande stile e fierezza. L'abito che indossa, un vestito da sera a maniche lunghe nero di chiffon, con un girocollo ricamato con delle piccole perle, le dona un'aria sobria e dignitosa. È accompagnata dal suo segretario, Giovanni Esposito, che si tiene qualche passo dietro di lei. Al silenzio piombato di colpo nel locale, fa seguito uno scrosciante e insopportabile applauso di tutti gli invitati, sollecitato dal titolare, Alberto Serrano il quale, un secondo dopo, si fa incontro alla donna, baciandole la mano. Anche l'ambasciatore si precipita a salutare la donna, rinnovandole la sua prostrazione.

La cena procede a rilento e mette a dura la prova la pazienza di Riddle. Al suo tavolo siedono un imprenditore italiano di origini calabresi che ha creato una società di consulenza per connazionali che vogliono iniziare attività commerciali nel Regno Unito, una giornalista inglese, direttrice di una rivista di cucina diffusa a livello nazionale, che parla perfettamente l'italiano, un manager pugliese, titolare di una concessionaria di auto italiane a Londra, un avvocato civilista salernitano, specializzato in compravendite di immobili, la moglie di un ex diplomatico italiano in pensione che si è stabilito definitivamente nella capitale britannica, la direttrice di una banca d'affari italiana con sede nella City, appena trasferita da Milano, e un dentista romano, titolare del più grande studio odontoiatrico italiano di Londra che ha, tra i suoi pazienti, quasi tutti i dipendenti dell'ambasciata. Tutti i commensali cercano di ignorare la presenza del detective e dopo le presentazioni di rito nessuno si degna di rivolgergli la parola. Nemmeno Riddle si sforza di socializzare con i suoi vicini. Guarda continuamente il tavolo delle autorità per cercare di carpire qualche elemento e analizzare il linguaggio del corpo degli ospiti che vi sono seduti. Tra questi vi sono l'ambasciatore Sermonti, il ministro Wilson, il console Botta, la vedova Stefanelli, il proprietario del ristorante, Serrano, e la presidente del comitato di gestione della Scuola italiana di Londra, Eleonora Satta Rignani.

Mimmo Finocchiaro ha fatto la sua entrata trionfale in sala, accolto da un lungo applauso, dopo i primi piatti. Ha salutato ossequiosamente gli ospiti del tavolo principale e si è trattenuto per qualche minuto sul palco per descrivere le sue creazioni. Quindi si è ritirato nuovamente in cucina.

L'arrivo delle pietanze, messo in scena con un copione a metà tra una sfilata di moda e una coreografia di ballo, segna l'entrata nel vivo della serata.

Serrano si alza dal tavolo e si allontana dalla sala per organizzare la cerimonia di consegna dei fondi alla presidente del comitato scolastico, che prevede anche i discorsi del ministro Wilson e dell'ambasciatore Sermonti, oltre all'indicazione scritta del totale dei soldi raccolti a sostegno della Scuola italiana nel pannello alle spalle degli invitati.

Anita si avvicina alla lavagna con un pennarello in mano, pronta a scrivere una cifra a parecchi zeri. Sermonti rilegge velocemente gli appunti. L'atmosfera nel locale si fa spumeggiante. Un silenzio di eccitazione, interrotto a sprazzi dalle risate sguaiate di alcuni ospiti che hanno esagerato con vino e champagne, avvolge la sala.

Sermonti invita Wilson ad alzarsi e portarsi vicino al podio. Il consigliere Albertario gli fa però notare che Serrano non è ancora tornato al tavolo e l'ambasciatore decide di risedersi, chiedendo al ministro di pazientare ancora qualche istante. Nel frattempo i camerieri ritirano i piatti del *main course* e rassettano velocemente i tavoli, cambiando posate e bicchieri e raccogliendo le briciole di pane. Il programma prevede che dolci e frutta vengano serviti dopo la cerimonia e con essi i vini da dessert.

Passano i minuti e Serrano non ricompare. Un mormorio sommesso si diffonde nella sala. Riddle avverte un fremito lungo la schiena e comincia a guardare in tutti i tavoli, cercando di imprimersi nella mente i volti dei presenti. Nonostante le risate e il clima amichevole, il poliziotto capisce che sta accadendo qualcosa di strano e di imprevisto che lui però non riesce ancora a decifrare. Sermonti fa un gesto con gli occhi ad Anita e la giovane lascia velocemente la sua postazione vicino al pannello e si avvia a passo spedito fuori dalla sala. I sommelier si avvicinano ai tavoli e cominciano a descrivere le peculiarità del Passito di Pantelleria che verrà servito con i dolci, mentre i camerieri iniziano a mescere il vino ambrato nei piccoli calici da dessert.

D'improvviso un urlo agghiacciante, proveniente dall'altra parte del ristorante, rimbalza nella sala. Molti degli ospiti rimangono sbalorditi. Riddle scatta in piedi e con lui il consigliere Albertario. Si precipitano entrambi fuori dalla stanza in direzione del luogo da cui è partito quel grido disumano. L'ambasciatore Sermonti cerca di tranquillizzare come può il ministro Wilson che si guarda intorno preoccupato. La guardia del corpo di Costantino Vitiello estrae la pistola e raggiunge con un balzo il tavolo in cui siede l'imprenditore italiano, mettendosi davanti a lui per fargli scudo con il corpo. Alcuni degli invitati cominciano ad alzarsi e a cercare una maniera per andarsene il più presto possibile.

Riddle irrompe per primo nell'ufficio del proprietario del ristorante e trova Anita, rannicchiata in un angolo, che sta piangendo disperata. A terra, accanto a lei, c'è Alberto Serrano che giace in un lago di sangue. Ha la testa rivolta verso l'alto, le braccia lungo il corpo, le gambe piegate e gli occhi sbarrati. Un coltello da cucina, di quelli per sfilettare il pesce, gli attraversa la gola da parte a parte.

29

Due colpi secchi.
Silenzio.
Altri due colpi, più decisi.
Amanda si sveglia con il cuore in gola. Guarda l'orologio digitale. Segna 01.30 AM. Apre il primo cassetto del mobile a fianco del letto ed estrae la sua Glock Gen 4. Controlla il caricatore, inserisce il colpo in canna con un veloce movimento del carrello e scende dal letto in punta di piedi. Indossa una maglia blu extralarge dei New York Giants con il numero 90, del *defensive-end* Jason Pierre-Paul, che le arriva appena sotto il sedere. Si avvicina alla porta senza fare rumore e vi si mette di lato, tenendo la pistola in alto con entrambe le mani.

«Ti ho sentito, Amanda, so che sei sveglia. Apri!» dice una voce baritonale sul pianerottolo.

La donna resta immobile e in silenzio, cercando di identificare mentalmente l'uomo che si trova fuori dalla sua porta.

«Ti rubo solo cinque minuti ma è importante, devo mostrarti una cosa!» insiste la voce.

Finalmente Amanda riconosce la persona che sta parlando. Apre con circospezione la porta, mantenendo sempre la pistola puntata.

«Cazzo, Jefferson! Tu sei sempre in guerra!» sorride

l'uomo, mentre fissa la canna a pochi centimetri dal suo naso.

«Vaffanculo, BigMac! Fai troppa fatica a dire chi sei? E poi che cazzo vuoi a quest'ora di notte?» lo maledice la poliziotta, ritraendo la pistola e inserendo la sicura.

McBride le strizza l'occhio e fa scorrere il suo sguardo sulle gambe marmoree di Amanda, fino al punto in cui la maglia inizia a coprire il resto del suo fisico statuario.

«Non mi fai entrare?» le chiede, inspirando profondamente.

«Perché dovrei?» risponde la donna, restituendo a Peter un'occhiata di sfida.

«Ho delle novità sul caso della bambina e vorrei metterti al corrente» spiega McBride.

«Ah sì? E non potevi aspettare di dirmele domani mattina in ufficio?»

«Sei stata tu, Amanda, a chiedermi di non coinvolgere la polizia. Convocarti di nuovo al comando avrebbe creato sospetti. Sai com'è infido il nostro ambiente...»

«Oh, certo! Da quando sei diventato così premuroso? Facciamola corta, BigMac, entra e sbrigati che voglio tornare a dormire. Domani avrò una giornata infernale. Stasera c'è stato un omicidio in un ristorante a Mayfair e il mio capo... okay ma chissenefrega adesso! Muoviti, dai!»

McBride entra nell'appartamento e si dirige verso l'angolo cucina della sala, sedendosi su uno sgabello dell'isola.

Amanda lo raggiunge e appoggia la pistola sul piano che funge anche da tavolo, rimanendo in piedi.

«Resti così?» le chiede Peter, riferendosi al suo abbigliamento essenziale.

«Devo mettermi la divisa, capo?» risponde la poliziotta con aria strafottente. «Comunque non farti strane idee, il conto alla rovescia è già partito, hai ancora poco tempo prima che ti butti fuori a calci...»

«D'accordo, d'accordo!» dice Peter, alzando le mani. «Hai un laptop?»

Amanda gli gira le spalle e va a prendere il suo portatile, staccandolo dal cavo che lo collega alla televisione.

McBride non può fare a meno di esaminare il suo perfetto fondoschiena, stretto sotto la maglia dei Giants, e una vampata di calore gli sale dalle gambe.

Cercando di concentrarsi su altro, le passa una chiavetta USB.

«Ho messo tutto qui dentro» spiega Peter.

Amanda inserisce la pen-drive e aziona il programma VLC Media Player per visionare il contenuto. Sullo schermo del computer appaiono tre clip di altrettanti filmati.

«Clicca sul primo» dice McBride.

Il video mostra l'esterno della scuola di Brixton Road, ripreso dall'altra parte della strada.

«È la scuola elementare in cui va Cindy?» chiede la poliziotta.

«Sì, il filmato è stato girato proprio il giorno in cui è scomparsa, esattamente al momento dell'entrata nella scuola dei bambini» risponde McBride.

«Chi lo ha fatto? Non sembra una CCTV.»

«E infatti non lo è. Dopo vedremo anche quella ma ora concentriamoci su questo video. Lo ha girato casualmente un fotografo che si trovava in un bar di fronte alla scuola, nel lato opposto di Brixton Road.»

«Chi è? Come hai fatto a trovarlo?»

«Ti spiegherò tutto dopo, adesso guarda con attenzione queste sequenze.»

La poliziotta spinge *play* e osserva il video nel quale si vede il furgone bianco fermo davanti alla scuola, l'arrivo di Virginia con i figli e i primi passi di Cindy verso l'entrata dell'istituto. I fotogrammi si interrompono un attimo prima che la bambina raggiunga la zona dove si trova il furgone.

«Cazzo!» impreca Amanda. «Si è bloccato proprio adesso! Non c'è altro?»

«Non in questo filmato. Il ragazzo che lo ha realizzato

non sapeva di avere la telecamera accesa,» spiega McBride «ma se clicchi sul secondo, qualcosa in più si riesce a vedere.»

La donna avvia la seconda clip. È un'immagine fissa, ripresa dall'alto, molto larga. Mostra un marciapiede pieno di gente, soprattutto genitori con bambini. La scritta in sovraimpressione recita CH.01-BXT.RD. Ci sono anche una data e un orario che coincidono con il video amatoriale appena visionato dai due poliziotti.

«È la telecamera di sorveglianza di Brixton Road?» chiede Amanda.

Peter conferma con un gesto della testa.

Le sequenze proseguono con l'arrivo di Virginia assieme ai due bambini. Il furgone bianco è parcheggiato poco più avanti ma l'obiettivo ne coglie solo un angolo, nella parte alta dell'inquadratura. Cindy si stacca dalla madre e dal fratellino e cammina in direzione del furgone. Supera il muso del mezzo e scompare dall'obiettivo. Una frazione di secondo dopo, il furgone schizza via a tutta velocità, sparendo immediatamente dal video.

Amanda spinge il pulsante di arresto e guarda Peter.

«Merda! Aveva ragione Virginia, gliel'hanno rapita! Quel furgone bianco...»

«In realtà» precisa Peter «le immagini non mostrano il momento in cui la bambina viene afferrata e buttata dentro al camioncino ma è plausibile pensare che sia andata così, anche se in tribunale questa non potrebbe essere portata come prova.»

«Ma quale tribunale del cavolo!» sbotta Amanda. «Pensiamo piuttosto a Cindy, è evidente a questo punto che qualcuno l'ha sequestrata. Non ci sono altre telecamere a circuito chiuso nella zona?»

«Purtroppo no,» replica Peter «ma guarda il terzo filmato.»

La poliziotta schiaccia *play* sull'ultima clip e sul monitor compare il furgone bianco fermo a un semaforo. Quindi le immagini proseguono con le riprese dell'uomo alla guida del mezzo, all'interno dell'abitacolo, fino a quando il van riparte a tutta velocità.

«*Yo, bro!* Come hai avuto questo video?!» esclama Amanda. «C'è tutto, dalla targa alla faccia dell'uomo sul furgone. Che tra l'altro mette i brividi...»

«Sempre da quel giovane fotografo» spiega McBride. «È un videoamatore e gira tutto il giorno in bicicletta con la telecamera accesa sul casco. Si è presentato lui spontaneamente in centrale poiché era rimasto scioccato dallo sguardo di quell'uomo.»

«Come dargli torto... Bel colpo comunque! E quella parrucca da pagliaccio?»

«Fa parte delle cose che devo ancora scoprire.»

«Hai controllato il numero di targa?»

«Sì e, come prevedevo, il furgone è stato rubato da un parcheggio a Balham il giorno prima. Il proprietario è un commerciante pakistano di quarantacinque anni che ha una piccola attività di traslochi e consegne. Ha denunciato regolarmente il furto.»

«E non è certo il biondino che è al volante...» sottolinea Amanda.

«Esattamente, però ora abbiamo almeno due elementi importanti sul presunto rapimento della figlia della tua amica.»

«Togli presunto.»

«Come vuoi, il primo è il volto del poss... del rapitore. Il secondo è la conferma che a sequestrare Cindy non è stato qualcuno che fa parte di una gang di Brixton.»

«Ti riferisci per caso agli uomini di Shabba Scratch Rose, il gangster che pretende di controllare tutto il traffico di droga di Brixton?» allude Amanda.

«Per l'appunto, non credo proprio che quel giovane bianco sia un suo affiliato e questo, da un certo punto di vista, mi conforta.»

«Sì, hai ragione, Brixton è una polveriera. Una cosa

come questa potrebbe scatenare una guerra fra gang da fare paura.»

«Per questo è fondamentale fare arrivare la notizia in carcere al padre di Cindy, prima che Boyd dia ordini ai suoi uomini di farla pagare alla gang di Shabba. Domani andrò da lui, spero non sia troppo tardi.»

«Giusto. Io invece voglio concentrarmi sul biondino» aggiunge Amanda. «Il suo aspetto è più simile a quei fighetti che abitano nelle zone in cui lavoro che a quello dei fratelli giamaicani che vivono nel ghetto a sud. Mi auguro solo di averne il tempo. Posso fare una copia dei video?»

«Tieni direttamente la chiavetta, ho già fatto altre copie.»

«Grazie» dice Amanda, chiudendo il programma e spegnendo il laptop.

«Bene, scappo» fa Peter, alzandosi dallo sgabello. «Ti lascio dormire. Domani avrai una giornata piuttosto piena, temo.»

«Ormai sono strasveglia» lo ferma Amanda, afferrando con delicatezza una mano di Peter. «La tua scoperta mi ha fatto entrare in circolo l'adrenalina, anche provandoci non riuscirei più a riaddormentarmi.»

«Un vero peccato,» ammicca il detective «mi spiace proprio avere scombinato i tuoi piani.»

«Non pensare di cavartela con queste scuse da prete, BigMac! Non te ne andrai da qui fino a quando le mie ghiandole non avranno smaltito tutti gli enzimi. A costo di legarti al letto.»

«Se è per le tue ghiandole...» accetta di buon grado McBride, con un sorriso stampato sul volto mentre inizia a baciare delicatamente il collo di Amanda, sollevandole la maglia di Jason Pierre-Paul.

30

Non riesce a smettere di tremare. Il buio le ha sempre fatto paura e poi quel posto, oltre a essere lugubre, è anche gelido e odora di muffa. Cindy è seduta sul letto, avvolta in una coperta di pile che non riesce a scaldarla. Ha i piedini congelati e le bruciano gli occhi per tutte le lacrime che ha versato. Se pensa alla mamma e al piccolo Cyril ricomincia a singhiozzare. Perché non l'ha accompagnata in classe come sempre? Che colpa aveva lei se il suo fratellino ha iniziato a fare i capricci? Ci ha provato a entrare subito nella scuola come le aveva ordinato la mamma ma non è colpa sua se, quando è passata vicino a quel furgone bianco, due mani l'hanno afferrata e tirata dentro. Ha tentato di resistere ma all'improvviso tutto è diventato nero e quando si è risvegliata era lì, in quella stanza fredda e tetra, senza finestre. Ha cominciato a urlare e a chiamare la mamma, si è avvicinata alla porta e ha iniziato a bussare e calciare, facendosi sanguinare le mani. Nessuno però ha risposto e si è fatto vivo. E allora Cindy è tornata a letto e si è rannicchiata, avvolgendosi nella coperta. Ogni tanto guarda il vassoio con la tazze di latte e i biscotti sul tavolino nell'angolo della stanza. Le viene da vomitare solo al pensiero di avvicinare le labbra a quella tazza, da cui prima le è sembrato di vedere uscire un piccolo topo nero. Tra l'altro a lei il latte fa venire mal di pancia e la mamma lo sa, per questo le fa bere solo il tè. Adesso è stanca e deve fare la pipì. Lì però non c'è nessun bagno e non vuole farsela addosso perché ormai è grande e le bambine di cinque anni non si pisciano addosso come Cyril. Che poi la mamma si arrabbia e comincia a urlare e alla fine si mette a piangere. E dà la colpa a lei perché è da sola a dovere fare tutto mentre lei, che è la più grande, dovrebbe aiutarla nelle faccende di casa. Ma come si fa ad aiutare la mamma quando si mette a fumare quella cosa strana e puzzolente dentro la bottiglia di plastica, che subito diventa tutta bianca. Poi comincia a tossire e dopo un po' scoppia a ridere oppure si stende sul divano e si addormenta. Quando si sveglia è sempre triste e piange. Anche a lei viene da piangere perché la mamma sta male. Così va ad abbracciarla e dopo sono tutte e due di nuovo felici. Ma ora la mamma non c'è e lei ha paura. Non è colpa sua se non è andata a scuola. A lei piace andare a scuola, stare in classe con i compagni, ascoltare la maestra. C'è sempre da divertirsi e sono buone anche le cose che si mangiano nella mensa. In quel luogo invece è buio, è freddo e ci sono i topi. Cos'ha fatto di male per meritare questa punizione? Perché non è nella sua camera con Cyril?

La tazza piena di latte si rovescia improvvisamente e il piccolo topo schizza via, precipitandosi giù dal tavolino. Il cuore di Cindy comincia a battere all'impazzata. La piccola infila anche la testa sotto la coperta e i suoi tremori diventano incontrollabili. Raccoglie le ginocchia al petto e inizia a cantare una nenia infantile, più simile a un lamento soffocato. Che interrompe di colpo quando sente dei passi. La porta si spalanca all'improvviso e una luce bianca esplode all'interno. Cindy rimane abbagliata. Poi chiude gli occhi e sogna di volare via come una farfalla.

31

«Mi scusi per il disagio, signor ministro, comprendo perfettamente il suo rammarico. Le auguro buonanotte.»

John Gardiner, seguito da due agenti in divisa, accompagna il ministro Eric Wilson e la moglie fuori dal ristorante Il Dissapore e attende che la coppia entri nell'auto blu ministeriale. A ruota escono dal locale anche l'ambasciatore italiano Sermonti con la consorte, il console Botta con la compagna e il consigliere Albertario. Salgono su due auto diplomatiche mentre gli agenti accennano un saluto militare. Le tre macchine vengono scortate da pattuglie in moto della polizia con la sirena spiegata e si allontanano in fretta dal ristorante.

Gardiner rientra precipitosamente nel locale e si avventa come una furia su James Riddle che sta interrogando uno dei baristi.

«Che cazzo ti è venuto in mente di non fare uscire il ministro Wilson dal ristorante?» impreca il comandante della stazione di polizia di Savile Row. «Mi ha chiamato la ministra dell'Interno in persona, Ruth Cumberland, per ordinarmi di andare a liberare un esponente del governo, tenuto in ostaggio in un ristorante italiano da un ispettore di polizia, in preda al fanatismo.»

Il detective respira profondamente e alza una mano aperta per pregare il suo interlocutore di interrompere momentaneamente il suo racconto. Quindi si gira verso il suo superiore, sfidandolo con lo sguardo.

«Se non te ne sei accorto, io sto lavorando, Gardiner! E per quanto riguarda il ministro, vorrei farti presente che il ristorante è la scena del crimine e per tutti valgono le stesse regole! Fanatica sarà la Cumberland!»

«Non dire idiozie e non ti permettere di parlare in questo modo, in mia presenza, di una rappresentante delle istituzioni!»

«Cristo santo, ma come fai a non accorgerti che questi rappresentanti delle istituzioni, come li chiami tu, continuano a interferire nelle indagini? Prima tentano di infilare i loro uomini nell'inchiesta, poi fanno pressioni utilizzando le loro conoscenze. Possibile che tu non riesca a vedere che in questa situazione c'è qualcosa che va oltre i semplici delitti?»

«Sei tu che non capisci. Questo caso coinvolge persone molto altolocate nella comunità londinese. È ovvio che ci siano pressioni quando le vittime fanno parte della classe dirigente del paese. Non sono semplici delitti.»

«E tu credi veramente che queste persone altolocate ci lasceranno svolgere le indagini fino in fondo? Sei proprio convinto che, pur di farci arrestare i responsabili degli omicidi, ci consentiranno di scavare nelle loro vite e portare alla luce tutti i traffici, sotterfugi, collusioni e macchinazioni di cui sono responsabili? Non ti meraviglia che in pochi giorni già due ministri del governo britannico abbiano alzato il telefono per sollecitare un certo comportamento? Quante volte ti è capitato nella tua carriera di poliziotto di avere a che fare con dei membri del governo?»

«Stai delirando, Riddle! Anzi, ti stai nascondendo dietro a delle congetture, prive di qualsiasi fondamento, solo per fuggire dalle tue responsabilità. Contrariamente a ciò che pensi, io sono orgoglioso e onorato di avere il supporto e l'interesse delle istituzioni. E dedicherò il massimo dell'impegno e delle risorse della centrale di polizia che ho l'onore di dirigere per risolvere il caso e assicurare i responsabili alla giustizia. La verità è che tu non sei all'altezza di questa indagine, non hai la preparazione necessaria per portarla avanti nel modo giusto e trovi tutte le scuse per coprire il tuo fallimento annunciato.»

«Benissimo, vuoi togliermi il caso? Nessun problema, mi faccio da parte volentieri... capo! Tanto so già in partenza come andrà a finire questa storia. Tolgo il disturbo, continua tu a interrogare i testimoni, sono almeno cento e alcuni non parlano nemmeno l'inglese. Tra l'altro, la maggior parte di essi deve ancora essere identificata.»

Con un gesto di stizza Riddle si sfila i guanti di lattice e li schiaccia contro il petto di Gardiner, sollevando una nuvoletta di borotalco. Fa per andarsene, quando il suo superiore gli grida alle spalle: «Esci da quella porta e ti faccio trasferire a Calais, a occuparti di profughi e richieste di asilo, Riddle!».

Il detective si blocca, senza girarsi.

«Mi stai minacciando, Gardiner?» chiede perentorio.

«La scelta è tua!» risponde, altrettanto aspramente, il suo superiore.

Lo scontro fra i due poliziotti viene interrotto da un giovane cameriere che irrompe nella hall del ristorante, chiedendo aiuto.

«Anita sta male!» grida l'uomo, in preda all'agitazione. «È svenuta e non si riprende!»

«Dov'è adesso?» gli domanda Riddle, andandogli incontro.

«Nel bagno delle donne, sdraiata sul pavimento. C'è una ragazza con lei.»

«Vai Riddle, non perdere tempo!» ordina Gardiner. «Io faccio arrivare un'autoambulanza. Riprenderemo dopo il discorso...»

Il detective si precipita nella toilette mentre Anita, pallida come una statua di marmo, fatica a riprendere i sensi.

Il poliziotto fa allontanare la ragazza che è con lei, si inginocchia a fianco della giovane e le solleva delicatamente la testa, appoggiandosela su una coscia.

«Stai tranquilla, Anita, va tutto bene,» le dice sottovoce «hai solo avuto un piccolo mancamento, fra poco riprenderai le forze.»

Ma lei inizia a tremare e a smaniare. Non riesce a tenere gli occhi aperti e appare profondamente traumatizzata. Riddle capisce che qualcosa la sta terrorizzando.

«Non ti agitare, non c'è più pericolo ora» le sussurra, cercando invano di rassicurarla. «La situazione è completamente sotto controllo.»

I tremori della giovane però aumentano, fino a quando Anita viene colta da un violento spasmo. Con gli occhi sbarrati, stringe con forza il braccio del poliziotto, piantandogli le unghie nella carne, e tenta di sollevare la testa.

«L-Lo...» riesce appena a farfugliare, prima di crollare tra le braccia di Riddle, priva di conoscenza.

32

È esausta e spossata mentre guida verso casa, sperando che l'agonia di quel tragitto di trenta minuti, che dalla questura di Bologna conduce al suo bilocale di Castelmaggiore, passi al più presto. Stringendo il volante della sua Fiat Cubo, comprata a rate a chilometri zero dallo stesso concessionario di Imola che equipaggia le volanti, Clarissa rimpiange di non avere accettato l'invito di Alvaro a fermarsi a dormire da lui, nel suo appartamento di via Mazzini, distante meno di un quarto d'ora dalla centrale di polizia di piazza Roosevelt. Ma non sarebbe stata la scelta giusta, dopo una giornata in cui le novità riguardo alle lettere di Filippo il Pagliaccio sono riuscite solo in parte ad allentare le tensioni fra loro. Ha scelto il percorso più lungo ma più veloce, visto che sono quasi le due di notte e sull'asse attrezzato di Corticella non si incontra praticamente nessuno. Sul rettilineo della carreggiata il piede destro della poliziotta affonda sull'acceleratore, lanciando la goffa automobile squadrata a oltre centrotrenta chilometri orari. D'improvviso il buio della notte che riveste il lunotto viene squarciato da un lampo di luce bianca e intensa. Clarissa scorge il bagliore dallo specchietto retrovisore e solleva d'istinto il piede dal pedale, mandando il motore su di giri. L'auto perde immediatamente velocità ma è troppo tardi per evitare la sentenza dell'autovelox.

«Cazzo! Cazzo! Cazzo!» impreca Clarissa, sbattendo il palmo della mano destra sul volante. E nella sua mente si vede già costretta a implorare i colleghi della Stradale o peggio, della polizia municipale, per farsi cancellare una multa da duecento euro e tre punti sulla patente e a dover subire stupide battute sulle donne poliziotto al volante.

Furiosa, accosta sulla corsia di emergenza e blocca l'auto, azionando le quattro frecce. Apre i finestrini e inspira una profonda boccata d'aria per riacquistare il regolare battito cardiaco.

Con i polmoni pieni di ossigeno, Clarissa avverte che il suo cervello ha ripreso a lavorare e sta elaborando un'idea. Sente progressivamente allentarsi la tensione, mentre viene di nuovo proiettata dentro l'indagine sul pagliaccio. Chiude gli occhi per cercare di rincorrere i pensieri fino a quando ritorna quel flash bianco, accecante. Questa volta però è solo nella sua mente. Con le pulsazioni accelerate, rimette in moto l'auto e si lancia sulla strada, infischiandosene dei limiti di velocità. La stanchezza è magicamente scomparsa e l'adrenalina la fa sentire piena di energia, nonostante sia notte fonda. Imbocca l'entrata di Corticella della tangenziale e punta decisa verso l'autostrada A14 in direzione sud. L'orologio digitale nel cruscotto indica le due e quarantuno. Mentre viaggia a velocità sostenuta verso Cesena, Clarissa ripassa mentalmente il verbale delle testimonianze riguardanti l'ultima apparizione di Marcello Ruffini al parco acquatico Atlantide di Cesenatico, quattro anni prima. Quella mattina la madre di Anouk, la bambina di origine francese scomparsa nel 2014, aveva riferito di avere affidato la piccola all'uomo, vestito da pagliaccio, che faceva l'animatore nel parco. Un custode del centro acquatico era inoltre abbastanza sicuro di avere visto, pochi minuti più tardi, un'auto bianca di piccola cilindrata, con a bordo un adulto e una bimba, allontanarsi senza fretta da un cancello secondario del parco. Ma non era stato in grado di descrivere le sembianze della persona che era al volante e nemmeno il tipo di auto, decisamente comune. Da quel momento sia il Ruffini sia la piccola Anouk erano spariti.

In cinquanta minuti Clarissa raggiunge il casello di Cesena, lo attraversa e si avvia sulla strada provinciale verso Cesenatico, superando una serie di piccoli paesi e frazioni, avvolti nel buio, fino a raggiungere Zadina Pineta, un centro turistico a ridosso del litorale dove sorge un ampio campeggio. Infila una strada tra gli alberi e dopo nemmeno un chilometro si trova davanti all'entrata di Atlantide. Il parco acquatico è chiuso e circondato dalla penombra della luna. Clarissa lo aggira fino a individuare il cancello di servizio, descritto dal testimone. Anche questo è serrato, un particolare che non ha però per lei alcuna importanza. La poliziotta giunge di fronte all'uscita e inverte il senso di marcia dell'auto.

Imposta il navigatore con destinazione Ravenna, scegliendo la statale numero 16, un percorso di trentuno chilometri che si estende parallelamente alla costa. Dopo uno svincolo imbocca la strada a velocità sostenuta, aumentando progressivamente l'andatura, soprattutto in corrispondenza dei centri abitati. Il cuore di Clarissa riprende a pulsare vigorosamente mentre la donna cerca di mantenere la massima concentrazione durante la guida, volutamente pericolosa. Sposta gli occhi continuamente verso lo specchietto per controllare l'asfalto alle sue spalle, inghiottito dalle tenebre. Per venti minuti non accade nulla fino a quando, nel tratto di strada che separa il luna park di Mirabilandia dal Parco regionale del Delta del Po, in corrispondenza di Fosso Ghiaia, un lampo bianco esplode da dietro le fronde di un platano e si stampa sul lunotto dell'auto di Clarissa. La poliziotta trasale e rallenta di colpo con un sorriso che le attraversa il viso e le apre il cuore. Non è mai stata così felice di avere infranto il codice della strada.

Scende e si trova di fronte a un palo alto, di colore

bianco, con una scatola rettangolare sulla sommità che somiglia a una casa per uccelli, con i due obiettivi della telecamera, individuabili grazie ad altrettanti buchi neri, sistemati a pochi centimetri di distanza fra loro. L'autovelox fisso è un Velomatic 512, un modello omologato nel 2010, in uso soprattutto nelle strade provinciali nel Nord Italia. È stato piantato a fianco di un grosso platano, le cui imponenti fronde hanno finito per occultarne il dispositivo, rendendolo invisibile agli automobilisti che percorrono quel rettilineo, regolato da un limite di velocità a cinquanta chilometri orari. Di fatto è una trappola legalizzata, dal momento che risulta quasi impossibile, in quel tratto di strada così lineare e aperto, mantenere un'andatura tanto lenta. In più Clarissa non ricorda di avere notato la segnalazione, obbligatoria per legge, della presenza di un rilevatore elettronico della velocità entro quattro chilometri dall'autovelox. A meno che anche questo indicatore sia stato volutamente posizionato in un posto introvabile. Un cartello blu di piccole dimensioni, legato al palo e altrettanto nascosto, indica la competenza su quell'area del Comando Corpo della polizia municipale di Ravenna e il decreto della prefettura della stessa città con l'approvazione del ministero dei Trasporti. La poliziotta scatta una foto all'insegna con il telefonino poi inquadra la strada, il chilometro, il platano e l'autovelox, continuando a collezionare foto. Sono quasi le cinque del mattino e, considerato il traffico inesistente a quell'ora, per raggiungere il comando dei vigili urbani sono sufficienti venti minuti. In teoria Clarissa avrebbe il tempo di rientrare a Bologna e ripresentarsi al mattino alla stazione dei vigili urbani di Ravenna, oppure contattare telefonicamente il dirigente del comando dalla questura. Ma la poliziotta non ha alcuna intenzione di spezzare l'atmosfera di quella notte, inoltre vuole parlare di persona con i colleghi della Municipale. Dentro di sé percepisce di avere tra le mani una piccola ma importante traccia, la prima, probabilmente concreta, riguardo al caso di Filippo il Pagliaccio. E sa di non poterla mollare nemmeno per qualche ora, né tantomeno condividerla.

Risale in auto, mette in moto e si avvia lentamente verso viale Fosso Ghiaia, taglia il Parco del Delta del Po e raggiunge la Riserva della Foce del fiume Bevano. La strada finisce dove iniziano le dune di sabbia che digradano verso il mare. Il sole non è ancora sorto ma il cielo si sta già preparando ad assumere i toni del rosso e del giallo, rivelando progressivamente la linea dell'orizzonte marino. Clarissa ferma la macchina su un piccolo promontorio da cui si gode la vista del mare. Scende, si siede sul cofano e respira profondamente lo iodio, il calcio e il cloruro di sodio che spirano nell'aria. L'incantesimo di quella notte la fa sentire carica di energia. Ora Clarissa sa con certezza che la caccia al pagliaccio è veramente iniziata.

33

Alle dieci del mattino la *laundrette* di Tyssen Road è semideserta. La piccola lavanderia a gettone, che si ispira al luogo suggestivo raccontato da Hanif Kureishi, sorge nel cuore del villaggio di Hackney, nel profondo oriente di Londra. A fianco vi è un fish & chips gestito da una famiglia indiana, aperto dalla mattina alla sera, che sforna baccalà fritto e patatine a tutte le ore, inondando l'aria di un odore pungente di olio stantio che si fonde a quello, altrettanto intenso, del detersivo per indumenti, versato a litri nelle macchine industriali della lavanderia. Il risultato è un aroma penetrante e perpetuo che contamina vestiti e cibo, costringendo i clienti di entrambi i negozi a restare il meno possibile all'interno dei locali.

Rebecca ama quell'angolo del quartiere, così pieno di vita popolare e denso di storie, carpite nei segreti raccontati e vissuti in attesa di un bucato. Ma quella mattina, a renderla felice come non lo è mai stata dal suo arrivo a Londra, non è solo la tranquilla routine di un giorno di riposo dal lavoro. Rebecca ha passato tutta la notte con Mirco, abbracciati nel letto a una piazza e mezzo della sua stanza, nell'appartamento che divide con altre due ragazze. È stata la loro prima notte insieme. Hanno mangiato sushi sopra le lenzuola, hanno guardato due puntate di una serie televisiva sulla nascita dell'hip hop, nell'America degli anni Settanta, scaricata sul computer di Mirco, condividendo gli auricolari di una cuffia wireless, hanno ascoltato una raccolta di musica del compositore Ezio Bosso e, tenendola come sottofondo, hanno lasciato che i loro corpi si unissero e si fondessero, fino a quando passione e desiderio si sono trasformati in un'estasiata e profonda quiete.

Mirco è uscito presto. Prima di andarsene ha salutato Rebecca, ancora addormentata, con un bacio delicato, tracciandole quel sorriso sulla bocca che ancora illumina il suo volto dopo alcune ore.

La ragazza comincia a svuotare il sacchetto di tela e ripone la biancheria dentro l'oblò di una lavatrice. Quando è entrata, nella *laundrette* non vi era nessuno ma ora, mentre è intenta a dividere accuratamente i capi bianchi da quelli colorati, sente che qualcuno è entrato nel negozio e ha fatto scattare il campanello alla porta. Le note invadenti di un fastidioso *reggaeton* ultracommerciale, programmato con ossessionante insistenza su un canale di video musicali, si propagano da un televisore affisso in un angolo della lavanderia e sovrastano il rumore delle centrifughe. Rebecca sta per voltarsi quando una voce la fa sobbalzare.

«Accidenti, sei raggiante! Non ti ho mai visto così allegra mentre lavi la biancheria. Qui c'è sotto qualcosa...»

Rebecca si gira e il suo sguardo incontra quello di Roberta Gallagher, una ragazza italiana di padre inglese. È alta, magra, bionda e con i lineamenti fini. Ha ventiquattro anni e vive nel suo stesso quartiere, in un appartamento non distante dalla *laundrette*. Con lei Rebecca condivide spesso colazioni al bar, spesa al supermercato, aperitivi nei pub, cinema d'autore nel centro culturale multietnico di Hakcney oltre, naturalmente, alle reciproche confidenze.

Le due giovani si sono conosciute due anni prima, in libreria, durante la presentazione di un thriller italiano.

Roberta, originaria di Piacenza, si è laureata in Arts Management all'Università di York e ha studiato arte contemporanea al Sotheby's Institute of Art. Dopo una serie di stage in musei e gallerie di Londra e Bristol, è stata assunta alla Browns Arbiter di Hanover Square. Ufficialmente come vice responsabile dell'ufficio eventi, in realtà Roberta è una tuttofare i cui compiti vanno dagli allestimenti delle mostre, all'organizzazione delle vernici, fino alla pianificazione completa delle serate di gala. Ha un carattere estroverso e comunicativo, è una lettrice appassionata di gialli e ama i film horror, nonostante si imponga di guardarli il meno possibile dal momento che vive sola.

«Ciao Roby, stavo giusto pensando di chiamarti per il nostro solito caffè» dice Rebecca, salutando l'amica con un bacio su entrambe le guance.

«Per il caffè abbiamo tutto il tempo,» risponde la ragazza, aprendo lo sportello di una lavatrice a fianco di quella utilizzata dall'amica e cominciando a inserirvi una serie di camicie bianche «prima devi raccontarmi per filo e per segno perché questa mattina hai un sorriso stampato sulla faccia, modello sorella del Joker.»

Le due ragazze ridono simultaneamente, poi Rebecca con uno slancio di gioia e commozione abbraccia Roberta, affondandole la testa in una spalla.

«Accidenti, Becky! Così mi fai preoccupare!»

«Sono felice, Roby, non puoi immaginare quanto!»

«Fammi indovinare... Considerando che, contrariamente a me, sei un'insopportabile romanticona che crede nell'amore eterno e nella felicità di coppia, direi che qualcuno, il cui nome inizia per M, si è finalmente deciso a dichiararsi. O sbaglio?»

Rebecca fissa l'amica negli occhi senza rispondere ma con un'espressione carica di maliziosa euforia.

«Aspetta, aspetta!» riprende Roberta. «Non mi dire che tu e il genio del click...»

La ragazza lascia la frase in sospeso mentre Rebecca annuisce, rossa in viso.

«Wow, altro che caffè, qui ci vuole un gin tonic! Sbrighiamoci a fare queste lavatrici. Dobbiamo assolutamente festeggiare,» sottolinea Roberta, stringendo nuovamente l'amica fra le braccia «e poi devi raccontarmi tutti i dettagli. Quando è successo?»

«Si è fermato da me stanotte» risponde Rebecca «e da quando mi ha salutato, questa mattina, mi ha già mandato dieci WhatsApp.»

«Hai capito il fotografo! Sono contentissima per te, Becky, anche se mi fai morire dall'invidia. Io non riuscirò mai a trovare il mio Helmut Newton in questa città senza cuore.»

«Non dire stupidaggini, Roby, tu hai tutti gli uomini ai tuoi piedi. Solo che sei troppo esigente.»

«Sarà come dici tu ma intanto nessuno mi manda messaggi, fiori o semplicemente prova a corteggiarmi. Al massimo mi chiedono l'amicizia su Facebook o si nascondono dietro i profili di Tinder. Per non parlare di quelli che al primo *date* non parlano d'altro che del numero di flessioni che fanno in palestra o del tipo di acconciatura che hanno in mente di farsi. Ma dove sono finiti gli uomini *normali* in questo mondo?»

«Forse io e te siamo troppo all'antica» commenta Rebecca «o gli uomini di oggi sono troppo spaventati. Se fossi in te non mi farei comunque dei problemi.»

«Puoi giurarci, Becky, io sono felicissima della mia vita. Mi piace il mio lavoro, ho degli amici sinceri e divertenti, non ho il tempo di annoiarmi e soprattutto faccio esattamente quello che desidero. Compreso togliermi certe voglie...»

Rebecca sorride mentre imposta il programma di lavaggio.

«In realtà in questo momento c'è qualcuno che mi piace» riprende Roberta, sospendendo per un attimo l'inserimento degli indumenti nella lavatrice.

«Ah sì?» la incalza Rebecca. «Chi è? Lo conosco?»

«Non credo. L'ho incontrato casualmente all'aeroporto

di Stansted circa un mese fa. Avevamo preso lo stesso volo da Bologna ma abbiamo iniziato a parlare solo durante la coda per il controllo dei passaporti.»

«È italiano quindi?»

«Sì, è romagnolo. Credo sia di un paese vicino a Cesena.»

«Come si chiama? Quanti anni ha? Cosa fa? Raccontami, dai.»

«Ha intorno ai trent'anni ed è venuto a Londra per cercare lavoro. Qualunque tipo di lavoro. Non ha ancora un'idea precisa in realtà. Si chiama Libero. Il cognome non me lo ricordo. Finisce con qualcosa tipo ...ravello.»

«Hai detto Libero?»

«Sì, perché?»

«No, niente, è un nome originale. E com'è? Intendo fisicamente.»

«Piuttosto alto, magro, con i muscoli definiti. Non però come quelli gonfi da palestra. È biondo, con un ciuffo di capelli sulla fronte e due occhi azzurro chiaro molto intensi, capaci di guardarti dentro.»

«Speriamo non ti guardi troppo, Roby, da come ne parli mi sembra che ti abbia già colpito.»

«C'è qualcosa che mi affascina in lui e al tempo stesso mi turba e mi spaventa. È sempre molto gentile e disponibile ma il suo sguardo a volte non sembra coincidere con le sue parole e i suoi gesti. È come se avesse due personalità distinte e, talvolta, in conflitto. Forse sono io che leggo troppi gialli e guardo troppi film horror.»

«O magari ti sei presa una bella cotta, di quelle che ti fanno girare la testa e annebbiare la vista. Lo hai rivisto dopo il colpo di fulmine all'aeroporto?»

«Ho fatto di più. Gli ho trovato un lavoro.»

«Sul serio?»

«Sì, quando mi ha detto che era appena arrivato a Londra e cercava un qualsiasi tipo di impiego gli ho promesso che ne avrai parlato con la titolare della mia galleria. Da noi c'è sempre bisogno di personale, anche a tempo determinato. Dopo quindici giorni un amico della proprietaria che ha un ristorante italiano a Mayfair ci ha chiesto se avessimo qualcuno da segnalargli per il bar del suo locale. Ho chiamato Libero e l'ho messo in contatto con il ristorante. L'hanno preso subito.»

«Grande. Quindi adesso fa il cameriere?»

«Non solo. È un tipo molto sveglio e intraprendente. Mi ha spiegato che per un certo periodo in Italia ha lavorato anche come animatore nei luna park e per un'agenzia che organizza feste per i compleanni dei bambini. Così gli ho proposto di fare una serata nella nostra galleria d'arte.»

«In che senso una serata?»

«Abbiamo organizzato il lancio di una mostra d'arte contemporanea. Uno di quegli eventi super mondani, con una lista di invitati di alto livello: celebrità, politici e collezionisti. Siccome molti di questi erano coppie con bambini, ho proposto alla mia boss di riservare una sala per intrattenere i bambini degli ospiti, mentre i genitori partecipavano alla festa. E per farli giocare ho pensato di coinvolgere Libero nelle vesti di animatore.»

«Che bella idea. Com'è andata?»

«La capa ha accettato con entusiasmo e Libero se l'è cavata molto bene. Si vede che sa come comportarsi con i bambini. Peccato poi che la serata sia finita in quel modo...»

«A cosa ti riferisci? In quale modo?» chiede Rebecca, incuriosita.

«Come, non hai saputo? Ne hanno parlato tutti i giornali e le televisioni! Durante la festa c'è stato un omicidio, qualcuno ha ucciso il commendator Stefanelli De Vitis, uno degli uomini più ricchi e influenti della comunità italiana di Londra. Nonché finanziatore principale della galleria Browns Arbiter. Gli hanno tagliato la gola.»

«Oddio! No, no lo sapevo. Ma si sa chi è stato?»

«Non si è ancora saputo nulla. Ma intanto la polizia ha messo la galleria sotto sequestro.»

«È terribile, mi dispiace per quel poveretto. Spero che la situazione si risolva al più presto.»

«Già, lo spero anch'io. Soprattutto per la titolare. È ancora sconvolta.»

«E Libero cos'ha detto?»

«Quella sera, dopo che i genitori hanno recuperato i loro bambini, è uscito in fretta dalla galleria. Credo si sia impaurito. Poi mi ha mandato un messaggio per scusarsi e chiedermi se stavo bene. Mi ha domandato anche se sapessi qualcosa riguardo all'omicidio.»

«Lo hai più visto?»

«No, ma in questi giorni è stato molto impegnato al ristorante per la preparazione di una cena di gala per una raccolta fondi, che si è tenuta ieri sera. Dovrei sentirlo più tardi.»

«Muoio dalla curiosità di vederlo. Hai una sua foto?»

«Aspetta.»

Roberta comincia ad armeggiare con il suo cellulare, scorrendo una lista di contatti.

«Che strano,» dice «ero convinta di avere visto un ritratto nel suo profilo di WhatsApp ma ora non c'è più. Dopo cerco meglio e se la trovo te la mando.»

«Non ti preoccupare,» risponde Rebecca «spero che tu me lo faccia conoscere prima o poi. Ma se la galleria è chiusa, significa che in questo momento non stai lavorando?»

«Esatto, anche se in realtà ho sempre un sacco di cose da fare e la mia titolare non perde occasione per telefonarmi e chiedermi di fare delle commissioni. È sempre stressantissima e questa faccenda dell'omicidio la sta facendo andare fuori di testa. Io cerco, nei limiti del possibile, di darle una mano. Queste per esempio sono tutte le divise dei camerieri e dello staff di quella sera da lavare.»

Roberta Gallagher finisce di vuotare la borsa della roba sporca. In fondo al sacchetto, sotto a tutte le divise e le camicie, c'è un costume da pagliaccio.

34

È una giornata ventosa a Londra, di quelle che fanno volare i cappelli e alzare le gonne alle turiste distratte, mentre passeggiano languidamente sui ponti che attraversano il Tamigi. La corrente, fredda e pungente, arriva da sud-ovest e crea onde impetuose sulle coste rocciose della Cornovaglia. Quindi continua la sua marcia verso nord, ripulendo il cielo.

È una giornata chiara a Londra, di quelle con una luce speciale che si trova solo nelle città del Nord dell'Europa e ti illude che possa cancellare le oscure contraddizioni di un popolo che vive di segreti e di fantasmi.

Il vento sferza le fronde delle giovani querce dei Windmill Gardens di Brixton, il parco a sud del quartiere, che prende il nome da un mulino a vento con oltre duecento anni di storia. Costruito nel 1816, l'anno successivo alla battaglia di Waterloo, che segnò la sconfitta di Napoleone per opera degli eserciti inglesi del duca di Wellington, il mulino, di proprietà degli Ashby, una famiglia di mugnai del Sud di Londra, fu utilizzato per produrre farina integrale, macinata a pietra. Dopo la morte dell'ultimo discendente Ashby nel 1934, il mulino cessò ogni attività e venne chiuso. Nei decenni successivi fu abbandonato definitivamente e si trasformò in un rudere, scampando casualmente alle bombe dei tedeschi e alla speculazione edilizia del dopoguerra. Negli anni Sessanta il terreno venne acquistato dal Council di Brixton che decise di trasformarlo in un parco pubblico e stanziò dei fondi per la ristrutturazione del mulino. Ma solo nel 2000 il comune di Londra lo inserì tra gli edifici protetti del patrimonio artistico e culturale della città. Il mulino fu così completamente restaurato, vennero ricostruite le pale originali e l'edificio diventò un'attrazione storica, gestita da un'associazione in appalto, formata da residenti locali, responsabile anche della sua manutenzione.

Per visitare il Brixton Windmill vengono organizzati tour guidati e nei mesi estivi, nell'area verde sulla quale sorge il mulino, si svolgono festival musicali ed eventi sportivi.

A poca distanza ci sono una scuola elementare e un parco giochi per bambini, delimitato da un muro celebrativo che racconta, con i graffiti di un artista di Brixton, la storia di quello che è considerato un monumento di quartiere, simbolo della memoria collettiva di un rione radicato da sempre nei dedali della *working class* londinese.

È un lunedì di festa e le scuole sono chiuse. Il giorno ideale per James "Lone" Oliver, custode dell'Education Center dei Windmill Gardens, per ripulire la zona del parco di competenza della scuola, tagliare l'erba e mettere in sicurezza il recinto dei giochi per bambini, controllando che giostrine, altalene e scivoli siano saldamente avvitati e ancorati a terra.

Lone ha più di settant'anni e una testa di treccine rasta lunghe come la sua vita, vissuta per la maggior parte in solitudine. Non ha mai smesso di fumare marijuana dall'età di undici anni e non è mai uscito da Brixton. Ha visto il quartiere cambiare e con esso tutta la città, superando indenne ogni mutazione etnica e generazionale. Si muove lentamente e riconosce i profumi della terra e l'odore degli alberi, soprattutto quando il vento del Sud ne propaga l'essenza per diverse miglia.

Lone si ferma e guarda il mulino. Le folate fanno girare lentamente le pale e gli sollevano le trecce. Gli stanno comunicando qualcosa che lo rende inquieto. C'è un messaggio di morte nelle correnti d'aria e un odore di sangue che avvelena l'atmosfera. Un fetore che Lone, cresciuto in un mondo di violenza e vite spezzate, conosce bene. Il vecchio percorre tutto il cortile esterno alla scuola, attraversa il playground e punta verso il muro affrescato di graffiti mentre il vento rimbalza sulla parete e gli trafigge le narici. Lone conosce a memoria tutti i murali. Era presente quando vennero realizzati e si considera in qualche modo una sorta di loro tutore. Il suo disegno preferito raffigura un albero spoglio su un letto di fiori con a fianco una serie di date che testimoniano gli eventi più significativi della storia del mulino e del parco. Ma quella mattina il manto fiorito non si vede. C'è qualcosa ai piedi dell'albero che ne impedisce la visuale. Una massa scura, informe e immobile. L'uomo si avvicina a passo lento, inspirando profondamente. L'odore di morte si fa più intenso con le chiome degli alberi che stormiscono furiosamente quasi a volere scacciare quel vento che puzza di dolore e angoscia. Un sibilo continuo e agghiacciante si insinua tra i capelli di Lone e gli perfora le orecchie mentre l'uomo raggiunge la parete. L'albero spoglio sembra ancora più scheletrico con alla base quel cumulo di carne e sangue. Il vecchio si ferma in piedi davanti alla parete. Guarda intensamente i corpi di quei due uomini, straziati dalle pallottole che hanno aperto degli squarci profondi nel petto, nel collo e nella testa di entrambi. I loro occhi sono spalancati. Le loro mani sono legate dietro la schiena. Schizzi di sangue denso e scuro hanno imbrattato i graffiti sul muro. Il plotone d'esecuzione ha assolto il proprio compito. Lone guarda il cielo e di colpo capisce che quelli che stanno trascinando impetuosamente le nuvole sopra Brixton sono venti di guerra.

35

I detenuti di categoria A della Brixton Prison, il carcere più antico di Londra, costruito nel 1819, convertito in una prigione femminile nel 1862, trasformato in un centro di detenzione per militari nel 1864 e tornato a essere un carcere per l'esecuzione delle pene detentive nel 1898, sono più di duecento, rispetto a un totale complessivo di settecento. La maggioranza di essi è costituita da trafficanti di droga e spacciatori, in gran parte locali, che devono però scontare pene anche per omicidio, atti di violenza, risse, taglieggiamenti, estorsioni e reati associativi. L'istituto penitenziario è situato a sud di Brixton in un quadrilatero compreso tra Dumbarton Road, Lyham Road, Jebb Avenue e Brixton Hill. È una struttura in mattoni rosso scuro con i muri alti ma non invalicabili, sormontati dal filo spinato. Nel corso degli anni il carcere è finito spesso sulle pagine dei giornali per tentativi di evasione, risse, rivolte, pestaggi e suicidi. È in fondo alle classifiche in termini di sicurezza e ai primi posti nel Regno Unito per consumo di droga e denunce di corruzione a carico degli agenti penitenziari. I contatti dei detenuti con l'esterno, vietati per legge, avvengono regolarmente grazie ai cellulari introdotti illegalmente nella prigione con la compiacenza dei secondini.

La cella di Jerome Boyd è nel braccio H, quello dei prigionieri sottoposti a misure speciali. Che non impediscono però al cosiddetto *Narc* di Brixton Water Lane di avere pasti caldi quotidiani introdotti dall'esterno, sigarette, marijuana, cocaina, alcolici, un televisore di quaranta pollici a cristalli liquidi nella cella, con abbonamento a Netflix e Sky, un tablet e diversi smartphone con schede ricaricabili. Oltre, naturalmente, a un continuo flusso di sterline in contanti, frutto dello spaccio per le vie del quartiere, con le quali il narcotrafficante foraggia detenuti e poliziotti per garantirsi l'incolumità tra le mura carcerarie e godere di queste comodità. Boyd deve scontare dieci anni di carcere. Ne ha già fatti tre e pensa di uscire alla scadenza del quinto. Sempre che riesca a mantenere lo status che si è costruito dietro le sbarre o che qualcuno, ingaggiato da uno dei suoi tanti nemici, non sia in grado di superare la barriera di sicurezza che lo circonda.

Un attimo prima di giungere dinanzi al portone principale della Brixton Prison, il detective Peter McBride riceve una telefonata dalla sua stazione di polizia. Il poliziotto blocca l'auto a pochi metri dalla guardiola del carcere e fa scorrere il dito sullo schermo del cellulare.

«McBride!» recita l'ispettore con un tono vagamente infastidito.

«Detective, qui è il tenente Hammond,» risponde una voce di uomo, allarmata «c'è stato un duplice omicidio ai Windmill Gardens. Due uomini, uccisi con armi automatiche. A trovare i corpi è stato questa mattina il custode della scuola che si trova all'interno del parco.»

«Età?» chiede McBride

«Intorno ai trenta.»

«Li conosciamo?»

«Le procedure di identificazione dei cadaveri sono ancora in corso ma è molto probabile che si tratti di soggetti che fanno già parte dei nostri registri.»

«Droga?»

«Anche, ma non solo.»

«Merda...» sussurra McBride. «Di quale gang fanno parte?»

«Temo siano due uomini di Shabba Scratch Rose. Ma non due gangster qualunque, dovrebbero essere il cugino e il nipote del boss.»

«Cazzo! Troppo tardi!» impreca il detective.

«In che senso, ispettore?»

«Niente, niente. Ci sono notizie sulla dinamica? È stata una sparatoria? Un regolamento di conti? Avete rinvenuto delle armi o dei bossoli?»

«Nulla, detective. Sembra si sia trattato di un'esecuzione in piena regola. I due soggetti avevano i polsi stretti con delle manette di plastica bianca e le braccia dietro la schiena. Li hanno messi di fronte al muro che delimita il parco giochi della scuola, uno vicino all'altro, e hanno fatto fuoco.»

«E naturalmente non ci sono testimoni...»

«No, ispettore. A parte il custode che ha fatto la denuncia.»

«Avete circoscritto la zona?»

«Sì, abbiamo delimitato la scena per mezzo chilometro in tutte le direzioni e chiuso ogni accesso al parco. La Scientifica è già al lavoro, assieme al coroner.»

«Giornalisti?»

«Temo di sì. Prima ho sentito un elicottero che sorvolava l'area del mulino.»

«Va bene, grazie Hammond. Proseguite con i rilievi secondo le procedure e per ora non fate parola con Scotland Yard. Lo farò io non appena ho terminato un interrogatorio. Conto di essere sulla scena tra meno di un'ora.»

La morte dei due luogotenenti di Shabba non è per nulla una buona notizia e cambia completamente i piani che aveva in mente McBride. Mentre consegna la pistola all'agente di custodia che presidia la guardiola, un uomo sui quarant'anni, tarchiato, con il ventre rigonfio da bevitore e una serie di tatuaggi sbiaditi sulle braccia, il detective è rabbioso e preoccupato.

«Devo vedere il detenuto Jerome Boyd» spiega con tono perentorio al poliziotto mentre questi scrive il suo nome sul registro delle entrate.

«Lui lo sa?»

«No, è un problema?»

«Nessun problema, ispettore, devo solo farlo portare nelle sala colloqui.»

«Non è necessario, posso anche incontrarlo nella sua cella se fate in modo che io rimanga solo con lui.»

«Mi spiace ma non è possibile. È una questione di sicurezza, oltre che di regolamento interno.»

«D'accordo, basta che facciamo presto.»

L'agente solleva una ricetrasmittente dal tavolino e ordina il trasferimento del detenuto dalla cella ventuno alla sala colloqui del braccio H, sbirciando contemporaneamente McBride, intento a controllare sul suo smartphone i notiziari on-line di cronaca locale.

«È successo qualcosa?» chiede poi l'uomo, fissando l'investigatore con l'aria insinuante di chi conosce già la risposta.

«No, tutto a posto!» lo liquida McBride. «Possiamo andare adesso?»

«Ancora un attimo, per favore, stanno liberando la stanza.»

In quel preciso istante arriva in guardiola un altro agente di custodia. È alto quasi un metro e novanta ed è una montagna di muscoli. Il colore scuro della sua pelle spicca sotto la camicia bianca con le mostrine, che sembra non riuscire a contenere i pettorali e i deltoidi dell'uomo.

«Ispettore McBride?» domanda l'agente con voce baritonale.

Peter gli si avvicina e nota che hanno più o meno la stessa altezza sebbene la struttura fisica della guardia carceraria sia più massiccia. È la prima volta che il detective si trova al cospetto di un collega così prestante e questo lo fa sentire in qualche modo meno inadeguato.

I due percorrono un lungo e buio corridoio, superando almeno tre cancelli fino a giungere di fronte alla porta che conduce nella sala colloqui. C'è un odore rancido di muffa e aglio e dal tetto filtrano gocce di umidità. L'agente bussa vigorosamente e la porta si apre dall'interno. Ad accoglierli un'altra guardia che è l'opposto del ciclope nero. Piccolo, pallido, con i capelli biondi e radi, gli occhi grigiastri e una cicatrice che gli attraversa la faccia dallo zigomo destro al mento, regalandogli un'espressione da vampiro.

«Prego ispettore, da questa parte» dice l'uomo, facendo entrare McBride.

Quindi ordina al collega di andare a prendere il detenuto e rimane sulla porta mentre il detective si allontana verso l'angolo opposto all'entrata, restando in piedi, in attesa.

Al centro della stanza, completamente deserta, vi è un lungo tavolo con pannelli di vetro, alti mezzo metro, che dividono gli spazi, sia al centro, sia a fianco, delimitando le diverse zone dei colloqui e garantendo un minimo di privacy. Nel lato del tavolo riservato ai detenuti, vi sono degli anelli di ferro su cui agganciare i ceppi.

Due forti colpi alla porta interrompono il fastidioso silenzio che si è subito creato tra Peter e l'agente.

Il primo a comparire è un uomo in tuta arancione, tra i trentacinque e i quarant'anni, nero, completamente calvo, con una lunga barba scura, il collo taurino, la spalle larghe, la sclera degli occhi di colore giallo e un sorriso perfido che mette in mostra una arcata dentaria in cui si alternano capsule d'oro a denti bianchissimi. Ha i polsi e le caviglie serrati in ceppi, legati con pesanti catene e cammina a piccoli passi.

Dietro di lui c'è il colosso che ha accompagnato in precedenza McBride.

Mentre viene fatto sedere al centro del tavolo, con la

catena dei polsi assicurata all'anello inchiodato sul piano, il detenuto non smette di fissare con aria di sfida il detective, il quale resta in piedi di fronte a lui, ricambiando lo sguardo.

Terminata l'operazione, l'agente di custodia si allontana e raggiunge il collega sulla porta. Poi entrambi si piazzano a gambe larghe e braccia conserte in corrispondenza dei due stipiti.

McBride li osserva con insofferenza.

«Potete uscire per favore?» chiede alle due guardie. «Si tratta di un colloquio privato e informale.»

«Mi spiace ma è contro il regolamento» risponde prontamente il più piccolo con una voce tagliente come un vetro che si spacca.

«Allora facciamo così,» riprende McBride «adesso voi vi togliete dai coglioni e io fingo di chiudere un occhio su tutto il resto. O preferite che ordini un'ispezione al ministero?»

«Non so di quale resto stia parlando, detective!» ribatte lo stesso agente, rimanendo a gambe larghe sull'uscio e guardando il nulla davanti a sé.

Spazientito BigMac guarda prima Boyd, sul cui volto è comparso un ghigno irriverente, e poi si avvicina al poliziotto con i capelli chiari, immobile davanti alla porta.

«Senti, testa di cazzo di uno sfregiato,» gli sussurra in un orecchio, accertandosi che anche il suo collega possa sentire «o muovi immediatamente quel tuo culo bianco ed esci da questa stanza, oppure ti metto contro mezzo carcere, così non solo non potrai più intascare le tue luride mazzette, ma dovrai guardarti le spalle ogni volta che entri in una cella. E stai sicuro che prima o poi ci sarà chi ti farà un altro bel tatuaggio su quella tua faccia di merda!»

L'agente si volta a fissare McBride con uno sguardo carico di odio ma, prima che possa aprire bocca, il colosso nero gli appoggia pesantemente una mano sulla spalla e, senza lasciargli alcuna possibilità di replica, dice: «Andiamo!».

«Ancora una cosa, agente,» si inserisce l'ispettore, rivolgendosi al poliziotto più grosso «questo colloquio non va né ripreso né registrato, siamo d'accordo?»

«Non si preoccupi, ispettore,» risponde la guardia, uscendo dalla stanza «in ogni caso, per ogni necessità, noi restiamo qui fuori.»

Finalmente solo con il detenuto, McBride prende posto davanti a lui e rimane a fissarlo attraverso il vetro per alcuni secondi.

«Be', che cazzo c'è di tanto divertente, Boyd?» lo incalza.

Il detenuto si liscia la barba e sfodera un altro sorriso beffardo.

«È uno spasso vederti all'opera, BigMac!» risponde. «Ti è bastato uno sguardo per terrorizzare quel frocetto cagasotto e fargli capire chi è il capo gang! Il gigante si è messo subito ai tuoi ordini. Anche se giochi a fare lo sbirro, non hai perso la tua fama e la tua autorità, fratello.»

McBride respira profondamente, sposta leggermente la testa verso il basso, stringe le labbra e torna a fissare il prigioniero.

«Puoi dire ciò che vuoi che non me ne frega un cazzo, Boyd. Non sono qui per ascoltare le tue stronzate ma per darti un avvertimento e ti assicuro che farai bene ad ascoltarmi.»

«Ma davvero? E chi dice che io voglia farlo? Chi cazzo sei tu per darmi degli ordini? Io non parlo con gli sbirri e tantomeno sto a sentire le loro cazzate. Io i poliziotti li compro, oppure li ammazzo. Quindi se sei venuto qui per giocare a guardie e ladri, levati dalle palle prima che ti faccia sgozzare come un maiale. Vuoi trattare con me? Allora smetti di fare lo stronzo e dimmi che cazzo vuoi, BigMac!»

Con un balzo, McBride si alza in piedi, allunga un braccio oltre il vetro e afferra la barba di Boyd, tirandogli in alto il mento e tendendo, fino allo spasmo, la pelle del collo dell'uomo. Con l'altra mano gli stringe la carotide, piantandogli il pollice sulla giugulare che subito comincia a pulsare furiosamente.

«Perché hai fatto uccidere gli uomini di Shabba?» gli urla. «Cosa credi di ottenere? Verranno a strapparti il cuore anche qui e si vendicheranno su tutti i tuoi parenti. Hai fatto un'enorme cazzata, non è stato Shabba a far rapire tua figlia, stronzo!»

Il poliziotto lascia la barba di Boyd e fa partire un ceffone col dorso della mano che spacca il labbro del detenuto.

L'uomo sputa un grumo di sangue sul tavolo e inizia a tossire e tirare il fiato, cercando di riprendere a respirare.

«Ero venuto per mostrarti le prove che non è stata la gang di Rose a prendere Cindy, ma tu non hai aspettato nemmeno un giorno e hai mandato tutto a puttane, come sempre!» continua il poliziotto. «Ora sono cazzi tuoi e dei tuoi sgherri!»

L'espressione di Boyd si è fatta improvvisamente cupa e preoccupata. Il criminale si passa la lingua sul taglio del labbro e inizia a massaggiarsi il tatuaggio con la scritta *TN1*, inciso sul dorso della mano sinistra.

«Mostrami queste cazzo di prove!» grugnisce, con lo sguardo rivolto al tavolo.

«Perché dovrei farlo? Ormai sei fottuto. Da qui non uscirai in piedi comunque!»

«Per Cindy, lei non c'entra. È solo una bambina. Deve tornare a casa da sua madre.»

«Ma che belle parole! Da quando sei diventato un padre premuroso e amorevole che si preoccupa della sua famiglia? Fottiti, Boyd! Dovevi pensarci prima!»

«Mi farò ammazzare, non mi interessa ma riporta a casa mia figlia. Tu sai chi è stato a rapirla!»

«Ma sentilo il *Narc* di Brixton Water Lane, il principe del narcotraffico di questo quartiere di merda che chiede aiuto agli sbirri! Cos'è, ti sei improvvisamente pentito, pezzo di merda? *Io i poliziotti li compro o li ammazzo...*»

«Non mi sto rivolgendo allo sbirro, BigMac. Tu sai di cosa parlo...»

Il pugno di McBride supera nuovamente il pannello di vetro e si stampa sulla bocca di Boyd, facendogli schizzare via due capsule d'oro in una nuvola di sangue e saliva.

«Ascoltami bene, drogato del cazzo, perché non te lo ripeterò una seconda volta!» gli grida in faccia il detective. «Non provare mai più a chiamarmi BigMac e a fare allusioni su di me! Per te sono il capo ispettore Peter McBride e le regole merdose della gente che frequenti non mi interessano. Pulisciti la bocca, quando pronunci il mio nome! Se vuoi che mi dia da fare per ritrovare tua figlia, interrompi subito questa guerra del cazzo che hai scatenato a Brixton!»

«È troppo tardi! Shabba non si fermerà fino a quando non si sarà vendicato» farfuglia Boyd.

«Certo che è tardi, stronzo! Ma tu sai bene cosa fare per convincerlo a ripensarci e mi aspetto che tu lo faccia oggi stesso. Ora tornatene nella tua fogna, non voglio vedere mai più la tua faccia schifosa!»

«Aspetta Bi... cioè, ispettore McBride. Farò quello che dici ma devi darmi le prove che quel serpente di Shabba non ha nulla a che fare con il rapimento di mia figlia.»

Il poliziotto resta immobile, in piedi, per qualche secondo. Poi si risiede davanti a Boyd, estrae lo smartphone da una tasca dei pantaloni e lancia il video girato dalla telecamera del fotografo davanti alla scuola della bambina e dalle telecamere di sicurezza della strada.

«Ecco! Guarda!» intima al detenuto, tenendo il telefono al di qua del vetro. «Chi ha preso tua figlia ha usato questo furgone bianco.»

«E chi ti dice che non sia qualcuno della gang di Shabba?» chiede Boyd, dopo avere osservato il filmato.

«Perché nessuno di quegli stronzi è biondo e ha gli occhi azzurri come questo finocchio pervertito!» risponde McBride, rivelando al gangster anche il video che mostra l'uomo alla guida del furgone. «Questo ti basta?»

Boyd annuisce e tace mentre McBride si alza e si avvia con passo spedito verso la porta. La apre con uno scatto e si trova di fronte il gigante nero che lo guarda, intensamente, per una manciata di secondi. Quindi si fa di lato e gli dice: «*Godeh bruv!*».

36

«Come sta la ragazza?» chiede Riddle.

«Ha gli occhi aperti ma non parla, non si muove e non risponde a nessun tipo di sollecitazione» spiega Amanda. «I medici dicono che si tratta di un disturbo post-traumatico da stress in forma acuta. In pratica Anita è caduta in uno stato di semincoscienza per rimuovere l'esperienza scioccante che ha vissuto e che l'ha terrorizzata.»

«Mi sembra di capire che interrogarla in questo momento sia impossibile...»

«Non credo sia nemmeno in grado di riconoscere le persone. È una specie di sfinge.»

«Chi c'è con lei?»

«Fino a due ore fa c'era qui una sua amica ma ora i responsabili del reparto hanno mandato via tutti. Le stanno somministrando dei calmanti e la alimentano con le flebo.»

«Per quanto tempo potrebbe rimanere in questo stato?»

«Secondo il medico con cui ho parlato, il dottor Stiller, potrebbe riprendersi in ventiquattro ore oppure rimanere così per giorni. Dipende dal livello di stress del suo cervello. Non fanno previsioni.»

«Povera ragazza, deve avere assistito a una scena orribile. Speriamo riesca a uscire al più presto da questa situazione. Anche perché la sua testimonianza è cruciale per l'indagine sull'omicidio di Serrano. Più ci penso e più mi convinco che Anita abbia visto l'assassino mentre squarciava la gola dell'uomo.»

«È una testimone oculare?» chiede Amanda.

«È molto probabile» risponde l'ispettore Riddle. «Quando sono intervenuto per prestarle aiuto, Anita era già in preda a un violento shock. Ha farfugliato qualcosa di incomprensibile, poi è svenuta.»

«Devo restare con lei?»

«Sì, Amanda, grazie, fermati almeno un altro paio di ore all'ospedale e controlla ogni persona che entra ed esce da quella stanza. Nel frattempo chiederò che venga piantonata giorno e notte. Non deve essere mai lasciata sola.»

«D'accordo, ti avverto appena mi muovo.»

«Grazie Amanda, a dopo.»

Riddle chiude la telefonata e torna a immergersi nei fascicoli sugli omicidi di Stefanelli De Vitis e di Serrano. Il violento diverbio con il suo capo, Gardiner, gli ha impedito di proseguire gli interrogatori nel ristorante, pregiudicando in partenza l'indagine sull'omicidio. La scena del crimine è stata malamente contaminata e a ogni potenziale testimone, o sospetto, è stata data la possibilità di dileguarsi. In sostanza Riddle non ha alcun elemento concreto riguardo al brutale omicidio del titolare del ristorante a parte la speranza che Anita possa riuscire a superare lo shock e fornire la sua preziosa deposizione.

A rendere poi ancora più frustrante la situazione è la consapevolezza, da parte del detective, di come i due omicidi siano strettamente collegati ma allo stesso modo Riddle ha la chiara percezione di non avere nulla in mano per poterlo dimostrare. Sebbene non abbia ancora avuto la forza per esporre la sua teoria al dirigente della stazione di polizia di Savile Row, né tantomeno ai vertici di Scotland Yard, nella sua testa il detective è sempre più convinto che i due delitti siano riconducibili al riciclaggio di denaro sporco per conto di organizzazioni malavitose. E il fatto che, dopo uno degli uomini più ricchi di Londra, sia stato ucciso un amico fidato della vittima, nonché proprietario di un esclusivo ristorante di Mayfair, entrambi esponenti di spicco della comunità italiana londinese, non fa altro che rinsaldare la sua convinzione. Il problema è superare le pressioni politiche, diplomatiche e giudiziarie e trovare il punto debole da cui fare decollare l'indagine. In tutte le inchieste che riguardano la criminalità organizzata, in particolare di stampo mafioso, il sentiero più battuto dagli inquirenti è sempre quello della ricerca di possibili pentiti, grazie ai quali, in più di un'occasione, sono state sgominate cupole leggendarie e tratti in arresto boss latitanti, irreperibili per decenni. Questo Riddle lo ha ben presente sebbene, nella sua esperienza di ispettore di provincia, e successivamente di investigatore di una piccola stazione di polizia di Londra, i reati mafiosi, e in particolare il riciclaggio, non siano assolutamente contemplati. Come del resto nella maggior parte dei sistemi investigativi britannici. Proprio per tale motivo, riflette il detective, Londra, da diversi anni, è divenuta la meta preferita di clan malavitosi strutturati di diversa nazionalità, dagli italiani, ai russi, agli irlandesi, fino ai cinesi. Il libero mercato, la mancanza di rigide regole di controllo e la tendenza di un'intera nazione a mettere affari e finanza davanti a ogni cosa, compreso il dovere morale di combattere l'illegalità, hanno trasformato il paese in un enorme santuario per faccendieri, prestanome, speculatori e truffatori. Tutti rigorosamente inseriti nel tessuto sociale della *upper class* londinese. Così i banchieri investono i soldi dei trafficanti di droga e armi dei paesi che il governo pone illusoriamente nelle liste nere e gli imprenditori si comprano ristoranti, hotel, gallerie d'arte, immobili e attività commerciali, riciclando il denaro delle cosche. La cosa peggiore è che queste dinamiche avvengono sotto lo sguardo assente e incompetente delle autorità nazionali, accecate dal luccichio di un benessere intriso di sangue.

Per risolvere il caso dei due omicidi ci vuole un pentito. Qualcuno che faccia parte dell'ambiente da cui provenivano le vittime che, per motivi personali o perché costretto, decida di collaborare con la giustizia per fare emergere la verità e grazie al quale sfondare la porta dell'omertà. Con questo pensiero impresso nella mente, Riddle comincia a leggere e rileggere tutti i nomi delle persone inserite nei fascicoli delle indagini e a visualizzare i loro volti e le loro parole. Poi improvvisamente gli compare davanti un verbale. E si rende conto di avere trovato il suo ariete.

Amanda è seduta su una sedia di ferro ai piedi del letto su cui giace Anita e si ritrova a contare le pulsazioni del cuore della ragazza, scandite dai *bip* del monitor.

Il suo sguardo indugia sul viso straordinariamente pallido della giovane e sulle sottili vene blu che si diramano sull'esile braccio appoggiato sul letto. Dall'interno del gomito parte la cannula del catetere della flebo che instilla lentamente una soluzione di acqua e glucosio nel suo corpo.

Un'immagine di debolezza e vulnerabilità che ad Amanda fa subito tornare alla mente Virginia Watson, la sua fragile amica, schiava della droga, prigioniera di un rapporto di coppia malato ma capace ugualmente di amare in modo assoluto e incondizionato i suoi figli. E un brivido attraversa la schiena della poliziotta al pensiero che a Cindy, la bambina di appena cinque anni di Virginia, possa essere accaduto qualcosa di grave.

La porta della camera d'ospedale si apre lentamente. Amanda si irrigidisce e porta immediatamente la mano sulla pistola Taser a impulsi elettrici, infilata nel cinturone. Sull'uscio compare una ragazza bionda e ossuta, con i tratti del visto delicati e un'espressione preoccupata stampata sul volto. La poliziotta la squadra dalla testa ai piedi, poi decide che non rappresenta una minaccia e lascia che i suoi muscoli si rilassino.

«Sta dormendo?» chiede timidamente la ragazza.

«Sì,» risponde prontamente Amanda «le hanno somministrato dei sedativi.»

La giovane rimane in piedi, a pochi passi dalla porta, indecisa se andarsene o rimanere.

«Credevo te ne fossi andata» dice la poliziotta.

«Sono rimasta nelle vicinanze, speravo si riprendesse. Sono preoccupata per lei.»

«È ancora sotto shock» precisa Amanda.

La ragazza annuisce timorosa, sbattendo le palpebre.

«Siete molto amiche?» chiede la poliziotta.

«Be' sì, ci conosciamo da due anni ma ci sentiamo spesso, anche per questioni di lavoro.»

«Ah sì? Tu di cosa ti occupi?»

«Lavoro come assistente all'ufficio eventi di una galleria d'arte.»

«Interessante. Di dove sei?»

«Italiana, come Anita.»

«E dove vi siete conosciute?»

«Durante un evento in galleria. L'ho contattata per organizzare il servizio catering. Per le nostre serate utilizziamo spesso il personale del ristorante in cui lavora Anita.»

«Aspetta un secondo!» si blocca Amanda, avvertendo un fremito nelle ossa. «Come si chiama la galleria per cui lavori?»

«È la Browns Arbiter di Hanover Square» risponde la ragazza, abbassando leggermente il tono della voce.

«Vuoi dire la galleria dove...»

«Ehm... sì, proprio quella.»

«E tu eri presente la sera in cui c'è stato il delitto?»

«Sì, mi sono occupata dalla logistica degli artisti e della ricezione delle famiglie degli ospiti.»

«Okay. Hai tempo cinque minuti per rispondere a qualche domanda?» le chiede la poliziotta, con una intensità nella voce che non ammette rifiuti.

«Intende dire, adesso?»

«Sì, adesso, qui. Non ci disturberà nessuno. Voglio soltanto chiederti un paio di cose. Siediti al mio posto» la invita Amanda, spostando la poltroncina di tessuto grigio contro il muro e prendendo posto su una seggiola in acciaio bianco verniciato, accanto a un piccolo tavolo dello stesso materiale. Quindi estrae un blocchetto, lo sfoglia fino a trovare una pagina bianca e vi scrive luogo, data e ora.

«Mi dici il tuo nome per favore?» domanda la poliziotta.

«Roberta Gallagher» recita la ragazza, con un leggero tremore nella voce.

«Nata a?»

«Piacenza, Italia.»

«Data di nascita?»

«31 gennaio 1994.»

«Residente a Londra, giusto?»

«Sì, al 24 di Dumont Road, nel quartiere di Stoke Newington.»

«Dal?»

«Da quando vivo in quell'appartamento?»

«No, da quanto tempo vivi a Londra...»

«Be', da circa tre anni. Prima ho vissuto e frequentato l'Università di York, poi mi sono trasferita qui a Londra, dove ho ottenuto una *scholarship* presso il Sotheby's Institute of Art.»

«E da quanto lavori in quella galleria?»

«Quasi due anni.»

«Bene. Veniamo alla serata in cui è stato ucciso quell'imprenditore italiano, Stefanelli De Vitis» prosegue Amanda, sollevando un'altra pagina del blocchetto di appunti. «Che cosa hai visto e che cosa ricordi?»

«C'era molta confusione, gente che urlava, i bambini che piangevano, è stata una cosa orribile.»

«Questo lo so, Roberta, ma io vorrei sapere se hai notato qualcosa prima dell'omicidio. Se ricordi un particolare, una situazione o qualcuno che ti abbia colpito o semplicemente incuriosito.»

«Mah... non saprei. In realtà prima che il cavalier De Vitis venisse... insomma, voglio dire, fino a quel punto sembrava una serata come tutte le altre. Tantissima gente, toni distesi, atmosfera rilassata. Poi, d'improvviso, è successo quello che è successo.»

«Tu dov'eri esattamente quando è stato trovato il corpo di De Vitis?»

«In una stanza adibita a ludoteca nel seminterrato, con i bambini. Abbiamo sentito le urla e siamo saliti di sopra.»

«Con i bambini? Fammi capire meglio. Non eri quindi nella zona espositiva durante il lancio della mostra?»

«Sì, cioè no. Ci sono stata il tempo necessario per accogliere gli ospiti che sono arrivati con i figli e accompagnare i bambini di sotto. Dal momento che molti degli invitati avevano chiesto di poter portare all'evento anche i loro bimbi, ho proposto alla titolare della galleria di organizzare una piccola festa per i piccoli, in una taverna nel seminterrato, in modo da intrattenerli e farli giocare mentre i genitori partecipavano alla vernice. Così abbiamo atteso di sopra che arrivassero e poi ci siamo trasferiti al piano inferiore con una ventina di bambini.»

«Perché parli al plurale? Chi c'era assieme a te?»

«Altre due ragazze che facevano parte del servizio di catering del ristorante e che si occupavano di preparare dolci e bibite per i ragazzini, e un animatore per bambini, un ragazzo italiano ingaggiato espressamente per la serata.»

«E siete rimasti sempre nel seminterrato?»

«Sì, la stanza era molto accogliente. Abbiamo organizzato giochi, premi, allestito degli schermi con la proiezione di cartoni animati e poi l'animatore ha messo in scena un piccolo spettacolo, molto divertente. Peccato che non abbia potuto finirlo...»

«Quindi, dal posto in cui eri, non hai mai visto il signor Stefanelli De Vitis, né chi era con lui. Giusto?»

«L'ho visto solo arrivare assieme alla moglie, ma l'ho subito perso di vista e mi sono concentrata sugli ospiti con figli piccoli.»

«E cosa hai fatto dopo? Mi riferisco ai momenti immediatamente successivi al rinvenimento del cadavere.»

«È stato un vero delirio. I genitori hanno cominciato a cercare i loro figli, urlando e correndo in tutte le stanze. Molti si sono precipitati giù nel seminterrato per venire a prenderli e andarsene il più velocemente possibile. Alcuni di loro erano caduti e si erano feriti alle braccia e alle gambe con dei vetri. Avevano i vestiti sporchi di sangue. I bimbi si sono spaventati tantissimo. Abbiamo cercato di mantenere la calma e riconsegnare i piccoli ai genitori, senza creare ulteriore confusione. Per fortuna tutto è andato liscio, anche se ho visto degli sguardi di puro terrore in quei faccini. E pensare che pochi minuti prima i bambini si stavano divertendo un mondo con lo spettacolino di Filippo il Pagliaccio...»

Amanda si annota le parole di Roberta quando, di colpo, un pensiero le attraversa la mente come un lampo. Si blocca con la penna stretta in mano e apre la bocca, inspirando una profonda boccata d'aria. Quindi si volta verso la ragazza, tenendo gli occhi spalancati.

«Scusa Roberta, ho sentito bene, hai detto pagliaccio?»

37

«Ha fatto un giro a vuoto, signorina, le multe con l'autovelox non si pagano allo sportello, deve aspettare che le arrivi il verbale a casa e poi andare in posta con il bollettino.»

Il vigile di turno all'ufficio informazioni del Comando Corpo di polizia municipale di piazza Mameli a Ravenna è un uomo vicino alla pensione, con il fisico appesantito, un viso largo, tanto quanto il collo, che sembra esplodere nel colletto della camicia azzurra con cravatta della divisa, occhiali da miope con lenti spesse e montatura grigia sottile in metallo, capelli grigi e radi e soprattutto un modo di fare insofferente e indisponente, capace di moltiplicare all'ennesima potenza i sentimenti di avversione della gente verso la categoria dei vigili urbani.

Ma quella mattina Clarissa è pronta a tutto pur di ottenere l'informazione di cui ha bisogno e sfodera al vigile il sorriso più amabile e seducente del suo repertorio.

«Sì, capisco comandante,» lo incensa, fissandolo in modo languido «in realtà mi chiedevo se lei fosse così gentile da darmi una mano.»

L'uomo avverte una goccia di sudore che scende sulla fronte e gli appanna una lente degli occhiali. Se li toglie e li asciuga con il pollice della mano, quindi si slaccia il primo bottone della camicia e si allenta la cravatta.

«Vede,» riprende Clarissa, sforzandosi di imitare il più stupido e irritante tono da velina televisiva «ieri sera ero sulla statale 16 e non mi sono accorta di avere superato il limite di velocità. Ma le assicuro, comandante, che non andavo forte, però...»

«Che cosa le è successo, signorina?» chiede il vigile con una voce untuosa quanto la sua pelle.

«Ecco, ho visto un lampo e credo che sia scattato un autovelox.»

«È possibile, signorina, su quel tratto c'è il limite dei cinquanta all'ora, anche se tutti lo superano.»

«Sì, lo so, ho sbagliato e non è che io non voglia pagare la multa, ma...»

«Qual è il problema, signorina? Vediamo se posso aiutarla.»

«Il problema, comandante, è... mi vergogno un po' a dirglielo... sì, insomma il punto è che non ero sola in macchina. Capisce?»

«Sì, certo. D'altronde mi meraviglierebbe vedere una giovane donna così graziosa andare in giro sola.»

«Com'è gentile, comandante, grazie. Ma il fatto è che ieri sera ero con qualcuno che... non so se faccio bene a...»

«Mi dica, signorina, coraggio, non abbia timore, sono un rappresentante delle forze dell'ordine, a me può dire tutto.»

«Okay, diciamo che non ero con il mio fidanzato e, mentre io tenevo le mani sul volante, lui, cioè l'uomo che era in macchina con me, aveva le sue...»

Il vigile si toglie nuovamente gli occhiali, completamente fradici per il sudore che gli cola copiosamente dalla fronte, e comincia a sfregarli con un lembo della camicia, fuoriuscita dalla cintura dei pantaloni.

«Mi scusi, comandante, che vergogna...» piagnucola falsamente Clarissa, abbassando lo sguardo.

«Non faccia così, signorina, non ha niente di cui vergognarsi. È una ragazza bella, giovane e in... salute. È normale che gli uomini siano attratti da lei. E non si preoccupi se quello in macchina con lei non era il suo fidanzato, è comunque un uomo fortunato.»

«Grazie, comandante, sono io fortunata ad avere trovato una persona comprensiva come lei. Solo che adesso sono terrorizzata che il mio fidanzato mi possa scoprire. È un tipo molto aggressivo.»

«E come dovrebbe riuscirci se lei non gli dirà niente?»

Clarissa si domanda mentalmente se il vigile sia veramente tanto idiota o se il fatto di avere di fronte un'oca sexy che gli fa le moine gli abbia completamente annientato i neuroni.

«Ma con l'autovelox, comandante!» recita la poliziotta, drammatizzando al massimo la frase. «Quando arriverà a casa il verbale ci saranno anche le foto di me in macchina con un altro uomo con tanto di data, ora e luogo. Mio Dio, sono rovinata...» sussurra, accennando un finto singhiozzo.

«No, non faccia così, signorina! Vedrà che riusciremo a sistemare la cosa. Ora la mando all'ufficio competente per gli autovelox. Non è uno sportello aperto al pubblico ma, visto che nel suo caso si tratta di una vera emergenza, dirò ai colleghi di fare un'eccezione. Attenda solo un attimo.»

Il vigile si alza dalla guardiola e raggiunge un tavolo alle sue spalle dove c'è un telefono interno. Digita nervosamente un numero e si mette a parlare, mentre continua ad asciugarsi la fronte con un fazzoletto da naso in stoffa che un tempo era di colore bianco. Quindi torna allo sportello, tutto trionfante.

«Al primo piano, signorina, ufficio tecnico. C'è la sovrintendente Giorgia Scattoni che l'aspetta.»

«Grazie, comandante, grazie di cuore!» esclama Clarissa. «Lei mi ha salvato la vita. Ero certa di potere sempre contare sugli uomini che rappresentano la legge e l'ordine. Siete i nostri angeli custodi!»

«Al suo servizio, signorina, sempre e dovunque!» risponde il vigile, tronfio di orgoglio, scandendo le parole come se si trovasse di fronte al sindaco. «E lo molli quel fidanzato se è troppo geloso. Lei merita di meglio.»

"Sì, certo, un porco schifoso come te..." pensa fra sé la poliziotta mentre sale le scale.

Giorgia Scattoni è una donna come lei, altezza media, sui trent'anni, poco trucco, capelli neri raccolti, occhi azzurro chiaro e uno sguardo disponibile e attento. Indossa la divisa con grazia e semplicità e ha un modo di fare gentile e professionale.

«Posso?» chiede Clarissa, dopo avere bussato alla porta dell'ufficio tecnico.

«Prego, venga pure» risponde l'agente. «Lei è la signora?»

La poliziotta lancia lo sguardo nella stanza per accertarsi che non vi sia nessun altro, quindi, con un gesto perentorio, estrae il tesserino e lo mostra alla donna.

«Sono una collega. Mi chiamo Clarissa Di Natale, sovrintendente alla questura di Bologna, reparto polizia informatica.»

Sul volto della donna, per nulla spaventata o impressionata, compare un ampio sorriso.

«Benvenuta Clarissa, mi fa piacere conoscerti» dice Giorgia, allungandole la mano. «Direi che possiamo darci del tu. Sono anch'io sovrintendente, per quel che può contare.»

Clarissa ricambia il sorriso sincero e le stringe la mano.

«Certo Giorgia, è un piacere anche per me incontrarti, non sai quanto.»

Le due donne si siedono ai lati opposti di un tavolo pieno di verbali e fascicoli.

«Scusa la confusione,» spiega Giorgia «qui siamo solo in due a fare i turni e il lavoro si accumula. Abbiamo delle montagne di pratiche da sbrigare e il comune ci mette continuamente sotto pressione. Poi però al minimo errore sono tutti pronti a puntare il dito.»

«Come ti capisco, Giorgia, il mio ufficio non è molto diverso dal tuo. C'è la stessa baraonda e anche la stessa splendida anarchia.»

«Grazie Clarissa. Come posso aiutarti? Il piantone mi ha detto che hai un grosso problema con un autovelox.»

«In realtà no, Giorgia. Lascia che ti spieghi. Sto conducendo un'indagine piuttosto delicata che al momento è ancora riservata. Per evitare che si diffondessero voci incontrollate e controproducenti, come avviene quasi sempre nei nostri ambienti, ho evitato di identificarmi con l'agente alla porta e ho finto di essere una giovane automobilista disperata alle prese con un fidanzato geloso che teme di venire scoperta attraverso le foto dell'autovelox.»

«Hai fatto benissimo. Quello è un personaggio ambiguo e inaffidabile, tipico vigile maschilista di vecchia generazione.»

«Me ne sono accorta subito e per neutralizzarlo sono stata costretta a recitare la parte. Il mio obiettivo era parlare direttamente con qualcuno dell'ufficio tecnico che fosse in grado di comprendere la delicatezza della situazione. Per fortuna ho incontrato te.»

«Sei molto gentile, Clarissa, ti ringrazio per la fiducia. Spero proprio di poterti essere d'aiuto.»

«Lo spero anch'io.»

Nella mezz'ora successiva Clarissa spiega a Giorgia nei dettagli l'indagine relativa alla scomparsa delle bambine, il mistero di Filippo il Pagliaccio, le vicissitudini dell'inchiesta, i tanti stop subiti dalle ricerche nel corso degli anni, la tenacia di Alvaro Gerace nel dare la caccia al mostro e la nuova probabile pista dell'autovelox.

Giorgia segue le parole della poliziotta con grande attenzione, mostrandosi coinvolta e partecipe.

«Quindi, se ho capito bene» interviene la sovrintendente della polizia municipale «ieri notte hai percorso volutamente ad alta velocità una delle possibili vie di fuga di questo Marcello Ruffini, sulla statale 16, per capire se vi erano degli autovelox che possano averlo intercettato. Giusto?»

«Esatto, e l'unico che è scattato, in direzione Ravenna, è quello di Fosso Ghiaia, di cui è competente il vostro comando. Spero fosse in funzione anche quattro anni fa...»

«Quello sì, è stato installato nel 2009 e non ha mai smesso di funzionare. Ma mi domando: come fai a essere certa che il Ruffini sia stato sanzionato da quel rivelatore elettronico?»

«Non ne ho alcuna certezza, la mia è solo una flebile ma tenace speranza. Alimentata dal fatto di come, su quel tratto di strada, sia praticamente impossibile andare ai cinquanta all'ora.»

«Hai ragione, non puoi immaginare le proteste che riceviamo ogni giorno da schiere di automobilisti furiosi, ma il sindaco non sente ragioni, ha trovato la gallina dalle uova d'oro...»

«Allora confido che anche il pagliaccio sia rimasto intrappolato nel pollaio.»

Giorgia sorride e contemporaneamente inizia a digitare sulla tastiera del computer che si trova su un tavolino a fianco della scrivania.

«Hai detto quattro anni fa?» chiede.

«La data precisa è questa» risponde Clarissa, allungando un piccolo foglio scritto a mano alla collega «e questa è la fascia oraria con un segmento di due ore. Sempre che abbiate conservato dei dati così remoti.»

«Sì, teniamo tutti i rilevamenti dal giorno in cui l'autovelox è entrato in funzione. Ma solo perché me ne occupo personalmente. Se fosse stato per il responsabile del comando, avrei dovuto buttare tutto e tenere solo i dati dei sei mesi precedenti.»

Clarissa tira un sospiro di sollievo mentre sente che il suo cuore sta aumentando leggermente il ritmo dei battiti.

«Dunque, quel giorno, in quell'orario, abbiamo tre violazioni del codice della strada per eccesso di velocità rilevate dal dispositivo di Fosso Ghiaia» attacca Giorgia. «La prima riguarda un fuoristrada della Chrysler Jeep, modello Grand Cherokee, che viaggiava a centodieci chilometri orari, la seconda è relativa a una Nissan Micra modello Visia, sanzionata per un'andatura a sessantadue chilometri all'ora, e poi abbiamo un furgone Fiat Ducato per trasporto persone a novantatré orari.»

«Ci sono le foto delle vetture?» chiede Clarissa sempre più eccitata.

«Sì, eccole» risponde Giorgia, spostando il monitor del computer in modo che la poliziotta possa controllarlo.

«La Nissan!» dice Clarissa, puntando il dito verso la foto dell'utilitaria. «È un'auto di piccola cilindrata e di colore bianco, esattamente come l'ha descritta un testimone. E poi ha superato il limite di pochi chilometri! È l'unico scatto che abbiamo?»

«Purtroppo sì» spiega la vigilessa.

«Non importa, proviamo a capire se si riesce a vedere qualcosa di più. Puoi ingrandirla?»

«Certo.»

Giorgia salva la foto su desktop e comincia a estenderla. L'auto è ripresa solo dal lato posteriore. La targa è facilmente leggibile ma l'immagine, di qualità scarsa, perde immediatamente i contorni nel punto in cui è ritratto il lunotto posteriore. Si scorge appena una sagoma scura al posto di guida e nient'altro.

«Riesci a mettere a fuoco quel dettaglio?» chiede la poliziotta.

«No, mi spiace, così è il massimo.»

Clarissa si morde un labbro e sospira nervosamente.

«Non si capisce nemmeno se si tratti di una donna o di un uomo,» mugugna «bisogna trovare qualcosa di più. Così non serve a nulla...»

«Lo so,» conferma Giorgia «adesso la tecnologia ci consente di avere immagini più definite e più pose, ma quattro anni fa questo era il massimo. È già molto se si legge bene la targa.»

«Giusto, la targa!» dice la poliziotta con un guizzo. «Scopriamo a chi appartiene l'auto. Potrebbe essere una traccia importante.»

Senza perdere un secondo la vigilessa rientra nel database e si mette a cercare il verbale relativo a quella infrazione.

«Eccolo qui,» spiega a voce alta «vediamo cosa riporta.»

Clarissa resta in apnea mentre la collega legge il documento.

«Si tratta di un'auto presa a noleggio da una società che ha sede a Forlì,» riprende Giorgia «la macchina risulta affittata il giorno precedente all'aeroporto di Forlì.»

«Da chi?» chiede la poliziotta, fremendo. «Ci sono i dati della persona che l'ha noleggiata?»

Giorgia scorre velocemente il verbale, leggendolo almeno un paio di volte.

«Accidenti, non vedo nulla in proposito!» impreca. «La sanzione è stata ascritta alla compagnia di *rent a car* che però l'ha contestata. C'è una lettera di un avvocato che rappresenta l'agenzia che sostiene come la multa sia da invalidare poiché risulterebbe impossibile risalire all'identità di chi ha noleggiato l'auto.»

«Impossibile? E per quale motivo?»

«A quanto pare l'uomo che ha preso la macchina avrebbe fornito una patente falsa.»

«Cristo! È lui!» impreca Clarissa con il cuore che le rimbomba nella cassa toracica. «Puoi controllare la copia di questo documento?»

Giorgia guarda negli occhi Clarissa per una manciata di secondi, contagiata dalla stessa tensione emotiva. Poi torna a controllare il verbale con le dita che digitano concitatamente sulla tastiera.

«Cavolo, ma dove sei?» sbuffa, esaminando con estrema attenzione ogni riga e tutti gli allegati. «Merda, niente da fare! Non c'è!» si arrende dopo diversi minuti, soffiando via un ciuffo di capelli dalla fronte e lasciandosi andare sullo schienale della poltroncina.

«Come non c'è? Sei sicura?» chiede Clarissa in preda all'ansia.

«Al cento per cento, ho verificato ogni parola e ogni documento a verbale. Nessuna traccia di questa dannata patente falsa.»

«Ma qualcuno ha pagato la multa?» domanda la poliziotta.

«Evidentemente sì. Dopo che l'ufficio legale del comune di Ravenna ha risposto all'avvocato della società di autonoleggio di non potersi arrogare il diritto di cancellare la sanzione e ha spiegato come l'unica soluzione fosse quella di fare ricorso alla prefettura, l'agenzia ha saldato la pratica con un bonifico di centocinquanta euro e la vicenda si è chiusa in questo modo.»

«Ma perché il vostro ufficio non ha indagato su questa storia della patente falsa?»

«Non lo so, presumo che abbiano ritenuto non fosse di competenza della polizia municipale. Del resto non credo che l'agenzia di autonoleggio di Forlì si sia preoccupata di fare la denuncia. Evidentemente, dopo il tentativo andato male con l'avvocato, hanno preferito pagare e chiudere la questione per evitare altre noie e soprattutto ulteriori controlli.»

«Come si chiama la società?»

«Un attimo... Ecco qui: *Romagna Noleggi*, via Decio Raggi 165, Forlì.»

«C'è anche il telefono?»

«Sì, vuoi che provi a chiamare?»

«Sì, grazie.»

Giorgia legge il numero nel documento e lo compone sulla tastiera del telefono sulla scrivania. Resta in attesa qualche secondo e poi abbassa la cornetta e guarda Clarissa.

«C'è una segreteria. Il numero non è più attivo.»

«Cosa significa?» chiede la poliziotta.

«Non so, fammi controllare una cosa» risponde la vigilessa.

Giorgia lancia quindi un motore di ricerca sul nome della società di autonoleggio forlivese.

«Qui c'è scritto che Romagna Noleggi ha chiuso nel 2016 e non ha più riaperto.»

«È fallita?»

«Non so dirti, non è riportato altro. Si tratta di una breve nota di un giornale free-press della zona.»

«Assurdo!» inveisce Clarissa. «Bastava tanto così per arrivare a scoprire l'identità di quel bastardo ma ogni volta quel mostro riesce a svanire. E una maledizione!»

«Forse non tutto è perduto» la incoraggia Giorgia.

«Che vuoi dire?»

«Magari cercando nella storia di questa agenzia riusciamo a trovare il nome di qualche impiegato che ci lavorava in quel periodo e che si ricorda della vicenda» spiega la vigilessa. «È una piccola società di Forlì, probabilmente i dipendenti sono dei locali che lavorano ancora in zona.»

«Hai ragione. Come procediamo?» chiede Clarissa.

«Partiamo con il metodo più semplice.»

La vigilessa torna alla home page del motore di ricerca e compone nuovamente il nome dell'autonoleggio. Il sito *www.romagnanoleggi.it* risulta chiuso e non operativo. Clicca all'indietro e ritorna alla lista. Porta il cursore sulla freccetta della copia cache e apre la memoria delle informazioni non più disponibili in rete. Questa volta il sito si apre, mostrando una scelta di auto e furgoni a prezzi e condizioni che si riferiscono al periodo in cui l'agenzia era in attività. Nella barra delle informazioni c'è anche l'indicazione "contatti". Giorgia ci clicca sopra e compaiono due indirizzi. Quello della città di Forlì e quello dell'aeroporto. Accanto a quest'ultimo viene specificato che per noleggiare un'auto nello scalo di Forlì è necessario fissare preventivamente un appuntamento. A seguire vi sono due numeri di telefono e un nome: Milvia Cicognani.

«Milvia!» pronuncia Giorgia a voce alta.

«Chi?» domanda la poliziotta.

«È il nome dell'impiegata che era responsabile per il noleggio delle vetture all'aeroporto di Forlì» risponde trionfante la vigilessa. «C'è anche il numero di un cellulare. Spesso capita con le piccole società come questa, così evitano di pagare l'affitto di un ufficio.»

«Grande Giorgia! Ottimo lavoro.»

«Non ho fatto nulla di speciale, ci sarebbe arrivato chiunque. E con ogni probabilità non servirà a nulla.»

«Ti sbagli, è un'informazione fondamentale. E l'hai recuperata al primo tentativo, partendo dalle nozioni di base. Le tecniche investigative della polizia informatica insegnano proprio questo. Tu ci sei arrivata da sola.»

«Sei troppo gentile, Clarissa. Proviamo a chiamare il numero?»

«Sì, sì, certo.»

Giorgia prende il suo telefonino e compone il numero di Milvia Cicognani dal momento che, col fisso dell'ufficio, per chiamare un cellulare sarebbe dovuta passare dal centralino. Quindi schiaccia il tasto del vivavoce. Dopo una serie di scariche e rumori metallici parte il tono della chiamata.

Clarissa e Giorgia incrociano i loro sguardi, trattenendo il respiro.

38

«Quanti anni ha la bambina?»
«Tra i quattro e i cinque.»
«Bianca?»
«No.»
«Razza?»
«Origini africane.»
«Malattie o malformazioni fisiche evidenti?»
«Nessuna.»
«Da che ambiente proviene?»
«Non è un vostro problema.»
«Invece lo è. Si tratta di una profuga, di una clandestina o altro?»
«Altro.»
«Qualcuno la conosce? La stanno cercando?»
«Per ora no ma più passa il tempo e più la sua assenza rischia di diventare scomoda.»
«Dov'è adesso?»
«Sotto controllo.»
«Le sue condizioni?»
«Idonee.»
«È ferita?»
«No.»
«Conosci le regole. Non deve avere alcun segno visibile di violenza, di nessun tipo.»

«È okay, l'ho già detto.»
«Ed essere completamente intatta.»
Silenzio.
«Quindi non la puoi toccare. Né tu, né altri, intesi?»
Silenzio.
«Quando sarai pronto per la consegna?»
«Anche subito.»
«D'accordo, a breve riceverai un messaggio scritto con le istruzioni. Nel frattempo dovrai occupartene. Falla mangiare, dormire e preparala al meglio per l'appuntamento. Non usare droghe pesanti che le facciano perdere troppo la lucidità. È necessario che siano sempre efficienti e reattivi durante la funzione.»
«Lo so.»
«Domande?»
«Una: dov'è la mia roba?»
«Al sicuro, non ti preoccupare.»
«La consegna deve essere contemporanea.»
«Scordatelo, non sei tu che stabilisci i giochi!»
«Allora niente bambina.»
«Stai attento, qualcuno potrebbe arrabbiarsi per questa stronzata!»
«Non è un mio problema.»
«Forse non sai con chi hai a che fare!»
«Quello che so è che se non mi consegnate la mia roba durante lo scambio, non solo non avrete la bambina ma libero anche i cani da guardia.»
«D'accordo, pezzo di merda, avrai la tua roba. I particolari sullo scambio saranno nel messaggio assieme ai codici per ritirarli.»
«Chi mi assicura che verrà fatto?»
«Nessuno. Come nessuno ci assicura che tu sia quello che dici di essere e che tu abbia la bambina.»
«Le mie credenziali le conoscete, inoltre vi ho mandato la foto.»
«Non fa alcuna differenza. La nostra conversazione ter-

mina qui. Questa è l'ultima volta che ci sentiamo per telefono. La scheda è una ricaricabile che verrà distrutta immediatamente e ti consiglio di fare altrettanto. Quanto all'account dal quale partirà il messaggio con le istruzioni, sarà impossibile rintracciarne la provenienza. Attieniti alle disposizioni e non cercare di ottenere altre informazioni.»
Click!
La linea viene interrotta. Il pagliaccio apre il cellulare ed estrae la scheda telefonica, spaccandola a metà. Quindi si avvia verso la stanza del seminterrato dove è rinchiusa Cindy.

39

C'è uno splendido giardino fiorito all'Hever Castle di Edenbridge, nella contea del Kent, quarantacinque miglia a sud di Londra.

È chiamato "The Italian Garden" poiché fu creato nel 1904 dall'architetto Joseph Cheal per offrire una cornice spettacolare alla collezione di statue e sculture che il proprietario del monumentale castello, William Waldorf Astor, fece portare dall'Italia in quell'anno.

Ma lo sfolgorante giardino, che ricopre un territorio di migliaia di ettari, comprende anche un labirinto di siepi, un lago naturale, navigabile a bordo di piccole barche, una serra e un bosco con un'incredibile varietà di alberi.

L'edificio è immerso nelle campagne, isolato dai centri urbani e raggiungibile attraverso un'unica strada, la Hever Road, che parte dalla piccola stazione ferroviaria locale.

Sir Waldorf Astor ha avuto il merito di realizzare attorno alla fortezza, da lui acquistata agli inizi del Novecento, una meravigliosa area verde, divenuta nei secoli un'area protetta. Prima di questo fondamentale intervento decorativo, il castello medievale di Hever, costruito nel 1270, ha sempre goduto di una fama lugubre e tetra.

Fu infatti la dimora d'infanzia di Anna Bolena, seconda moglie di Enrico VIII e madre della regina Elisabetta I. Il suo matrimonio con il monarca d'Inghilterra fu causa di sconvolgimenti politici e religiosi che diedero origine allo scisma anglicano. Anna Bolena, accusata di adulterio, incesto e stregoneria, fu decapitata a soli ventinove anni dopo essere stata rinchiusa nella Torre di Londra. Chiamata, all'epoca, "la prostituta del re", la figura di questa giovane donna è sempre stata controversa. C'è chi l'ha definita una ninfomane pervertita e chi invece l'ha considerata una vittima innocente del maschilismo malato e violento di Enrico VIII.

Nel castello di Hever si respira ancora questa atmosfera di sofferenza e morbosità, nonostante le ventotto suite di lusso con letti a baldacchino, pareti rivestite, un'abbondanza di tessuti pregiati, lenzuola di seta e chaise longue dorate dalle quali ammirare i maestosi giardini del castello, attraverso ampie finestre a piombo. Non meno inquietanti le due ali principali, la Astor Wing e la Boleyn Wing, entrambe progettate in stile Tudor, dove si trovano grandiosi saloni per feste e cerimonie con divani profondi, arazzi, tappeti indiani, librerie a parete, biblioteche, sale ricreative, stanze da lettura, sale da pranzo con immensi tavoli per banchetti reali, armature e scaloni monumentali in pietra e ferro.

Per un certo periodo la fortezza è stata trasformata in un albergo extralusso con orari di apertura al pubblico e visite guidate nei giardini e nelle sale comuni. Poi, dopo il 2008, la crisi economica ha stroncato ogni attività commerciale e il castello è rimasto chiuso per diversi anni fino a quando gli eredi di William Waldorf Astor hanno deciso di affittarlo in blocco, per periodi di tempo determinati, a società finanziarie, *corporates* e consorzi d'investimento, più o meno trasparenti, che hanno cominciato a utilizzarlo per eventi, meeting, riunioni, feste e serate di gala.

Da due anni, quella che fu la dimora di Anna Bolena è gestita da un'agenzia di pubbliche relazioni che fa capo a una società di investimenti registrata in Lussemburgo e operante nella City di Londra, il cui intento principale è quello di procurare finanziamenti per gallerie d'arte, progetti di riconversione e restauro di edifici storici, rivalutazione di aree di interesse artistico e monumentale, enti di beneficenza per l'educazione alla cultura, alla storia e all'arte di minori senza fissa dimora, orfani o provenienti da paesi in conflitto e in via di sviluppo. La società è stata fondata da un gruppo di abbienti uomini d'affari di diverse nazionalità, residenti a Londra e appartenenti a circoli esclusivi, dei quali in pochi conoscono l'identità.

«L'evento è stato organizzato da mesi e tutte le procedure sono già in corso» afferma Aldo Bertello, varcando la soglia della grande sala del biliardo, nell'ala del castello intitolata ad Anna Bolena. «Credo sia difficile ora bloccare tutto. Considera poi che una parte consistente di coloro che hanno confermato la loro presenza proviene dall'estero e non sarà possibile rintracciarli in tempo.»

«Io continuo a pensare che sia troppo pericoloso in questo momento procedere con questo rendez-vous» ribatte Alexandra Evie Mangiarotti, sedendosi su un divano rosa, stile Impero, di fronte al caminetto di marmo nero. «Dopo gli omicidi di Achille e Alberto le cose sono cambiate. C'è molta agitazione tra i *soci* e qualcuno si potrebbe fare prendere dal panico. Inoltre non dimenticare che c'è un'indagine di polizia e, sinceramente, eviterei di dare agli investigatori qualsiasi tipo di appiglio o di aiuto.»

«Pensavo che la questione Scotland Yard fosse sotto controllo» sottolinea il direttore dell'Istituto italiano di Commercio Estero, sedendosi su una poltrona di fronte alla donna.

«In teoria lo è,» spiega Evie «ma anche se c'è la rassicurazione da parte della ministra dell'Interno non possiamo escludere che qualche solerte investigatore possa arrivare a fiutare qualcosa. E a quel punto si dovrebbe intervenire in modo drastico. Cosa che, vista la situazione, non è auspicabile.»

«Capisco, Evie, ma, come dicevo prima, dubito che la trafila che è stata messa in moto si possa bloccare. Possiamo però rafforzare le misure di protezione e tutela, prima e durante l'incontro.»

«Mi pare scontato, considerando che c'è qualcuno in giro che si diverte a sgozzare le persone più in vista della comunità» riprende la donna. «Bisogna assolutamente coinvolgere le squadre operative e coordinare tutto il personale di scorta, avvertendo organizzatori e ospiti. Il castello va completamente blindato e le sentinelle devono essere posizionate nel raggio di decine di miglia. Tutti coloro che hanno diritto di accesso al castello dovranno avere un codice dinamico alfanumerico che sarà loro spedito in anticipo, con il quale potranno varcare gli ingressi. Non voglio che qualche estraneo possa avvicinarsi all'obiettivo.»

«Non ti preoccupare, so che la sicurezza ci sta già lavorando» assicura Bertello.

«E i fornitori? A che punto sono?» chiede Evie.

«È tutto pronto. La merce sarà consegnata regolarmente dopo l'arrivo di tutti i partecipanti» risponde l'uomo.

«I numeri sono sufficienti?»

«Sì, tutto definito.»

«E anche la qualità, spero...»

«Non ci saranno problemi, come sempre.»

«D'accordo, allora procediamo come previsto, augurandoci che non ci siano ulteriori incidenti.»

«Stai tranquilla, filerà tutto liscio e poi andremo a riscuotere» dice l'uomo con un ghigno che gli taglia le labbra sottili.

«Mah!» esclama la direttrice della galleria, scuotendo la testa e alzandosi di scatto dal divano. «Andiamocene da questo cimitero che mi mette i brividi.»

40

«È un posto particolare per un interrogatorio, detective.»

«Non si tratta di un interrogatorio, signora Emilia, volevo solo avere la possibilità di scambiare qualche parola con lei senza la confusione del mio ufficio.»

«L'avrei ospitata volentieri a casa mia, offrendole una tazza di tè di Ceylon, nessuno ci avrebbe disturbato.»

«Ne sono certo, signora, e mi scuso di averla fatta uscire, chiamandola così, senza preavviso. Spero almeno che la vista che si gode da questa collina le piaccia. E anche l'aria fresca che si respira.»

«Oh sì, è sublime. Adoro Primrose Hill, ho insistito tanto affinché Achille decidesse di prendere una casa da queste parti ma lui è sempre stato innamorato di Highgate.»

Il detective Riddle ed Emilia Bonetti, vedova di Achille Stefanelli De Vitis, sono seduti su una panchina nel parco di Primrose Hill, la collina delle primule, un'altura di circa settantotto metri, situata nell'area più remota di Regent's Park, a nord di Londra. Un tempo faceva parte della grande riserva di caccia della famiglia reale, fino a quando, nel 1842, è divenuto un luogo pubblico e aperto a tutti. Dalla collina si gode di una vista impagabile del centro della capitale britannica. Nelle giornate nitide, è possibile ammirare anche le bianche ciminiere della Battersea Power Station e i grattacieli di cristallo della City.

La parte edificata di Primrose Hill è costituita da numerose case e ville in stile vittoriano che rendono il quartiere uno dei più raffinati della città, abitato dall'alta borghesia londinese.

Dopo averle telefonato, chiedendole un appuntamento, Riddle ha spiegato alla vedova del cavalier Stefanelli De Vitis che sarebbe passato a prenderla, senza specificare dove l'avrebbe portata. Una volta giunto alla residenza della donna, a Highgate, il poliziotto ha tentato inutilmente di superare le insistenze del segretario della vedova Stefanelli, Giuseppe Esposito, che si è proposto di fare loro da autista e accompagnatore con la Jaguar di proprietà della famiglia. Così i tre sono partiti dalla villa fino a raggiungere l'entrata nord di Regent's Park. Qui il segretario li ha fatti scendere, ha parcheggiato l'auto e li ha seguiti mentre salivano la collina, pur rimanendo a debita distanza. Dalla panchina sulla quale ora sono seduti, il detective non riesce a vedere l'assistente della donna, ma è sicuro che lui non li perderà d'occhio nemmeno un minuto.

«Come si sente, signora?» chiede Riddle.

«Un po' affaticata e ancora frastornata. Faccio fatica a rendermi conto del fatto che Achille non ci sia più.»

«Già, mi spiace.»

«Non lo faccia. Parlarne mi fa bene, anche per questo ho accettato di incontrarla. E poi lei è una persona così discreta e garbata...»

«Grazie Emilia, se posso chiamarla così.»

«La prego, detective.»

«Se le fa piacere può chiamarmi James.»

«Oh, certo, James, grazie.»

«L'ho vista l'altra sera alla cena di gala al ristorante Il Dissapore ma non ho avuto l'opportunità di salutarla.»

«Che serata agghiacciante! Povero Alberto, un uomo così amabile, sempre pronto a farsi in quattro per gli altri. Era molto amico del mio Achille. Lo sapeva, detective?»

«Lo immaginavo. Lo avevo conosciuto qualche giorno

prima, assieme all'ambasciatore Sermonti. La sera della cena avevamo fatto due chiacchiere. Mi aveva dato l'impressione di essere molto fiero del risultato raggiunto nella raccolta fondi per la scuola.»

«Lo può dire forte, James. Alberto, come Achille, ha investito molte energie per la Scuola italiana, è un fiore all'occhiello della comunità italiana di Londra, nata proprio grazie alla loro passione e lungimiranza.»

«Molto lodevole, impiegare denaro e risorse a sostegno della cultura è un'opera di bene che non ha eguali. Di suo marito mi ha colpito proprio questo fatto. Pur essendo impegnato in molteplici attività, soprattutto nel settore finanziario, come l'acquisizione e la vendita di immobili, ristoranti ed esercizi commerciali, ha dedicato quasi tutta la sua vita a finanziare gallerie e scuole d'arte, supportare giovani artisti, sovvenzionare strutture educative e associazioni di beneficienza. Certo, sappiamo tutti che in questo modo si possono scaricare quantità considerevoli di tasse ma il contributo per la comunità è indubbio. Era un uomo veramente di cuore.»

«Lo era, James, il mio Achille aveva un cuore grande e gentile.»

«Proprio per questo non riesco a capacitarmi del fatto che ci sia qualcuno che lo odiasse a tal punto da ucciderlo in maniera così brutale. Tra l'altro in un'occasione di grande esposizione pubblica, quasi volesse umiliarlo davanti ai suoi amici e conoscenti. Se l'è domandato, Emilia?»

La donna si porta lentamente una mano sulla bocca e chiude per qualche secondo gli occhi. Quando li riapre si mette a fissare lo skyline di Londra, con il sole che riflette i suoi raggi sulle pareti di vetro dello Shard, il grattacielo a forma di scheggia di London Bridge. Riddle le lascia il tempo di pensare senza incalzarla ma al tempo stesso, con il suo silenzio, evita di renderle meno doloroso e difficile il ricordo.

«Non lo so, James,» riprende la donna «faccio fatica anche solo a immaginare qualcuno che voglia fare del male a mio marito. Non aveva nemici ed era amato e benvoluto da tutti.»

«Non da tutti, evidentemente. Mi scusi se lo sottolineo, Emilia. E come lui, anche Serrano. Crede che i due omicidi siano stati compiuti dalla stessa persona?»

La donna si porta entrambe le mani sul petto e inizia a respirare con un minimo di affanno. Il poliziotto però non interviene e rimane a fissarla in attesa della risposta.

«Non credo proprio di poterle essere d'aiuto, detect... James, come ripeto, la morte di mio marito e anche quella di Alberto continuano a essere per me tragedie insensate e inspiegabili. Sono causa di un dolore immenso che mi sta consumando giorno dopo giorno e mi toglie il respiro.»

«Capisco la sua sofferenza e sono veramente affranto al pensiero di causarle una ulteriore pena con queste mie domande. Purtroppo però non posso prescindere dal mio lavoro che mi impone di trovare e arrestare chi ha ucciso suo marito e il signor Serrano. Vede, Emilia, da questa prospettiva, con il cielo azzurro che la incornicia e il sole che la illumina, Londra è bellissima. Ma in quelle strade, in quei parchi e dietro quelle finestre, la luce spesso non arriva. Ogni giorno vengono uccisi dei padri di famiglia, vengono stuprate delle giovani donne, decine di adolescenti si strappano la vita a colpi di coltello, numerosi bambini, anche di pochi anni, vengono abusati e violentati e tanti anziani, homeless o immigrati sono picchiati, derubati e umiliati. Una strage quotidiana di innocenti che si consuma sotto lo sguardo cieco e indifferente di migliaia di persone che pensano solo a fare soldi, sporchi o puliti che siano, che vivono per accumulare inutili fortune economiche e poi impadronirsi della città, privando della possibilità di avere un tetto sopra alla testa decine di giovani coppie e famiglie, costrette a emigrare nelle periferie e a percorrere ogni giorno centinaia di miglia per lavorare e mantenere i propri cari. Sono questi i ricatti sociali di una metropoli abitata da gente spietata, che aumenta le divisioni di classe e si nutre della paura instillata dalla povertà e dalla disoccupazione. Persone convinte che con i soldi si possa comprare tutto, comprese la dignità e l'innocenza. Per loro la sofferenza, il dolore e la morte sono semplici mezzi che giustificano il raggiungimento dei propri scopi. E non esiste giustizia che possa fermarle. L'unica cosa che le chiedo, Emilia, è di aiutarmi a spezzare questo circolo feroce, di regalare una speranza ai bambini che in questo preciso momento, in quella città che si mostra altezzosa e sprezzante davanti ai suoi occhi, stanno venendo alla luce.»

La donna rivolge lo sguardo davanti a sé, restando muta nell'ammirare i tetti di Londra. I suoi occhi si riempiono di lacrime che cominciano a solcarle il viso ossuto, fino a stillare nel petto e tra le dita delle mani, ancorate al costato. Una folata di vento le scompiglia un ciuffo di capelli, proiettandolo sulla sua fronte. Emilia si volta verso il poliziotto e lo fissa intensamente, attraverso il pianto che gli inumidisce gli occhi. Quindi, con la voce rotta dalla commozione, gli sussurra: «Mio marito era un mostro».

41

«È un ragazzo simpatico e molto espansivo anche se, quando si traveste da pagliaccio, il suo sguardo talvolta mette paura,» spiega Roberta «ma i bambini lo adorano. Ci sa veramente fare con loro.»

«In che senso lo sguardo mette paura?» chiede Amanda. «Che cosa ti ha colpito dei suoi occhi?»

«Non saprei dirle esattamente. Sono molto chiari, di un azzurro che tende al grigio. E ogni tanto sembra che perdano completamente il colore e la luce. Quando accade, il suo sguardo diventa vacuo, assente e glaciale. Fa venire i brividi, insomma. È comunque una sensazione che dura poco, qualche minuto dopo ritorna a essere amabile e gentile come sempre.»

Amanda Jefferson si sente come una pantera che ha fiutato la preda e vi si sta avvicinando furtivamente. Ogni particolare che Roberta Gallagher descrive riguardo al suo amico animatore le fa aumentare la convinzione di avere trovato quell'uomo, dallo sguardo agghiacciante, che ha visto nel video del giovane fotografo, mentre guida il furgone bianco. Il tipo inquietante che teneva una parrucca da pagliaccio sul sedile a fianco del camioncino e che potrebbe avere rapito Cindy, la figlia della sua amica Virginia. La poliziotta e la giovane assistente della galleria Browns Arbiter parlano quasi sottovoce, nella stanza d'ospedale dove è ricoverata Anita, che ancora non mostra alcun segno di ripresa.

«Quanti anni ha questo ragazzo?» domanda la vice detective.

«Sui trenta credo, non gliel'ho mai chiesto.»

«Hai detto che è italiano, giusto?»

«Sì, è originario dell'Emilia-Romagna, della provincia di Cesena.»

«E come si chiama?»

«Libero. Il cognome non lo ricordo.»

«È molto che lo conosci?»

«In realtà, no. Ci siamo incontrati casualmente all'aeroporto di Stansted. Eravamo sullo stesso volo da Bologna. Lui era appena arrivato a Londra e abbiamo iniziato a chiacchierare dei suoi progetti, del suo curriculum e delle possibilità di lavoro qui. Gli ho spiegato quale fosse il mio impiego e gli ho promesso che, se vi fosse stata la possibilità, lo avrei aiutato a trovare un lavoro, anche temporaneo.»

«Hai detto che vi siete visti la prima volta all'aeroporto di Stansted?»

«Sì, siamo arrivati con un volo Ryanair da Bologna.»

«Ricordi il giorno?»

«Sarà stato più o meno un mese fa, la data esatta adesso non mi viene in mente, ma posso ritrovare la ricevuta del biglietto tra le mie e-mail se necessario.»

«Sì, grazie» risponde Amanda, prendendo appunti. «Quindi» continua la poliziotta «siete rimasti in contatto e, non appena c'è stata l'occasione, tu lo hai chiamato per l'evento in galleria. È così?»

«Esatto. In realtà gli ho trovato anche un altro lavoro come cameriere.»

«Ah sì? E dove?»

«Al ristorante Il Dissapore.»

«Merda!» si lascia sfuggire la vice detective. «E ti risulta che il tuo amico Libero fosse in servizio anche per la cena di gala in cui è stato ucciso Serrano?»

«Sì. Ci siamo sentiti qualche ora prima dell'inizio della serata. Era su di giri perché lo chef del ristorante gli aveva proposto di entrare a fare parte del suo staff.»

Le parole di Roberta hanno lo stesso effetto di un calcio al petto di Amanda. La poliziotta resta senza fiato e inizia a divorare aria dalla bocca. Si colpisce lo sterno un paio di volte con il pugno e comincia a tossire. Quindi si volta istintivamente verso il letto dov'è sdraiata Anita e controlla sul monitor il suo battito cardiaco, sperando di potere esaminare anche il suo.

«Va tutto bene?» le chiede Roberta, intimorita.

Ma la poliziotta la ignora e, a voce alta, dichiara a se stessa: «Cazzo, non è possibile! Prima la galleria e poi il ristorante. E in mezzo il furgone!».

«Non capisco, scusi...» dice Roberta dopo quasi un minuto, vedendo che la poliziotta non aggiunge altro, rimanendo assorta nei suoi sibillini ragionamenti.

«Niente, niente» fa Amanda, riprendendo il controllo della situazione. «Quand'è stata l'ultima volta che hai visto o sentito questo ragazzo?»

«In quella telefonata di cui le dicevo prima. Poi non l'ho più sentito. Ho provato a mandargli dei messaggi ma non mi ha mai risposto e il suo telefono risulta non attivo.»

«Posso averlo?»

«Certo, eccolo.»

Roberta seleziona il nome Libero nei suoi contatti del cellulare e passa lo smarthpone alla poliziotta la quale si annota il numero, notando come il profilo WhatsApp dell'uomo non mostri alcuna immagine.

«Siete amici su Facebook o qualche altro social?»

«No. Lui non ha alcun profilo o pagina.»

«Dove abita?»

«Di preciso non lo so. Mi ha detto che aveva trovato una camera con altre persone a sud di Londra ma non mi ha mai specificato in quale strada o quartiere.»

Amanda prova a digitare il numero di telefono che le ha

passato la ragazza, ma una segreteria conferma che il cellulare dell'uomo che ha detto di chiamarsi Libero potrebbe essere spento o disattivato.

«Ti ha raccontato qualcosa della sua vita prima di arrivare a Londra?» riprende la poliziotta.

«Non tanto. Mi ha detto che ha fatto diversi lavori tra cui, appunto, l'animatore per feste di compleanno di bambini. Ultimamente poi avrebbe lavorato anche per una organizzazione umanitaria che si occupa del reinserimento dei bambini orfani di guerra o dei profughi minori non accompagnati.»

«Dove?»

«Non lo so. Non me lo ha detto.»

«Nemmeno il nome di questa associazione?»

«No.»

«A parte te, chi lo conosce a Londra? Frequenta altre persone? Chi sono i suoi compagni di appartamento? Li hai mai visti? Ha una fidanzata che tu sappia?»

Una vampata di rossore infiamma il viso di Roberta.

«No... non ne ho idea. L'ho sempre visto da solo» balbetta la ragazza.

La poliziotta studia per qualche secondo la reazione della giovane.

«C'è stato qualcosa fra voi?» le chiede poi, cercando di mantenere un tono indulgente.

«No, nulla!» risponde subito Roberta. «Ci conosciamo in modo molto superficiale, non siamo nemmeno troppo amici...»

«Ma lui ti attrae, non è vero?»

La ragazza comincia a sfregarsi nervosamente il palmo della mano sinistra con il pollice destro. In altre occasioni non avrebbe avuto problemi ad ammettere che Libero la affascina ma, dopo quella serie di domande della poliziotta e vista la sua reazione di poco prima, teme che quella sua infatuazione possa essere considerata come una pecca nella sua vita sociale.

«Forse all'inizio, appena incontrato, l'ho trovato un ragazzo interessante,» mente «ma poi non è scattato nulla.»

«Sì, certo» commenta Amanda, perfettamente consapevole della menzogna. «Hai un'idea di come sia possibile rintracciare Libero? Vorrei fare quattro chiacchiere con lui. Potrebbe essere un testimone importante dell'omicidio di Alberto Serrano.»

«Veramente non saprei,» risponde Roberta «ho soltanto quel numero di cellulare. Forse al ristorante ha lasciato qualche dato in più.»

«Giusto, proverò a informarmi. Se nel frattempo dovesse farsi vivo con te, ti prego di contattarmi immediatamente a questo numero» dice Amanda, porgendo alla ragazza un biglietto da visita «e di non fare alcun accenno alla nostra conversazione, d'accordo?»

«Senz'altro» acconsente Roberta, inserendo il biglietto nella borsa. «Non escludo che Libero si faccia sentire. Ho ancora il suo costume da pagliaccio. Mi ha chiesto se potessi lavarlo dopo la serata della galleria ma stamattina, quando sono andata in lavanderia, l'ho dimenticato in fondo al sacchetto della roba sporca.»

Amanda spalanca gli occhi come se il pagliaccio fosse improvvisamente entrato nella stanza.

«Dov'è questo costume?» domanda ansiosamente alla ragazza.

«Ce l'ho qui con me,» spiega Roberta «appena esco torno in lavanderia.»

«No, non farlo!» si mette quasi a gridare la poliziotta. «Mostramelo per favore.»

Roberta estrae un sacchetto di plastica ripiegato dalla borsa e lo apre, sottoponendone il contenuto allo sguardo attento della vice detective. Amanda lo esamina visivamente, senza toccarlo. Riconosce una tuta gialla e una maglia a righe orizzontali bianche e rosse.

«Questo lo prendo io!» dice poi, allungando la mano.

Roberta ha una breve esitazione, quindi consegna il sacchetto alla donna.

«Nel caso lo reclamasse, digli che hai portato il costume in lavanderia e che lo devi ancora ritirare» raccomanda la poliziotta.

La ragazza annuisce con la testa.

«Allora siamo intesi, nemmeno una parola con Libero o con chiunque altro. Posso contare sulla tua discrezione?»

«Certo signora, stia tranquilla.»

«Non sono una signora, mi chiamo Amanda. Grazie per l'aiuto, Roberta. Ora è meglio che lasciamo in pace Anita, vieni.»

Eccitata per le informazioni ottenute dalla ragazza e ansiosa di portare il costume in laboratorio, la poliziotta accompagna Roberta fuori dalla stanza dell'ospedale, dimenticandosi di attendere l'arrivo del collega incaricato di piantonare la giovane paziente. Amanda e Roberta percorrono assieme il corridoio del reparto e giungono alle scale che portano verso l'uscita esattamente nel momento in cui, alle loro spalle, un uomo esce dall'ascensore, si guarda furtivamente intorno e si dirige a passo lento verso la stanza di Anita.

42

L'insegna BEST BARBERS compare tre volte nella facciata del piccolo negozio situato al numero 216 di Stockwell Road, pochi metri a nord dall'incrocio con Brixton Road. La si trova sul banner sopra la porta del locale, nel tendone bianco consunto e strappato che avvolge la vetrina in modo permanente, visto che ormai la carrucola per riavvolgerlo è irrimediabilmente scassata e arrugginita, nonché sulla stessa vetrina, in un carattere vistoso di colore giallo. Sebbene la bottega non sia distante dalla zona di tendenza del mercato di Brixton, quel tratto di Stockwell Road sembra rimasto ancorato al passato. Il blocco di circa ottanta metri, occupato quasi interamente da un edificio popolare a quattro piani, esteso per tutta la lunghezza del segmento stradale, chiamato "Goodwood Mansions", ospita una batteria di esercizi commerciali del tutto svincolati da mode e tendenze. C'è un fantomatico ufficio legale, denominato "Rock Solicitors", specializzato nel recuperare i soldi per le cauzioni dei detenuti in attesa di processo, un bar, il Quality Café, di proprietà di un immigrato nigeriano, che serve colazione, pranzo e cena senza mai modificare il suo menu e un corner shop aperto ventiquattro ore e gestito da tre anglo-giamaicani, dove si può acquistare una varietà di prodotti, dalle tessere telefoniche, alle cartucce per stampanti riciclate, fino ai trolley da viaggio oltre, naturalmente, a sigarette, elettroniche e non, tabacco, da fumare e da masticare, e dosi di marijuana sigillate in minuscoli sacchetti di cellophane, decisamente illegali ma vendute con la stessa tranquillità dei pacchetti di caramelle.

Conclude la parata dei negozi un'agenzia di cambio valuta e trasferimento di denaro, soprattutto per i paesi dell'Africa Centrale e Occidentale, che funge anche da internet shop, e un lavasecco per indumenti, tendaggi, tappeti, fodere e rivestimenti per divani.

I *Best Barbers* si trovano esattamente al centro della formazione e sono due cugini di quarantanove e quarantacinque anni, il più vecchio con i capelli rasati e zero, una struttura massiccia e un'indole forte e combattiva, l'altro con le treccine rasta brizzolate, il fisico appesantito dall'alcol e una personalità più debole e tormentata. Si chiamano Desmond e Horace, sono nati entrambi a Brixton e appartengono a una famiglia numerosa, i cui progenitori lasciarono Negril per trasferirsi in Inghilterra agli inizi del Novecento, prima che quella piccola città balneare della costa ovest diventasse una delle località turistiche più famose della Giamaica. Quasi tutti i loro parenti vivono nel quartiere, molti sono in carcere per rapina e spaccio di droga. I *Double B*, come sono comunemente chiamati a Brixton i due cugini, sono uomini onesti che non hanno mai avuto grossi guai con la giustizia, nonostante sia nota la loro vicinanza, non solo geografica, alla gang Tell No One di Jerome Boyd. Un coinvolgimento creatosi dopo che Justin, figlio quindicenne di Horace, dal carattere turbolento e aggressivo, venne risparmiato da una condanna per spaccio e tentato omicidio grazie al silenzio omertoso di un suo coetaneo, nipote di uno degli uomini di Boyd, arrestato al suo posto, che si addossò tutta la colpa su ordine dello zio. Da allora i due barbieri, oltre a rasare le chiome afro e le barbe ispide dei giovani e meno giovani che affollano il complesso di Goodwood Mansions, accettano senza discutere che gli uomini che hanno la sigla TN1 tatuata sul dorso della mano considerino il negozio il loro punto di ritrovo segreto.

Ed è lì che quel pomeriggio Horace riceve una telefonata dalla Brixton Prison che lo lascia senza respiro.

«Fra mezz'ora dobbiamo chiudere» dice con aria grave il barbiere, rivolgendosi al cugino Desmond, subito dopo avere concluso la telefonata. Quest'ultimo ha quasi terminato di tagliare i capelli a un ragazzo di diciassette anni che ha voluto un'acconciatura da rapper con una rasatura a zero tra orecchie e tempie e una striscia di capelli lunghi, legati in treccine, che parte dalla fronte e attraversa la sommità del cranio fino a sotto la nuca. Desmond è sorpreso e preoccupato ma non batte ciglio. Con una spazzola rimuove alcune ciocche di capelli dalla felpa del giovane e lo invita ad alzarsi. Il ragazzo balza in piedi dalla sedia girevole, infila una mano nella tasca dei jeans, preleva un rotolo di banconote, ne sfila una da dieci sterline e la infila nel taschino della camicia di Desmond, intento a spazzare i capelli dal pavimento. Quindi si guarda un'ultima volta allo specchio con aria soddisfatta ed esce dal negozio, non prima di avere indossato una paio di voluminose cuffie ed essersi sollevato il cappuccio della felpa.

Horace si avvicina alla porta di vetro e ruota la chiave nella serratura. Poi gira il cartello appeso sopra la maniglia da APERTO a CHIUSO, spegne i due tubi fluorescenti gialli che sormontano l'ingresso e si sposta nel retro in attesa del cugino. Quando Desmond lo raggiunge nel piccolo magazzino da cui si accede al bagno e alla porta esterna di servizio, Horace è seduto su una poltroncina di alluminio da bar e ha già acceso uno spinello. Inspira una profonda boccata e passa la canna al cugino.

«Ha chiamato Boyd dal carcere,» attacca l'uomo, controllando l'orologio alla parete «tra quindici minuti i suoi uomini dovrebbero fare una consegna.»

Desmond estrae lo spinello dalle labbra e soffia il fumo fuori dalla bocca.

«Che roba è?» chiede, mentre una ruga gli compare nel mezzo della fronte.

«Non ti preoccupare,» risponde Horace «non si tratta della merda che vendono ai quei *motherfuckers* di Brixton Water Lane. Sanno che qui dentro quello *scag* non entra. È del materiale che dobbiamo custodire per altri che verranno a prenderlo.»

«Del tipo?» domanda Desmond.

«Al telefono Boyd non poteva dirmelo ma, se ho capito bene, parliamo di *bread*...»

«Quanto?»

«Milioni.»

Desmond getta il filtro della canna ormai consumata in una tazza con la faccia di Peter Tosh su un lato, che contiene un fondo di caffè.

«Chi sono i fattorini?» chiede, dopo qualche secondo. «Li conosciamo?»

«Non me lo ha specificato,» spiega Horace «è comunque gente fidata. Ci diranno tutto a voce. Boyd mi ha assicurato che sarà una cosa veloce, massimo due giorni.»

«Non lo so,» insiste Desmond «c'è qualcosa che non mi piace. È la prima volta che usano il nostro negozio per i loro giri. Finora ci avevano sempre lasciato fuori. Voglio dire, un conto è venire qui per incontrarsi quando è chiuso e noi non ci siamo, un altro è chiederci di nascondere i loro soldi. Tra l'altro a Brixton in questi giorni ha ricominciato a tirare una brutta aria...»

«Forse, proprio per questo, hanno bisogno di un posto tranquillo. Non importa che ti allarmi, vedrai che sarà una cosa semplice e poco rischiosa.»

«Ne dubito. Non esistono situazioni facili e pacifiche quando c'è di mezzo Boyd...» osserva Desmond, scuotendo la testa e massaggiandosi la fronte.

«Allora mettiamola così,» si irrigidisce Horace «diciamo che non abbiamo scelta. Se Boyd ci ha telefonato personalmente dalla galera per chiederci questo favore, l'unica cosa che possiamo fare è assecondarlo.»

«Vorrai dire, *chiederti* questo favore!» precisa Desmond. «Io non ho nulla a che fare con lui e la sua gang! Non ho nessun debito da saldare...»

«Vaffanculo!» sbotta Horace. «Justin è mio figlio. È il nostro sangue! Avresti preferito vederlo dietro le sbarre? O ti sarebbe piaciuto che lo avessero scuoiato direttamente in strada? Anche a me non piace avere delle cose in sospeso con i TN1 ma è solo grazie a loro se Justin è ancora libero e... vivo.»

«Però intanto ci tengono per le palle e ora alzano addirittura la posta.»

«Cazzo, Desmond! Non ci hanno chiesto di spacciare per loro e nemmeno di nascondere dei chili di droga! Prima di creare delle questioni, vediamo che cosa dobbiamo farci con questi soldi.»

«Io non voglio vedere proprio niente!» dice il cugino, lanciando uno sguardo di sfida a Horace. «Fai il cazzo che ti pare con i soldi di quel gangster ma tienimi fuori! Me ne vado prima che arrivino i suoi scagnozzi e non metterò nuovamente piede in negozio fino a quando non ti sarai liberato del loro letame!»

Con un gesto perentorio Desmond, dopo aver urlato il suo rancore in faccia a Horace, gira le spalle al cugino e si avvia verso la porta principale del negozio. Apre la serratura e si accinge a uscire in strada quando sente un trambusto dietro di sé.

«Non mi sembra una buona idea, Desmond» recita una voce ruvida come carta vetrata.

Sull'uscita di sicurezza del negozio sono comparsi due uomini.

Quello di fronte è alto quasi due metri ed è una montagna di muscoli. Sulla bocca, infarcita di denti d'oro, è disegnato un ghigno minaccioso che si prolunga nella cicatrice lattiginosa che gli corre dalla guancia al cranio. Ha un cobra tatuato sul collo, nero come la pistola Smith & Wesson, calibro 45, con impugnatura in gomma sagomata che stringe nella mano sinistra, sul cui dorso vi è la scritta TN1 incisa a china.

Dietro di lui c'è un altro uomo, anche lui nero e pelato ma leggermente più snello. Dalla cintura dei suoi jeans compare l'impugnatura di una Glock semiautomatica a 22 millimetri, mentre con entrambe le mani regge due borsoni neri identici con il logo di una famosa marca di abbigliamento sportivo sui lati.

«Vieni a sederti con noi, Desmond,» ordina la montagna umana, grattandosi il cranio col mirino della pistola «non vorrai mica fare un dispetto a Jerome! Sai che lui ci tiene ai suoi... capelli.» L'uomo scoppia a ridere, spalancando la bocca e mostrando tutta la sua dentatura dorata. Il suo compare lo imita forzando la risata che risuona nel piccolo ambiente come il verso di un corvo. Horace è impietrito sulla sedia mentre Desmond, con la mandibola e i pugni serrati, ritorna sui suoi passi e raggiunge il cugino.

«Bravo, Des!» dice il colosso nero, passandosi la lingua sugli incisivi luccicanti. «Ero certo di potere contare su di te. Sai, per Jerome è importante sapere di avere degli amici e voi due siete sempre al primo posto nei suoi pensieri. A proposito, Horace...» prosegue l'uomo volgendo lo sguardo verso il barbiere con le treccine. «...come sta il nostro Justin? Mi dicono che frequenta brutti ambienti. Se fossi in te gli stringerei un po' il guinzaglio, sai, a quell'età capita di farsi incantare da venditori di fumo, poi però si rischia di rimanere impigliati nella rete. E i pesci piccoli sono sempre i primi che soccombono...»

Horace ha la gola arida. Cerca di aprire bocca ma riesce soltanto a tossire. E ad assentire con la testa.

«Ma non perdiamo altro tempo, amici» prosegue il gangster. «So che siete sempre pieni di lavoro. Ecco cosa dovete fare.»

Prima che il gigante prosegua, l'uomo con le borse si avvicina al tavolo e le appoggia entrambe. Quindi apre le zip in modo che i due barbieri possano vederne il contenuto.

«Qui dentro ci sono dieci milioni di sterline in banconote da cinquanta» riprende il boss. «Sono soldi già lavati che provengono dalla riserva personale di Jerome. Sono impacchettati e pronti all'uso. Voi non dovete fare altro che custodirli in attesa che qualcuno venga a prenderli. Naturalmente fino alla consegna ne sarete responsabili.»

«E chi sarebbe questo qualcuno?» chiede Desmond, sfidando con lo sguardo il gangster.

«Chi sono e come si chiamano non ha alcuna importanza per voi. Prima del ritiro riceverete una nostra telefonata che vi indicherà l'orario e il numero delle persone che si presenteranno. Dovrete fare come oggi, chiudete il negozio e aspettateli nel retro.»

«Come faremo a sapere che sono quelli giusti?» insiste Desmond.

«Di questo non dovrete preoccuparvi. I nostri *occhi* terranno sotto controllo tutta l'operazione.»

«E per quanto tempo dovremmo nascondere questi soldi?» insiste il barbiere più anziano.

«Due o al massimo tre giorni,» spiega il colosso, infastidito dalle pressanti domande di Desmond «e vi consiglio di tenere gli occhi bene aperti durante questo periodo!»

«Mettete le borse alla base di questo scaffale. Le copriremo con due delle stole che usiamo con i clienti,» ordina il barbiere al gangster più snello «poi levate le tende che dobbiamo riaprire.»

Horace non interviene e tiene gli occhi bassi, rabbrividendo quando avverte una leggera folata di vento provenire dalla sala principale.

«Stai calmo, fratello!» ribatte il colosso, parandosi di fronte a Desmond e picchiettando la canna della pistola sul petto del barbiere. «Sei troppo nervoso! Ti consiglio di rilassarti un po', per uno che fa il tuo lavoro è pericoloso, potresti ferirti con il rasoio...»

Dopo avere nuovamente mostrato a Desmond il suo ghigno sfolgorante, il gangster fa un segno al compare e si avvia verso l'uscita del retro. Prima di andarsene l'uomo si gira un'ultima volta verso i due cugini, mimando il gesto del telefono.

Non appena i due uomini scompaiono, Desmond si affretta a chiudere il passaggio di servizio mentre Horace torna in negozio, riaccende le luci al neon, gira il cartello sulla scritta APERTO e prova a roteare la chiave nella serratura. Un fremito gli attraversa la schiena mentre realizza che la porta è rimasta aperta.

43

«Buongiorno, signora, e benvenuta al Grand Hotel Terme. Che tipo di trattamento ha prenotato?»

La donna che l'accoglie alla reception del centro termale di Castrocaro Terme è sui trentacinque anni, ha i capelli biondi e lisci raccolti in una morbida coda, la carnagione molto chiara e un aspetto sano, in armonia con il luogo in cui lavora. Indossa un tailleur color panna su una maglietta di cotone leggero, bianca. Ha le mani curate e lo sguardo professionalmente disponibile.

Clarissa si sente un po' a disagio in quell'ambiente così immacolato. Dopo una notte insonne, trascorsa a viaggiare in auto tra Bologna e la Romagna, la poliziotta pensa che non disdegnerebbe affatto un bel massaggio rilassante, una sauna e un bagno nella piscina temperata delle terme. Purtroppo per lei la sua presenza nel centro benessere più rinomato del Forlivese non ha nulla a che fare con le sue necessità fisiche. Si trova lì per parlare con Milvia Cicognani, ex impiegata dell'agenzia di autonoleggio di Forlì, con sede distaccata all'aeroporto di Forlì, dove il presunto rapitore di bambine, noto come Filippo il Pagliaccio, potrebbe avere preso in affitto l'auto utilizzata per sequestrare una bambina al parco acquatico Atlantide di Cesenatico quattro anni prima. Le ha telefonato dalla caserma Mameli dei vigili urbani di Ravenna, assieme a

Giorgia Scattoni, l'agente di polizia municipale che le ha dato una mano per rintracciare un suo recapito. Così ha scoperto che la donna, dopo la chiusura dell'agenzia di autonolo, ha trovato lavoro presso l'hotel delle terme di Castrocaro, nel servizio ricevimento. Milvia inizialmente si è mostrata restia a incontrare la poliziotta senza conoscere nei dettagli il motivo di quella richiesta, poi però ha accettato di vedere personalmente Clarissa quel giorno stesso quando Giorgia, in modo cortese ma fermo, le ha spiegato che si trattava di un'indagine delicata da cui sarebbe potuta dipendere la sorte di minori innocenti, premettendo che il suo nome non sarebbe comunque mai comparso in alcun documento ufficiale e che il loro colloquio sarebbe rimasto riservato.

«Non sono qui per le terme, purtroppo,» precisa Clarissa con un sorriso rassegnato «devo incontrare una persona che lavora in questa struttura. Mi chiamo Clarissa Di Natale.»

«Ah, certo!» riprende la donna con un sorriso garbato. «Lei è la sovrintendente di polizia che ha chiamato circa un'ora fa. Piacere, sono Milvia Cicognani» aggiunge, tendendo la mano alla poliziotta. Dopo avere chiesto a una sua collega di sostituirla per una mezz'ora, Milvia invita Clarissa a seguirla in un piccolo ufficio che si trova alle spalle della reception dell'albergo.

«Qui staremo tranquille» dice la donna, prendendo posto dietro a una piccola scrivania e pregando l'investigatrice di sedersi su una sedia di fronte a lei.

«Grazie per avermi incontrato subito» esordisce la poliziotta. «Come le abbiamo spiegato al telefono, si tratta di un'indagine complessa in cui il tempo è un fattore determinante.

Nei dieci minuti successivi Clarissa racconta a Milvia le sue ricerche riguardo al presunto rapitore di bambine e di come sia convinta che potrebbe essere proprio l'uomo con la falsa identità che ha noleggiato una Nissan bianca presso l'agenzia presso la quale lavorava la donna anni prima.

«Ricordo bene quella vicenda,» commenta Milvia, non appena la poliziotta conclude la sua ricostruzione «il titolare dell'agenzia andò su tutte le furie. Cercò in tutti i modi di non pagare quella multa ma non ci fu nulla da fare. Alla fine si arrese e gli toccò saldare anche la parcella dell'avvocato.»

«E ricorda anche l'aspetto di questo misterioso cliente?» domanda Clarissa.

«Be', è passato un bel po' di tempo» risponde la donna, aggrottando la fronte. «Le uniche cose che rammento sono i capelli biondi, tagliati molto corti, e gli occhi chiari. Avrà avuto sì e no trent'anni e aveva dei modi educati.»

«Come ha pagato?»

«In contanti. Quando il tipo si presentò all'agenzia dell'aeroporto di Forlì, disse di avere perso il portafogli con assegni, bancomat e carte di credito e chiese se fosse possibile pagare in contanti il noleggio dell'auto. Aggiunse di essersi rivolto a noi poiché nelle compagnie di autonoleggio più grosse non era prevista questa opzione. Per il mio titolare invece non faceva alcuna differenza, anzi. Come garanzia l'uomo lasciò un anticipo piuttosto consistente che comprendeva anche la cauzione e l'assicurazione. Oltre alla patente e a un numero di telefono cellulare, che poi risultarono falsi.»

«Disse di chiamarsi Marcello Ruffini, giusto?»

«Sì, era anche il nome che risultava sulla licenza di guida.»

«Per quanti giorni affittò l'auto?» chiede la poliziotta.

«Due.»

«E la riportò personalmente all'aeroporto?»

«Sì, con tre ore di anticipo sull'orario di riconsegna. La macchina era a posto. Ritirò la differenza sul deposito cauzionale e se ne andò.»

«Dopo quanto tempo vi venne notificata l'infrazione dell'autovelox?»

«Circa due mesi dopo il noleggio. Ci venne recapitato il verbale con la foto scattata dall'autovelox. Proveniva dal comando dei vigili urbani di Ravenna. Provammo subito a telefonare al numero che ci aveva lasciato Ruffini, senza ovviamente riuscirvi. Il mio titolare contattò quindi l'ufficio della motorizzazione civile di Ravenna per trovare un suo recapito e fu allora che scoprì che la patente era stata falsificata. Decise così di rivolgersi a uno studio legale di sua fiducia, sperando di farsi annullare la sanzione, ma dopo una serie di tentativi vani fu l'avvocato stesso a consigliare al mio ex datore di lavoro di desistere per evitare problemi peggiori. Non ne sono sicura al cento per cento ma credo che, per i contratti di noleggio, fosse già obbligatorio per legge inserire i dati di una carta di credito intestata al guidatore.»

«Lo era senz'altro» sottolinea Clarissa, mentre cerca di controllare l'irritazione. Se il padrone dell'agenzia di autonoleggio fosse stato una persona onesta, pensa, probabilmente Filippo il Pagliaccio sarebbe stato immediatamente rintracciato e la piccola Anouk si sarebbe potuta salvare.

«Mi spiace non poterle essere di maggiore aiuto» si scusa Milvia, cogliendo il disappunto della poliziotta.

«Al contrario,» la rassicura Clarissa «le sue informazioni sono preziose. A questo proposito ricorda per caso se venne fatta una fotocopia della patente falsa del Ruffini?»

«Sono certa di sì. Ho fatto io il contratto al cliente e, come per tutti, ho chiesto di potere fotocopiare il suo documento.»

«Crede che quella copia sia ancora rintracciabile da qualche parte?»

«Temo di no. Su ordine del titolare, tutta la documentazione è stata distrutta quando l'agenzia ha chiuso. Mi sono occupata personalmente dello sgombero dell'ufficio.»

«Ma l'ufficio legale potrebbe avere conservato quella fotocopia...» suggerisce Clarissa.

«Ho dei dubbi, visto che la pratica per la cancellazione della multa non è andata avanti e soprattutto considerando le modalità del contratto di noleggio dell'auto.»

«Può darmi ugualmente i riferimenti dell'avvocato che seguì la vicenda?» chiede l'investigatrice.

«Certo, è l'avvocato Donati di Forlì. Dovrei avere ancora i suoi recapiti da qualche parte. Se ha un attimo di pazienza li cerco.»

«Prego, faccia pure» acconsente Clarissa mentre Milvia estrae dalla borsa una tablet. Lo appoggia sul tavolo e lo accende. Non appena compaiono le icone delle app, clicca su quella della sua e-mail. Nello schermo si materializza la prima di settanta pagine di messaggi elettronici contenuti nella posta in arrivo. I più vecchi risalgono a cinque anni prima. Clarissa, che segue con lo sguardo i gesti della donna, percepisce una vampata di calore che le sale dalla pancia. Il fatto che Milvia sia una di quelle persone che hanno l'abitudine di tenere a lungo la corrispondenza potrebbe rivelarsi un colpo di fortuna. La donna seleziona lo spazio di ricerca relativo a tutti gli elementi della posta e digita il nome *Donati*. Dopo qualche istante compare tutto lo scambio di mail tra l'impiegata e lo studio legale. In tutto sono una trentina di messaggi.

«info@studiodonati.it» ripete a voce alta la donna per consentire alla poliziotta di prendere appunti. «Ora vedo se c'è anche un indirizzo e un numero di telefono.»

«Eccoli qua» dice con soddisfazione Milvia, dopo avere aperto la prima mail che compare nella lista. Quindi divarica il testo con il pollice e l'indice e gira il tablet verso Clarissa in modo che possa copiare i dati.

La poliziotta ringrazia e trascrive indirizzo e telefono dello studio Donati nel taccuino.

«Posso?» aggiunge poi Clarissa, tornando alla lista delle mail.

«Certo, faccia pure» risponde Milvia.

L'investigatrice scorre velocemente l'elenco per controllare le date dei messaggi fino a quando giunge a quelle più remote. In uno di questi, inviato dall'impiegata dell'autonoleggio all'avvocato, c'è il simbolo di una graffetta che indica la presenza di un allegato. È l'unica mail che contiene un documento accluso. È stata spedita esattamente due mesi e tre giorni dopo il noleggio della Nissan bianca da parte di Marcello Ruffini. Il soggetto è inequivocabile: *patente falsa*. Le pulsazioni del cuore di Clarissa aumentano immediatamente e nelle sue mani si diffonde quel formicolio che la poliziotta avverte ogni volta che una sua indagine informatica sta per giungere a una svolta.

«Le dispiace se do un'occhiata a questa mail?» chiede a Milvia con un tono di voce che non ammette rifiuti.

«Nessun problema, faccia pure» risponde la donna, leggermente inquieta.

Clarissa clicca sulla mail e legge il messaggio.

> Gentile avvocato Donati, come da accordi telefonici le allego copia della patente del signor Marcello Ruffini, risultata falsa dopo una verifica con l'ufficio della motorizzazione di Forlì.
> In attesa di sue comunicazioni la saluto cordialmente.
> Milvia Cicognani

Poi la poliziotta sposta il cursore sul PDF allegato e con il cuore che le batte in gola schiaccia il pulsante a sinistra del mouse. Sullo schermo del tablet appare a tutta pagina lo scan in bianco e nero di una patente. Il nome sul documento è quello di Marcello Ruffini. Ma a provocare quasi un infarto a Clarissa è la foto dell'uomo.

44

Katie Meyer, nata e vissuta a Londra, è un'infermiera specializzata del St. Thomas Hospital, uno dei più conosciuti della capitale inglese, famoso per la sua centralissima posizione, al termine del Westminster Bridge e sulla riva opposta del Tamigi, rispetto alla sede del parlamento. Ospedale di eccellenza, è uno dei rari motivi di vanto del National Health Service, il servizio sanitario nazionale britannico la cui crisi, sia professionale sia economica, ha messo in ginocchio uno dei pilastri dello stato sociale inglese. Soprattutto dopo che la Brexit ha causato la partenza da Londra di migliaia di medici e paramedici provenienti da paesi dell'Unione Europea. Il St. Thomas si è salvato solo grazie ai fondi che il governo si è affrettato a mettere a disposizione dell'ospedale il quale, proprio per la sua collocazione, da sempre annovera tra i suoi pazienti membri del parlamento, esponenti di partito e rappresentanti dell'esecutivo. Tra questi anche l'ex primo ministro britannico, Harold Wilson, malato di Alzheimer, che proprio al St. Thomas morì nel maggio del 1995.

Sono da poco passate le quindici e Katie è appena arrivata nella clinica per un'altra lunga giornata di lavoro. Dei suoi cinquantadue anni di vita, la donna ne ha trascorsi trentatré nelle corsie di quello stesso ospedale, occupandosi delle persone malate con un amore e una devozione immutati sin dal primo giorno. Cresciuta negli ambienti più poveri della *working class* londinese, ha cominciato a lavorare agli inizi degli anni Sessanta, dopo il suo diciottesimo compleanno, per sostenere economicamente la sua numerosa famiglia mentre i suoi coetanei impazzivano per le musiche dei Beatles e inseguivano i sogni fatui della *Swinging London*. Non si è mai sposata e non ha avuto figli. Il St. Thomas è divenuta la casa, la chiesa e la famiglia che Katie non ha mai avuto. I medici la rispettano e la temono, i suoi colleghi la considerano una guida e un riferimento, i pazienti la amano come una madre o una sorella.

Dal momento in cui è stata ammessa in quell'ospedale, Anita è divenuta per Katie come una figlia. La prima notte dopo il ricovero l'infermiera non è andata a casa per stare vicino alla ragazza, rinunciando volontariamente allo straordinario per non creare problemi nei turni degli altri infermieri. Non si è fatta scrupoli nell'impedire a poliziotti e visitatori di entrare nella stanza e ha accettato di lasciarla solo dopo che il caporeparto che l'ha visitata le ha assicurato che la giovane sarebbe stata seguita e accudita con la massima attenzione. Una volta rincasata, Katie ha continuato a pensare a lei, fino al punto di anticipare di qualche ora il ritorno all'ospedale per potere riprendere a occuparsi, con calma, di Anita. Nello spogliatoio delle infermiere, dopo avere indossato la divisa di cotone azzurro ed essersi disinfettata con cura le mani, Katie si guarda allo specchio e vede una donna con il volto segnato dalle rughe, gli occhi stanchi e i capelli ingrigiti e diradati. Ma con un'espressione carica di quella fierezza e nobiltà che hanno solo le persone capaci di dedicarsi agli altri senza chiedere nulla in cambio. Senza ulteriori indugi la donna saluta i colleghi e sale nel reparto di chirurgia generale, dove è ricoverata Anita. Come esce dall'ascensore e giunge in corsia, Katie nota subito che c'è qualcosa di strano. La porta della camera della ragazza è socchiusa e fuori c'è una sedia di ferro, vuota. Prima di andare da lei si ferma nella guardiola degli infermieri a metà del corridoio. Scorge un suo giovane collega, con un ciuffo di capelli neri che gli fuoriesce dalla cuffia e gli copre la fronte, intento ad aggiornare al computer la cartella clinica di un paziente.

«Buon pomeriggio, Chester, tutto bene?» lo saluta affettuosamente la donna.

Il ragazzo alza lo sguardo dal monitor e le sorride.

«Oh ciao Katie, ben arrivata!» risponde. «Qui tutto a posto, grazie. Ma sbaglio o sei in anticipo?» aggiunge, controllando l'orologio appeso alla parete.

«Sì, sono venuta un po' prima per vedere come sta quella povera ragazza italiana che lavora nel ristorante. Ci sono novità?»

«Non si è ancora ripresa ma i medici sono fiduciosi. Le stiamo somministrando degli anticonvulsivanti e delle benzodiazepine, oltre alla soluzione fisiologica. Ora sta riposando.»

«Bene, ma allora chi c'è con lei?» domanda Katie.

«In che senso?» chiede a sua volta il giovane infermiere.

«Ho visto che fuori dalla stanza di Anita c'è una sedia vuota e la porta è aperta. Sai per caso se ha visite?» si informa la donna.

«Non saprei,» risponde Chester, vagamente preoccupato «forse è un agente di polizia. La direzione dell'ospedale ha comunicato che la paziente verrà piantonata in modo continuativo per la sua protezione. Fino a un'ora fa c'era un'agente donna ma poi se n'è andata con una visitatrice. Non ho visto chi l'ha sostituita. Anzi, a dire il vero, pochi minuti dopo che la poliziotta si è allontanata mi è parso di vedere passare una persona nel corridoio che si dirigeva verso la stanza di Anita. Ma ero al telefono e non sono riuscito a metterla a fuoco.»

«Un uomo o una donna?»

«Non lo so.»

«Indossava la divisa della polizia?»

«Mi spiace, Katie, ma, come ti dicevo, non ho avuto il tempo di verificare. Presumo comunque che si tratti del nuovo piantone visto che non ho notato nessuno tornare indietro.»

«Sei mai uscito dalla guardiola durante questo lasso di tempo?»

«Non mi sono mosso, perché?»

«Nessun paziente ha suonato il campanello per richiedere assistenza?»

«Non mi risulta. Altrimenti me ne sarei dovuto occupare visto che sono solo in reparto. Da quando il ministero ha tagliato i fondi, lo staff è ridotto al minimo come ben sai...»

Ma Katie in quel momento ha in mente tutto, tranne le rivendicazioni sindacali dei paramedici. Un brutto presentimento le spezza il respiro, mandandola in debito d'ossigeno.

«Presto, andiamo!» ordina a Chester, uscendo velocemente dalla guardiola e precipitandosi verso la stanza di Anita, mentre il giovane infermiere arranca alle sue spalle.

Spalanca la porta e con un balzo si avvicina al letto. La stanza è vuota. La ragazza ha gli occhi chiusi e il lenzuolo tirato su fino al mento. Il saturimetro è inspiegabilmente scollegato. Un braccio esce da sotto le coperte. Dall'incavo del gomito parte il catetere venoso collegato al flacone del medicinale liquido, issato su un'asta provvista di ruote. Dà l'impressione di essere immersa in un sonno profondo ma è il suo viso, pallido come un volto di cera, a scuotere le membra di Katie. L'infermiera appoggia una mano tremante sulla fronte di Anita e la sente fredda come il ghiaccio. In preda all'angoscia, con un gesto fulmineo rimuove il lenzuolo, scoprendola fino all'ombelico. E nota subito il largo ematoma che le tratteggia l'esile collo. Il sangue sembra essere rimasto intrappolato sotto le fibre muscolari, dopo essere esploso dai capillari sottocutanei. Ecchimosi da schiacciamento sono facilmente visibili ai lati della trachea dove delle macchie circolari violacee rivelano la pressione esercitata dalle dita di una mano. La donna capisce all'istante che la giovane paziente è stata strangolata. Con gli occhi gonfi di lacrime, Katie appoggia i polpastrelli dell'indice e del medio sotto la mandibola di Anita, sperando inutilmente di cogliere il battito cardiaco. Poi avvicina l'orecchio al viso della ragazza per capire se sta respirando. Quindi si gira verso il giovane collega e gli urla di procurarsi un defibrillatore mentre lei inizia le operazioni di rianimazione. Le sue mani massaggiano incessantemente il cuore di Anita ma dentro di sé Katie sa che per la sua povera "figlia" non c'è più nulla da fare.

45

Nuvole grigie e cariche di pioggia si sono addensate nel cielo e d'improvviso la vista di Londra è scomparsa, sequestrata e inghiottita da quella foschia impenetrabile e cupa che oscura i cuori di chi in quella città, per scelta o per dovere, ci vive.

Anche gli occhi di Emilia sono diventati di colpo cinerei, accecati dal dolore di una verità che le è esplosa dentro. La donna ha lo sguardo fisso nel vuoto mentre le parole le escono dalla bocca senza più esitazioni o tentennamenti.

Riddle è accanto a lei, sulla panchina di Primrose Hill, pronto ad accompagnarla oltre il tunnel della verità.

«Non ho mai voluto interferire nelle scelte di mio marito riguardo al lavoro, anche se ho capito sin dall'inizio come, dietro alla sue tante attività, ci fosse qualcosa di poco chiaro» dice la vedova di Stefanelli De Vitis.

«A che cosa si riferisce in particolare?» domanda il detective.

«Tutti quei ristoranti, ville, uffici, appartamenti. Comprati e rivenduti come fossero caramelle. E poi i quadri, le gallerie d'arte, gli oggetti antichi da collezione, le barche, i cavalli, i fondi per le scuole, le società sportive, le accademie, le opere di beneficenza, i progetti del governo. Insomma per tutti questi anni Achille non ha fatto altro che elargire soldi, finanziare attività, acquistare immobili e oggetti di pregio, creare società di investimento. Possibile che abbia sempre avuto tanto denaro a disposizione? Quando l'ho conosciuto non era così ricco, poi ha cominciato a frequentare politici, imprenditori e uomini d'affari senza scrupoli e tutto è cambiato.»

«Ha mai chiesto a suo marito da dove provenissero quei soldi?»

«Non ne ho avuto la forza. E ho sbagliato. Forse Achille avrebbe avuto bisogno di una donna più determinata al suo fianco, che lo aiutasse a non farsi trascinare in certi ambienti. Ma, vede James, io provengo da una famiglia all'antica ed estremamente devota. Mi è stato insegnato sin da piccola a stare al mio posto, a rispettare i ruoli delle persone che ti vivono accanto e a passare sopra a tutto, pur di conservare l'armonia e il legame di coppia. E così ho fatto, fino a quando ho resistito.»

«Poi cosa è successo, Emilia?»

«Il male è entrato nella nostra casa. Si è insinuato nel cuore di Achille come un demonio mai sazio di sangue e morte. E tra di noi è sceso il buio e ha trasformato la nostra vita in un sentiero di sofferenza e tenebre.»

La donna si ferma e fissa un nembo che si sposta rapidamente nel cielo.

Il detective attende che riprenda il discorso, senza forzarla.

«C'è un limite all'avidità, alla sete di potere e all'ambizione e Achille lo ha superato,» riprende Emilia «fino a compiere atti orribili e ripugnanti.»

Riddle deglutisce silenziosamente. Intuisce che la tormentata confessione della vedova di Stefanelli De Vitis potrebbe riservargli delle sorprese che superano le sue aspettative.

«I bambini non si toccano!» si mette quasi a gridare la donna. «Sono doni di Dio!»

Le lacrime scoppiano sul volto di Emilia che nasconde il viso tra le mani ossute.

«Mi spiace, Emilia» cerca di confortarla il poliziotto, temendo che possa perdere la forza di proseguire.

«Non potevo permettergli di continuare questo scempio. Andrò all'inferno per questo ma non sarà peggiore di quello che Achille mi ha fatto vivere in terra!»

«Perché ora parla di bambini? Che cosa ha fatto suo marito?» chiede Riddle, che ancora fatica a mettere a fuoco tutto il quadro.

«Non può nemmeno immaginare, James, lo schifo che si nasconde nell'ambiente che frequentava Achille. Uomini ricchi, potenti, con mogli e figli, che vanno in chiesa tutte le domeniche e donano centinaia di migliaia di sterline in opere di beneficenza per ripulirsi la coscienza. Poi danno sfogo ai loro istinti più rivoltanti. Si ritrovano regolarmente in ville e castelli isolati, indossano delle maschere e consumano droga e alcol senza freni. Ma il vero scopo della festa sono i bambini. Quindici, venti, alla volta. Vengono violentati, seviziati, sottoposti a ogni tipo di abuso. E alla fine spariscono nel nulla.»

Il detective sente lo stomaco che si contorce. Ha le mani ghiacciate e un groppo alla gola, grande come una pallina da baseball.

«Achille non ha mai partecipato di persona a questi festini ma ha fatto di peggio» prosegue la vedova. «Non solo ha acquistato e messo a disposizione ville e manieri di campagna per ospitare queste immonde riunioni, ma si è adoperato anche per procurare le vittime, facendo arrivare i bambini da quei centri di accoglienza per minori non accompagnati o orfani di guerra sparsi in tutta Europa che lui stesso sosteneva finanziariamente. Servendosi di complici, intermediari e di società fittizie, ha creato documenti falsi in cui risultava l'adozione o l'affido dei bimbi presso famiglie, in realtà inesistenti, residenti in Inghilterra. Naturalmente scegliendo quei piccoli, indifesi e sfortunati, che nessuno mai cercherà.»

«Che età hanno?» chiede Riddle con un filo di voce.

«Di solito dai quattro ai nove anni. Maschi e femmine.»

«Perché tutto questo? Che bisogno aveva suo marito, un uomo in vista, ricco e potente, di mettersi al servizio di questi orchi?» domanda il poliziotto, visibilmente scosso.

«Lo ha appena detto, James, per rimanere ricco e potente. Achille non solo ha riciclato il denaro sudicio dei capiclan mafiosi, italiani e stranieri, ma ha assecondato e compiaciuto anche i bassi istinti degli uomini di potere, come politici, banchieri e alti prelati, per ottenere favori e intercessioni. Credo che in questi giorni abbia potuto notare i timori e le reazioni che ha provocato la morte di mio marito. Fanno tutti a gara nel mostrarsi addolorati e sgomenti per la sua scomparsa, si prodigano in manifestazioni pubbliche di elogio e riconoscimento. Ma sono terrorizzati che la sua scomparsa possa fare venire a galla il marcio nel quale, da sempre, nuotano.»

«Quando ha scoperto questo aspetto di suo marito?»

«Circa un anno fa, per caso. Ho ascoltato involontariamente una telefonata tra Achille e un'altra persona. Lui era in casa, nel suo studio, con la porta aperta. Io sono molto discreta e difficilmente mi interesso di cose che non mi riguardano. Quel giorno sono andata in biblioteca per avvertirlo che il nostro figlio maggiore era stato accettato alla London School of Economics. Ero molto eccitata e sapevo quanto anche lui ci tenesse. Per questo, invece di attendere la fine della giornata e parlargliene durante la cena, l'ho raggiunto nello studio, cosa che non avevo mai fatto. Achille era in piedi, al telefono e mi girava le spalle. Sono rimasta in silenzio, attendendo che chiudesse la comunicazione ma quel dialogo sembrava eterno. A un certo punto mio marito ha cominciato a parlare di età di bambini, razza, provenienza e di come sarebbe stato facile usarli e farli sparire. Aveva un tono di voce beffardo e irrispettoso. Non glielo avevo mai sentito in tanti anni di vita assieme. Mi si è gelato il sangue e sono rimasta paralizzata. D'improvviso Achille si è girato e mi ha visto. Ha interrotto bruscamente la telefonata e mi ha chiesto da quanto tempo fossi lì ad ascoltarlo. Mi sono sentita svenire e sono crollata a terra. Quando mi sono ripresa, ero sul letto e Achille mi teneva la mano. Aveva gli occhi lucidi e mi ha pregato di stare ad ascoltarlo che mi avrebbe spiegato tutto. L'ho costretto a raccontarmi la verità e l'ho fatto giurare che avrebbe smesso all'istante di organizzare quelle orribili riunioni.»

«Gli ha creduto?»

«Me lo sono imposto. Anche se i dubbi hanno continuato ad assillarmi giorno e notte.»

«Poi cosa è successo?»

«Ho scoperto che Achille non aveva mai smesso di prestarsi a quello schifo. Anche questa volta è stata una coincidenza. Le conseguenze le conosce.»

Riddle lascia che il peso di queste ultime parole pronunciate dalla donna riempiano lo spazio e il tempo fra di loro. Poi, con un tono di voce disteso, le chiede: «Ha ucciso lei suo marito?».

Emilia gira per la prima volta lo sguardo verso il poliziotto. Rimane in silenzio per una manciata di secondi e poi annuisce con la testa, concludendo il movimento con un flebile «Sì».

«Se la sente di raccontarmi come è andata?» le domanda Riddle, cercando i suoi occhi.

«Dovevo farlo,» attacca la donna, voltandosi a fissare nuovamente il cielo «quella sera alla galleria ho avuto la certezza che Achille mi aveva mentito.»

La vedova di Stefanelli De Vitis perde per l'ennesima volta il filo del discorso ma Riddle decide di non incalzarla. Infatti, trascorsi alcuni secondi, la donna riprende il racconto.

«Dopo esserci intrattenuti con l'ambasciatore e il console generale,» spiega «ho lasciato Achille per andare a prendere qualcosa da bere. Quando sono tornata nella stanza principale lui non c'era più. Mi sono messa a cercarlo fino a quando mi è parso di sentire la sua voce, provenire dallo spazio attiguo. Ho seguito quel suono e sono giunta davanti alla porta semiaperta di un ripostiglio. Prima di entrare mi sono fermata per sincerarmi che fosse effettivamente Achille a parlare ma invece della sua voce ho sentito quella della direttrice della galleria, Alexandra Evie Mangiarotti. Chiedeva a mio marito se fosse tutto pronto per un evento che si sarebbe dovuto tenere nel castello di Hever, nel Kent. Ricordo che un brivido mi ha attraversato la schiena quando ho sentito Achille che la rassicurava, spiegandole che tutto sarebbe stato perfetto come sempre e che gli ospiti avrebbero potuto contare su elementi di prima qualità. Ha detto proprio così e a me è venuto da vomitare. Ma la certezza che si trattasse di una di quelle ributtanti feste l'ho avuta quando mio marito ha specificato alla Mangiarotti come la maggioranza dei bambini provenisse dalla Siria e dal Nord Africa e fossero quasi tutti figli di nessuno, raccolti nei campi profughi di Calais. Motivo per il quale, a suo dire, sarebbe stato estremamente semplice farli sparire.»

«E a quel punto cosa ha fatto?» domanda Riddle.

«Su un angolo di uno dei tavoli per il buffet avevo notato un prosciutto intero, appoggiato su un tagliere e fissato a un supporto in ferro battuto. A fianco vi era un coltello, con la lama lunga e affilata, per tagliare le fette. I camerieri non avevano ancora iniziato a servire il cibo così ho approfittato per avvicinarmi al tavolo e prendere il coltello, nascondendolo in una piega del vestito. Sono tornata vicino alla porta del ripostiglio nel momento in cui Evie stava uscendo. Ho fatto in modo che non mi notasse, ho atteso che si allontanasse e sono entrata, richiudendomi la porta alle spalle. Achille era sul punto di uscire ed è rimasto sorpreso nel vedermi. Ha abbozzato un sorriso ma non ha fatto in tempo ad aprire bocca. Ho alzato il coltello e gli ho trafitto il collo da parte a parte, ripetendo il gesto almeno due volte. Il sangue ha cominciato a uscire a fiotti dalla sua gola e lui è crollato a terra, gorgogliando. Ho gettato il coltello e sono uscita velocemente dal ripostiglio, chiudendo la porta, come se nulla fosse.»

Riddle fa un profondo respiro e si gratta la fronte mentre la donna resta muta e impassibile sulla panchina.

«C'è qualcosa che non capisco,» dice il detective «il corpo di suo marito è stato trovato in una delle stanze di esposizione della galleria e non nel ripostiglio, dove lei dice di averlo ucciso. Come spiega questa discordanza?»

Emilia scuote la testa e risponde: «Non me la spiego. Qualcuno deve avere spostato Achille dal ripostiglio alla sala».

«Ha idea di chi possa essere stato? È possibile che qualcuno l'abbia vista uccidere suo marito?»

«Non lo so. Nel ripostiglio ero sola con Achille e quando sono uscita non ho incontrato nessuno.»

«Il coltello è sparito. Chi può averlo preso secondo lei?»

«Non ne ho idea, James, mi creda, io l'ho lasciato a terra, in quello stanzino.»

«Mi scusi se le faccio questa domanda, Emilia,» attacca Riddle «tutti i testimoni che ho sentito hanno raccontato di come lei sia rimasta sconvolta quando ha scoperto il cadavere di suo marito, appoggiato al muro in un angolo della galleria. Lo ha abbracciato, gridando il suo nome. Perché l'ha fatto?»

«Capisco che ora le possa sembrare una sceneggiata per sviare i sospetti, ma in realtà, James, sono rimasta veramente turbata e disorientata quando ho visto il corpo dissanguato di Achille in quella posizione, come se fosse una delle disgustose opere esposte nella galleria. L'ho trovato un gesto di sfregio e di profondo disprezzo nei suoi confronti. Per questo sono corsa ad abbracciarlo. Ci vuole rispetto per i morti anche se in vita sono stati dei mostri.»

«D'accordo, ammesso che ciò che mi ha appena confessato sia vero, resta il fatto che qualcuno ha spostato il cadavere dal ripostiglio, ha fatto sparire l'arma del delitto e ha creato quella specie di lugubre perfomance pseudo-artistica con il corpo di suo marito. Qualcuno che, a quanto pare, odiava il suo consorte, sa che è stata lei a ucciderlo ma non l'ha denunciata. È possibile tutto ciò, secondo lei?»

«Io le ho detto tutta la verità, James, non so nulla di più.»

«Ha ricevuto minacce, ricatti o telefonate anonime dopo l'omicidio?»

«No, solo telefonate e messaggi di condoglianze.»

Il detective guarda il cielo. Le nuvole si sono diradate e lo skyline di Londra è riapparso di fronte a loro in tutto il suo splendore.

Emilia ora ha il viso pieno di luce, le rughe attorno agli occhi sono diminuite e il suo sguardo sembra sollevato.

«Sono in arresto?» domanda la donna, senza tradire alcuna emozione.

«Sì, Emilia» risponde Riddle. «Verrà incriminata per omicidio, finirà sotto processo e subirà una condanna, che terrà conto del fatto che ha confessato il delitto e di altri fattori.»

«Quali?»

«Del contributo che potrà fornire per le indagini sul riciclaggio di denaro sporco, attività di stampo mafioso, tratta di minori, sfruttamento sessuale, riduzione in schiavitù e occultamento di cadavere. Non escludo che il giudice possa essere clemente con lei, vista la sua posizione, se deciderà di aiutare il corso della giustizia.»

«Non ho diritto ad alcuna clemenza,» lo contraddice seccamente la donna «ho ucciso mio marito a coltellate, merito il carcere a vita.»

«In prigione ci andrà ma non subito» replica il poliziotto.

«Cosa intende dire?» domanda Emilia.

«Che questa nostra chiacchierata rimarrà fra lei e me fino a quando non avrò abbastanza elementi per incriminare gli uomini e le donne con cui suo marito faceva i suoi affari sporchi, compresi i festini. Se procedessi adesso con il suo arresto, i complici del cavalier De Vitis si sentirebbero in pericolo e farebbero sparire le prove.»

«E quanto tempo dovrei aspettare prima della gogna?»

«Spero il meno possibile. A proposito, prima mi ha raccontato di avere ascoltato suo marito e la titolare della galleria parlare dell'organizzazione di uno di quei festini con i bambini al Castello di Hever, nel Kent. Si ricorda anche se hanno parlato di una data?»

Emilia congiunge le mani e inizia a sfregarle fra loro mentre si sforza di ripensare a quel dialogo.

«Dovrebbe essere domani sera,» dice poi, stringendo leggermente le labbra «se ho sentito bene Evie si riferiva all'evento come a una sorta di festa di chiusura del Frieze Art Fair.»

«Bene, allora la sua attesa potrebbe essere di appena ventiquattr'ore, Emilia. Ora si faccia forza e torni a casa, cerchi di riposarsi e non parli con nessuno, nemmeno con i suoi assistenti e collaboratori. Per qualunque necessità, dubbio o paura mi chiami al numero che le ho lasciato. Vedrà che andrà tutto bene.»

La donna si alza, si sistema i capelli con una mano e si gira verso il detective Riddle, in piedi anche lui al suo fianco. Alle spalle della vedova, lontano una cinquantina di metri, il poliziotto nota Giuseppe Esposito, il segretario della donna, che si sta avvicinando.

«Pensa che pioverà, James?» chiede Emilia, guardando prima il cielo e poi Riddle.

«Direi di sì,» risponde l'investigatore «le nuvole sono cariche.»

«Forse ha ragione» riprende la donna, fissando il vento che agita le chiome degli alberi.

«A me piace la pioggia,» spiega Riddle «mi aiuta a ripulire la mente e a vedere le cose con più chiarezza.»

«Purtroppo non sempre» aggiunge Emilia, allontanandosi lentamente dalla panchina.

46

«Cosa significa che sono sospesa?» reclama Amanda, con le braccia tese ed entrambi i palmi delle mani appoggiati sulla scrivania del suo capo.

«Mi spiace, lo ha deciso Gardiner» spiega Riddle, cercando di calmare la sua furia. «Ho provato a convincerlo di come il piantonamento della ragazza non fosse ancora stato messo a ruolo e di quanto fosse strategico il tuo interrogatorio con l'amica della vittima in relazione alle indagini sull'omicidio, ma lui non ha voluto sentire ragioni. Ha continuato a ripetere che Anita Torelli non avrebbe mai dovuto rimanere da sola nella stanza d'ospedale, che si tratta dell'ABC delle misure di protezione dei testimoni e che non può fare finta di nulla di fronte alla ministra dell'Interno e all'opinione pubblica.»

«Ma se quello stronzo se n'è sempre sbattuto delle indagini! Se non fosse stato per le tue intuizioni, e la mia testardaggine, saremmo ancora al punto di partenza. Crede che non mi dispiaccia che quella povera ragazza sia stata strangolata? Ho fatto una cazzata enorme a lasciarla sola e avrei voglia di spaccarmi la testa contro il muro! Ma proprio per questo ora voglio assolutamente scoprire chi l'ha uccisa e fargliela pagare. Che Gardiner vada a farsi fottere! E con lui tutta Scotland Yard! Troverò l'assassino con o senza questi» impreca Amanda, gettando sul tavolo di Riddle il distintivo della Metro Police e la sua Beretta calibro 9 bifilare.

«Ti prego, non peggiorare la situazione, Amanda,» l'ammonisce il detective, infilando nel cassetto della sua scrivania gli effetti personali della collega. «Siamo sotto organico e la polizia non può permettersi di pagare altri straordinari. Vedrai che nel giro di qualche giorno verrai rimessa in servizio. È solo una manovra di facciata.»

«Se la deve ficcare nel culo la sua manovra! Io non starò certo ferma ad aspettare che quel leccapalle finisca di fare le seghe ai politici!»

«Come credi, ti consiglio però di non tirare troppo la corda. Continua pure a fare le tue ricerche e indagini ma agisci in modo discreto e riservato. E mettimi al corrente di tutti i tuoi spostamenti.»

«Sì, capo, stai tranquillo, so come muovermi.»

«Hai controllato se l'ospedale St. Thomas ha un sistema di telecamere a circuito chiuso?»

«Solo all'esterno e nell'entrata principale che si affaccia sul lungo viale, in direzione del ponte di Westminster. Ci passa troppa gente per potere individuare qualcuno, specie se non sappiamo chi stiamo cercando.»

«E quel giovane infermiere di reparto non ha visto nulla?»

«Continua a ripetere di avere avuto l'impressione di scorgere l'ombra di una persona nel corridoio mentre si dirigeva verso la stanza della ragazza, ma non è in grado di chiarire nemmeno se si tratta di un uomo o di una donna.»

«Impronte sul letto e sulla vittima?»

«Zero. Chi ha strangolato Anita ha usato dei guanti di lattice. Probabilmente li ha presi proprio all'ospedale. Prima ha scollegato il saturimetro per evitare che partisse l'allarme poi ha fatto il resto.»

«Senza dubbio chi ha ammazzato Anita è qualcuno molto attento e determinato» sottolinea Riddle «e questo può solo significare che si tratta dell'assassino di Serrano e che la ragazza lo aveva visto uccidere il titolare del ristorante.»

«Già ed è anche un killer fortunato,» aggiunge Amanda «se la ragazza non fosse caduta in stato di shock, ora sapremmo la sua identità...»

«Cosa sei riuscita a sapere di lei?» chiede il detective.

«Poco o niente. Una giovane immigrata dall'Italia, piena di speranze e buoni propositi, con molti amici su Facebook, soprattutto coetanei. Qualche breve flirt e pochi soldi da parte. Insomma il tipico ritratto della ragazza di provincia, con tanti sani principi, che tenta il salto in un ambiente internazionale per fare esperienza e imparare la lingua.»

«E la sua amica, quella Roberta Gallagher, ti ha detto qualcosa di interessante?»

Amanda ha un attimo di esitazione, si gratta l'attaccatura dei capelli in cima alla testa e poi si guarda le unghie.

«Le solite cose,» risponde, dopo alcuni secondi «si frequentavano dopo il lavoro, cercando di fare conciliare i turni. Si confidavano i loro sogni e condividevano qualche pausa pranzo o serata al pub. Si sono conosciute a Londra durante uno di quegli eventi organizzati da qualche istituzione pubblica italiana e sono rimaste in contatto.»

«Avevo avuto l'impressione che tu fossi convinta che quella ragazza avesse un ruolo importante nella vicenda...» rimarca Riddle.

«Sì, inizialmente lo credevo, anzi lo speravo,» precisa la poliziotta «soprattutto per il fatto che Roberta Gallagher lavora anche alla galleria Browns Arbiter, dove si è consumato il primo delitto. Poi, parlando con lei, ho capito che non mi avrebbe potuto fornire nessun elemento utile. Capita spesso, nella comunità italiana di Londra, che questi giovani impiegati, commessi o camerieri, passino da un posto all'altro.»

«Peccato, comunque non molliamo questa pista,» dice Riddle «continuiamo a scavare nell'ambiente. Sono sempre più persuaso che ci sia del marcio dietro questi affari tra imprenditori e politici.»

«Tu hai riparlato con la vedova De Vitis?» chiede Amanda.

«Sì, le ho fatto nuovamente visita. Volevo capire se, alla luce di questo nuovo omicidio, e considerando come Serrano e il suo ex marito fossero legati, fosse riuscita a farsi un'idea di chi possa avere un interesse a eliminarli.»

«Le hai tirato fuori qualcosa?»

«Nulla, purtroppo. È ancora molto stressata. Anzi, dopo questo nuovo delitto si è ulteriormente chiusa.»

«Povera donna,» commenta Amanda «mi fa proprio pena. Basta guardarla per capire come, nonostante la ricchezza e il benessere, abbia sempre sofferto, tenendosi tutto dentro. Il suo sguardo è carico di dolore e non credo che sia solo per il lutto.»

«Già» si limita ad aggiungere Riddle, abbassando la testa.

Tra i due cala il silenzio. Né James né Amanda sembrano disposti, a quel punto, a uscire dal loro guscio.

La poliziotta allaccia la zip del suo giubbotto di pelle, infila il cellulare in una tasca posteriore dei jeans e si avvia verso la porta dell'ufficio di Riddle che la segue con lo sguardo.

«Cos'hai in quel sacchetto?» domanda Riddle, notando nelle mani di Amanda una busta di cellophane rossa.

«È una maglietta con la faccia di *Stormzy*. L'ho comprata per la palestra. La vuoi vedere?»

«No, grazie, preferisco rimanere nella mia beata ignoranza.»

«Okay, allora ci vediamo, capo!» lo saluta la poliziotta, puntando l'indice verso di lui. «Vado a godermi le mie ferie forzate...»

«Non fare cazzate, per favore!» la prega il detective. «E restiamo in contatto.»

«Contaci!» lo rassicura Amanda, ormai già sulle scale, mentre cerca il numero di Peter McBride sul cellulare.

Scorrendo la lista dei contatti, scopre che Big, come lei lo ha memorizzato, le ha inviato un messaggio: SONO DA TIBITS.

La poliziotta controlla l'orario. Il testo risale a dieci minuti prima.

ARRIVO, risponde, sperando che Peter sia ancora là.

Il tragitto che va dalla stazione di polizia di Savile Row al ristorante Tibits, che si trova in un vicolo pedonale chiamato Heddon Street, parallelo a Regent Street e famoso per ospitare il palazzo che compare sulla copertina dell'album *Ziggy Stardust* che David Bowie incise nel 1972, è di appena cinque minuti a piedi che la poliziotta percorre quasi correndo, in due minuti e quindici secondi.

McBride è seduto in un tavolino per due, vicino alle scale che portano al piano interrato, lontano dalle vetrine del locale. Ha di fronte a sé un piatto con riso basmati, jalapeños ripieni di formaggio, felafel, *meatballs* vegetali in salsa thai e insalata di melanzane, oltre a un bicchiere di birra al cedro organica.

Amanda entra nel ristorante a passo sostenuto, ignorando un cameriere che le chiede se ha una prenotazione, raggiunge Peter e si siede nella poltroncina di fronte a lui. Fissa il piatto, sposta lo sguardo sul volto del poliziotto e scoppia a ridere.

«Ma che cazzo ci fai qui, Big! E per giunta con tutto quel cibo da fighetti vegetariani sul tavolo! Non ti piace più la carne?» ammicca la donna.

McBride le mostra il dito medio e sposta il piatto con fare disgustato.

«Che cazzo ne so!» protesta. «Sono andato al buffet e ho trovato solo questa roba. Quando ho chiesto se potevo avere un hamburger me ne hanno proposto uno di ceci e zucchine. Ho ordinato una birra e mi hanno dato questa schifezza che puzza di piscia di gatto. Ma come cazzo mangiano qui nel centro di Londra?»

«Non è decisamente il tuo ambiente» dice Amanda sorridendo «e neanche il mio. Se vuoi qui vicino c'è un posto che fa solo carne ma c'è sempre una fila di ore.»

«Stiamo qui, tanto non ho più fame. È tutto tuo.»

Amanda ringrazia, prende con le mani un jalapeño e lo morde avidamente.

«Grazie per essere venuto fino a qui» attacca la poliziotta, con la bocca piena di formaggio fuso. «Tra l'altro, se lo avessi saputo prima, ci saremmo potuti incontrare a Brixton, visto che il tempo non mi manca.»

«Saputo cosa?» chiede Peter.

«Che mi avrebbero sospeso. Sono ufficialmente sotto procedimento disciplinare a tempo indeterminato» recita Amanda, come se stesse parlando di un titolo onorifico.

«Benvenuta nel club, sorella» commenta McBride, invitando la poliziotta a sfiorarsi i pugni. «Cos'hai combinato?»

Amanda racconta a Peter dell'omicidio di Anita, del mancato piantonamento all'ospedale ma soprattutto del suo lungo colloquio con Roberta Gallagher e delle sue rivelazioni riguardo al pagliaccio.

Peter la ascolta con attenzione, sforzandosi di trangugiare quella specie di birra limonosa che gli hanno rifilato.

«Sei convinta che sia il nostro uomo?» chiede il detective, al termine del resoconto della collega.

«La descrizione fisica combacia e anche l'età.»

«Come ha detto che si chiama?»

«Libero, il cognome non lo sa o non me lo ha voluto dire. E nemmeno l'indirizzo. Mi ha parlato genericamente di un appartamento nel Sud di Londra, il che potrebbe essere compatibile con la sua presenza a Brixton.»

«Telefono?»

«Quello che mi ha fornito lei risulta non attivo, lo abbiamo provato assieme. Secondo me la ragazza sta mentendo, di certo non mi ha detto tutto quello che sa.»

«Credi sia sua complice?»

«Non fino a quel punto. Semplicemente si è presa una cotta per lui e tende a difenderlo.»

«Di dov'è la ragazza?»
«Di Piacenza, nel Nord Italia.»
«E lui?»
«Della stessa regione, l'Emilia-Romagna. Proviene da una piccola città che si chiama Cesena ed è tra Bologna e Rimini, ho controllato su GoogleMaps.»

«Hai verificato nei registri della polizia di frontiera quando è transitato?»

«Sì, ma per ora non ho trovato alcun riferimento. Senza il cognome la ricerca è un po' difficile. La ragazza sostiene di averlo conosciuto all'aeroporto di Stansted circa un mese fa. Devo chiedere alla Ryanair la lista dei passeggeri da Bologna a Londra che risalgono a trenta e passa giorni. Il fatto è che non posso fare delle istanze ufficiali per non lasciare tracce ed è tutto più complicato.»

«Sì, lo so, proverò a darti una mano, usando i terminali del mio ufficio. Comunque il particolare importante mi sembra quello della parrucca da pagliaccio, giusto?»

«E di questo» aggiunge Amanda, estraendo da un sacchetto di plastica rosso un costume da pagliaccio. «Era destinato a una lavanderia. Per fortuna sono riuscita a prenderlo prima della ripulitura. Il "clown" lo aveva indosso durante la serata alla galleria, quando hanno ucciso quell'uomo d'affari italiano. Tienilo, fallo analizzare attraverso i tuoi canali, io non posso, nella mia posizione.»

«Bel colpo, Amanda!» sottolinea Peter, prendendo la busta. «Se siamo fortunati il vestito del pagliaccio potrà rivelarsi molto utile, anche per la tua indagine.»

«Oddio, questo però sarebbe un casino! Se da quel costume usciranno elementi importanti per l'indagine sull'omicidio di Stefanelli De Vitis, non so come potrò giustificare il fatto di esserne entrata in possesso e soprattutto di non averlo consegnato alla Scientifica. Altro che sospensione, questa volta rischio una denuncia per omissione di atti d'ufficio e intralcio alle indagini!»

«Non ti preoccupare, nel caso troveremo una soluzione.

Non esistono poliziotti senza macchie e senza segreti. Ne hai parlato al tuo boss?»

«Di chi, del pagliaccio? Per ora no. Vorrei prima capire se, attraverso di lui, riusciamo a trovare Cindy. Al momento è questa la mia priorità. Se nel frattempo l'indagine sui due, anzi tre, delitti degli italiani non avrà fatto alcun passo in avanti, vedrò come tirare fuori anche questa pista.»

«Sempre che le due inchieste non siano collegate» sottolinea McBride.

«Ancora faccio fatica a collegare le due situazioni» riflette Amanda. «Voglio dire, il soggetto che si traveste da pagliaccio potrebbe essere nella lista dei sospetti di ben tre omicidi eccellenti, avvenuti nell'ambiente della comunità italiana e contemporaneamente risulta come il principale sospettato per il rapimento di una bambina a Brixton, figlia di un narcotrafficante e un gangster attualmente in carcere. Il tutto nel giro di pochi giorni. Ma chi cazzo è questo fottuto clown?»

«C'è un solo modo per scoprirlo» spiega Peter. «Hai il numero di cellulare della ragazza?»

«Sì, eccolo,» risponde la poliziotta, mostrando a McBride il contatto sul suo smartphone «ti invio il biglietto.»

Dopo qualche secondo il cellulare di BigMac emette un *bip*.

«Perfetto,» commenta il detective, controllando lo schermo «ti faccio sapere appena c'è movimento.»

«Quando vuoi, Big,» dice Amanda con un sorrisetto ironico «non ho più orari.»

47

In questura ha lasciato detto che avrebbe preso una mezza giornata di permesso per degli esami medici e che avrebbe recuperato con degli straordinari nel fine settimana. Dopo avere lasciato l'hotel di Castrocaro Terme, salutando e ringraziando Milvia Cicognani, Clarissa è salita in macchina e si è avviata con calma verso l'entrata dell'autostrada a Forlì. Prima però ha mandato un messaggio WhatsApp a Giorgia, la collega del comando dei vigili urbani di Ravenna, per metterla al corrente dell'esito positivo della sua ricerca e per sottolineare come il suo aiuto fosse stato determinante. In risposta ha ricevuto un triplo emoticon con le immagini di due donne poliziotto e un cuore rosso, pulsante, al centro.

Ha scritto anche ad Alvaro, avvertendolo che sarebbe arrivata in ufficio verso le quattordici e che avrebbe avuto bisogno di parlare con lui al più presto.

TI ASPETTO è stata la risposta lapidaria del commissario Gerace.

In meno di un'ora Clarissa giunge a casa e si precipita sotto la doccia, spargendo i vestiti sul pavimento del bagno. Nella sua mente è fisso il volto dell'uomo che compare nella fotocopia della patente che ha recuperato a Castrocaro Terme. Dopo quasi quattro anni di giorni e notti trascorsi a caccia del fantomatico pagliaccio, di ricerche a vuoto, speranze frustrate, litigi e discussioni, la sua tenacia è stata premiata. Il mostro ha un nome, un cognome e un'identità, che Clarissa conosce bene. Il suo cuore non riesce ancora a ritrovare un ritmo regolare mentre ripensa alle tante volte in cui avrebbero potuto fermarlo, agli indizi che sia lei sia Alvaro non sono riusciti a individuare, nonostante fossero sotto i loro occhi confusi. Alle bambine che si sarebbero potute salvare, semplicemente lasciando da parte la ragione e inseguendo la soluzione più assurda e più agghiacciante. Considerazioni facili da fare a posteriori, pensa Clarissa, che sente la rabbia montare dentro di sé.

Con l'accappatoio indosso e un asciugamano sulla testa, la poliziotta si stende sul letto, cercando di rilassarsi per qualche minuto ma immediatamente l'adrenalina si trasforma in ansia. Si rialza di scatto, butta il telo, si sfila l'accappatoio, indossa il primo completo intimo che trova nella cassettiera della camera da letto, si mette un paio di jeans stinti e bucati, una maglietta bianca con la pubblicità di un motore di ricerca internet e si piazza davanti al suo computer portatile, iniziando a digitare freneticamente sulla tastiera. Dopo circa quaranta minuti Clarissa ha già creato un dossier sul pagliaccio con decine di numeri, foto, luoghi e informazioni. Salva il documento, lo trasferisce su una pen-drive, spegne il computer, lo sistema in uno zaino e completa il suo abbigliamento con un paio di calzini corti a strisce orizzontali colorate, delle *trainers* da runner rosse e una giacca di pelle marrone. L'orologio segna mezzogiorno e cinquanta, se non avesse lo stomaco così serrato Clarissa potrebbe pensare di fermarsi presso un salad bar vicino a casa e consumare un'insalata di riso e gamberi, ma una volta salita in auto la poliziotta punta diretta verso la questura e comincia a immaginare l'espressione di Alvaro quando gli dirà della sua scoperta.

«Sei già qui?» commenta l'ispettore Gerace, senza spostare lo sguardo dal monitor del suo computer. «Come sono andati gli esami?»

Non ricevendo alcuna risposta per oltre dieci secondi, Alvaro alza gli occhi e vede Clarissa in piedi davanti alla sua scrivania con una chiavetta in mano e un viso raggiante e stravolto in egual misura.

«Oh, mamma mia che piglio!» esclama Gerace. «Conosco quegli occhi e mi fanno paura! Che cosa hai combinato questa volta?»

Clarissa afferra una sedia.

«Posso sedermi accanto a te?» domanda. «Devo farti vedere una cosa al computer.»

«Prego, è tutto tuo» acconsente Alvaro, facendole posto. «Solo non cancellare quello che sto scrivendo. È l'ennesima lettera di protesta per la procura della repubblica. Ho cercato di convincere il procuratore aggiunto a riaprire l'inchiesta sulla scomparsa delle bambine, spiegandogli che avevamo una pista concreta che portava a Londra e che avremmo potuto approfondirla, ma lui non ha voluto nemmeno sapere di cosa si trattasse e mi ha liquidato al telefono, sostenendo come la vicenda fosse ormai morta e sepolta e nessuno, al ministero della Giustizia, gli avrebbe dato il permesso di spendere ancora soldi e risorse per un'inchiesta che non porta a nulla. Che pezzo di str...»

«Lascia stare i magistrati e concentrati su quello che ti sto per mostrare, Alvaro» lo interrompe Clarissa, cercando sul pc una porta USB per inserire la chiavetta. «Qui dentro c'è la risposta a tutti i nostri dubbi e ai *vaffanculo* mandati e ricevuti. C'è il riconoscimento del tuo lavoro, e anche un po' del mio, c'è il rimborso per i farmaci contro l'ulcera e l'indennizzo per i tuoi capelli grigi e le mie smagliature. In questa pen-drive c'è il sangue e il sudore versati in questi anni, ci siamo noi, Clarissa e Alvaro, e il motivo per cui siamo, spero, una cosa sola.»

«Cazzo Clarissa, ma hai fatto un prelievo di sangue o ti sei fatta iniettare dell'eroina? Non ti ho mai visto in questo stato. Adesso sono veramente preoccupato...»

«Fai bene a esserlo perché ciò che non hai mai visto, e

hai cercato per anni, sta per comparire sullo schermo del tuo computer...»

La poliziotta infila la pen-drive, apre il documento che porta semplicemente il nome *Dossier* e trascina il cursore sul PDF intitolato *Patente*. Prima di cliccare, guarda negli occhi Alvaro e proclama: «Ispettore Gerace, dopo tutti questi anni è un onore per me avere la possibilità di presentarle... Filippo il Pagliaccio!».

Quindi schiaccia il pulsante del mouse ed è come se avesse spinto il bottone che scatena le pulsazioni del suo cuore.

Sul monitor appare a tutta pagina la copia scannerizzata della patente di un uomo, intestata a Marcello Ruffini. Ma la foto sul documento è quella di un altro uomo che sia Alvaro sia Clarissa conoscono molto bene: l'agente scelto di polizia, Libero Ruggirello, del commissariato di Cesena.

Alvaro rimane senza parole, con la bocca spalancata. Sgrana gli occhi e fissa la foto sulla patente. Poi guarda Clarissa che sta respirando a fatica. Il suo petto si alza e si abbassa a ritmo accelerato. L'ispettore rivolge nuovamente lo sguardo al monitor, allarga la foto con il mouse e osserva i contorni del viso dell'uomo. Chiude la bocca e fa uno sforzo per deglutire.

«Marcello Ruffini è Libero Ruggirello?» sussurra Alvaro, scandendo i nomi come se stesse parlando una lingua che non conosce. «Oh, cazzo... cazzo!»

Il commissario sta per dire qualcosa ma Clarissa gli si butta al collo e lo bacia sulla bocca con una passione e un trasporto che non ha mai provato prima in tutta la sua vita. Le lacrime le esplodono negli occhi e si fondono alle gocce di sudore che scendono copiosamente dalla fronte di Alvaro. Smettono entrambi di respirare e lasciano che la loro testa prenda il volo e il loro cuore arrivi a un passo dalla follia.

Appena si staccano, il monitor va in stand-by e l'immagine di Ruggirello scompare. In preda a un istante di angoscia, Alvaro pesta con violenza la barra di spazio della tastiera per ripristinare la schermata e accertarsi che il volto che ha visto pochi minuti prima sia ancora lì e che non si sia trattato di un sogno. Esamina ancora una volta la patente e chiede a Clarissa: «Dove l'hai trovata?».

La poliziotta si schiarisce la voce e inizia a descrivere nei dettagli tutta la sua ricerca, partendo dal ritorno a casa, spiegando dell'intuizione avuta riguardo all'infrazione con l'autovelox, raccontando il viaggio notturno in Romagna, l'incontro con la collega della polizia municipale di Ravenna, fino alla scoperta della patente falsa con l'aiuto dell'ex impiegata dell'autonoleggio di Forlì.

«Come ti sei sentita quando hai visto la faccia di Libero Ruggirello?» chiede Alvaro, inebriato dalle parole della giovane collega.

«È stata una tempesta di emozioni. Ero al settimo cielo per la scoperta dell'identità del mostro e contemporaneamente sconvolta per il fatto che si trattasse di un collega, per di più molto vicino a noi.»

«È assurdo, è incredibile!» commenta Gerace. «Abbiamo lavorato assieme a lui nelle indagini sulla bambina inglese scomparsa a Cesenatico e il suo apporto è stato prezioso. Un agente giovane, serio, corretto, puntuale. E anche dotato di una notevole sensibilità...»

«Già, e mentre lavorava assieme alla nostra squadra per cercare di rintracciare la bambina, andava a caccia di vittime che avevano la stessa età» sottolinea Clarissa.

«Anouk è stata la prima,» aggiunge Alvaro «l'ha rapita nell'acquaparco di Atlantide di Cesenatico poco tempo dopo la vicenda della bimba inglese, poi sono venute le altre. Chissà se si è fermato alle quattro che sappiamo o se il numero è più alto?»

«Spero di trovarmi nelle condizioni di poterglielo chiedere direttamente» puntualizza la poliziotta.

«Conoscendoti, immagino che tu non abbia perso tempo.»

«Be', in effetti, ci ho già lavorato un po' ma solo in via preliminare.»

«Certo, immagino. Non ti preoccupare, Clarissa, ti amo anche se sei più brava e più veloce di me e anche se ormai mi scavalchi regolarmente. Allora, cos'hai scoperto riguardo a questo mostro in divisa?»

«È tutto in quel dossier» spiega la poliziotta, iniziando ad aprire i file. «Innanzitutto Ruggirello è un ex collega. Si è dimesso dalla polizia due anni fa. Ecco la sua lettera di dimissioni. Non è specificato il motivo.»

«Fammi ragionare un secondo,» la interrompe Alvaro «due anni fa erano già scomparse tutte e cinque le bambine, giusto?»

«Esatto,» puntualizza Clarissa «ed è anche il periodo in cui tu hai ricevuto una mail da Filippo il Pagliaccio nella quale sembrava volerti chiedere di aiutarlo a fermarsi.»

«Proprio così, chissà se è riuscito a farlo» si domanda Alvaro. «In effetti non risultano altri rapimenti di bambine da due anni a questa parte, almeno in Emilia-Romagna.»

«Poi ho trovato il riscontro sulla sua partenza per Londra» prosegue Clarissa. «Trentasei giorni fa ha preso un volo Ryanair da Bologna a London Stansted delle 6 e 45 del mattino. Ha superato i controlli alla frontiera dell'aeroporto di Londra alle 8 e 10 dello stesso giorno.»

«Con che documento?»

«Una carta d'identità con il suo vero nome.»

«È chiaro, a quel punto non aveva più bisogno di nascondersi dietro un nome falso» commenta Gerace.

«E due giorni più tardi ti è arrivata quella mail criptica sull'oscurità dell'animo umano che, come abbiamo accertato, proviene da un IP dell'hotel Claridge's, nel quartiere londinese di Mayfair.»

«Tutto torna, come *tu* hai accertato. Ma non sappiamo ancora il senso di quel messaggio, appena arrivato a Londra e dopo due anni di silenzio.»

«Eh già, infatti ora viene la parte più difficile. Capire cosa ha fatto, dove ha vissuto e come si è comportato in quel periodo compreso tra le dimissioni dalla polizia e la partenza per Londra» rileva Clarissa.

«Aspetta un momento,» si inserisce Alvaro «prima dobbiamo accertare dove si trova adesso Ruggirello. Hai trovato altri transiti presso aeroporti, stazioni o traghetti?»

«No, nessuno. Per fortuna la Gran Bretagna non fa parte di Schengen per cui, per entrarvi o uscirne, è necessario un documento di viaggio. Certo, volendo, si trova sempre il modo per non farsi rintracciare ma preferisco pensare che Ruggirello, dopo tutti questi anni, si senta abbastanza sicuro da non ritenere necessario usare tecniche da latitante. Pertanto, ufficialmente, dovrebbe essere ancora nel Regno Unito o al massimo in Irlanda.»

«Speriamo sia così. Comunque lo scopriremo presto. Cos'altro hai trovato?»

«Non tanto. Anzi, direi solo un'altra apparizione. Risale a circa quattro mesi fa. Nel sito di una cooperativa che lavora presso un centro di accoglienza per minori orfani o tolti alle famiglie, con sede a Senigallia, è emerso un nome come il suo tra la lista dei volontari in servizio la scorsa estate.»

«Hai verificato se nella zona, in quel periodo, ci sono state sparizioni di minori o segnalazioni di molestie?»

«Ho cercato nei verbali delle denunce di polizia, carabinieri, finanza e vigili urbani e ho controllato anche le edizioni di quotidiani e giornali online, nazionali e locali. Niente, non risulta alcun problema legato ai bambini.»

«Hai già contattato questa cooperativa?»

«No, a dire la verità ho pensato che avremmo potuto farlo assieme, magari di persona. Ho il numero di telefono di una responsabile. Per andare a Senigallia in auto ci vogliono due ore.»

«Incredibile, mi hai lasciato qualcosa da fare!» scherza Gerace. «Ti ringrazio di cuore. Proverò prima a telefonarle per capire se si ricorda di un tale che si chiama Ruggirello e se si tratta effettivamente di lui.»

«Se non ti va, o sei stanco, posso andare io...» lo sfotte Clarissa.

«Stia attenta, sovrintendente Di Natale, perché potrebbe scattare un procedimento disciplinare!»

«Tipo fare la badante per un affascinante ispettore di polizia un po' pigro e scorbutico?»

«Pagherai tutte in una volta queste affermazioni, altro che pigro...» la minaccia affettuosamente Alvaro.

«Non vedo l'ora» ammicca Clarissa.

48

Ha cominciato improvvisamente a piovere e la città si è riempita di spettri d'acqua che sembrano gettarsi a capofitto dal cielo, rincorrendo e travolgendo tutto ciò che si trova sul loro cammino. Quando piove, Brixton si trasforma in una specie di laguna dei rifiuti. Fiumi d'acqua sporca e densa invadono le strade del quartiere, trascinando per metri la lordura vomitata dalle fogne, sature e impazienti di liberare il ventre del sottosuolo. È quando piove che Brixton rivela tutti i segreti della sua essenza. Nei rivoli d'acqua che rimbalzano tra i marciapiedi e si insinuano nelle fessure delle assi marce delle bancarelle del mercato, galleggiano siringhe, sacchetti di plastica, resti di cibo, escrementi umani e animali, profilattici usati, mozziconi di sigarette, assorbenti, carcasse di ratti e piccioni con la pancia gonfia. E litri di sangue, che si diramano in tutti gli angoli e vicoli di Brixton, tratteggiando il reticolo di un luogo affetto da un'emorragia incurabile.

Horace ha sistemato degli stracci e degli asciugamani davanti alla porta del negozio per evitare che il piccolo locale si allaghi. Dietro di lui, seduto su una delle tre poltrone girevoli, Desmond guarda le ombre che vagano incerte su Stockwell Road mentre la pioggia sferza i vetri della facciata, cancellando i contorni della scritta BEST BARBERS. Il negozio di barbiere è vuoto ma non è solo a causa del maltempo. Da alcuni giorni a Brixton si respira un'atmosfera sospesa nel tempo, carica di angosciante attesa. Dopo la barbara uccisione di due membri della gang di Shabba Scratch Rose tutti sanno che ci saranno delle conseguenze, che qualcosa si è rotto negli equilibri criminali e che scorrerà altro sangue. È solo una questione di quando e dove.

Lo squillo del telefono, appoggiato sul bordo di un lavandino, fa sussultare Horace, mentre Desmond si gira preoccupato verso la porta di servizio, come se quel trillo pungente fosse la colonna sonora che accompagna l'entrata di visitatori non benvenuti, per quanto attesi, da oltre ventiquattr'ore.

Horace afferra il cellulare con una presa incerta e se lo porta all'orecchio. Non ha nemmeno il tempo di dire *hello* che una voce autoritaria comincia a impartire ordini. La comunicazione si interrompe dopo nemmeno un minuto e Horace rimane con il telefono in mano e un profondo stato di inquietudine addosso.

«Sono loro?» gli chiede Desmond che nel frattempo si è avvicinato all'uscita sul retro.

«Sì,» conferma il barbiere con le treccine «preparati, saranno qui fra dieci minuti.»

«In quanti?»

«Due. Sono uomini di Shabba. La parola d'ordine è *Money Mi A Pree*.»

«E gli altri?»

«Sono in zona, con gli occhi aperti.»

«Quali sono le indicazioni?»

«Una sola: li aspettiamo, li facciamo entrare, diamo loro le due borse con i soldi e attendiamo che se ne vadano. Poi chiudiamo e ce ne andiamo a casa che tanto oggi a Brixton sembra ci sia il coprifuoco...»

Desmond controlla il catenaccio della porta di servizio e poi va a prendere i due borsoni neri ai piedi dello scaffale con i prodotti per i capelli. Nel sollevarli e appoggiarli sul tavolo del piccolo magazzino ha l'impressione che siano troppo leggeri per contenere dieci milioni di sterline in banconote, ma non vuole farsi trovare con le mani dentro le sacche all'arrivo dei gangster.

Due colpi secchi alla porta lo fanno trasalire.

«*Money Mi A Pree!*» urla una voce graffiante al di là dell'uscio.

Horace si avvicina a Desmond con una canna di marijuana accesa tra le labbra e fa un gesto con la testa al cugino di aprire la porta.

Il barbiere più anziano fa scorrere il catenaccio e si mette da un lato, lasciando entrare due uomini dal fisico possente, completamente grondanti di pioggia. Quello che dà l'impressione di essere il leader è alto più di un metro e novanta, ha il viso largo, il naso da pugile, i capelli afro sparati sopra la testa, due bicipiti tesi come dei parabordo e una canottiera bianca attillata sotto un bomber nero, dal quale spunta una mitraglietta Skorpion calibro 7,65.

Il secondo è tarchiato, ha le treccine appiccicate al cranio, il collo più largo del mento, gli occhi iniettati di sangue e una canottiera gialla e verde con la scritta BLAKE, come quella indossata dal centometrista giamaicano, medaglia d'argento alle olimpiadi di Londra. Dai jeans neri spuntano le impugnature di due pistole: una semiautomatica Sig Sauer 226 e un revolver Smith & Wesson, calibro 357 Magnum.

I due entrano con fare sospettoso, continuando a masticare chewing gum e disponendosi in formazione d'assalto. Il capo si porta al centro del piccolo deposito mentre il centometrista impugna le pistole e compie un veloce giro di ricognizione, passando dal magazzino alla sala con le poltrone, gli specchi e i lavandini. Quindi torna nello stanzino e si piazza davanti alla porta d'uscita.

Horace e Desmond sono in piedi, uno a fianco dell'altro, in silenzio, con la schiena verso lo scaffale che contiene le bottiglie di shampoo, balsamo, crema da barba e tonico.

I due criminali si guardano e si scambiano un gesto d'intesa. Poi il capo rivolge ai barbieri uno sguardo truce e sputa la gomma contro il muro.

Con mano malferma, Horace schiaccia il filtro ormai consunto della canna su un piattino appoggiato sul tavolo vicino ai borsoni mentre Desmond fissa un punto sulla parete alle spalle del gangster con la mitraglietta.

«Sono quelli?» chiede il capo gang, indicando con lo sguardo le due sacche nere sul tavolo e grattandosi la barba ispida.

«Sì,» balbetta Horace «è tutto lì dentro.»

«Aprile!» ordina il boss.

Horace si avvicina al tavolo, allarga i manici di uno dei borsoni, apre la zip e controlla il contenuto. Nello stesso istante il suo cuore si lancia contro la cassa toracica come se volesse sfondarla. Il barbiere rimane impietrito con gli occhi sgranati che fissano l'interno della borsa, da cui emergono pile di giornali e riviste ma nemmeno l'ombra di una banconota. Desmond, che si trova dietro il cugino, capisce al volo e stringe i pugni. Ma anche il gangster intuisce che c'è qualcosa che non va ed estrae la mitraglietta da sotto il giubbotto, allargando le gambe. Alle sue spalle il centometrista ha già le due pistole puntate verso le teste dei barbieri.

«Che cazzo c'è lì dentro?» urla il gangster, agitando la Skorpion. «Allontanati da quelle cazzo di borse, subito!» ordina a Horace, il quale fa un passo indietro e rischia di crollare addosso al cugino.

Il capo si porta vicino al tavolo e infila una mano nella borsa aperta mentre con l'altra continua a tenere sotto tiro i due barbieri che restano in piedi con le mani alzate.

«Cos'è questa merda?» grida il gangster, ribaltando il borsone e facendo cadere a terra la catasta di giornali.

«Tu!» ordina quindi a Desmond. «Apri quell'altra borsa e tieni le mani in modo che io le possa vedere!»

Il barbiere si avvicina al tavolo e ripete la stessa operazione compiuta da Horace pochi attimi prima. Si sente stranamente calmo mentre dall'interno del secondo borsone emerge lo stesso identico contenuto del primo.

«Rovescia tutto a terra!» comanda il gangster.

L'ammasso di giornali e riviste sul pavimento aumenta di volume, confermando l'assenza totale di banconote.

Il gangster scarrella la mitraglietta e tende il braccio verso il barbiere più anziano, mirando alla testa.

«Che cazzo significa tutto questo? Dove sono i nostri soldi?» sbraita, fulminando Desmond con lo sguardo. Intanto il centometrista si è avvicinato a Horace, allineando il mirino della semiautomatica alla tempia del barbiere.

«Non lo so,» risponde Desmond, impassibile, senza distogliere lo sguardo da quello del gangster «nessuno ha toccato quelle borse. Le hanno portate gli uomini di Boyd e da allora sono sempre rimaste qui.»

«Vaffanculo, stronzo! Qui dentro c'è solo della merda! Chi ha preso i soldi?» insiste il boss. «Ti conviene dirmelo se non vuoi che ti apra un cratere in quella testa di cazzo che ti ritrovi!»

«E io ti ripeto che non lo so. Chiedilo ai tuoi compari che vi hanno mandato qui» replica Desmond, soffiando aria dal naso e mordendosi l'interno delle guance.

Il criminale con il bomber e la mitraglietta si avvicina al barbiere più anziano e gli spinge la canna della Skorpion sul mento.

«Senti, rotto in culo di un tosacani di merda, tu non hai nemmeno idea di cosa può succedere al tuo lurido negozio e a tutto questo quartiere se io ora riferisco a Shabba che i soldi sono spariti,» sussurra l'uomo, con la faccia a pochi metri da quella di Desmond, inondandogli la guancia di schizzi di saliva «quindi te lo domando per l'ultima volta, poi inizio il conto alla rovescia: dove cazzo sono i soldi?»

Horace guarda il cugino senza smettere di tremare. Si rende conto di ciò che Desmond sta per dire e tenta di fare un passo verso di lui ma il centometrista lo blocca da dietro, stringendogli il collo con un braccio e premendogli la pistola semiautomatica su uno zigomo.

Desmond rimane impassibile, allineando i suoi occhi a quelli del gangster. Quindi con voce calma e atteggiamento imperturbabile risponde: «E io ti ripeto per l'ennesima volta che non so dove siano quei soldi. Quindi ora tu e quel figlio di troia del tuo gregario spostate i vostri luridi buchi di culi negri da questo negozio e andate a prenderlo nel culo dai vostri amici gangster. Qui dentro non c'è posto per leccacazzi come voi».

I due gangster scoppiano contemporaneamente in una fragorosa risata che risuona nel piccolo locale come una pila di piatti che vanno in frantumi. Poi il capo si allontana di un metro da Desmond, gli punta la mitraglietta alla testa e inizia a contare.

«Cinque... quattro... tre... comincia a recitare le tue preghiere, negro... due... uno... sei morto, stronzo!»

Horace grida un «no» con tutto il fiato che ha in gola mentre la raffica esplosa dal mitra del gangster frantuma il cranio di Desmond, che esplode in una nuvola di sangue, cervello e schegge di ossa. Il corpo decapitato del barbiere si affloscia come un sacco svuotato e si accascia sul pavimento in un lago di sangue.

Le ginocchia di Horace cedono e l'uomo scivola a terra con la testa fra le mani, in preda alle convulsioni mentre il centometrista rimane in piedi dietro di lui e lo tiene ancora sotto tiro. Il capo si avvicina al barbiere ancora in vita e si accovaccia per guardarlo in faccia.

«E adesso tocca a te, Ziggy Marley,» lo schernisce, parlando quasi sottovoce «vuoi che ricominci a contare o mi dici, una volta per tutte, dove cazzo sono i miei soldi?»

Horace continua a singhiozzare. Il mento gli trema in modo frenetico e il petto gli si solleva a ritmo forsennato, sballottato dai palpiti impazziti del suo cuore. Prova a parlare ma dalla bocca non esce nemmeno un suono.

«Ho capito,» dice il gangster, alzandosi in piedi e puntandogli la mitraglietta alla testa «cinque... quattro... tre... due... uno...» I colpi sono sparati in sequenza e centrano tutti l'obiettivo. Cinque buchi si aprono tra la nuca, il collo e la schiena del gangster con la mitraglietta che crolla a terra a faccia in giù sulla pila di giornali, imbrattandoli di sangue. Il centometrista si gira verso la porta di servizio, completamente spalancata, sparando con entrambe le pistole. Riesce a colpire alla gola e alla pancia l'uomo che è appena comparso e lo abbatte. Questi, cadendo, rivela la presenza di un altro uomo dietro di lui. È un gigante con la testa completamente rasata, una cicatrice che gli attraversa la faccia e i denti quasi tutti d'oro. Ma soprattutto ha in mano un revolver calibro 45 che scarica interamente addosso al gangster con la maglia della nazionale di atletica giamaicana, aprendogli tre fori neri, grandi come delle buche da campo da golf, nella fronte, tra gli occhi e nel collo.

Horace riesce a scivolare sotto al tavolo e ad appiattirsi sul pavimento, con le mani a protezione della testa e il corpo rannicchiato. Da quella prospettiva riesce solo a vedere la linea del pavimento, lordo di polvere, sangue e carta bruciacchiata. Poco distante scorge anche quello che resta di un orecchio di Desmond. Chiude gli occhi e si prepara alla sua dose di piombo quando, dalla strada, distingue il lamento acuto delle sirene che si sta avvicinando. Attende che diventi un suono continuo e penetrante, quindi alza la testa e si volta. Il ciclope con i denti d'oro è scomparso.

49

L'uomo si avvicina al pianoforte, si siede sullo sgabello e, senza indugiare nemmeno un secondo, inizia a fare volare le sue dita sulla tastiera. Ha circa una quarantina d'anni, il viso scarno, allungato da una barba folta e nera che gli copre gran parte del volto e si estende fino alla base del collo. I capelli, lunghi e brizzolati, sono tenuti all'indietro da una dose abbondante di olio. Gli occhialetti da vista tondi, con la montatura nera, non riescono a contenere le sopracciglia ribelli, che tendono al grigio. Indossa una giacca marrone, sgualcita, di cotone, sopra una camicia con il colletto alla coreana bianca e pantaloni larghi, senza forma, color panna. Un paio di sandali marroni, di cuoio, completano la divisa bohemien-hipster dell'uomo, oltre all'immancabile borsa di iuta a tracolla. Le note di *All of me* di John Legend si diffondono nell'androne della stazione ferroviaria internazionale di St. Pancras dove, nel dorso della scala mobile che porta al piano superiore, è sistemato il pianoforte a muro, un Monington & Weston degli anni Trenta, in stile Art Déco.

A metà canzone vi sono già una quindicina di turisti e viaggiatori che si sono raggruppati attorno al pianista, con lo sguardo curioso e divertito. Una giovane coppia spagnola, poco più che ventenne, si tiene per mano, azzardando le liriche del brano di Legend, nonostante l'improbabilità della pronuncia inglese. Tra la piccola folla di adoratori dell'improvvisato interprete vi è anche Roberta Gallagher, che si tiene leggermente in disparte cercando di fingere interesse per quel concerto da stazione ferroviaria. I suoi occhi passano in continuazione dallo schermo del suo cellulare alle due estremità del largo corridoio che congiunge il varco delle partenze degli Eurostar per Parigi e Bruxelles alla zona dei treni nazionali. È nervosa e preoccupata e durante il viaggio in metropolitana per St. Pancras si è domandata decine di volte se avesse fatto bene a organizzare quell'incontro, senza riuscire a darsi una risposta che calmasse la sua ansia. La scelta di quella stazione, super affollata a ogni ora del giorno e della sera, non l'ha presa lei ma, ora che vi si trova, capisce che si tratta di una decisione azzeccata, visto il flusso continuo di persone che vanno e vengono dai binari, si incontrano e spariscono. Il luogo dell'appuntamento è sotto la scala mobile, al centro dell'androne, vicino al pianoforte, ma l'orario previsto è già stato superato da almeno dieci minuti.

La coppia di ragazzi spagnoli gorgheggia in maniera insopportabile, cercando invano di andare a tempo con le note del brano di John Legend e facendo il vuoto di persone attorno a loro.

«Tutto di me. Mi sembra la colonna sonora ideale per questo nostro incontro segreto. Cosa ne dici?» sussurra una voce all'orecchio di Roberta, rimanendo alle sue spalle.

La ragazza si gira di scatto con il cuore in gola e abbozza un sorriso.

Libero è dietro di lei, silenzioso come un gatto. Porta un cappellino da baseball nero con un cuore rosso tra le parole I e LONDON e occhiali neri da sole avvolgenti. Ha un aspetto poco rassicurante ma Roberta, tutto sommato, è contenta di non vedere i suoi occhi di ghiaccio.

«*All of me*. Non è questo che ti ha chiesto la polizia?» riprende l'uomo con un ghigno.

«Già...» risponde la ragazza, grattandosi la parte posteriore del collo. «Che strana coincidenza.»

«Dici? Io non ho mai creduto alle coincidenze» puntualizza Libero.

Roberta si sente sempre più inquieta e comincia a guardarsi intorno.

«Possiamo andare in un bar al primo piano,» suggerisce «c'è quello dell'hotel Renaissance che è molto bello. A quest'ora ci sarà poca gente e...»

«Rilassati, amore mio, non andiamo da nessuna parte» la interrompe Libero, con un tono di voce che provoca nella ragazza l'esatto contrario. «Questo angolo della stazione è perfetto. Non ci sono telecamere e c'è sempre qualche coglione che si crede Rubinstein e si mette a strimpellare. Qui non ci vedrà e non ci sentirà nessuno.»

«Vero, non ci avevo pensato» commenta imbarazzata la giovane.

«Non è un problema, cara. Fidati di me, ho anni di esperienza su come essere invisibile.»

Roberta gli sorride fingendo di apprezzare le sue parole, ma sente un brivido ghiacciato che le sale dalle gambe e dalle braccia.

Il pianista hipster conclude la sua sonata e fra i due cala il silenzio mentre dal piccolo pubblico scatta un applauso. Senza concedere nemmeno un gesto di ringraziamento, il *busker* di nuova generazione ricomincia la sua esibizione, suonando le prime note di *Hello* di Adele e scatenando i gridolini compiaciuti di un gruppetto di adolescenti del Nord dell'Inghilterra, con le unghie laccate di nero e i capelli tinti dal blu al rosa, che si è unito alla platea.

«Al telefono mi hai detto che quella poliziotta ti ha fatto un sacco di domande su di me» riprende Libero. «Che cosa le hai raccontato esattamente?»

«Niente di importante. Come ci siamo conosciuti, dove lavori, di cosa ti interessi, le solite cose...»

«Le hai detto dove abito?»

«No, tra l'altro non sono nemmeno sicura di saperlo. Le ho spiegato che all'inizio avevi preso una stanza con degli altri ragazzi da qualche parte nel Sud di Londra ma che poi ti sei spostato e non mi hai detto dove.»

«E il mio telefono?»

«Le ho dato quello vecchio, che non usi più, spiegandole come fosse l'unico che avessi. Tra l'altro lei ha provato subito a chiamarti ed è risultato non attivo.»

«Bene così. Meno cose di me circolano e meglio è per tutti.»

Roberta cerca di deglutire ma la saliva le rimane incollata al palato. Libero ha la faccia nella sua direzione, lei però non riesce a capire se, dietro agli occhiali, la stia effettivamente guardando.

«Per caso hai riferito alla poliziotta che c'ero anch'io alla Browns Arbiter quando hanno ammazzato quel tale?» domanda l'uomo, parlando con la bocca quasi chiusa, come se volesse evitare che qualcuno potesse leggergli il labiale.

«Ehm... sì,» precisa la ragazza «ma ho aggiunto che sei stato tutto il tempo con me.»

«Veramente? Perché l'hai fatto? Sai bene che non è così. Credi forse che io abbia qualcosa da nascondere?»

«No, no... cioè... voglio dire... quella donna aveva un tono così insinuante che mi è venuto spontaneo dire...»

«Che hai ritenuto che io avessi bisogno di un alibi. È così, Roby?»

«Un alibi? No, scherzi! Ho solo pensato che in questo modo avrebbe smesso prima di fare delle domande, che avrebbe realizzato che non c'era nessun mistero. Tutto qui.»

«E tu lo credi?»

«Cosa?»

«Che io non abbia segreti.»

«Be', sì... certo, perché me lo chiedi?»

«Tutti abbiamo dei segreti o qualcosa da farci perdonare. Non sei d'accordo, mia cara? Scommetto che anche tu nascondi qualcosa...»

«Sì, cioè, no. Insomma, forse... ma, a cosa ti riferisci esattamente?»

Libero parte con una risata subdola che fa venire la pelle d'oca a Roberta.

«Sto scherzando, dai! Mi piace prenderti in giro. Sei sempre così seria...»

La ragazza si sforza di ricambiare il sorriso ma è come se un elastico tendesse le sue labbra.

«Un'altra cosa» riprende lui. «Hai accennato a quella tipa del mio costume da pagliaccio?»

«In modo generico» mente Roberta.

«Cosa significa generico, gliel'hai detto o no?»

«Le ho raccontato che sei stato arruolato per intrattenere i bambini degli ospiti durante la serata alla galleria e che tra i vari giochi che hai organizzato ce n'era uno in cui ti sei vestito da clown.»

«E lei ti ha fatto altre domande?»

«Riguardo a cosa?»

«Ma al costume da pagliaccio, Cristo!» sbotta Libero, la cui voce assume di colpo un tono aggressivo e minaccioso. «Che ti succede, Roberta, sei stanca, nervosa o c'è qualcos'altro?»

La ragazza fa un passo indietro, spaventata, e comincia a guardarsi attorno, cercando lo sguardo delle persone che sono nelle vicinanze.

«Che cosa stai controllando?» la incalza l'uomo, portandosi a pochi centimetri dal suo viso. «Chi sa di questo nostro incontro? Hai avvertito qualcuno che ci saremo visti?»

«No, cosa vai a pensare! Non lo sa nessuno, te lo giuro...!»

«Lo spero per te» la minaccia, stringendole un polso.

«Basta ti prego, mi fai male!» implora la ragazza tentando di divincolarsi, ma il pagliaccio serra ancora di più la presa.

«Tu non hai nemmeno una lontana idea di cosa sia il male,» dice Libero sottovoce «è qualcosa che ti divora la mente ancora prima del corpo. Un demone che ti possiede e che ti costringe a supplicare il dolore fisico. Fino a che lo scongiurerai di aprirti il cervello pur di liberarti da questo obbrobrio. E la sofferenza della carne sarà il tuo unico sollievo.»

Roberta ora sta tremando. Non appena lui le libera il polso, la ragazza prova ad allontanarsi da quell'angolo ma lui è più veloce e le si para davanti, bloccandole il cammino.

«Non dimentichi qualcosa, dolcezza?»

La ragazza lo guarda sgomenta, senza riuscire a dire una parola.

«Oh no! Stai tranquilla!» sghignazza l'uomo. «Per tua fortuna non sei proprio il mio tipo. Mi piacciono quelle molto più giovani. Mi riferisco al mio costume. Ce l'hai ancora tu, vero?»

«S... sì, anzi no, l'ho portato in lavanderia» balbetta Roberta.

«Brava ragazza, e quando sarà pronto?»

«Fra due o tre giorni, credo.»

«Perfetto, allora fra quattro verrò a riprendermelo. Conservalo in un posto sicuro. E non preoccuparti di cercarmi, sarò io a rintracciarti. Il telefono al quale mi hai contattato, dopo questo nostro incontro finirà nel Tamigi quindi è inutile che provi a contattarmi.»

Roberta annuisce con la testa bassa.

«Hai fatto molto bene ad avvertirmi di quella poliziotta,» prosegue il pagliaccio «ora però dimenticati della mia esistenza o sarò costretto a farti perdere la memoria e non credo che le mie tecniche di elettroshock ti piaceranno. Adesso sparisco, tu non girarti e rimani qui un paio di minuti, fingendo di ascoltare questo strazio. Poi segui le indicazioni per la stazione di King's Cross e scendi nella metropolitana, d'accordo?»

La ragazza annuisce mentre l'uomo esce dalla sua visuale. Facendo uno sforzo per controllare un conato di vomito, Roberta si concentra sulla musica. Le note della canzone di Adele le sembrano però completamente fuori tempo. In realtà sono i battiti del suo cuore che hanno un ritmo assurdamente sballato.

Libero esce a passo svelto dalla stazione e si dirige verso Granary Square, giungendo sulla banchina del Regent's Canal. Prima di estrarre la SIM card dal telefono e gettarla nel fiume, nota che gli è arrivato un messaggio. Lo legge e si appunta alcuni dati, scrivendoli con una biro sul palmo della mano destra. Si sofferma su un luogo, il castello di Hever, nel Kent, e controlla su GoogleMaps quanto tempo si impiega a raggiungerlo in auto. Quindi apre lo smartphone ed estrae la carta. La spezza in due e butta i frammenti nel canale. Poi verifica se qualcuno abbia notato la sua presenza, passando in rassegna con lo sguardo tutta la gente che si trova in quel momento nella piazza. Ci sono in tutto una decina di persone e sembrano tutte prese dalla loro vita. Soprattutto la coppia di colore, seduta su una panchina, che si sta baciando appassionatamente. Il pagliaccio riprende il suo cammino, passandole a fianco.

50

«Me lo può descrivere fisicamente?» chiede Alvaro, avvicinando la bocca al microfono del suo cellulare, appoggiato alla scrivania in modalità vivavoce. Clarissa è accanto a lui ma non ha ancora rivelato la sua presenza all'interlocutrice.

«Abbastanza alto, snello ma non magrissimo. Direi un ragazzo in forma, allenato. Biondo, capelli molto corti e un paio di occhi chiari particolari, tendenti al grigio più che all'azzurro. Se ne vedono pochi in giro.»

«Età?»

«Intorno ai trenta.»

«E mi conferma che il suo nome è Libero Ruggirello?»

«Sì.»

«Le ha mostrato un documento?»

«Una carta d'identità. Dal momento che lavorano con i minori, tutti i nostri volontari, anche se non percepiscono denaro, devono essere registrati. Prima di farli entrare in contatto con i bambini, inviamo i loro dati alla polizia per controllare che non abbiano precedenti.»

«Lui è risultato in regola?»

«Sì, non è emerso alcun problema. Ma perché mi fa tutte queste domande su quel ragazzo?»

Viviana Musotto pone quella domanda con una leggera apprensione. Quando ha risposto al numero sconosciuto del suo telefonino, la responsabile della cooperativa Insieme di Senigallia non si sarebbe mai aspettata di ricevere una telefonata da un ispettore della questura di Bologna, visto che l'area di interesse della società che dirige raramente supera il confine marchigiano. E la sua sorpresa è aumentata quando l'investigatore ha cominciato a farle delle domande su uno dei volontari a tempo determinato, che per alcune settimane aveva lavorato nella cooperativa. Un ragazzo che l'aveva colpita sotto diversi aspetti.

«Stiamo semplicemente raccogliendo delle informazioni per un'indagine,» spiega Gerace senza in realtà chiarire alcunché «non ha motivo di allarmarsi, è la prassi.»

«D'accordo, ispettore» dice la donna, cercando di controllare l'agitazione.

«Come è arrivato da voi Ruggirello?» riprende Alvaro.

«Rispondendo a un annuncio che abbiamo postato in rete, relativo alla ricerca di volontari per i mesi estivi.»

«Vi ha mandato un curriculum?»

«Sì, dal quale è emerso come il ragazzo avesse già lavorato con i bambini, facendo l'animatore per feste nelle scuole, nei parchi di divertimento e presso delle famiglie. Mi ha colpito il fatto che si fosse occupato anche di anziani e disabili, lavorando presso delle cooperative locali, in Romagna.»

«Le ha fornito i riferimenti di queste società?»

«Sì.»

«Ha avuto modo di contattarle per chiedere le referenze?»

«No, mi è bastato incontrarlo e fare un colloquio con lui. Ho ritenuto che fosse adatto per il tipo di esigenza che avevamo e che non fossero necessarie altre informazioni. In fondo si tratta sempre di un impiego da volontario e per giunta per un periodo limitato.»

«Di cosa si occupa esattamente la cooperativa che dirige, signora?» chiede Alvaro.

«È un centro temporaneo di accoglienza per bambini

orfani di guerra, profughi e non accompagnati, che giungono nel nostro paese. Ci vengono mandati dalle organizzazioni umanitarie che si occupano dei flussi migratori. Da noi, in particolare, arrivano bambini provenienti dalla Siria, dall'Iraq, dall'Afghanistan, dalla Libia e dal Nord Africa. Restano nel centro in attesa che il tribunale dei minori trovi loro una destinazione più o meno permanente, in case-famiglia, in comunità o in affido presso le famiglie che ne fanno richiesta.»

«Che età e sesso hanno i bambini?».

«Sono maschietti e femminucce dai tre ai sette-otto anni. Alcuni anche dieci ma sono la minoranza.»

«Qual è il lavoro dei volontari?»

«Be', varia a seconda delle esigenze. Ci sono quelli che si occupano della loro salute, fisica e psicologica, chi si adopera per la preparazione del cibo, gli insegnanti, soprattutto di lingue, e chi organizza giochi di gruppo e di apprendimento.»

«Che compito aveva Ruggirello?»

«Era uno degli animatori e devo ammettere che era anche piuttosto bravo. I bambini erano molto felici di stare con lui, sapeva come attirare la loro attenzione e farli divertire, senza mai esagerare.»

«Signora Musotto, sono la sovrintendente Clarissa Di Natale del reparto polizia informatica della questura di Bologna» si inserisce inaspettatamente la poliziotta nella conversazione, prendendo in contropiede sia la donna sia Alvaro. «Mi scusi se mi intrometto, posso farle una domanda?»

«Prego, mi dica pure» risponde la dirigente della società, ancora più inquieta.

«Se ho sentito bene, lei ha detto che Ruggirello lavorava da voi come animatore. Me lo conferma?»

«Sì, certo.»

«Ha mai indossato dei costumi per fare giocare i bambini?»

Alvaro guarda Clarissa e le mostra il pollice alzato in segno di approvazione.

«Qualche volta» risponde la donna. «Si metteva un costume da pagliaccio ma era molto bravo a non spaventare i piccoli. Sa, a volte, i clown fanno paura. Io da piccola ne ero terrorizzata e ancora adesso mi mettono i brividi.»

«Grazie, signora» conclude Clarissa, lasciando che Alvaro riprenda il dialogo.

«Ci sono mai stati dei problemi nel periodo in cui Ruggirello ha lavorato presso la vostra cooperativa?» domanda il detective.

«Che genere di problemi?»

«Di ogni tipo. Bambini che hanno mostrato strane paure o che si sono chiusi, hanno smesso di mangiare, hanno iniziato ad avere problemi nel dormire, nel restare soli...»

«Penso di capire a cosa si riferisca, ispettore» chiarisce la donna. «Per fortuna non abbiamo mai avuto quel genere di problemi nella nostra cooperativa e con il nostro personale. Anche nel periodo in cui ha lavorato quel ragazzo.»

«C'è qualcosa che l'ha colpita particolarmente del suo carattere, del suo modo di fare?»

«Direi di no. È sempre stato molto cordiale e molto disponibile. Ma anche piuttosto riservato. Non abbiamo avuto mai modo di parlare di questioni non attinenti al lavoro. E comunque non è nostra abitudine entrare nella sfera personale dei nostri collaboratori.»

«Era puntuale al lavoro?»

«Come un soldato. Mai un minuto di ritardo. E, alla sera, era tra gli ultimi ad andarsene. Sembrava quasi avesse avuto un'educazione militare. Per questo siamo tutti rimasti di stucco quando da un giorno all'altro non si è più fatto vedere. È arrivato al mattino, è stato con noi un paio d'ore e poi è sparito...»

Alvaro e Clarissa si scambiano un'occhiata, sgranando le palpebre.

«Quando è successo esattamente?» chiede Gerace.

«Mi faccia pensare... circa due mesi fa o forse due mesi e mezzo.»

«Ha provato a contattarlo?»

«Diverse volte, sia al telefono, sia per mail. Ma il suo numero è sempre risultato non attivo e i messaggi mi sono tutti tornati indietro.»

«E cosa ha deciso di fare?»

«Nulla, era un volontario e non è la prima volta che questi ragazzi spariscono dall'oggi al domani. Anche se da lui non me lo sarei aspettato. Siamo stati costretti a cercare un sostituto.»

«Sono ancora Clarissa, signora, avrei un'altra domanda» si inserisce nuovamente la poliziotta.

«Prego.»

«Ha notato se, poco prima di sparire, Ruggirello avesse un atteggiamento, diciamo diverso, nei confronti di qualcuno dei bambini rispetto ad altri?»

«In che modo diverso?»

«Non so, tipo che si era preso a cuore in modo particolare uno dei bimbi, gli dedicava, più tempo. Un modo di fare più coinvolto, insomma. Naturalmente in senso positivo.»

«Come dicevo prima, il ragazzo è sempre stato molto carino con tutti i bambini ma in effetti ce n'è stata una che deve averlo particolarmente toccato.»

La donna fa una breve pausa mentre i due poliziotti, dall'altro capo del telefono, trattengono il fiato.

«È una bambina sudanese di cinque anni, si chiama Nihal. È stata con noi una decina di giorni, proprio durante l'ultimo periodo di lavoro di Ruggirello presso la cooperativa. Una ragazzina molto carina ma estremamente vulnerabile. Proveniva da un villaggio del Darfur dato alle fiamme dalle milizie del regime. Tutta la sua famiglia è stata sterminata. Ognuno di noi si è adoperato per aiutarla ma, ora che mi ci fate pensare, Ruggirello sembrava molto preso dalla storia di Nihal e le si era affezionato.»

«Dov'è ora la piccola?» chiede Alvaro, che non riesce più a fermare il ballo frenetico della sua gamba sinistra sotto la scrivania.

«È stata data in affido a una famiglia che ne ha fatto richiesta.»

«La conosce?»

«No, l'affido è avvenuto attraverso un'organizzazione internazionale che fa parte di un circuito al quale siamo collegati. Non sono informazioni che ci vengono fornite.»

«Ma ha un'idea anche vaga di chi possa averla adottata?»

«Ho sentito dire che Nihal sarebbe stata data in affido a una famiglia italiana che vive a Londra, da tempo iscritta nelle liste per l'adozione. Ma non ne sono certa.»

Alvaro stringe i pugni e sta per chiudere la telefonata quando Clarissa gli fa un gesto con la mano aperta e lo ferma.

«Un'ultima cosa, signora, mi scusi.»

«Non si preoccupi, mi dica.»

«Ruggirello ha saputo della possibilità che Nihal fosse stata adottata da una famiglia che risiede a Londra?»

«Non lo so, non credo, almeno ufficialmente. Sono questioni che riguardano il settore amministrativo, non i volontari.»

«E non le ha chiesto nulla a riguardo? Ci ha appena spiegato come fosse particolarmente legato alla bambina...»

«Sì, a ben vedere è strano. Non ricordo nulla in proposito...» commenta la donna. Poi ammutolisce per una manciata di secondi, tenendo Clarissa e Alvaro in apnea. «Ah, ecco perché!» riprende. «Il giorno in cui Nihal è stata data in affido è lo stesso in cui Ruggirello se n'è andato!»

51

I tetti spioventi delle ville padronali spuntano fra le chiome degli alberi. Come bastioni di un territorio illegittimo, i grattacieli dei complessi popolari a sud del Tamigi tracciano le terre di nessuno. Al loro fianco altri grattacieli, dalle forme sinuose e arrotondate, con i cristalli delle finestre che scintillano al sole, emanano la luce fatua dei soldi, della supremazia e della smania di potere. C'è la storia attuale di Londra nel panorama che si dischiude dall'ampia terrazza sul tetto della residenza di Highgate del cavalier Stefanelli De Vitis. Un paesaggio carico di presagi che nasconde il dramma di una città spezzata da piaghe cariche di sangue e polvere, sotto un dipinto posticcio di pace apparente e falsa efficienza. Il pallido sole, che cerca varchi improbabili tra i cumuli compatti di nuvole grigie e gonfie di pioggia, illumina a intermittenza strade e quartieri, come un faro seguipersone in costante ricerca dell'attore protagonista di una metropoli sempre in scena.

Emilia è in piedi sulla terrazza con lo sguardo fisso davanti a sé, nel vuoto di uno scenario troppo colmo perché lei possa vederlo.

Il vento le scompiglia i capelli sottili e le comprime i pori sulla schiena ossuta, avvolta in un abito bianco di cotone e seta. Ha la mente svuotata e sente una voragine che si espande nel petto e le risucchia il cuore e gli altri organi.

I clacson delle auto, lontani come un'eco confusa di pianti di neonati, si trasformano in urla di bambini feriti, violentati e umiliati. Il terrore nei loro occhi prende le sembianze di un mostro che cambia continuamente i lineamenti del volto fino ad assumere quelli di suo marito che, con un'espressione innocente ed eterea, spalanca le fauci e divora i corpi straziati dei piccoli. Emilia li vede e li sente. Tra quei bambini c'è anche lei, a cinque anni, con i capelli neri e lisci che le coprono il viso e un completino bianco con le maniche corte a sbuffo, macchiato di sangue sul davanti.

Il gusto salato delle lacrime si insinua tra le labbra tirate della donna. Le sue gambe cominciano a muoversi, senza attendere l'impulso del cervello. Fanno un passo avanti e salgono sul parapetto della terrazza. In piedi, sulla spalletta, Emilia riapre gli occhi mentre le correnti d'aria le gonfiano il vestito. Londra non c'è più, il panorama è scomparso. C'è solo un grande bianco, senza ombre e orizzonti. E un silenzio profondo che la fa sentire sospesa. Il contatto dei piedi con il cemento scompare, Emilia ora è dentro quel bianco che cancella il dolore, il pianto, le urla, le ferite, il sangue e le menzogne di una vita intera. Non sente più nulla, nemmeno quando il suo corpo atterra pesantemente sul grande tavolo di pietra vulcanica con il piano in ceramica decorata che si trova nel giardino della villa e l'osso del collo si spezza come il ramo di un abete.

James Riddle sta studiando la mappa del Kent per capire come organizzare il blitz nel castello di Hever. Prima di chiedere l'autorizzazione per utilizzare le SCO19, vuole essere certo che non vi siano vie di fuga, che il palazzo sia raggiungibile da ogni lato e sempre visibile dal cielo. I reparti speciali della polizia armata di Londra sono quasi tutti impegnati nell'antiterrorismo e Riddle sa che non sarà facile convincere i vertici della Metropolitan Police a mettergli a disposizione una squadra per una missione che potrebbe avere una percentuale di rischio e di fallimento superiore al venti per cento. Senza contare la difficoltà nel persuadere il suo capo, Gardiner, a procedere con un intervento di tipo militare, costoso e azzardato, sulla base delle dichiarazioni confidenziali di un testimone di cui non può rivelargli l'identità.

Lo squillo del telefono gli provoca un sussulto, rompendogli la concentrazione.

«Detective Riddle?» recita una voce priva di ogni emozione dall'altro capo del telefono.

«Sono io, chi parla?» chiede a sua volta Riddle che, nel frattempo, ha già identificato, nel display dell'apparecchio, il numero della stazione di polizia di Highgate.

«Sergente Wilfred De Marro del commissariato di Archway Road, signore, la chiamo per avvertirla di un caso di suicidio che si è verificato nella nostra area di competenza.»

«Suicidio? E perché dovrebbe interessarmi? Chi è la vittima?»

«Si tratta di una donna italiana: Emilia Bonetti, vedova Stefanelli De Vitis. Credo che l'abbia conosciuta.»

Riddle sente gelarsi il sangue e deve fare uno sforzo per nascondere il suo turbamento.

«Sì, la conosco. L'abbiamo interrogata di recente in relazione all'omicidio del marito. Come è avvenuto il decesso?»

«Si è gettata dalla terrazza della sua villa ed è precipitata su un tavolo di pietra nel giardino da un'altezza di dodici metri. Ha riportato diverse fratture al collo e alla spina dorsale. È morta sul colpo.»

«Chi vi ha avvertito?»

«Il suo segretario, tale Esposito Giuseppe, circa un'ora fa. Ha riferito di avere udito un forte tonfo provenire dal parco della villa e di essere corso fuori, rinvenendo il corpo della donna riverso sul tavolo.»

«Ha contaminato la scena?»

«Sì. Con l'aiuto di un domestico ha spostato il corpo,

adagiandolo sull'erba dove avrebbe cercato in qualche modo di rianimare la donna, senza naturalmente riuscirvi. Nel frattempo un'altra collaboratrice domestica ha chiamato i soccorsi e noi.»

«Avete già fatto i primi rilievi?»

«Positivo. Sul terrazzo sono state rilevate numerose impronte e l'abito che indossava la vittima è stato repertato e spedito in laboratorio. Come da prassi abbiamo preso anche le impronte digitali del segretario e dei domestici.»

«Sospetti?»

«Negativo. La donna avrebbe detto al suo staff che voleva riposare e si è ritirata in camera da letto. Nessuno l'avrebbe sentita salire fino al terrazzo sul tetto.»

«Biglietti? Messaggi?»

«Nulla, però, secondo il suo segretario la donna sarebbe rientrata da un appuntamento che l'avrebbe particolarmente sconvolta.»

«Ah sì? E chi avrebbe incontrato?» domanda Riddle con il cuore in gola.

«Lui sostiene di non saperlo. Pare che lei abbia voluto andare da sola, nonostante il suo assistente avesse insistito per accompagnarla.»

«Quindi non sappiamo nemmeno dove si sarebbe recata...» sottolinea il detective.

«Esatto. La sua auto ha però un dispositivo antifurto satellitare e forse potremmo essere in grado di accertare il percorso che ha compiuto e risalire all'ultima destinazione.»

«Sì, è una buona idea,» afferma Riddle, cercando di controllare il tremolio della voce «chiederò ai miei uomini di occuparsene. Tu procedi con gli accertamenti sul luogo e tienimi informato su tutti gli eventuali sviluppi, mi raccomando.»

«Sarà fatto, detective.»

«Un'altra cosa, De Marro» insiste Riddle. «Perché mi hai chiamato così velocemente? Il verbale dell'interrogatorio non è ancora stato trasmesso e non mi risulta che l'ufficio centrale stia seguendo le indagini sull'omicidio Stefanelli De Vitis.»

«Mi ha segnalato il suo nome il segretario della donna, Esposito. Mi ha detto che era stata interrogata da lei in merito all'omicidio del marito. Così ho pensato di informarla subito del suo suicidio.»

«Hai fatto benissimo. Per favore, oltre all'esito degli esami scientifici, fammi avere anche copia del verbale d'interrogatorio di Esposito.»

«Senz'altro, detective, a presto.»

Il *clic* del telefono rimbomba nel cervello di Riddle come un colpo di fucile. L'investigatore rimane immobile, con il telefono stretto fra le dita, come un pugile che si attacca alle corde. Con la morte di Emilia Bonetti non solo gli sarà difficile, se non impossibile, dimostrare come sia stata lei ad assassinare il marito, ma soprattutto ha perso l'unica testimone che avrebbe potuto smascherare la rete criminale che ruota attorno alla figura di Stefanelli De Vitis. Con un gesto di rabbia, Riddle scaraventa la cornetta sul tavolo, maledicendosi per non avere saputo valutare la situazione e non avere arrestato subito la donna, di cui, tra l'altro, non ha nemmeno registrato la confessione. Mentre cerca di sbollire la rabbia, il suo sguardo si posa sul marcatore rosso che indica il castello di Hever sulla mappa del computer e il poliziotto capisce che gli rimane solo un'ultima chance.

52

«Ci ha visto secondo te?» chiede Amanda.

«Non lo so, ma dubito che possa avere memorizzato le nostre facce dato che sono rimaste incollate l'una all'altra per tutto il tempo» risponde McBride con un sorrisetto.

«Forse non ha visto la mia, dal momento che gli ho sempre dato le spalle,» replica la poliziotta «ma non sarei così sicura che non abbia notato il tuo grugno. Soprattutto quando ci è passato di fianco.»

«E quindi? Cosa vuoi dire con questo?»

«Che è meglio se ci separiamo. Il pedinamento di coppia potrebbe renderlo sospettoso.»

«In poche parole mi vuoi scaricare.»

«No, intendo dire che sarebbe meglio che uno solo di noi gli rimanesse attaccato al culo.»

«Lasciami indovinare. Quell'uno saresti tu, giusto?»

«Be', mi sembra più funzionale. Tra l'altro, con quel fisico XXL non sei uno che passa facilmente inosservato. Comunque se vuoi continuare tu, nessun problema.»

«D'accordo, lo prendo come un complimento. Qual è il tuo piano?»

«Mentre io continuo a stargli alle calcagna, tu torni indietro e recuperi la macchina,» spiega Amanda «quindi segui gli spostamenti che ti comunico, rimanendo sempre a distanza. Vediamo dove ci conduce faccia d'angelo e decidiamo al momento come intervenire.»

«Va bene, mi hai convinto. Io vado ma tu cerca di non perderlo» si raccomanda Peter. «Ricordati che ha eliminato la scheda telefonica e ora non abbiamo più alcuno strumento per poterlo rintracciare. È altamente improbabile che possa mettersi ancora in contatto con quella ragazza.»

«Tranquillo, non mi scapperà. Sarò la sua ombra nera.»

«Su questo non ho dubbi!» commenta McBride con un ghigno.

«Fottiti, Big!» risponde Amanda, mandando un bacio al poliziotto e mostrandogli contemporaneamente il dito medio.

I due si separano mentre Ruggirello lascia York Way e imbocca a passo spedito Copenhagen Street, una strada larga, a doppio senso di marcia che si estende in linea retta per decine di metri. Non ci sono negozi o locali ma solo case a schiera, capannoni e edifici popolari. Per non farsi notare dall'uomo, Amanda è costretta a rimanere a una distanza notevole, che le è appena sufficiente per tenerlo in vista. In meno di dieci minuti Ruggirello raggiunge il Marathon, un ristorante etiope all'angolo con Caledonian Road, e svolta a sinistra puntando verso Barnsbury. I marciapiedi di questo quartiere sono più affollati e permettono alla poliziotta di allungare l'andatura. Ha appena finito di comunicare a Peter la sua posizione quando un autobus doppio sfreccia alle sue spalle a velocità sostenuta. Amanda lo segue con lo sguardo, mentre sente crescere la tensione. I muscoli delle sue gambe si tendono come quelli di un velocista pronto a scattare dai blocchi. Dopo venti secondi i suoi timori diventano realtà. L'autobus giunge alla fermata contemporaneamente a Ruggirello, il quale con un balzo infila la porta sul davanti e sale a fianco del conducente. La poliziotta sgrana gli occhi e spalanca la bocca. Oltre al pagliaccio, solo altre due persone stanno salendo sul mezzo e tra lei e la fermata ci sono almeno cento metri. Anche correndo potrebbe non riuscire a raggiungerla prima che il bus riparta ma non ha altra scelta. Raccoglie le energie e si lancia all'inseguimento, ringraziando la sua atavica avversione nei confronti delle scarpe col tacco alto. Arriva alla piazzola, eguagliando il record britannico femminile dei cento metri piani, proprio nel momento in cui l'autobus chiude le porte e si appresta a rimettersi in strada. Senza pensarci un attimo, Amanda inizia a bussare con forza sui vetri della porta posteriore, cercando lo sguardo dell'autista nello specchietto retrovisore esterno. L'autobus prosegue però la sua marcia, mantenendo tutte e tre le porte chiuse. La poliziotta fa un ulteriore passo avanti quindi sferra un pugno poderoso contro la fiancata del bus, facendo risuonare le lamiere. A quel punto l'autista inchioda e le urla qualcosa di incomprensibile dall'interno del mezzo. Ma allo stesso tempo spalanca le porte e la fa salire. Amanda salta dentro, alza una mano per ringraziare il conducente e si siede su una delle poltrone rialzate nella fila a sinistra, sopra le ruote posteriori, mentre l'autista continua a rivolgerle un mare di improperi. La donna estrae il cellulare e finge di controllare i messaggi, mentre con lo sguardo esamina ogni singola poltrona alla ricerca di Ruggirello. Non vedendolo nemmeno in piedi, inizia a fissare il monitor, posizionato sulla parete delle scale anteriori, che manda in loop le schermate delle telecamere interne all'autobus. La terza volta che compare l'immagine di una delle camere del piano superiore, la poliziotta scorge una testa bionda, seduta a ridosso del parabrezza, sul lato destro. Il viso non viene mai inquadrato ma Amanda è certa che si tratti del pagliaccio e tira un sospiro di sollievo. Si convince infatti che da quella posizione, sul lato opposto a quello delle porte, l'uomo non abbia avuto la possibilità di notare il suo inseguimento dell'autobus e soprattutto la sua chiassosa richiesta di accesso. Chiama Peter su WhatsApp, seleziona la modalità video e punta l'obiettivo del telefono sul display che annuncia le fermate. Interrompe la comunicazione quando l'autobus sta per raggiungere Caledonian Road Station, dopo avere visto dal monitor che Ruggirello si è alzato. Una manciata di secondi più tardi lo vede comparire dalle scale e avviarsi verso la porta centrale. A quel punto si alza anche lei e si avvicina all'uscita posteriore. Il bus si ferma e scendono entrambi, assieme ad almeno altre sette persone. Non appena atterra sul marciapiede, Amanda si ripara dietro al vetro della cabina della fermata per seguire i movimenti dell'uomo, che attraversa la strada e si dirige verso la stazione dell'Overground di Caledonian Road & Barnsbury. Supera i tornelli e imbocca le scale che portano all'isola centrale, divisa in due piattaforme, quindi si mette in attesa del treno diretto a Clapham Junction, a sud-ovest di Londra. La stazione non è particolarmente affollata e la poliziotta è costretta a fermarsi nell'atrio per evitare di ritrovarsi sullo stesso binario di Ruggirello. Controlla nei monitor l'arrivo del treno e attende che il convoglio raggiunga la piattaforma prima di scendere anche lei sul binario. Decide di salire a due vagoni di distanza da quello in cui è entrato l'uomo, contando sul fatto che, all'interno del treno, tutte le carrozze sono aperte e comunicanti. Una volta dentro, si siede a fianco di un divisorio in vetro, attraverso il quale riesce a controllare i movimenti di Ruggirello, seduto sulla fila opposta di poltrone a una distanza di circa trenta metri. L'uomo ha un'aria tranquilla e distaccata e si confonde con il resto dei viaggiatori. Ma ad Amanda non è sfuggito come, sia sull'autobus sia ora che è in treno, il pagliaccio non abbia mai incrociato lo sguardo con nessun altro, né abbia estratto, anche per pochi secondi, il telefono, atteggiamenti comuni a tutte le persone che usano abitualmente i mezzi di trasporto pubblico. Lui, al contrario, sembra volere limitare i propri movimenti per non perdere l'attenzione costante verso l'ambiente e le persone che lo circondano, seppur camuffata dietro un'indifferenza esibita. Un comportamento che ad Amanda ricorda i corsi di pedinamento all'accademia di polizia.

La stazione di Clapham Junction è il capolinea della

Overground e i vagoni si svuotano completamente. Lo stuolo di persone che si dirige verso le uscite consente ad Amanda di avvicinarsi a pochi metri da Ruggirello senza farsi notare. È la prima volta che lo osserva a così breve distanza, tanto da riuscire addirittura a percepire il suo odore, speziato e legnoso, come quello di un uomo di altri tempi. Un particolare che la fa rabbrividire nel momento in cui realizza che proprio quell'essenza, capace di trasmettere la sicurezza e la serenità tipiche di una persona anziana, possa essere stata sfruttata dall'uomo per attirare le sue piccole vittime. Anche il taglio di capelli, corti e con la frangia, e l'abbigliamento casual, maglietta, felpa, jeans, scarpe da ginnastica e cappellino, sembrano studiati per offrire un'immagine di semplicità e mitezza.

Il percorso che va da Clapham High Street a Stockwell è disseminato di negozi, ristoranti, bar, supermercati e chioschi. Ruggirello li passa senza mai fermarsi o modificare l'andatura. Inoltre, nota la poliziotta, in più di venti minuti di cammino, l'uomo non si volta mai indietro, non usa il cellulare e non attraversa la strada. Un'andatura troppo lineare per non essere artificiosa, riflette Amanda, mentre comunica a Peter i suoi spostamenti, inviandogli un messaggio col telefonino.

Quando rialza lo sguardo, la donna resta senza fiato. Ruggirello è fermo a una cinquantina di metri davanti a lei, sullo stesso marciapiede, voltato nella sua direzione. Gli occhiali da sole, che l'uomo ha indossato, le impediscono di capire se la stia osservando, sebbene i loro volti siano sulla stessa linea. Con un movimento goffo, Amanda finge di essere alla ricerca di qualcuno o qualcosa e comincia a girare platealmente la testa e destra e sinistra. Poi attraversa la strada, ignorando le strisce pedonali e mettendosi a correre per evitare le auto. Giunta dall'altra parte del viale cittadino inizia a camminare a passo veloce fino a superare il punto in cui si trova il pagliaccio, ancora immobile sul marciapiede opposto, con lo sguardo fisso nella stessa direzione. Approfittando del momento, la poliziotta, si infila in un fast food di kebab e chips e si nasconde dietro alla vetrina del piccolo locale, appannata dal vapore dell'olio fritto. Da quel rifugio improvvisato, mentre da dietro al banco due ragazzi mediorientali la osservano incuriositi, Amanda vede Ruggirello guardarsi intorno e poi infilarsi velocemente nel seminterrato di un edificio popolare anonimo di colore grigio, a tre piani, con i tubi dell'impianto idraulico all'esterno, tre file di finestre in alluminio scadente e una miriade di parabole di varie dimensioni, affisse alla parete e tutte indirizzate verso il medesimo punto.

Senza perdere un secondo la poliziotta chiama McBride.

«80 Gauden Road, dopo il ponte ferroviario, sulla sinistra» riferisce Amanda, scandendo la parole. «È appena entrato nello scantinato di un condominio. Non so se sia un garage, un deposito o un locale a uso abitativo. Non posso avvicinarmi troppo, potrebbe avermi visto. Qual è la tua posizione?»

«Sono all'angolo tra Clapham High Street e Aristotele Road, nel parcheggio di una farmacia, a cinque minuti dall'obiettivo» risponde Peter.

«Allora procedi sulla High Street, supera il ponte e fermati dopo circa venti metri. Sulla destra c'è un fast food arabo. Io sono dentro» spiega la poliziotta mentre, con un sorriso tirato, cerca di tranquillizzare i due ragazzi che lavorano nel locale, i quali continuano a osservarla, sempre più preoccupati. Per fortuna in quel momento nel take-away non ci sono clienti.

McBride impiega tre minuti per raggiungere la posizione, quindi parcheggia la Audi A1 Compact bianca, presa a noleggio, quasi di fronte al negozio, assicurandosi di non coprire la visuale dalla vetrina.

«Ti vedo» dice Amanda. «L'edificio è sulla tua sinistra, quello pieno di parabole. È dentro da cinque minuti e trentaquattro secondi.»

«Credi sia quello il nascondiglio dove tiene la bambina?» domanda McBride.

«Non è da escludere,» risponde la poliziotta «è un luogo anonimo in un quartiere popolato da gente di ogni provenienza nel quale è facile passare inosservati. Inoltre è abbastanza vicino a Brixton e alla scuola in cui è scomparsa Cindy.»

«Okay, allora non perdiamo altro tempo» propone McBride, infilando una mano sotto al giubbotto per accertarsi di avere con sé la sua Glock.

«Aspetta, Big!» lo blocca Amanda. «Prima di fare irruzione sarebbe meglio essere certi che la bambina è con lui. Se non fosse così e, per sfiga, l'incursione dovesse fallire rischiamo di non trovare più Cindy...»

«Tranquilla, *sister*, il fallimento non è contemplato. Se la bambina non è lì riuscirò comunque a fare sputare a quel pagliaccetto il luogo in cui la tiene rinchiusa. So essere molto convincente.»

«Io non sottovaluterei la situazione, quell'uomo non è uno sprovveduto, è un professionista. Me ne sono resa conto mentre lo stavo pedinando. Ha una disciplina quasi militare. Potrebbe anche essersi accorto della mia presenza e il suo ingresso in quel seminterrato potrebbe essere una trappola.»

«Perfetto! Allora ce la giocheremo ad armi pari e vedremo se quello stronzetto biondo è veramente *combat* come dici tu...»

«Non è ancora il momento, Big, ricordati che la priorità è riportare a casa Cindy e che noi siamo qui in incognito. Meno casino facciamo e meglio è per tutti. Una volta trovata la bambina, potremo occuparci anche di lui.»

«A proposito di quel clown del cazzo,» dice McBride «mi hanno mandato l'esito dell'esame di laboratorio sul suo costume da pagliaccio. Hanno trovato tracce di sangue da cui hanno estratto il dna. Ti ho inviato il referto in forma confidenziale.»

«Grazie, Peter, quest'uomo è veramente un mistero ma, per adesso, concentriamoci sul nostro obiettivo.»

«Ma non possiamo starcene qui con le mani in mano! Soprattutto se Cindy è lì dentro con lui! A Brixton si sta scatenando una guerra a causa sua e non posso permettere che altra gente venga massacrata mentre questo pezzo di merda dà sfogo ai suoi luridi istinti!»

«Calmati, Big, anch'io non vedo l'ora di mettere le mani su quel porco ma cerchiamo di farlo in modo efficace e definitivo. Tanto ormai non ci può più scappare.»

«Tu fai come vuoi!» sbotta McBride. «Io adesso vado e gli spacco il culo!»

«No, aspetta, fermo!» grida Amanda, muovendosi verso l'uscita del fast food.

In quel preciso istante da una delle rampe del condominio di Gauden Road esce un furgone bianco con alla guida Ruggirello. Il camioncino si immette sulla strada e si dirige verso Clapham High Street, sfilando davanti all'Audi di McBride e puntando verso sud.

«Cazzo, è lui!» impreca il detective, vedendo passare il furgone. «Lì dentro c'è sicuramente la bambina. La sta portando via...»

«Aspettami, vengo anc...» prova a fermarlo Amanda ma il poliziotto schiaccia il pedale dell'acceleratore e, senza dare ascolto alla collega, inverte il senso di marcia e si mette all'inseguimento di Ruggirello.

«Merda, Peter! Ti ho detto di aspettarmi!» gli urla al telefono Amanda.

«Tranquilla, *sister*, è meglio se ora ci diamo il cambio» risponde McBride. «Come hai detto prima, potrebbe averti visto. Ci penserò io a questo pagliaccio del cazzo, non preoccuparti, e alla fine vedremo chi ha voglia di ridere!»

«La bambina...» farfuglia Amanda, mentre l'auto di Peter si allontana ma il detective ha già interrotto la comunicazione.

53

«Quanto tempo è passato da quando siamo atterrati?» domanda Alvaro, mentre vede sfrecciare dal finestrino del treno la stazione di East Croydon.

«Circa cinquanta minuti» risponde Clarissa, seduta sulla poltrona a fianco, dopo avere controllato l'ora sul cellulare. «Perché?»

«No, niente, stavo solo pensando... sì, insomma, prima la navetta da un terminal all'altro, poi la coda di venti minuti al controllo passaporti, poi l'attesa di quindici minuti del treno e adesso altri trenta minuti abbondanti per arrivare a Victoria Station. Ci si mette quasi di più per arrivare dall'aeroporto al centro città che da Bologna a Londra in aereo...»

«Per una metropoli che ha una superficie di millecinquecento chilometri quadrati, oltre dieci milioni di abitanti, cinque aeroporti internazionali e venticinque stazioni ferroviarie centrali non mi sembra tanto tempo» sottolinea Clarissa, ridacchiando. «Certo se il tuo riferimento è il tragitto di un quarto d'ora dall'aeroporto Marconi alla questura di Bologna, capisco che questo transfer ti possa sembrare un'odissea.»

«Vedo che non perdi occasione per punzecchiarmi, sovrintendente Di Natale» risponde Gerace, fingendosi risentito. «In realtà stavo pensando a Ruggirello e a come è facile fare perdere le proprie tracce in una città così vasta e anonima come Londra rispetto alle piccole realtà come Bologna e la Romagna, mentre lui, per quattro anni, è riuscito a mimetizzarsi perfettamente, pur rimanendo negli stessi luoghi.»

«Hai ragione, ma ricordati sempre che è, anzi era, un poliziotto e in tutto questo lasso di tempo ha avuto la possibilità di tenere sempre sotto controllo le indagini. Che tra l'altro non sono mai state particolarmente incisive, considerando lo scarso supporto della procura.»

«Già, mi meraviglio che, dopo anni di porte in faccia, il procuratore aggiunto e il questore abbiano accettato senza battere ciglio la mia richiesta di venire a Londra in missione ufficiale per individuare e fermare Ruggirello, e in più mi abbiano autorizzato a portare dietro una collega della polizia postale.»

«Ah, quindi io sarei una che ti porti dietro? Grazie mille, ispettore, per la sua benevolenza. E per farmi sentire una specie di escort.»

«Dai Clarissa, hai capito benissimo il senso del mio discorso! Senza il tuo lavoro non saremmo su questo treno!»

«Comunque sono io a meravigliarmi che tu ti sorprenda della loro disponibilità. È abbastanza evidente che entrambi sperano che questa vicenda si concluda al più presto e nel modo meno rumoroso possibile. Un poliziotto pedofilo che per anni è sfuggito alla cattura e ha rapito e ucciso almeno quattro bambine non è proprio una bella pubblicità per il corpo di polizia e per chi amministra la giustizia. Non dimenticarti che Bologna è la città dei poliziotti assassini della banda della Uno Bianca e l'ultima cosa che vogliono le istituzioni, locali e nazionali, è che venga gettato altro fango sulla divisa. Non a caso ti hanno dato il via libera su tutto ma ti hanno imposto la segretezza e il silenzio stampa.»

«Cosa che non mi dispiace affatto, visto il sostegno ricevuto in questi anni da quel branco di coglioni travestiti da giornalisti, capaci solo di scrivere cazzate su Facebook!

Anche se, in realtà, almeno a uno di loro, un vero giornalista, avrei voluto raccontare tutto e mi sento un po' in colpa per non averlo fatto.»

«Immagino tu ti riferisca a Luca Rambaldi...»

«Sì, proprio a lui. Se ci pensi Luca si è dato molto da fare durante le indagini sulla bambina inglese scomparsa a Cesenatico e ha anche rischiato seriamente la pelle.»

«A proposito, come sta ora?»

«Fortunatamente si è ripreso ma ha ustioni sul settanta per cento del corpo. Credo che debba fare ancora diversi interventi di plastica e ricostruzione.»

«Mi spiace, è veramente un cronista perspicace e soprattutto corretto, oltre a essere un uomo molto coraggioso.»

«Per me è come un fratello. Ma stai certa che, appena riusciremo a beccare Ruggirello, Luca lo saprà subito. Anche prima di quello stronzo del questore.»

«Riguardo al fatto di beccarlo, come dici tu, come pensi di muoverti?» domanda Clarissa.

«Una volta tanto la nostra è una missione ufficiale, quindi dovremo seguire le procedure il più possibile» spiega Alvaro.

«Il che significa?»

«Che dobbiamo fare riferimento all'ufficiale di collegamento dell'Interpol presso l'ambasciata italiana di Londra, il quale a sua volta, se sarà necessario, avvertirà Scotland Yard. La procura di Bologna ha spiccato un mandato di arresto internazionale ma non dimenticare che siamo a casa loro, pertanto, qualora trovassimo il pagliaccio, dovremmo chiedere alla polizia inglese di arrestarlo. E solo a quel punto i magistrati italiani potrebbero avanzare la richiesta di estradizione.»

«La vedo lunga» sottolinea Clarissa.

«Be', anch'io,» aggiunge Alvaro «ma non è detto che non riusciremo a trovare delle scorciatoie.»

Con uno stridore di freni, il treno Gatwick Express arriva alla stazione di Victoria e vomita centinaia di turisti e residenti, assieme ai loro ingombranti bagagli, sulla piattaforma riservata alla linea diretta per l'aeroporto dove ce ne sono altrettanti pronti a intraprendere il viaggio al contrario.

Alvaro e Clarissa si ritrovano inghiottiti nella corrente di persone che marciano a ritmo sostenuto verso i tornelli d'uscita della stazione, senza mai concedere lo sguardo a chi sta loro intorno.

«Qual è la prima tappa?» chiede Clarissa.

«Se sei d'accordo, pensavo di andare direttamente in ambasciata» risponde Gerace.

«In realtà io prima volevo fare un salto in hotel» precisa la poliziotta.

«Ma dai! Pensavo di essere io quello che si stanca prima» la schernisce Alvaro.

«Infatti non mi riferisco al nostro albergo bensì all'hotel Claridge's di Mayfair, il luogo da cui Filippo il Pagliaccio ha inviato le sue ultime e-mail. Ricordi?»

«Ah, sì, certo!» annuisce Gerace. «Andiamo pure ma prendiamo un taxi, non ho più le forze per salire su un altro treno o metropolitana che sia.»

«Davvero? E chi sarebbe quindi quello più stanco?»

54

Il sole è già scomparso quando il furgone bianco lascia How Green e si infila nella fitta foresta di querce e platani, seguendo Hever Road, la stretta e tortuosa strada che porta al castello di Hever. La Audi di McBride lo segue, tenendosi a una distanza di circa trecento metri, senza mai aumentare l'andatura. Hanno viaggiato per un'ora e un quarto da Clapham, percorrendo la superstrada A23 che collega il Sud di Londra alla contea del Kent e passando per Croydon, uno dei sobborghi più turbolenti dell'area metropolitana londinese, teatro, nell'agosto del 2011, di violenti scontri tra la comunità afro-caraibica e la polizia che diedero vita a incendi, saccheggi e rivolte. Ruggirello ha sempre mantenuto un'andatura regolare, rispettando i limiti di velocità ed evitando i sorpassi. McBride è rimasto in contatto telefonico con Amanda per quasi tutti il tragitto ma la linea è caduta non appena hanno lasciato la superstrada e sono entrati nel bosco di Hever, zona non coperta da alcun segnale.

Il traffico è praticamente inesistente e costringe il detective a rallentare la velocità e concedere più spazio al furgone. Per sua fortuna le tenebre hanno già cancellato i contorni dell'Audi, trasformandola in due fanali accesi, quanto anonimi, che McBride, di tanto in tanto, spegne per non dare riferimenti.

Superato un piccolo ponte di pietra su un torrente, il furgone si ferma, obbligando il poliziotto, che lo segue a circa duecento metri di distanza, a fare altrettanto. Per essere ancora meno visibile, Peter ferma la macchina in una piccola radura di foglie secche e rami, al di fuori del ciglio della strada, e disattiva completamente le luci. Quindi estrae dal vano portaoggetti un binocolo Zeiss compatto, con lente 8x20b, ad alta precisione e nitidezza, e lo punta verso la cabina del camioncino, illuminata dalla luce interna dell'abitacolo. Riesce a scorgere Ruggirello che sta controllando il suo cellulare e si guarda attorno, fissando prima la strada davanti a sé, poi un piccolo viottolo sulla destra. Alla fine l'uomo ripone il cellulare, spegne la luce di cortesia e riparte, imboccando il sentiero sterrato.

Anche McBride, dopo avere atteso una manciata di secondi, si rimette in moto e giunge all'incrocio con la trattura. Un cartello, sulla strada principale, avverte che mancano solo duecento metri all'entrata nord del castello di Hever ma non offre alcuna indicazione sulla destinazione di quel viottolo tortuoso, che ha tutto l'aspetto di una strada privata. In lontananza il detective riesce a distinguere la luce rossa dei fari posteriori del furgone che rischiara debolmente le fronde degli alberi, procedendo lentamente fino a fermarsi. Poi quel bagliore scompare del tutto e il sentiero torna a essere avvolto nelle tenebre e nel silenzio. McBride apre tutti i finestrini dell'auto e tende le orecchie per cercare di carpire qualche rumore, ma avverte soltanto il gracchiare tagliente di un corvo, accompagnato dall'ululato sommesso di un gufo. Posteggia l'Audi in un rialzo di terra all'incrocio tra le due strade e prosegue a piedi, camminando radente a una serie di cespugli alti oltre un metro e novanta. Percorre circa mezzo chilometro con il passo leggero per ridurre al minimo l'impatto della suola degli anfibi sul terriccio, mentre la colonna sonora del suo inseguimento al buio si arricchisce di nuovi versi, poco rassicuranti, di uccelli notturni. Ha estratto la Glock da sotto al giubbotto e la tiene stretta nella mano sinistra con il colpo in canna. Il suo cellulare continua a non ricevere alcun segnale. Motivo che lo induce a pensare che Ruggirello possa essersi scaricato le indicazioni stradali, prima di entrare nell'area isolata.

Il viottolo fa una curva secca a sinistra, dietro la quale, sul lato destro, si intravede una stradina ancora più stretta, perpendicolare al sentiero sterrato, appena sufficiente per il passaggio di un'auto.

McBride si piega sulle ginocchia e, con la torcia del telefono, ne illumina il manto fangoso. Sui lati esterni nota le impronte fresche delle gomme di un furgone o di un SUV. Procede per altri settanta metri e si trova di fronte a un cancello di ferro pieno, alto quasi tre metri, sormontato da due telecamere di sicurezza e comandato a distanza elettronicamente. È ancorato a due pilastri di cemento, seminascosti tra i cespugli dai quali parte una recinzione metallica rinforzata a rete elettrosaldata di colore verde scuro, perfettamente mimetizzata. In un angolo del cancello vi è una piccola tastiera per la compilazione di un codice. Il poliziotto spegne la torcia e si appiattisce su un lato del sentiero, cercando di rimanere fuori dal raggio delle telecamere. Combattendo con i grovigli di rami e rovi che si impigliano sul giubbotto e gli graffiano la pelle, Peter penetra per diversi metri nella fitta boscaglia e riesce con fatica a raggiungere la recinzione in un tratto al di fuori del controllo del circuito di videosicurezza. Prima di avvicinarsi con il corpo alle maglie della rete, vi appoggia la suola di gomma delle scarpe per verificare se c'è elettricità. Una volta accertata l'assenza di scariche elettriche, prende il binocolo e lo appoggia alla recinzione, puntandolo verso una villa d'epoca vittoriana, con una torretta centrale e tetti a guglie, i muri bianchi con travi di legno a vista e una rigogliosa edera rampicante che dalla veranda centrale si espande per tutta la facciata. L'edificio, di cui il detective riesce a vedere almeno tre ingressi, è immerso in un grande parco alberato e da tre delle ampie finestre al primo piano filtra una debole luce gialla. Spostando il binocolo su un lato della villa, McBride intravede il posteriore del furgone bianco, parcheggiato a ridosso di una scala di tre gradini di pietra che conduce a una porta doppia in legno. Di fronte a essa c'è un uomo, in piedi, che sta fumando una sigaretta. Ha i capelli lunghi e neri e una barba folta sui toni del grigio. Indossa un giaccone da caccia, color verde militare, e imbraccia un fucile a pompa Remington 870 calibro 12. Più che di un bodyguard o un gangster, il tipo ha l'aspetto di un *traveller* irlandese, pensa McBride. Dopo una rapida perlustrazione visiva del territorio, il detective si convince che l'uomo col fucile è l'unica sentinella esterna e comincia silenziosamente ad arrampicarsi sulla recinzione. Giunto in cima, mentre si appresta a scavalcare la barriera, scopre, sulla sua pelle, che sulla sommità della rete vi è un filo di zinco a doppia lama che gli apre uno squarcio, fortunatamente superficiale, sull'interno della coscia, lacerandogli i pantaloni. Serrando i denti per trattenere un urlo, il poliziotto divarica le gambe, si appende alla parte interna della recinzione e si lascia scivolare fino a terra, atterrando su un cespuglio di mirtillo. Quindi si sfila il giubbotto, strappa una manica della maglia che ha sotto e la lega sulla coscia per fermare l'emorragia. Non appena il sangue smette di colargli fino alla caviglia, inizia il suo avvicinamento alla villa. In un primo tempo considera l'ipotesi di neutralizzare il guardiano ed entrare da quella porta, poi, temendo che un eventuale scontro a fuoco con l'uomo possa rivelare la sua presenza, decide di tentare l'intrusione dal lato opposto della villa, all'apparenza non presidiato. Si sposta velocemente lungo il perimetro del parco, correndo con le gambe piegate ed entrambe le mani strette sulla Glock, fino a quando raggiunge una siepe, rasata perfettamente a forma di parallelepipedo, che fronteggia la parete dell'edificio. Da quel lato non vi sono porte ma una serie di finestre a ghigliottina a livello del suolo. Silenzioso come un gatto, Peter corre verso di esse e si appoggia con le spalle al muro della villa, piegando le gambe e abbassandosi fino a toccare i talloni. Nel fare questo movimento, la ferita riprende a sanguinare e il poliziotto è costretto a serrare ulteriormente la precaria fasciatura. Con un gesto quasi impercettibile, sposta la testa verso una delle finestre quel tanto che basta per guardare all'interno. Impiega qualche secondo per penetrare con lo sguardo il buio fitto cha avvolge la stanza. Individua un lungo tavolo rettangolare in legno, circondato da sedie e una cucina, incassata nel muro di mattoni. Lentamente McBride inizia a sollevare il pannello inferiore della finestra che però si blocca dopo essere salito di appena venti centimetri. Prova a forzarla ma la finestra resiste. Prima di decidere di rompere il vetro, estrae il cellulare e accende la torcia, puntandola sul telaio. Il piccolo cerchio di luce illumina uno spessore di ottone, della lunghezza di quattro centimetri, fissato in un angolo del quadro in legno della finestra che impedisce al pannello basso di salire. Il detective spegne la pila, rimette in tasca il cellulare, infila la pistola nella cintura dei pantaloni, si gira di schiena verso la finestra, inserisce le mani nella fessura aperta e piega le gambe. Conta mentalmente fino a tre, poi balza in piedi con uno scatto, spingendo in alto il pannello di vetro. Lo spessore di ottone schizza via dal telaio e la finestra si spalanca, nello stesso istante in cui un grosso corvo si stacca dal ramo di un albero del parco, lanciando un verso terrificante. McBride ha un tuffo al cuore e dilata la bocca per non soffocare. Rimane immobile con le spalle alla finestra fino a quando il suo respiro torna regolare. Quindi afferra la pistola, dà un'ultima occhiata alle sue spalle ed entra, senza accorgersi della telecamera appesa in un angolo alto e buio della parete esterna della villa che, da qualche minuto, qualcuno ha orientato verso la finestra.

55

«Non se ne parla nemmeno, Riddle, non posso richiedere l'autorizzazione per l'uso delle forze speciali per un'operazione confusa e incerta come quella che tu mi hai descritto, basata unicamente sulle rivelazioni di un testimone di cui non solo non conosciamo l'attendibilità ma nemmeno l'identità, visto che ti rifiuti di comunicarmela» sentenzia il comandante della stazione di polizia di Savile Row, John Gardiner, liquidando senza appello la proposta dell'ispettore.

«Ti assicuro che il testimone è più che attendibile e che l'operazione è a colpo sicuro» ribatte James Riddle, seduto su una sedia di fronte alla scrivania del suo superiore. «Si tratta di un'occasione irripetibile per arrestare e sgominare non solo una banda di trafficanti di minori ma anche un gruppo di schifosi pedofili, cogliendoli in flagrante.»

«Okay allora, se sei così sicuro del fatto tuo, dimmi il nome di questo super testimone e io ti prometto che, fino a quando non ce ne sarà la necessità, eviterò di farlo comparire negli atti ufficiali.»

«Mi spiace ma non posso, è una questione troppo delicata.»

«Hai detto bene, è delicata. Anche perché mi pare di capire che ciò che tu mi proponi non ha molto a che vedere con l'indagine sugli omicidi del cavalier De Vitis e di Serrano...»

«Al contrario, la loro morte potrebbe proprio essere una conseguenza di tutto questo. Anzi il movente.»

«In che senso? Vuoi sostenere che i due imprenditori italiani sarebbero stati ammazzati dai trafficanti di bambini? Che cosa stai farfugliando? Dove sono le prove?»

«Non dico questo, semplicemente ritengo che ciò che avverrà stasera al castello di Hever potrebbe essere collegato a un aspetto scabroso delle attività di questi uomini.»

«Ah davvero? Quindi, secondo la tua teoria, il cavalier Achille Stefanelli De Vitis, uno degli uomini più stimati della comunità italiana londinese, un imprenditore illuminato che ha elargito milioni di sterline in opere di beneficenza, sarebbe in realtà un pedofilo che organizza festini di alto bordo con minorenni? E chi ti avrebbe rivelato questa scottante verità, il tuo super anonimo testimone? Ma come fai a non vedere che la tua richiesta è assurda!»

«D'accordo, allora lasciamo stare le SCO19 ma mandiamo almeno un paio di pattuglie a fare un controllo stasera al castello nel Kent e organizziamo dei posti di blocco sulle vie di fuga.»

«Sì, certo e sulla base di quale motivazione? Chi mi firma il mandato? Non vedo nessuna emergenza che mi consenta di agire in modo preventivo. Oppure ci inventiamo la frottola che la fortezza storica di Anna Bolena è in realtà il nascondiglio di una cellula di terroristi dell'Isis che sta preparando un attacco a Buckingham Palace con l'uso di esplosivi e razzi RPG?»

«Perché non dici esattamente come stanno le cose invece di tirare fuori un mare di cazzate?!» sbotta Riddle, perdendo la calma. «Abbi almeno l'onestà di ammettere che non vuoi metterti contro la lobby degli imprenditori e dei finanzieri londinesi i quali, a quanto vedo, godono di un sostegno incondizionato da parte dei vertici del nostro ministero. Riconosci di non avere il coraggio di sfidare politici, diplomatici e uomini di potere, poiché temi che possano stroncare la tua inutile carriera! Tanto che cazzo te ne frega se dei poveri bambini, figli di nessuno, vengono sfruttati, violentati e fatti sparire per soddisfare le pulsioni malate e vomitevoli di quelle stesse ignobili persone che poi organizzano serate di beneficenza per i minori vittime delle guerre! Sai cosa ti dico? Tu e i tuoi politici del cazzo siete allo stesso livello! Questa stazione di polizia è una fogna dove tutti si permettono di cagare e tu sei ben contento di pulire loro il culo!»

«E allora tu che cazzo ci stai a fare ancora qui?!» urla Gardiner, alzandosi come una furia e parandosi di fronte a Riddle il quale, a sua volta, scatta in piedi. «Prendi i tuoi stracci fetidi e tornatene in quella latrina da dove sei venuto! Non c'è posto a Londra per dei bifolchi puzzolenti e ignoranti come te che pretendono di insegnare agli altri come si vive! Vai a dirigere il traffico tra le pecore e i trattori di Hull! Non conosci un cazzo di questo mestiere!»

«Ti piacerebbe, vero?» replica Riddle, sfidando con lo sguardo il suo capo. «Ma te lo puoi scordare, caro mio! Resterò qui e lavorerò giorno e notte fino a quando non avrò sbattuto in galera quel branco di porci mafiosi che credono di potersi comprare tutti quanti! Io, a differenza di te, non sono in vendita, non voglio fare carriera e me ne fotto delle pressioni politiche. E adesso me ne vado nel Kent, con o senza pattuglia, e prega solo che non incontri nessuno dei tuoi amichetti!»

Con un gesto sprezzante, Riddle volta le spalle al comandante ed esce dal suo ufficio, sbattendo la porta mentre Gardiner rimane in piedi, nel centro della stanza, a fissare uno dei tanti encomi, incorniciati e appesi alla parete.

56

La sontuosa entrata del Claridge's, uno degli hotel a cinque stelle più costosi e prestigiosi di Londra, nell'esclusivo quartiere di Mayfair, è sormontata da una decina di bandiere di altrettanti paesi del mondo. Oltre alla Union Jack, ci sono quelle di Stati Uniti, Giappone, Francia, Germania, Italia, Russia, Arabia Saudita, Cina ed Emirati Arabi. Prima di affrontare la grande porta girevole che permette l'ingresso nell'albergo, Alvaro Gerace si ferma e alza la testa per osservare i vessilli, sotto lo sguardo incuriosito di Clarissa.

«Hai notato?» domanda, dopo qualche secondo, l'ispettore.

«Che cosa?» chiede la sua assistente.

«Tra le bandiere manca quella dell'Unione Europea,» sottolinea Gerace «in compenso ci sono quelle dei paesi arabi e della Cina.»

«Non capisco di cosa ti meravigli» dice Clarissa. «Hai mai sentito parlare di Brexit? Da queste parti non amano molto il concetto di comunità, tantomeno europea. Questa è una nazione individualista e colonialista. La loro idea di accoglienza e integrazione è diversa dalla nostra e si basa principalmente sul profitto. Resti se produci e se contribuisci al mio benessere come nazione o se sei disponibile a trattare accordi commerciali ed economici che siano vantaggiosi per entrambi, altrimenti stai fuori. E questa regola la applicano a tutti i livelli, sia con i lavoratori non qualificati, provenienti in maggioranza dai paesi dell'Est, sia con i cosiddetti cervelli in fuga dalle grandi nazioni europee industrializzate. Tendono sempre e unicamente alla ricerca del proprio tornaconto, salvo poi annaspare quando si trovano senza manodopera nei cantieri e nei ristoranti o non hanno personale paramedico sufficiente negli ospedali. Ma ormai hanno votato per uscire dall'Europa e non torneranno indietro.»

«Ti ringrazio per la tua lezione di geopolitica, Clarissa, anche se la mia era solo una banale curiosità, legata alle bandiere,» puntualizza Alvaro, sorridendo «ma ora che mi hai aperto la mente sulle problematiche di questo continente, mi sorge un dubbio. Attualmente, grazie alla collaborazione in campo giudiziario, tra i paesi della comunità europea le procedure di estradizione sono estremamente snelle visto che tutti gli stati che vi aderiscono riconoscono l'autorità della corte europea. Non vorrei invece che, a causa della Brexit, estradare un criminale dalla Gran Bretagna in un altro paese europeo diventasse più complesso, come avviene per esempio per la Svizzera o per gli altri stati extraeuropei. Se così fosse questa nazione rischierebbe di diventare un rifugio per mafiosi, faccendieri, riciclatori di denaro e ogni genere di banditi. Un po' come il Sudamerica.»

«Stai pensando a Filippo il Pagliaccio?» chiede Clarissa.

«Be', l'ipotesi che un mostro come lui, una volta incatenato, riesca a eludere la giustizia italiana mi farebbe molto incazzare.»

«E quindi?»

«Quindi sbrighiamoci a scovarlo e a catturarlo, poi vedremo come finirà. In questo momento siamo noi che rappresentiamo la giustizia italiana a Londra, giusto?»

«Non mi piace l'espressione che fai mentre lo dici» precisa Clarissa. «Meglio se entriamo e ci mettiamo a lavorare.»

Non appena i poliziotti varcano la soglia dell'hotel, un addetto alla conciergerie, alto e slanciato come un corazziere, in uniforme grigio antracite e cilindro, li accoglie con un sorriso a trentadue denti e si lancia sui loro bagagli. Alvaro lo blocca, spiegandogli che non sono clienti dell'albergo ma devono solo incontrare delle persone. L'uomo però non molla la presa e, con fare rassicurante, etichetta le due valigie e consegna lo scontrino agli investigatori, spiegando loro che i bagagli verranno custoditi con cura per tutto il tempo in cui rimarranno al Claridge's e che non c'è nulla di cui dovranno preoccuparsi. Quindi il corazziere si propone di accompagnarli al bar, a uno dei ristoranti, o nella sala conferenze, continuando a parlare senza un attimo di tregua. Mentre l'uomo elenca le varie opzioni, l'attenzione di Clarissa viene catturata da un gruppetto di persone che scende dal maestoso scalone in marmo che domina la hall dell'albergo. I due uomini davanti sono alti, muscolosi, vestiti di nero e hanno un auricolare bianco che scende nel colletto della camicia. Dietro di loro c'è una ragazza bionda, sui trent'anni, con un elegante tailleur verde e una pila di fogli e cartelle in mano. Al suo fianco, con il viso nascosto dagli occhiali da sole, c'è un uomo alto oltre un metro e novanta, dal fisico possente, sui quarantacinque anni, vestito con un completo marrone scuro della stessa tonalità della sua pelle. Clarissa lo riconosce all'istante e sente un brivido lungo la schiena. L'uomo giunge in fondo alla scala, le passa a fianco, si toglie gli occhiali, le sorride, fa un breve cenno di saluto con la testa a passa oltre, avviandosi con la sua scorta verso l'uscita dell'hotel, mentre due uomini in livrea si affannano a spalancare la porta a fianco di quella girevole.

Clarissa sta ancora cercando di riemergere da quell'ondata di emozioni quando sulla scala compare un altro gruppetto di persone, decisamente meno intriganti. La poliziotta capisce che si tratta di giornalisti e che la loro presenza ha a che fare con l'uomo che, pochi secondi prima, le ha mandato in tilt il ritmo cardiaco.

Tra i cronisti le sembra di distinguere una faccia nota. È un uomo sui cinquant'anni, magro, con i capelli neri e corti e la barba sale e pepe e sembra avere molta fretta. Appena le passa accanto, la poliziotta lo blocca.

«Mi scusi, lei è un giornalista italiano?» gli chiede, cercando di non apparire troppo invadente.

L'uomo la guarda, leggermente infastidito, ma si ricrede subito non appena nota i lineamenti delicati del viso della donna e i suoi occhi profondi ed espressivi.

«Sì,» risponde il cronista, accennando un sorriso «lavoro per la televisione italiana.»

«Ah ecco perché mi sembrava un volto conosciuto!» esclama Clarissa. «Se non sbaglio è di Bologna, vero?»

L'uomo avverte un fremito e il suo sorriso aumenta di volume.

«Sì, è vero! Anche se ormai sono anni che vivo a Londra» conferma.

«Posso chiederle una cosa?» domanda la poliziotta.

«Certo, mi dica.»

«Prima di lei è sceso dalle scale un uomo prestante che mi sembra di avere riconosciuto. È alto, nero e ha un portamento...»

«Idris Elba!» dice con enfasi il giornalista. «L'attore inglese.»

«Sì, esatto, proprio lui! Non lo avevo mai visto dal vivo, è veramente un fig...»

«Concordo, è assolutamente un bel tipo ed è anche una persona amabile. L'ho appena intervistato per il lancio dell'ultimo film di cui è protagonista. Una storia sulle gang del Sud di Londra, ambientata in un quartiere che si chiama Brixton. Il film è tosto e lui è bravissimo.»

«Spero che arrivi presto anche in Italia,» dice Clarissa «grazie per l'informazione e mi scusi ancora.»

«Ma di che cosa? È sempre un piacere parlare con una mia concittadina.»

«Come ha fatto a capirlo?» chiede la poliziotta, con un briciolo di imbarazzo. «Si sente molto?»

«Per nulla, sono io che ho una specie di radar per i miei *simili*» scherza il cronista. «È qui per lavoro?»

Prima di rispondere Clarissa si gira verso Alvaro che sta ancora parlando con il corazziere in tight grigio, quindi spiega: «No, sono qui con mio marito. Ci siamo concessi un breve weekend di vacanza a Londra».

«Ah, ottimo!» commenta il cronista. «E complimenti per la scelta dell'hotel. È uno dei migliori di Londra e, come ha visto, è molto ben frequentato.»

Sorridono entrambi e sono sul punto di salutarsi, quando Clarissa si ferma e domanda: «Posso chiederle un'ultima cosa?».

«Senza problemi.»

«Nelle occasioni come queste, quando vengono organizzati gli incontri con la stampa per il lancio dei film, le risulta che l'hotel metta a disposizione dei giornalisti anche dei computer per lavorare?»

L'uomo rimane un po' sorpreso dalla strana richiesta ma risponde senza esitazioni.

«Quasi ognuno di noi ha il proprio portatile e l'hotel ci fornisce le credenziali per usare la connessione Wi-Fi,» spiega «ma se qualcuno ne ha la necessità può chiedere di usare uno dei computer del business center dell'albergo, mostrando la press card.»

«Ho capito, grazie mille, non la trattengo ulteriormente» dice Clarissa, porgendogli la mano.

Il giornalista la stringe e subito dopo le allunga un biglietto da visita.

«Qui ci sono tutti i miei numeri,» spiega «se in questi giorni dovesse avere bisogno, non esiti a chiamarmi, agente.»

La poliziotta rimane di stucco, mentre l'uomo si allontana sorridendo e, con un gesto della mano, le indica il distintivo della polizia di stato, che Clarissa ha dimenticato infilato nella cintura dei jeans.

«Chi è quel tale?» chiede Alvaro, non appena la poliziotta lo raggiunge.

«Chi, lui? Ah, nessuno di importante, è un giornalista italiano che lavora qui» risponde Clarissa, cercando di minimizzare il significato del loro incontro.

«E cosa voleva da te?»

«Assolutamente nulla, sono stata io a chiedergli alcune informazioni su come funziona la connessione internet dell'albergo.»

«Non gli avrai detto chi sei e perché siamo qui, spero...»

«Mi prendi proprio per una pivella! Certo che no» ribatte risentita Clarissa, tastando il distintivo che ha appena sfilato dalla cintura e inserito in una tasca del giubbotto.

«Okay, allora muoviamoci,» la sprona Alvaro «adesso lo zero-zero-sette delle valigie ci fa parlare con il responsabile del business center dell'albergo.»

I due investigatori giungono al sesto piano dove un uomo sulla trentina, con un completo blu doppiopetto, scarpe nere di vernice, capelli corvini, pettinati all'indietro con un ciuffo scolpito da dosi industriali di gel e un pizzetto che gli incornicia labbra e mento, li attende all'uscita dall'ascensore. Ha l'aspetto di un rampante uomo d'affari, seppure l'unico aspetto "business" del suo lavoro sia la gestione dei locali dell'albergo adibiti all'uso dei computer e ai meeting.

«Salve Robert» recita il corazziere, mettendosi quasi sull'attenti. «I signori sono della polizia italiana. Hanno bisogno di parlare con te.»

«Ma certo, seguitemi» risponde l'uomo, spalancando un sorriso di denti sbiancati e indicando a Gerace e Clarissa un salottino immacolato con divani e tavoli firmati da Linley.

«Posso offrivi qualcosa? Espresso, tè, cappuccino?»

«Due bicchieri d'acqua, grazie» risponde lapidariamente Alvaro mentre il responsabile del business center invia l'ordine al bar, attraverso un tablet appoggiato su un tavolino.

«Possiamo vedere la stanza dei computer?» chiede perentoriamente Clarissa, prima che l'uomo si dilunghi in altre inutili leziosità.

«Senz'altro,» risponde Robert «vi ci accompagno fra un istante. Posso prima sapere di quali informazioni avete bisogno?»

«Preferiremmo dare prima un'occhiata ai terminali» risponde seccamente Clarissa, anche per tenere a freno l'insofferenza crescente di Alvaro.

«Certo, come preferite» dice l'uomo con un sorriso sempre più tirato.

Dal salottino i tre si spostano in un'ampia sala affrescata, con al centro tre lunghi tavoli coperti da un panno verde e una fila di sedie da entrambi i lati a delimitare gli spazi. Ogni postazione è dotata di un set da ufficio, una caraffa d'acqua con un bicchiere di cristallo e una scatola elettrica polifunzionale, comprensiva di porte USB e LAN. Sulle quattro pareti vi sono degli altri tavoli e su ognuno vi è una fila di computer con monitor e tastiera. Due di essi sono occupati da un uomo di mezza età dai lineamenti mediorientali che sta controllando la posta elettronica e da una ragazza poco più che ventenne, con una cuffia da centralinista sulla testa, che conversa rumorosamente con un'amica via Skype.

«Abbiamo ventiquattro postazioni fisse e trenta spot di collegamento a rete locale per laptop e tablet» elenca Robert con fare orgoglioso.

Clarissa si avvicina a uno dei desktop e si mette a osservare il corpo del computer, soffermandosi sulle sigle che compaiono nel retro dell'elaboratore.

«Sono tutti registrati?» chiede la poliziotta, continuando a esaminare l'apparecchio.

«Certo, signora!» risponde prontamente Robert. «Tutti gli IP sono conservati in un registro nel quale, giorno per giorno, viene segnata anche l'attività del terminale. Tenga presente» si affretta ad aggiungere l'uomo «che le postazioni hanno tutte accesso a internet ma molte delle funzioni sono bloccate.»

«Intende siti porno, pedopornografici, chat per incontri particolari e portali di propaganda politica, razzista o di incitamento al terrorismo?» lo incalza Alvaro, sottolineando di proposito l'aspetto scabroso dell'utilizzo della rete.

«Esattamente!» conferma Robert con la fronte che comincia a imperlarsi.

«Chi può utilizzare questi computer?» domanda Clarissa.

«Tutti i clienti dell'hotel che sono regolarmente registrati.»

«E gli altri ospiti?» chiede la poliziotta.

«Quali, mi scusi?»

«Per esempio i giornalisti che prendono parte alle conferenze stampa organizzate nell'hotel, oppure gli uomini d'affari che partecipano ai meeting di lavoro. Mi risulta che l'albergo sia molto attivo sotto questo aspetto, ci sono di frequente eventi del genere che hanno luogo in queste sale. O sbaglio?»

«Ha perfettamente ragione, signora, il Claridge's ha stipulato un contratto con diverse case di produzione cinematografica e case editrici, inoltre lavora con numerose banche internazionali e società d'affari. In quel caso sono spesso le stesse compagnie ad affittare temporaneamente la rete e fornire ai propri partecipanti le credenziali per il collegamento Wi-Fi. Qualche volta, nel caso di piccole società, mettiamo a disposizione la rete wireless dell'hotel.»

«E i terminali fissi?»

«Può succedere che qualcuno non abbia il portatile e

chieda di potere utilizzare i computer del business center, ma sono casi molto rari. Anche perché tutte le nostre sale conferenze sono perfettamente attrezzate.»

«E in questi casi molto rari, come dice lei, quali sono le procedure previste per l'affitto del terminale?» chiede Clarissa.

«I clienti devono esibire un documento di identità o una tessera professionale con foto e i dati vengono registrati, indicando numero del computer, IP, data e orario di utilizzo del pc» puntualizza l'uomo, con un atteggiamento che vira dall'agitazione all'insofferenza.

Mentre Clarissa lo pressa con le domande, Alvaro analizza il linguaggio del corpo del responsabile del business center e non può fare a meno di notare come l'uomo sia in difficoltà nel descrivere le procedure di sicurezza.

«Posso farle una domanda?» interviene il detective, tenendolo qualche secondo in sospeso.

«Ovviamente!» ribadisce Robert, deglutendo.

«Queste stanze sono aperte giorno e notte?»

«Sì, il centro è sempre in funzione. È un servizio che offre l'albergo ai propri clienti. Ma tenga presente che ogni stanza è dotata di connessione Wi-Fi, pertanto difficilmente qualcuno utilizza i terminali dopo le ventuno.»

«Però il personale è sempre presente,» sottolinea Gerace «voglio dire, avrete anche un turno di notte, presumo...»

«Naturalmente, siamo presenti ventiquattr'ore su ventiquattro.»

«Non vedo però telecamere in questa stanza,» sottolinea l'ispettore, alzando lo sguardo verso gli angoli della sala «mentre le ho notate in tutti gli altri locali comuni dell'albergo.»

«Ha ragione, detective, vedo che è molto attento» risponde Robert, asciugandosi una piccola goccia di sudore che gli scende dalla fronte. «È per la tutela della privacy e per evitare che le telecamere possano riprendere i monitor e registrare informazioni riservate.»

«Ma non ha appena detto che tutta l'attività dei terminali viene registrata?» si inserisce Clarissa.

«Oh, sì, certo, è proprio così ma solo la polizia... intendo quella britannica, può avere accesso ai dati.»

Alvaro e Clarissa si scambiano platealmente uno sguardo ironico, più eloquente di qualsiasi commento. Poi la poliziotta riprende l'interrogatorio.

In quel momento entra nella stanza un cameriere sui venticinque anni, in uniforme bianca, con un vassoio su cui vi è una caraffa di acqua gassata e tre bicchieri da bibita con un abbondante dose di ghiaccio e limone. Robert gli fa cenno di appoggiare il vassoio su uno dei tavoli ricoperti dal panno verde e il ragazzo esegue, mettendosi poi a versare l'acqua nei bicchieri.

«Secondo quanto ci risulta, circa un mese fa» attacca Clarissa «un cittadino di nazionalità italiana che risponde al nome di Libero Ruggirello avrebbe usato uno di questi terminali per accedere a un account di posta elettronica e inviare almeno una mail. Può per favore controllare nei suoi registri?»

L'uomo rimane inizialmente spiazzato da quella richiesta così precisa e ha un attimo di esitazione. Quindi si avvicina a uno dei computer, si siede e digita un codice di accesso. Sul monitor appare l'intestazione dell'hotel Claridge's e una serie di opzioni. Effettua un altro login ed entra in una lista di nomi, divisa per mesi, accanto ai quali è indicato un numero di stanza o un numero di serie.

«Ha detto Ruggirello?» domanda Robert.

«Sì, Libero Ruggirello, potrebbe avere usato una carta d'identità italiana» risponde la poliziotta.

«Mi spiace, non vedo nessuno con quel nome» spiega l'uomo.

«Provi con Marcello Ruffini» insiste Clarissa.

«No, nemmeno quest'altro nome compare nella lista» puntualizza l'uomo.

«Ne è sicuro?» si inserisce Alvaro.

«Al cento per cento» risponde Robert, tirando il fiato. «Ho controllato anche il mese precedente e le ultime settimane.»

«Mi può confermare che questo numero di IP appartiene a uno dei vostri computer?» riprende Clarissa, mostrando all'uomo un numero di serie scritto su un foglio. Il responsabile del business center lo prende e lo confronta con i diversi IP che compaiono nell'elenco interno dell'ufficio.

«Sì, è uno dei nostri!» conferma, dopo qualche secondo. «Esattamente quel terminale» aggiunge, indicando la postazione alla fine di uno dei tavoli, occupata in quel momento dal cliente mediorientale.

«Se le fornisco l'orario in cui è stata inviata la mail dal computer che mi ha appena indicato, sarebbe in grado di risalire all'attività svolta in quel lasso di tempo da chi ha utilizzato il terminale?» domanda Clarissa, intuendo già la risposta.

«Be', in teoria è possibile» risponde Robert, ora visibilmente in imbarazzo. «Come dicevo, tutto viene registrato e archiviato, il problema è che non sono autorizzato a mostrarvelo...»

«Che cosa sta dicendo, scusi?» lo interrompe Alvaro, alzando la voce. «Siamo della polizia e siamo in missione ufficiale. Qual è il problema?»

«Ecco... il punto è che... noi non possiamo... cioè, insomma, la richiesta deve pervenirci in forma ufficiale dalla Metropolitan Police. Sono le regole che ha fissato la proprietà della catena di tutti i Claridge's del mondo per tutelare la nostra clientela.»

«Ma che cosa si sta inventando?» sbotta Alvaro. «La nostra indagine è molto più seria e importante della privacy dei vostri clienti! Riguarda reati gravissimi e c'è di mezzo l'incolumità delle persone. Lei sta intralciando il corso della giustizia, se ne rende conto?»

«Mi spiace» dice l'uomo, costernato. «Io sono solo un

dipendente che ha il dovere di rispettare le regole che ci vengono imposte, non ho l'autorità per mostrarle quei dati. La prego di rivolgersi alla direzione dell'hotel.»

«Lo farò immediatamente, ne stia pur certo!» lo minaccia il detective. «E riferirò che qualcuno ha utilizzato i computer del business center di cui lei ha la responsabilità senza che venisse registrato. Dubito che saranno contenti del suo operato, Robert!»

La tensione che si è creata nella stanza viene di colpo interrotta dal fragore del vetro della caraffa che colpisce uno dei bicchieri sul vassoio. L'uomo e i due poliziotti si voltano contemporaneamente in direzione del cameriere il quale, rosso in volto, si scusa per la goffaggine del suo gesto e abbassa la testa.

«Cosa fai ancora lì?» lo redarguisce Robert, ordinandogli di andarsene. Il ragazzo si dilegua velocemente dalla stanza, senza aprire bocca, evitando gli sguardi dei presenti.

Dopo qualche istante di silenzio, il responsabile del centro riprende la parola con un tono pacato ma inflessibile.

«A questo punto credo di non potere esservi ulteriormente d'aiuto» dice. «Se i signori mi permettono, dovrei occuparmi di alcune questioni piuttosto urgenti. Chiamo qualcuno per farvi accompagnare.»

«Non si disturbi, conosciamo la strada!» sbraita Alvaro, facendo un segno con la testa a Clarissa e avviandosi verso l'ascensore.

Una volta dentro alla cabina, il commissario aspetta che le porte si chiudano, quindi schiaccia il pulsante del piano rialzato.

«Dove andiamo?» gli domanda Clarissa.

«Al bar del piano rialzato» risponde Gerace in tono deciso.

«Perché al bar? Ti è venuta sete?» chiede la poliziotta, indecisa se buttarla o meno sullo scherzo. «Non hai toccato un goccio d'acqua.»

«Non ho alcuna intenzione di bere» precisa seccamente Alvaro, continuando ad aprire e stringere i pugni.

I due restano in silenzio fino a quando l'ascensore arriva al piano R. Gerace è il primo a uscire e si incammina a passo sostenuto verso il bancone del bar, mentre Clarissa si tiene in disparte.

La sala è piena di clienti e tutto il personale è impegnato. Dietro al lungo bancone in legno laccato di quercia e ottone vi sono tre uomini e una donna occupati a preparare cocktail e a servire aperitivi a un gruppo di avventori che ha tutta l'aria di fare parte di una chiassosa comitiva di facoltosi turisti americani in procinto di trascorrere una lunga serata alcolica. Gerace si avvicina al bar e inizia a passare in rassegna tutti i camerieri. Sta per chiedere qualcosa a quello con la divisa di un colore diverso dagli altri, quando nella sala compare il ragazzo che aveva portato le bevande al business center. Non appena il giovane cameriere si rende conto della presenza di Alvaro, gli volta repentinamente le spalle e fa per andarsene ma il poliziotto lo rincorre per qualche metro e lo blocca, afferrandolo per una spalla.

«Cosa succede?» interviene il manager della sala, raggiungendo di corsa i due e parandosi di fronte ad Alvaro.

«Polizia! Non si agiti e torni al suo posto!» lo liquida Gerace, sventolandogli in faccia il tesserino, mentre un uomo sulla settantina seduto su un divano a poca distanza, in compagnia di una ragazza poco più che ventenne, si alza velocemente, prende per mano la giovane e si allontana dal bar.

Il manager rimane interdetto ma Alvaro non gli dà il tempo per reagire. Stringe il braccio del cameriere e lo sospinge verso due poltrone in un angolo riservato del salone.

«Siediti!» gli intima, prendendo posto di fronte a lui e fissandolo dritto negli occhi. «Come ti chiami?» gli domanda in tono perentorio.

Il giovane inizia a tremare e a guardarsi intorno in cerca di aiuto.

«Senti, non ho tempo da perdere!» lo incalza il poliziotto. «Prima rispondi e prima te ne torni a lavorare. Allora, qual è il tuo nome? Sei italiano, vero?»

«Sì-sì,» balbetta il ragazzo «mi-mi chiamo Emiliano Ossola.»

«Okay Emiliano, adesso mi spieghi che cosa sai di Libero Ruggirello e per favore risparmiami tutta la fase del *Chi? Mai sentito nominare* o *Non lo conosco*. D'accordo?»

Il giovane cameriere inizia a deglutire e a grattarsi nervosamente la testa ma dalla sua bocca non esce nemmeno un suono.

Gerace sospira e scuote la testa.

«Che palle!» impreca. «Hai proprio voglia di rovinarmi la giornata, figliolo! Lascia che ti spieghi una cosa. Prima, quando eravamo al business center e ci hai portato l'acqua minerale, ho notato che sei rimasto di proposito a origliare i nostri discorsi, e che quando è venuto fuori il nome di Ruggirello ti sei particolarmente agitato. Questo mi fa capire che non solo lo conosci, ma che c'è qualcosa riguardo a lui che ti preoccupa o ti spaventa. E fai bene perché Ruggirello è un criminale, ricercato da anni in Italia per omicidio e sequestro di persona e noi siamo qui per beccarlo e sbatterlo in galera. Ora scegli tu, vuoi che ti arresti per reticenza, complicità e favoreggiamento o vuoi cominciare a raccontarmi cos'hai a che fare con lui?»

Con il terrore stampato negli occhi, il ragazzo inizia a respirare a bocca aperta. Poi si fa coraggio e dice: «Lo conosco appena, abbiamo lavorato assieme un po' di tempo fa in un ristorante italiano».

«Finalmente, Emiliano! Ci voleva tanto?» dice soddisfatto Alvaro, dando una leggera pacca sulla spalla al giovane. «Adesso calmati e raccontami tutto dall'inizio. Hai detto che tu e Ruggirello eravate colleghi in un ristorante italiano, giusto? È a Londra? Come si chiama questo posto?»

«Sì, a Londra, non è lontano da qui. Si chiama Il Dissapore. Io ci lavoravo da quasi un anno, quando lui è stato assunto. È successo poco più di un mese fa. Abbiamo lavorato assieme al bar per meno di una settimana, poi io ho trovato questo posto al Claridge's, dove mi hanno offerto una paga più alta, e mi sono trasferito.»

«Siete rimasti in contatto?»

«Non proprio. Dopo qualche giorno che avevo preso servizio in hotel lui mi ha contattato per chiedermi un favore. Mi ha detto che il suo portatile era rotto e aveva bisogno urgente di usare un computer per questioni personali gravi. Mi è sembrato particolarmente scosso, così gli ho proposto il mio laptop ma lui ha detto che avrebbe preferito un pc anonimo e mi ha domandato se fossi riuscito a fargli utilizzare uno di quelli dell'albergo. Io qui mi occupo soprattutto degli ordini che vengono fatti fuori dal bar e avevo notato come spesso, dopo le sette di sera, nel business center non ci fosse nessuno, né i clienti, né il personale. L'ho riferito a Ruggirello, spiegandogli che, con un po' di attenzione, avrebbe potuto tentare di introdursi nel business center dopo quell'ora e usare uno dei pc. Mi ero già informato del fatto che non vi fossero password o blocchi nel sistema. Lui mi ha ringraziato di cuore e mi ha chiesto dell'impianto di videosorveglianza. Gli ho spiegato che, utilizzando l'ascensore riservato a noi del personale, avrebbe potuto raggiungere il centro senza passare sotto le telecamere a circuito chiuso.»

«E com'è andata?»

«Tutto bene... cioè, voglio dire. Lui è venuto qui in hotel verso le otto e mezzo, una sera che ero di turno. In precedenza mi ero già assicurato che il business center fosse deserto. Si è seduto a un tavolino e ha consumato una bevanda. A un certo punto, approfittando di un momento di confusione, l'ho fatto salire con l'ascensore di servizio al sesto piano. È rimasto lì per una decina di minuti e poi è tornato al bar. Mi ha spiegato che era andato tutto liscio, mi ha ringraziato per averlo aiutato e se n'è andato. Tutto qui.»

«Nessuno si è accorto della sua intrusione?»

«No.»

«E Ruggirello? L'hai più visto o sentito dopo quell'episodio?»

«No, non ce n'è stata l'occasione.»

«Sai se lavora ancora in quel ristorante, Il Dissapore?»

«Credo di sì ma, come le ho detto, non ci siamo più sentiti.»

«Toglimi una curiosità, Emilio.»

«Emiliano.»

«Sì, come vuoi. Da quello che mi dici non è che tu e Ruggirello siate poi così amici, in pratica vi siete conosciuti sul posto di lavoro e per giunta soltanto per una manciata di giorni, è così?»

«Sì, esatto.»

«Prima di allora non sapevi nemmeno chi fosse.»

«Sì, cioè, no.»

«E allora per quale motivo hai accettato di aiutare Ruggirello senza farti venire nemmeno un piccolo scrupolo? In fondo hai rischiato parecchio a farlo entrare di soppiatto nel business center dell'hotel. Se lo avessero scoperto non solo avresti perso il posto di lavoro, ma ti saresti come minimo beccato una denuncia penale. E di questi tempi, tra terrorismo e altro, non c'è molto da scherzare sui cosiddetti *cybercrimes*...»

«È vero, non ci avevo pensato. Ma vede, ispettore, Londra è piena di ragazzi italiani della mia età che vengono qui per cercare lavoro perché in Italia non c'è alcuna possibilità. Ne conosco tanti che lavorano dalla mattina alla sera come dei muli negli alberghi e nei ristoranti per guadagnare poco più di mille sterline al mese, delle quali il settanta per cento finisce nell'affitto di una stanza e nell'abbonamento alla metropolitana, visto che nessuno si può permettere di vivere nel centro di Londra. Si alzano la mattina alle cinque e tornano a casa alle dieci di sera e spesso lavorano anche il sabato e la domenica per fare dello straordinario e guadagnare qualche sterlina in più. Hanno pochi giorni di ferie all'anno ed escono, se va bene, due sere al mese. Gli unici amici che hanno sono i colleghi di lavoro e se un giorno arrivano in ritardo rischiano di essere licenziati in tronco. È una vita dura, ispettore, ma è sempre meglio che niente. E quando ci sei dentro, tutti i giorni, sviluppi un legame forte con i ragazzi che sono nella tua stessa situazione. Siamo un po' come dei soldati che combattono una battaglia quotidiana e siamo pronti a lottare l'uno per l'altro. Per questo quando Ruggirello mi ha chiesto un piacere non ho fatto domande e non mi sono posto il problema. L'ho aiutato e basta, perché è così che funziona qui.»

57

Nella cucina c'è puzza di gas e di chiuso, sembra inutilizzata da parecchio tempo. Il lavandino di alluminio è incrostato e dallo scarico si diffonde un odore pungente di fognatura e muffa. Peter McBride si avvicina silenziosamente a una cassettiera, la apre, cercando di fare meno rumore possibile, ed estrae un coltello da cucina con la lama di sedici centimetri e l'impugnatura in legno. Lo solleva all'altezza degli occhi per controllare le condizioni del filo e così facendo scorge una massa scusa riflessa nell'acciaio che copre parzialmente la debole luce che filtra dall'esterno. Finge di non rendersene conto e prosegue verso la porta della cucina, stando attento a non passare davanti alle finestre. La apre e la richiude, senza varcarla ma facendola sbattere leggermente. Torna sui suoi passi e si rannicchia contro il muro, in un angolo buio della stanza.

Dopo un paio di minuti una gamba spunta dalla finestra. McBride trattiene il respiro mentre, dopo l'arto, vede entrare il bacino, il tronco, le spalle e la testa di un uomo corpulento che il poliziotto non ha difficoltà a identificare come colui che presidiava l'ingresso laterale della villa. La conferma definitiva giunge nel momento in cui compare nella cucina anche il fucile a pompa. Una volta penetrato completamente, l'uomo attende qualche secondo per abituare gli occhi all'oscurità, quindi si avvia verso la porta, tenendo il fucile puntato davanti a sé. Peter aspetta che lo sorpassi e appoggi una mano sulla maniglia per avventarglisi contro. In un baleno gli circonda il collo con un braccio e comincia a stringergli la carotide, mentre tenta di piantargli il coltello nella gola. Ma l'uomo riesce a divincolarsi e la lama si spezza sullo sterno. Contemporaneamente, dal fucile a pompa parte un colpo che manda in frantumi il vetro di una delle finestre. Prima che l'energumeno riesca a girarsi verso il poliziotto, McBride estrae la Glock e spara due colpi in rapida sequenza alla testa dell'uomo che, con un cratere grande come un fondo di bicchiere sulla nuca, cade in avanti, sbatte la fronte sullo stipite e scivola a terra, disegnando una scia di sangue sulla parete.

Peter scavalca il cadavere, esce di corsa dalla cucina e si lancia in un corridoio angusto che porta a una scala, mentre dal piano superiore percepisce un frastuono, seguito a un pianto di bambini.

Al terzo gradino, un proiettile sparato dall'alto gli sfregia la guancia e gli apre uno squarcio dallo zigomo all'orecchio. McBride risponde al fuoco ed esplode tre colpi verso la sommità della scala che vanno tutti a bersaglio. Poi si appiattisce verso il muro mentre dal primo piano vede precipitare il cadavere di un uomo di piccola statura, con i capelli radi e unti e le braccia piene di tatuaggi. Con lui vola giù anche una pistola a tamburo calibro 45. I pianti si fanno più intensi mentre Peter raggiunge il pianerottolo e si trova di fronte un terzo uomo, grasso, pelato, quasi senza denti, che lo aspetta a gambe divaricate, imbracciando un AK-47 di fabbricazione sovietica. Il poliziotto si getta a terra nel momento esatto in cui parte la prima raffica e non può fare a meno di evitare il proiettile che gli trafigge il tricipite. Urlando dal dolore, McBride rotola su se stesso e spara cinque colpi, mirando al bersaglio grosso. Tre di essi vanno a segno tra il collo e lo stomaco dello sdentato che cade in ginocchio con il sangue che zampilla dalla gola. Peter prende la mira e lo abbatte, sparandogli in fronte.

Con il sangue che gli esce copiosamente dal braccio sinistro e dalla coscia, Peter imbocca anche la seconda rampa di scale, tenendo il braccio destro teso e la pistola puntata in avanti. I pianti dei bambini sono sempre più vicini ma oltre a essi il detective avverte il rombo del motore su di giri di un furgone provenire dal giardino. Poi sente il rumore metallico del cancello che si apre, seguito dal baccano di uno schianto. Dopo qualche secondo ricompare il rumore del motore del camioncino che velocemente si allontana. McBride si sforza di aumentare il passo, facendo due gradini alla volta, e raggiunge il secondo piano con il fiato corto ma senza incontrare altri sicari. Infila un corridoio sul quale si affacciano quattro porte e si dirige verso quella da cui provengono i lamenti infantili. La spalanca con un calcio e il suo cuore inizia a battere come impazzito, rimbombandogli nella cassa toracica, mentre i suoi occhi si riempiono di lacrime che si fondono con il sangue.

Nella stanza ci sono una quindicina di bambini, di cui dieci femmine e cinque maschi, tra i quattro e i sette anni, di diverse etnie. La maggiore parte di loro è seduta a terra, in gruppetti di tre-quattro, altri sono su un grande letto a due piazze e solo alcuni sono in piedi, contro la parete più lontana. Hanno tutti i piedini nudi e indossano soltanto magliette e mutandine. Nessuno dei piccoli mostra segni di percosse o violenze fisiche ma ciò che comprime il petto di Peter e gli provoca fitte penetranti nel cervello sono i loro sguardi. Hanno gli occhi terrorizzati da una paura costante e intollerabile con la quale, evidentemente, convivono da tempo. Emettono flebili lamenti ma molti di loro non hanno più la forza di piangere. Sui faccini pallidi le lacrime si sono seccate e quasi tutti tremano, ma non per il freddo. Quando la porta della stanza si è spalancata, andando a sbattere con violenza sulla parete, e McBride è comparso sulla soglia con il sangue che gli sgocciolava dalla faccia e la pistola puntata verso di loro, i bambini si sono girati tutti verso l'ingresso, rimanendo a bocca aperta. Poi alcuni di loro si sono sdraiati a terra a faccia in giù ed altri, seduti a terra, hanno preso a dondolare avanti e indietro, accompagnando il movimento con un gemito sommesso.

Dopo avere resistito per diversi minuti con un nodo in gola che gli ostruisce le vie respiratore, McBride sente le ginocchia che cedono e si piega sulle gambe, appoggiando le mani a terra, mentre dai suoi occhi esplode un fiume di lacrime. Precipita in un pianto doloroso e straziante, che ha tenuto bloccato dentro da quando era un adolescente e che in tutti questi anni gli è cresciuto nella testa come un cancro. Sente lo stomaco che si contorce e il vomito che gli preme nel naso e nella bocca. Ha le mani e i piedi ghiacciati e i singhiozzi gli sollevano violentemente il petto. L'istinto del poliziotto gli urla di reagire, di alzarsi e controllare le altre stanze per capire se vi sono ancora dei pericoli e mettere in salvo i bambini. Ma in quel momento Peter non è uno sbirro e non è nemmeno BigMac. È un bambino impaurito e indifeso, come quelli che sono di fronte a lui e che non riesce nemmeno a guardare.

Una manina fredda e leggera gli sfiora i capelli. McBride recupera le forze e solleva la testa. Di fronte a lui c'è una bimba che avrà sì e no cinque anni, con gli occhi grandi e neri, i capelli ricci, con due codini ai lati della testa, e una scia secca di muco bianco che le scende dal naso. Il poliziotto si asciuga le lacrime con il dorso della mano, le prende la manina e la bacia delicatamente mentre lo sguardo della bimba gli apre una voragine nel petto. Resta accovacciato alla sua altezza per non imporre alla piccola la sua stazza minacciosa ed è proprio in quel momento che, spostando gli occhi oltre la bambina, la vede, in un angolo della stanza. Cindy è in piedi, con le spalle attaccate al muro, e tormenta nervosamente la sua maglietta rosa. Di colpo Peter torna a essere un poliziotto e un fremito gli scuote le gambe.

«Cindy» la chiama sottovoce, tentando di abbozzare un sorriso.

La bambina non reagisce e allora McBride penetra nella stanza, camminando lentamente verso di lei e passando a fianco degli altri bambini, i quali sembrano già essersi abituati alla sua presenza.

La raggiunge e si piega sulle gambe, senza toccarla.

«Mi chiamo Peter,» le sussurra «sono un amico della tua mamma. Mi ha mandato a prenderti. Lei e Cyril ti stanno aspettando...»

Il mento della bimba comincia a tremare mentre la piccola, con le manine, continua a stropicciarsi la maglietta.

«La mamma è arrabbiata con me...» dice Cindy con un filo di voce, incrinata dal pianto.

«Assolutamente no, piccola,» cerca di rassicurarla McBride «è solo un po' preoccupata ma ti vuole tanto bene e non vede l'ora di abbracciarti. Adesso è a casa che sta preparando una bella festa per il tuo ritorno, piena di dolci e di regali. Vieni che andiamo da lei.»

McBride si alza in piedi e le allunga la mano. Cindy la guarda, tira su col naso, e appoggia la sua sul palmo di quella del poliziotto che evita di stringerla. Attraversando la stanza assieme a Cindy, McBride sente un macigno che gli pesa nel petto e non riesce a guardare gli altri bambini. Vorrebbe portarli tutti con sé ma si rende conto di come ciò sia impossibile, considerando il modo in cui è arrivato sino a quella villa e il rischio di compromettere il primo obiettivo della sua missione: trovare e portare in salvo Cindy. Prima di uscire dalla stanza, il poliziotto estrae il cellulare e fotografa la camera da letto, cercando di contenere tutti i minori nell'immagine.

«Posso prenderti in braccio?» chiede quindi dolcemente a Cindy, la quale annuisce con la testa.

Se la carica sull'avambraccio destro mentre, con la mano sinistra impugna la pistola e si avvia verso la scala. Scende velocemente fino al piano terra e in pochi passi raggiunge l'uscita laterale. Il furgone è scomparso e il cancello del parco è spalancato. Vorrebbe dare l'allarme ma il telefono è ancora privo di segnale. Così accelera l'andatura, varca il giardino, esce sulla stradina sterrata, la percorre quasi correndo e raggiunge la sua auto. Sistema Cindy sul sedile davanti, allacciandole la cintura e accarezzandola delicatamente sulla testa. Quindi sale al posto di guida, mette in moto e imbocca la Hever Road a velocità sostenuta in direzione nord, facendo sgommare gli pneumatici.

Il *bip* di una serie di messaggi nel cellulare, mentre sta per imboccare la superstrada A212, lo avverte che la linea è tornata. I WhatsApp e gli SMS sono tutti di Amanda. Senza perdere tempo a leggerli, Peter spinge il tasto di chiamata.

«Big, dove cazzo sei? È quasi un'ora che ti sto cercando in tutte le maniere possibili!» fa la poliziotta, con un tono urgente e irritato, dopo appena uno squillo. «Dammi la tua posizione che ti...»

«Scusa Amanda, ti spiegherò tutto ma adesso per favore stammi a sentire bene, è molto urgente!» la interrompe McBride, cercando di non alterare troppo la voce per non spaventare la bambina. «Vai a un telefono pubblico e chiama anonimamente il 999 avvertendo che c'è stata una sparatoria a Hever Road nel Kent, in una strada secondaria rispetto a quella che porta al castello. Riferisci anche che ci sono delle vittime e degli ostaggi. Poi metti giù e non dare altre spiegazioni.»

«Una sparatoria? Che cazzo è successo, Peter? Sei ferito?»

«Fai come ti ho detto, Amanda, io sto bene e Cindy anche. È con me, la sto riportando a casa»

«Oh Dio mio, grazie! Ma tu sei sicuro di stare bene?»

«Non preoccuparti per me, sbrigati a chiamare prima che ritornino.»
«Chi deve tornare? Dove sei? Mi dici che c...»
«Chiama, Amanda, cazzo!»
Clic.

All'incrocio tra la A25 e la A212, appena superato il villaggio di Limpsfield, un'Audi bianca a tutta velocità, guidata da un tipo grosso e nero, con il telefono all'orecchio, gli è quasi venuta addosso. Riddle ha tentato inutilmente di annotarsi il numero di targa ma l'auto è scomparsa in pochi secondi dallo specchietto retrovisore, allontanandosi nel senso opposto di marcia. Da quando ha lasciato la stazione di polizia di Savile Row, puntando verso il castello di Hever, il detective non ha fatto altro che pensare al suicidio della moglie di Stefanelli De Vitis e allo scontro avuto con il suo capo, Gardiner, sulle indagini. Mentre procede a velocità sostenuta verso il Kent, viene colto dall'ansia all'idea che la sua incursione al castello possa rivelarsi un fallimento, annullando di fatto ogni possibilità di incastrare il sodalizio criminale che fa capo all'imprenditore italiano ucciso e mandando a puttane tutta l'indagine. Rischio che, con la morte della vedova Stefanelli, unica testimone volontaria delle attività illegali del marito, è diventato altissimo.

Per recarsi a Hever, Riddle ha preso, di proposito, una delle auto di pattuglia a scacchi gialli e blu per dare un senso di ufficialità alla sua missione, soprattutto in previsione di un eventuale processo. In realtà non ha ancora elaborato un piano su come comportarsi una volta giunto al castello. Per un attimo ha pensato di telefonare ad Amanda, la sua partner, perché si unisse a lui nell'operazione, idea che ha però immediatamente scartato, visto che non ha rivelato nemmeno a lei le confessioni dell'ex consorte di Stefanelli De Vitis.

Il telefono cellulare del detective perde il segnale non

appena l'auto imbocca Hever Road. In compenso la radio di servizio inizia a gracchiare e dopo qualche istante, parte un messaggio dalla centrale.

«Codice 10, codice 10... sparatoria a Hever Road, nel Kent... in una villa privata al termine di una sterrata laterale sulla direttrice per il castello... ci sono vittime e ostaggi... procedere con la massima cautela... ripeto, massima cautela...»

Riddle inchioda l'auto e rimane con le mani strette sul volante e il messaggio che gli rintrona il cervello. Poi dalla radio arriva la conferma che una pattuglia speciale della polizia armata e una della Kent Police si stanno recando sul posto. Decide allora di segnalare la sua posizione e avvertire la centrale radio che anche lui è diretto sul luogo della sparatoria.

58

Edenbridge è un paesino di settemila anime, al confine tra le contee del Kent e del Surrey, costruito in epoca romana. Sorge sul fiume Medway e, prima della guerra, era un centro agricolo fiorente, grazie ai tanti mulini costruiti sulle anse del fiume, utilizzati per irrigare i campi. Dopo il conflitto mondiale il villaggio si è svuotato, le famiglie si sono spostate nelle grandi città del Nord e il paese è divenuto per lo più un luogo di passaggio, abitato da anziani e frequentato da quei pochi turisti che vi vanno a visitare la chiesa di Pietro e Paolo, costruita nel XIV secolo, che conserva al suo interno dei graffiti medievali. La sopravvivenza del borgo è unicamente legata alla linea ferroviaria della Southern che, ogni ora, collega quel piccolo centro alla stazione di London Bridge.

Libero Ruggirello arriva trafelato alla stazione di Edenbridge e parcheggia il furgone bianco in un'area che funge anche da posteggio per un piccolo supermercato. Prima di scendere controlla che non vi sia nessuno nei paraggi, quindi esce, aziona il telecomando per bloccare le portiere del furgone e si avvia verso la stazione, allungando il tragitto in modo da raggiungere il piccolo ponte pedonale sul fiume Medway. Prende la mira e scaglia le chiavi dell'auto nel corso d'acqua, poi si dirige verso la stazione. La biglietteria è chiusa e l'unico passeggero in attesa è un muratore polacco, con i vestiti sporchi di gesso e uno zaino sudicio sulle spalle, fermo sulla banchina dei treni diretti a sud. I due si scambiano una rapida occhiata mentre Ruggirello controlla gli orari dei convogli per Londra. Il primo è in arrivo tra una decina di minuti. Il pagliaccio acquista un biglietto di solo andata nell'unico distributore automatico, pagandolo in contanti, scende nel sottopassaggio e raggiunge la piattaforma opposta a quella nella quale si trova il muratore. Evitando di guardarlo, entra nella sala d'aspetto con le quattro pareti in vetro che si trova al centro del binario e prende posto nella sedia più lontana dalla porta.

Qui comincia a salirgli la rabbia e il suo respiro si fa affannoso e scomposto mentre stringe i pugni e digrigna i denti. Ancora non è riuscito a rendersi conto di cosa sia veramente successo in quella villa. Dopo avere seguito alla lettera tutte le istruzioni ricevute, comprese le sei cifre del codice per aprire il gigantesco cancello di ferro, Ruggirello è arrivato a destinazione assieme alla bambina. Ad attenderlo vi era un uomo con i capelli lunghi, la barba e un fucile a pompa che lo ha perquisito e lo ha fatto entrare, accompagnandolo dentro una stanza spoglia al pian terreno. Senza proferire una sola parola l'uomo gli ha preso la bambina e gli ha fatto segno di aspettare. Libero ha tentato di opporsi e di trattenere la piccola, cercando inutilmente di spiegare a quella specie di armadio che gli accordi presi al telefono prevedevano uno scambio contemporaneo tra Cindy e Nihal, la bimba sudanese di cinque anni prelevata dai trafficanti nel centro di accoglienza a Senigallia. L'uomo in tutta risposta ha azionato la pompa del fucile e gliel'ha puntato alla testa. Poi ha strattonato la bambina, nel frattempo scoppiata in lacrime, fuori dalla stanza e ha sbattuto la porta.

Ruggirello ha atteso per sette interminabili minuti, camminando avanti e indietro in quell'angusto ambiente carico di umidità, indeciso su come muoversi. Nel momento in cui ha deciso di mettersi a cercare Nihal ha sentito il rumore di uno sparo provenire dalla parte opposta della villa. Si è avvicinato guardingo alle scale e ha udito un'altra serie di colpi, poi ha intravisto il corpo di un uomo precipitare dai gradini, con gli abiti completamente imbrattati di sangue. A quel punto è corso indietro, si è fiondato fuori dalla casa, è salito sul furgone, ha messo in moto e ha schiacciato con forza l'acceleratore, rischiando di imballare il motore. Il cancello alla fine del parco era chiuso e ha dovuto nuovamente digitare il codice per riaprirlo. Ha impiegato qualche secondo prima di trovare il congegno a tastiera, posizionato su una colonnina di ferro pochi metri prima del portone. Appena il cancello si è spalancato, Ruggirello ha lanciato il furgone a tutta velocità ma le gomme hanno slittato sul terriccio bagnato e il camioncino è andato a sbattere violentemente contro il supporto del comando digitale del cancello, sradicandolo dal terreno. Ripreso il controllo del mezzo, il pagliaccio si è allontanato in tutta fretta, guidando senza sosta fino a Edenbridge.

Il treno arriva al binario e Ruggirello sale su uno degli ultimi vagoni, completamente vuoto, e si va a sedere su una poltrona vicino al finestrino. Una voce metallica annuncia che il convoglio è diretto alla stazione di London Bridge ed elenca le cinque stazioni nelle quali si fermerà prima di arrivare a Londra. Il viaggio è di cinquantatré minuti. Libero guarda oltre il vetro ma vede solo lampi di luce che squarciano il buio. Ha un unico pensiero in testa: trovare Nihal e portarsela via. E per farlo è disposto a uccidere. D'ora in avanti niente più accordi e scambi, ripete nella sua mente, sarà lui a condurre il gioco.

59

L'ufficiale di collegamento si chiama Alfio De Caro, ha quarantasette anni, un aspetto gradevole ed è un vicequestore del Servizio Centrale Operativo della polizia di stato di Roma, trasferito da due anni presso l'ambasciata italiana di Londra per coordinare i rapporti tra polizia inglese, Interpol e forze di polizia italiane.

Il suo ufficio è al piano terra e vi si accede dall'entrata sul retro della sede diplomatica che si affaccia su Davies Street. Ma quando Alvaro e Clarissa giungono all'ambasciata, percorrendo a piedi i quattro minuti di distanza dall'hotel Claridge's, il carabiniere alla porta li conduce in un ampio salone al primo piano dove, oltre a De Caro, ad aspettarli vi sono anche l'ambasciatore Sermonti e il consigliere Albertario.

L'accoglienza è forzatamente cordiale e i cinque si scambiano vicendevolmente le mani, con Gerace e l'ambasciatore che fanno le presentazioni di rito. Poi tutti prendono posto in un salotto damascato sui toni del bianco e dell'azzurro, con alle spalle un arazzo del Seicento veneziano, mentre un cameriere in livrea e guanti bianchi, dai tratti orientali ma con un'ottima padronanza dell'italiano, porge a tutti bicchieri colmi di acqua minerale e limone.

Alvaro è già infastidito da tutta la messinscena ma spera ancora che la presenza di Sermonti e Albertario si limiti ai convenevoli iniziali. Le sue speranze vengono presto tradite quando, dopo le solite inutili chiacchiere sul clima londinese e sul cibo italiano, l'ambasciatore chiede direttamente a Gerace informazioni sull'indagine che riguarda il pagliaccio.

Nella stanza cala improvvisamente il gelo, Clarissa cerca lo sguardo di Alvaro che a sua volta fissa De Caro con fare interrogativo mentre Albertario sembra godere dell'imbarazzo dei poliziotti e accenna un sorriso beffardo.

«Mi scusi, ambasciatore,» attacca Gerace, rivolgendosi alternativamente a Sermonti e a De Caro «allo stato attuale delle cose temo di non poterla mettere al corrente delle indagini, ma le assicuro che sarà mia premura farlo non appena vi saranno le condizioni.»

Clarissa guarda Alvaro sorpresa, domandandosi mentalmente quanto reggerà l'atteggiamento diplomatico del suo capo.

«Oh, certo, me ne rendo perfettamente conto» dice Sermonti, accavallando le gambe «e non è di certo mia intenzione interferire nel suo prezioso lavoro. Il ministro dell'Interno mi ha già illustrato tutti i dettagli del caso e le posso assicurare che, per quanto è nelle nostre possibilità e competenze, le forniremo tutto il sostegno possibile, non è così dottor De Caro?»

L'ufficiale di collegamento annuisce prontamente, aggiungendo un «Sissignore» che provoca un fremito di disgusto ad Alvaro.

«Le posso anche dire, dottor Gerace,» prosegue l'ambasciatore «che i nostri uffici diplomatici sono in ottimi rapporti sia con i vertici di Scotland Yard, sia con la stessa ministra britannica dell'Interno, perciò non esiti a contattare il consigliere Albertario o me, se dovesse avere la necessità di rapportarsi a qualcuna di queste istituzioni.»

Alvaro abbozza un sorriso tirato, sperando che lo show sia terminato, ma il pezzo forte deve ancora arrivare.

«Vede, ispettore,» dice Sermonti, rivolgendosi a Gerace con lo stesso tono di un sacerdote nel confessionale «negli ultimi tempi la comunità italiana di Londra è stata profondamente scossa da alcuni tragici fatti di sangue che l'hanno messa a dura prova. Due esponenti di spicco del nostro tessuto imprenditoriale, due uomini di indiscusso valore morale e professionale, sono stati barbaramente uccisi in circostanze ancora avvolte dal mistero. Così come quelle che hanno portato alla morte di una nostra giovane connazionale. Le indagini sono affidate alla polizia inglese con la quale stiamo collaborando attivamente a livello istituzionale. Lei si domanderà che cosa hanno a che fare questi tragici eventi con la sua inchiesta. Nulla in realtà, il motivo per cui ci tengo a metterla al corrente di questa situazione è per pregarla di usare tutto il tatto e la cautela possibili nel caso in cui, conducendo la sua indagine, dovesse venire a contatto con alcuni membri della comunità italiana coinvolti, anche solo marginalmente, in tale sciagura. Le posso assicurare che siamo tutti ancora sconvolti per ciò che è successo.»

Le parole dell'ambasciatore producono ad Alvaro lo stesso fastidio di un gesso che stride sulla lavagna anche se non riesce ancora a capire la necessità di quella ambigua raccomandazione.

«Ho letto di quegli omicidi,» precisa Gerace «ma al momento non ho abbastanza elementi per affermare o smentire una connessione tra la persona a cui stiamo dando la caccia e l'ambiente in cui si sono verificati i delitti di cui parlava lei, signor ambasciatore. Quanto al tatto e alla sensibilità, credo che ognuno di noi abbia un proprio codice di comportamento. Io intendo seguire il mio, come sempre.»

«Che sarà sicuramente impeccabile e a regola d'arte» afferma Sermonti alzandosi dal divano, seguito a ruota da Albertario e De Caro e, in tempi meno rapidi, da Clarissa e Alvaro.

«Vi lascio al vostro lavoro, avrete sicuramente molto da

fare, per qualunque esigenza la prego di considerare l'ambasciata a sua disposizione, ispettore» conclude Sermonti, ricominciando il giro di strette di mano e uscendo dalla stanza con il suo fedele seguio.

Qualche attimo dopo che l'ambasciatore si è allontanato, il vice questore De Caro fa cenno a Gerace e Clarissa di rimettersi a sedere ma questa volta Alvaro non ha alcuna intenzione di tornare al cerimoniale.

«Chiariamo subito una cosa,» dice Gerace, rivolto al collega «l'ambasciatore e il suo tirapiedi li voglio fuori dalla mia indagine, d'accordo? Siamo qui in veste ufficiale ed è questo l'unico motivo per il quale ho accettato di incontrarti, ma se vuoi darci veramente una mano, da poliziotto a poliziotto, toglimi dalle palle queste facce di cera con i loro predicozzi.»

«Alvaro, stai esagerando!» lo interrompe Clarissa. «Esistono dei ruoli e delle procedure da rispettare quando si è in missione all'estero e credo che Alfio non abbia alcuna responsabilità riguardo a questo incontro. Forse è meglio se resettiamo tutto e ripartiamo. Fino a prova contraria, siamo dalla stessa parte.»

De Caro sta per prendere la parola ma Alvaro non ha ancora finito di sfogarsi.

«Brava Clarissa, hai detto bene, fino a prova contraria. Che mi sembra però di avere già avuto, vero... Alfio? Mi spieghi cos'è questa stronzata del tatto nelle indagini? Che cosa c'entrano quei delitti di cui parlava Sermonti con le ricerche di Libero Ruggirello? Cos'è che io non so e di cui, al contrario, il nostro ambasciatore mi sembra molto ben informato?»

Il vice questore fa un lungo sospiro, si tira su col sedere sul divano, guarda prima Clarissa e poi Alvaro, quindi dice: «Credo di essere io la causa di quelle affermazioni».

L'uomo comincia così a spiegare ai due investigatori di come l'avere semplicemente riferito a Sermonti che uno dei poliziotti italiani in arrivo a Londra gli avesse chiesto dove si trovasse il ristorante Dissapore, avesse messo in allarme l'ambasciatore, dal momento che proprio il proprietario di quel locale risultava essere uno dei due imprenditori uccisi a cui faceva riferimento Sermonti. Una persona a cui il diplomatico era molto legato. Questo era il motivo per il quale l'ambasciatore aveva insistito nell'essere presente all'incontro, nonché la ragione del suo discorso riguardo alla sensibilità nelle indagini.

«Aspetta, fammi capire,» interviene Gerace «ti riferisci a circa un'ora fa, quando ti ho telefonato per avvertirti che saremmo passati qui in ambasciata?»

«Sì, esatto, se ricordi mi hai chiesto anche dove si trovasse esattamente il ristorante Dissapore.»

«E tu l'hai subito riferito all'ambasciatore?»

«Forse ho sbagliato ma, come ti dicevo un attimo fa, quel ristorante è la scena di un crimine e mi sembrava strano che tu mi chiedessi proprio di quel locale.»

«E per che cavolo non hai aspettato di parlare con me prima di spifferare tutto a sua eccellenza e al suo leccapiedi?»

«Per favore, Alvaro!» lo redarguisce Clarissa. «Siamo in un'ambasciata.»

«Lo so, è stata una leggerezza da parte mia ma ti prego di scusarmi e di guardare alla situazione in modo più complessivo. C'è un fondo di verità in ciò che ha detto l'ambasciatore: questi delitti, così efferati, hanno veramente creato il panico nella comunità italiana, anche perché nessuno è ancora riuscito a capirci qualcosa. Nel nostro ambiente non si parla d'altro anche se spesso, purtroppo, a sproposito.»

Il mea culpa del vice questore, accompagnato dallo sguardo eloquente di Clarissa, riesce a calmare Alvaro che inizia a guardare De Caro sotto un'altra luce.

«Vabbe', chiudiamo qui l'incidente,» propone l'ispettore «a questo punto però credo che tu mi debba raccontare qualcosa di più su questo omicidio avvenuto al ristorante, anche perché, e ti prego di tenere l'informazione riservata, pare che il soggetto a cui stiamo dando la caccia lavori o abbia lavorato come barista o cameriere proprio in quel locale.»

De Caro registra la rivelazione come la prima buona notizia di tutta la vicenda, assicura a Gerace la totale discrezione e gli consegna una cartellina con dei documenti.

«Pur non sapendo ancora se ti potessero interessare,» attacca l'ufficiale «ho fatto delle copie dei verbali che ci hanno trasmesso fino a ora i colleghi inglesi sui tre omicidi. Non c'è molto in realtà ma è sufficiente perché vi possiate fare un'idea di ciò che è accaduto.»

Clarissa è la prima ad allungare la mano per prendere la cartellina, accompagnando il gesto con un ampio sorriso.

Alvaro si accoda ai ringraziamenti, anche se con meno entusiasmo.

«Chi è il titolare delle indagini?» chiede Gerace.

«Il detective James Riddle della stazione di polizia di Savile Row, a Mayfair. È tutto qui, in zona» risponde il vice questore.

«Vorrei incontrarlo domani, puoi metterci in contatto?» chiede Alvaro.

«È esattamente il motivo per cui mi hanno mandato a Londra» chiarisce De Caro, con fare soddisfatto.

«Grazie mille, Alfio, sei stato molto gentile!» aggiunge Clarissa, sfoggiando uno dei suoi più smaglianti sorrisi mentre Alvaro si morde il labbro per non imprecare.

60

Si sono dati appuntamento direttamente a Saltoun Road, il complesso di case popolari di Brixton dove abita Virginia. Dopo avere chiamato il 999, come le ha ordinato McBride, Amanda ha telefonato alla donna, comunicandole che avevano trovato Cindy, che la piccola stava bene e che nel giro di due ore al massimo gliel'avrebbero riportata a casa. La madre della bambina è scoppiata in lacrime, ha ringraziato Dio una dozzina di volte e ha cominciato a fare mille domande ma la poliziotta l'ha subito bloccata, consigliandole di calmarsi e di prepararsi ad accogliere la bambina in modo sereno e rassicurante per non turbarla ulteriormente. Poi si è diretta nel luogo dell'appuntamento e si è messa ad aspettare in macchina, consumando un intero pacchetto di chewing gum.

La Audi bianca compare in fondo alla strada, Amanda la vede e il suo cuore raddoppia istantaneamente il numero dei battiti. La poliziotta esce dall'auto e fa segno a Peter di parcheggiare a fianco.

Non appena la macchina si ferma, senza attendere che il detective spenga il motore, Amanda corre verso la bambina, spalanca la portiera, stacca la cintura, la prende in braccio e la stringe forte, riempiendola di baci e di carezze. Cindy è confusa e frastornata e inizia a piangere ma Amanda si mette subito a consolarla.

«No, no, piccolina, non piangere, è tutto finito. Siamo a casa, la mamma e Cyril ti stanno aspettando» le sussurra, asciugandole le lacrime con un dito.

«Ce la fai a farmi un bel sorriso, Cindy? Mi fai questo regalo?» aggiunge la poliziotta, baciandola delicatamente sulla guancia e sul piccolo mento, ancora in preda ai tremori.

La bambina fa uno sforzo per deglutire e poi accenna un debole sorriso, vedendo il quale Amanda non riesce a trattenere le lacrime e stringe forte la bambina tra le sue braccia.

Peter assiste a tutta la scena con un nodo in gola ma allo stesso tempo si guarda intorno, ispezionando visivamente tutte le auto ferme in quella zona.

«Su, coraggio, dobbiamo andare!» dice ad Amanda, cercando di non trasmetterle la propria apprensione.

Solo in quel momento la poliziotta fa per rivolgersi a McBride e rimane sconvolta nel vederlo lordo di sangue dalla testa ai piedi, con uno squarcio nello zigomo, un buco di proiettile nella manica del giubbotto e una striscia di stoffa inzaccherata che gli stringe una coscia.

«Mio Dio, Big, come sei ridotto!» esclama. «Sei sicuro di stare bene?»

«Non ti preoccupare, sono ferite superficiali,» la rassicura McBride «però non perdiamo altro tempo, non è salutare restare troppo tempo fermi in questa strada» aggiunge.

I due poliziotti e la bambina arrivano all'ingresso dell'edificio e scendono nel seminterrato, dove abita Virginia. Prima di bussare, Peter estrae la Glock e appoggia l'orecchio alla porta del mini appartamento per cogliere qualche eventuale strano rumore. Poi ispeziona il pianerottolo e controlla la tromba delle scale. Solo quando il detective le fa un segno, Amanda dà due colpetti leggeri alla porta, dicendo: «Virginia, apri siamo noi!».

L'uscio si spalanca in un baleno, Virginia compare

sulla soglia con gli occhi sbarrati e torrenti di lacrime che le scendono sulle guance. Vede Cindy in braccio ad Amanda e si stringe a loro in un unico immenso abbraccio. Piangono tutte e tre, senza riuscire a staccarsi mentre Peter si preoccupa di chiudere la porta e prende in braccio a sua volta Cyril che guarda la scena incuriosito e divertito.

«Mamma...» dice debolmente Cindy e Virginia si scioglie completamente, cingendola a sé e soffocandola di baci.

«Scusami, piccola mia, scusami,» le dice sottovoce, continuando ad accarezzarla «la mamma non ti lascia mai più, te lo giuro.»

Restano incollate l'una all'altra per diversi minuti, con Amanda e Peter che le osservano in silenzio per non turbare quel prezioso attimo di vita e di amore assoluto.

A rompere l'incantesimo ci pensa Cyril che si attacca alle gambe della madre, reclamando la sua dose di coccole.

Peter coglie l'occasione per intervenire.

«Dobbiamo parlare, Virginia,» spiega il detective, sforzandosi di avere un tono indulgente «ma è meglio che i bambini non sentano quello che devo dirti.»

La donna accenna un sì con la testa e propone ai figli di andare a vedere un cartone animato alla televisione, mentre prepara loro qualcosa da mangiare.

Cindy non sembra avere alcuna intenzione di staccarsi dalle braccia della madre ma alla fine la prospettiva del cartone e della compagnia del fratellino la convincono ad accettare, con la promessa che la mamma e Amanda rimangano nella stessa stanza.

Con un tono di voce più basso, McBride comincia a descrivere a grandi linee dove e come ha trovato Cindy, tralasciando i dettagli più scabrosi ma sincerandosi che Virginia comprenda bene come l'autore del sequestro sia tale Libero Ruggirello, un trentenne italiano da poco trasferitosi a Londra, ovvero un elemento che non ha assolutamente alcun collegamento con le gang di Brixton.

«Perché proprio Cindy, allora?» domanda la madre.

«Per nessun motivo,» risponde il detective «tranne la facilità nel rapirla. Sono certo che la scelta sia stata casuale. Ruggirello è solo un fornitore che doveva procurarsi e consegnare la merce.»

«A chi?» insiste la donna. «Chi c'è in quella villa?»

«Non lo so. Quando sono arrivato a Hever, seguendo l'italiano, nella casa c'erano tre *travellers* irlandesi armati ma non credo che siano loro i capi dell'organizzazione,» chiarisce McBride «è più probabile che il loro compito fosse quello di radunare i bambini, fare loro la guardia e garantire la sicurezza del rifugio. C'è senz'altro un livello più alto.»

«Dei mostri schifosi!» ringhia Amanda. «Chi può godere nell'approfittare di bambini così piccoli!»

«Hai ragione, Jefferson, e non sai cosa darei per averli tra le mani anche solo per un'ora,» concorda Peter «soprattutto dopo avere visto gli sguardi dei piccoli in quella stanza. Spero che la polizia riesca a rintracciarli e a sbatterli in galera dove notoriamente i pedofili non sono molto amati. Ma se devo essere sincero non ho fiducia nel fatto che questi vermi verranno schiacciati, specialmente se, come credo, fanno parte di un certo ambiente.»

«E lui? Il rapitore?» chiede Virginia allarmata. «Potrebbe riprovarci? Per favore, ditemi se i miei bambini sono in pericolo.»

«Lo escludo,» la tranquillizza il detective «sarebbe troppo rischioso cercare di sequestrare la stessa bambina e non avrebbe alcun senso ora, dopo che la polizia ha sventato il complotto e ha messo in salvo i minori. A mio parere quello stronzo se l'è già data a gambe. Potrebbe anche avere lasciato il paese.»

«Dubito» interviene Amanda. «Non voglio dire che Cindy sia ancora un suo obiettivo, questo assolutamente no, ma sono convinta che quel biondino del cazzo sia qualcosa di più che un semplice trafficante di bambini e che la sua presenza a Londra sia legata a questioni molto più gravi che coinvolgono i suoi connazionali che vivono qui.»

«Ti riferisci a quei delitti di cui mi parlavi?» chiede McBride.

«Sì, proprio a quelli» risponde la poliziotta mentre Virginia guarda agitata i due investigatori, senza capire di cosa stiano parlando. «L'unica cosa che non riesco a mettere a fuoco è se il rapimento di Cindy e il traffico di bambini abbiano direttamente a che fare con gli omicidi eccellenti degli imprenditori italiani o se Ruggirello stia giocando su due tavoli.»

«*Whatever*, l'importante, al momento, è avere chiarito che le bande criminali di Brixton non c'entrano niente,» sottolinea McBride «ma adesso Virginia sei tu che devi diffondere la notizia nel quartiere.»

«Chi, io? E che cosa dovrei fare?» chiede la donna, sempre più spaventata.

«Mettiti in contatto con Jerome in carcere, avvertilo che sua figlia è a casa e sta bene e, se possibile, fallo parlare direttamente con Cindy in modo che si persuada che stai dicendo la verità» dice Peter. «Poi raccontagli per filo e per segno quello che ti ho detto. Deve capire che chi l'ha rapita non ha niente a che vedere con le gang di Brixton e tantomeno con quella di Shabba Scratch Rose. Convincilo a mettere fine a questa assurda guerra che si è scatenata.»

«Non so, non credo che... Jerome non mi ascolta, lului...» balbetta la donna.

«Ti ascolterà, Virginia, deve farlo» la rassicura Amanda, prendendole una mano. «Non avere paura, Peter e io saremo sempre qui a proteggere la tua famiglia ma è importante che a Brixton torni la serenità. Devi pensare al futuro di Cindy e Cyril. Loro non hanno colpe e meritano di crescere in pace e di avere quelle possibilità che tu non hai avuto. Non credi?»

Virginia annuisce, si sistema i capelli e si gira a guardare i bambini, completamente incantati dai cartoni giapponesi in televisione.

Lo squillo acuto del cellulare di McBride interrompe quel breve intervallo di quiete.

Peter controlla lo schermo e poi guarda Amanda con un filo di ansia che gli cresce nel petto.

«È la stazione, devo rispondere» spiega. Quindi fa scorrere il dito sul simbolo verde della cornetta e scandisce un secco «McBride!» mentre si allontana di qualche metro dalle due donne.

Ritorna dopo cinque minuti di fitta conversazione con lo sguardo abbattuto e angosciato.

«Era il tenente Hammond,» attacca Peter, guardando Amanda e Virginia «poco fa hanno preso d'assalto il Reggae Bar di Brixton Water Lane, il quartier generale dei TN1. Hanno gettato all'interno del locale delle bottiglie incendiarie e hanno aspettato che la gente uscisse per cominciare a sparare con i mitra. Lo scontro è durato quasi cinque minuti. Qualcuno della banda di Boyd è riuscito a rispondere al fuoco ma se ne sono salvati in pochi. Ci sono almeno sette morti e cinque feriti gravi...»

Virginia si porta una mano sulla bocca e l'altra sul petto mentre una voce dal televisore ripete: *«Siamo la banda criminale del fiocco rosso e vogliamo vendetta, uccideremo Son Goku e prenderemo tutte le Dragon Balls!»*.

61

Se prima di arrivare alla stazione di Savile Row, Alvaro Gerace avesse avuto dei dubbi sulla polizia inglese, non appena James Riddle entra nella stanza riunioni e gli tende la mano, con un «*Welcome*» scandito e sincero, tutte le sue perplessità spariscono all'istante. La vista di quell'omone disordinato, con i capelli sporchi, la barba non curata e i vestiti stazzonati trasmette immediatamente ad Alvaro un senso di trasparenza e onestà intellettuale, lontana anni luce dall'ipocrisia endemica, celata dietro l'immagine irreprensibile di molti suoi colleghi e dirigenti. Nondimeno lo sguardo vivace e potente dell'uomo lo fa subito entrare in sintonia con lui. Lo stesso feeling non scatta tra Gerace e Amanda, che nel frattempo è stata reintegrata al suo posto. Ma stavolta è la poliziotta di Brixton che appare diffidente nei confronti dell'ispettore, non avendo probabilmente ancora smaltito la rabbia, vagamente intollerante, nei confronti degli uomini italiani in generale, provocata dal crimine messo in atto da Ruggirello. Clarissa, al contrario, vede in Amanda non solo un'agente determinata e professionale, ma anche una donna che deve combattere ogni giorno a causa del gender, del colore della sua pelle e della sua estrazione sociale, e le basta uno sguardo per capire che anche lei è pronta a ricambiare quella stima e quell'ammirazione che non hanno bisogno di parole.

De Caro ha organizzato l'incontro tra i quattro investigatori alle nove del mattino e ha rifiutato cortesemente l'invito di Clarissa a prendervi parte, intuendo l'avversione di Gerace.

Alle otto, Alvaro e Clarissa sono passati al ristorante Dissapore, sperando di incontrare qualcuno del personale, ma il locale era ancora chiuso.

La sala riunioni è piccola e senza riscaldamento, il che non impedisce però a Riddle, che soffre il caldo anche a zero gradi, di aprire le finestre prima di iniziare il meeting.

Il primo a prendere la parola è Gerace che, in un inglese corretto seppure povero di vocaboli, spiega il senso della loro indagine e della loro presenza a Londra, introduce la figura di Libero Ruggirello, alias Filippo il Pagliaccio ed ex poliziotto, ripercorre tutte le fasi della caccia all'uomo, rendendo merito al lavoro di Clarissa, e conclude con la rivelazione del cameriere del Claridge's, secondo il quale Ruggirello sarebbe uno dei dipendenti del ristorante Dissapore, nel quale, come spiega di avere appreso dall'ufficiale di collegamento dell'ambasciata italiana, si è consumato uno dei delitti su cui sta indagando la polizia londinese.

Riddle ascolta con attenzione la relazione di Gerace prendendo numerosi appunti, mentre a Clarissa non sfugge la reazione di Amanda alle parole di Alvaro. Ogni volta che l'ispettore elenca i delitti compiuti dal pagliaccio e sottolinea la minaccia che l'uomo rappresenta per i minori, la poliziotta stringe leggermente la bocca e batte le palpebre.

Poi arriva il turno di Riddle. Il detective inglese fa il punto sulle indagini riguardanti i delitti, delineando in modo preciso le figure delle tre vittime: il cavalier Achille Stefanelli De Vitis, l'imprenditore, nonché titolare del ristorante, Alberto Serrano e la ragazza che lavorava nel locale, Anita Torelli. Riferisce senza alcuna remora degli scontri avuti con il comandante della stazione James Gardiner riguardo ai casi e delle pressioni politiche e diplomatiche che ha dovuto subire. Ammette di non avere ancora una pista concreta per alcuno dei crimini ma tralascia tutto il capitolo riguardante il suicidio della vedova di Stefanelli De Vitis e il mancato blitz al castello di Hever.

Anche mentre parla Riddle, Clarissa nota che Amanda appare nervosa e irrequieta.

«Se posso permettermi» si inserisce Clarissa, non appena Riddle termina la sua esposizione «a parte l'omicidio di Anita Torelli, che ha tutte le caratteristiche dell'eliminazione di un testimone oculare, non mi sembra che per gli altri due delitti sia stato ancora identificato un movente. È così?»

«Amanda e io ci stiamo lavorando,» ammette Riddle «ma in effetti non siamo ancora giunti a comprendere se esiste un unico filo conduttore che lega gli assassinii di De Vitis e Serrano.»

«Mentre per quanto riguarda l'omicidio Torelli avete qualche elemento in più?» insiste Clarissa. «Anita era una giovane immigrata italiana, forse gli amici e le amiche che frequentava potrebbero conoscere aspetti della sua vita utili alle indagini.»

«Se ne sta occupando Amanda» risponde prontamente Riddle, invitando di fatto la poliziotta a intervenire.

La donna si schiarisce la voce, si inumidisce le labbra con la lingua e dice: «Come James sa perfettamente, la morte di Anita mi ha scosso, poiché quando è stata uccisa io avrei dovuto essere all'ospedale a proteggerla e invece non c'ero,» spiega Amanda a testa bassa «motivo per cui fino a oggi sono stata sospesa e la commissione interna alla polizia ha aperto un fascicolo nei miei confronti».

«Mi spiace» dice prontamente Clarissa, scuotendo appena la testa.

«Ho avuto modo di conoscere e interrogare quella che si definisce la migliore amica della vittima, una ragazza anglo-italiana di nome Roberta Gallagher,» prosegue

Amanda «non mi ha saputo dire molto della vita di Anita Torelli, a parte che avevano alcuni amici in comune, anche loro italiani, conosciuti nei rispettivi ambienti di lavoro. Ora che sono stata reintegrata al lavoro, conto di approfondire questo aspetto» conclude la poliziotta.

Mentre Alvaro si prepara a riprendere la conversazione Clarissa e Amanda si guardano, e la poliziotta italiana capisce che la collega sta nascondendo qualcosa.

«Alla luce di ciò che è emerso finora» dice Gerace «non riesco a intravedere un collegamento diretto tra Libero Ruggirello e questi omicidi. Probabilmente il fatto che lavori, o abbia lavorato, al Dissapore è casuale, non sarà infatti l'unico cameriere italiano del locale e la sua presenza, da quello che mi sembra di capire, è accertata solo in una delle tre scene del crimine. Ma soprattutto, in tutti e tre i casi manca un elemento chiave, ovvero quello della pedofilia e del traffico dei minori, ambiente all'interno del quale si muove il nostro uomo. Non dimentichiamo infatti che Ruggirello sarebbe venuto a Londra per cercare una bambina profuga di origini sudanesi di nome Nihal, adottata, a quanto pare, da una famiglia italiana residente a Londra. A questo proposito ho chiesto all'ufficiale di collegamento di ottenere dal consolato italiano di Londra i documenti di registrazione della bambina. Ma non credo che questo possa interessarvi.»

Dopo le parole di Gerace, il disagio di Amanda si fa ancora più evidente, osserva Clarissa, ma anche Riddle comincia a dare segni di irrequietezza.

«Allora direi che possiamo concludere qui il nostro incontro» prosegue Alvaro. «Naturalmente propongo di mantenerci sempre in contatto e di comunicarci vicendevolmente ogni sviluppo di entrambe le indagini. Come voi sapete, talvolta anche un particolare apparentemente insignificante può rivelarsi decisivo per individuare i diversi tasselli della storia. Credo sia importante che almeno fra di noi non vi siano zone d'ombra. Ma dopo questo meeting mi sento di escluderlo» termina Gerace, facendo il gesto di alzarsi dal tavolo.

«Aspetta un secondo, Alvaro» lo ferma Clarissa, guardando fisso in direzione della collega inglese. «Credo che Amanda abbia qualcosa da aggiungere.»

Gerace si risiede sorpreso mentre nella stanza cala il silenzio.

Amanda fa un lungo sospiro, guarda per una manciata di secondi Riddle e poi dice: «Libero Ruggirello risulta presente anche la sera dell'omicidio di Stefanelli De Vitis, alla galleria Browns Arbiter, è amico di Roberta Gallagher ed è il responsabile del sequestro di una bambina di cinque anni nel quartiere di Brixton».

Ad Alvaro sale improvvisamente il cuore in gola, Riddle strabuzza gli occhi mentre Clarissa capisce di aver fatto centro e invita con gentilezza la collega a proseguire. Amanda però non ha più bisogno di stimoli e si mette a raccontare per filo e per segno tutti i particolari che conosce riguardo a Ruggirello, dalla scomparsa di Cindy Boyd, alla promessa fatta alla madre di riportarla a casa, al filmato del videoamatore sul furgone bianco, al suo costume da pagliaccio, alle rivelazioni di Roberta Gallagher, fino al pedinamento alla stazione di St. Pancras e all'inseguimento nella villa di Hever, dopo il quale, ammette con disappunto, l'uomo ha fatto perdere le sue tracce. L'unico aspetto su cui tace è quello riguardante la guerra fra gang a Brixton.

«La bambina è salva e sta bene,» conferma alla fine Amanda, nonostante nessuno glielo abbia ancora chiesto «l'abbiamo riportata ieri sera da sua madre.»

Gerace è talmente eccitato che fa fatica a mettere in ordine i tanti pensieri che gli affollano la mente. Ha tutti i muscoli in tensione e non riesce più a stare seduto.

«Ti assicuro che sono senza parole!» dice alla collega inglese, alzandosi in piedi e rimettendosi subito a sedere. «Altro che presenza casuale!» esclama. «Ruggirello ha un ruolo fondamentale in entrambe le indagini! È l'anello di collegamento tra i vari delitti! Ma dimmi, Amanda, tu l'hai visto di persona, che aspetto ha ora?» le domanda.

«Più o meno lo stesso della foto che mi avete mostrato. Ha solo i capelli un po' più lunghi e ha perso un paio di chili» risponde la poliziotta.

«E il costume da pagliaccio? È per caso come questo?» le chiede, sottoponendole un disegno che raffigura un costume simile a quello del clown di McDonald's.

«È esattamente questo!» conferma Amanda, felice di questo ennesimo riscontro. Poi guarda con un po' di imbarazzo Riddle e aggiunge: «In questo momento il costume è a disposizione dei colleghi della polizia di Brixton, sono riuscita a venirne in possesso grazie a Roberta Gallagher, prima che lo portasse in lavanderia, e ho chiesto al detective McBride di farlo analizzare. L'esame scientifico ha rilevato la presenza di tracce di sangue sul costume».

«Bingo!» grida Gerace. «Dobbiamo subito comparare il dna con quello delle vittime» sottolinea.

«Sono certo che verrà fatto al più presto» lo riprende Clarissa per non urtare la suscettibilità dei colleghi inglesi.

Alvaro prosegue con una raffica di domande ad Amanda sui tempi dell'arrivo di Ruggirello a Londra, sul suo possibile indirizzo, sui suoi spostamenti e infine le domanda della bambina che ha rapito a Brixton e di tutti gli altri minori che sono stati messi in salvo dopo l'incursione nella villa di Hever.

«Una cosa non ho chiara...» dice Alvaro. «Da quello che hai detto, sembra che Ruggirello non abbia rapito Cindy per tenerla con sé ma per portarla in questa villa dove vi erano altri bambini, tenuti segregati da quegli zingari...»

«Sono *travellers* irlandesi!» lo redarguisce Clarissa.

«Qualunque cosa siano, sono dei criminali, Clarissa!» sottolinea Alvaro che poi riprende: «Questa è una novità rispetto al suo modus operandi, in passato il pagliaccio ha sempre agito da solo. Mi viene da pensare che possa essersi accordato con quei banditi per fare un scambio tra Cindy e Nihal, la bambina sudanese per la quale è arrivato fino a Londra. Chissà se il baratto è riuscito...».

«A questo non so rispondere» precisa Amanda. «McBride ha riferito di avere sentito il furgone di Ruggirello allontanarsi durante il conflitto a fuoco nella villa con i *travellers* ma non lo ha potuto vedere, pertanto non sappiamo se con lui ci fosse anche quest'altra bambina.»

«Se è riuscito a prendere Nihal, a quest'ora sarà già in fuga da qualche parte e le probabilità di catturarlo si fanno veramente minime» ammette mestamente Gerace.

«Non è così facile uscire da questo paese con una bambina senza documenti» gli viene in soccorso Amanda. «Io dico che possiamo ancora prenderlo questo pezzo di merda!»

Per tutto il tempo il detective Riddle è stato ad ascoltare i suoi tre colleghi senza intervenire, nemmeno quando Amanda, con le sue rivelazioni, gli ha fatto capire di avergli tenuto nascosti degli elementi fondamentali dell'indagine. Un atteggiamento che, pur lasciando perplessa la poliziotta inglese, non le ha comunque impedito di vuotare il sacco.

Ora però è arrivato il turno di Riddle di confessare i propri segreti.

«Scusate, colleghi» si inserisce il poliziotto, mentre Gerace e Clarissa stanno ancora ragionando a voce alta sulle possibili ultime mosse di Ruggirello. «Ho anche io qualcosa da dirvi» attacca il detective con voce grave. «Non è stato il pagliaccio italiano a uccidere il cavalier Stefanelli De Vitis, è stata la moglie, Emilia Bonetti. Me lo ha confessato prima di suicidarsi.»

Questa volta è Amanda a strabuzzare gli occhi con Alvaro e Clarissa che assistono, senza capire, al nuovo colpo di scena.

«Ho commesso anch'io un errore, Amanda,» riprende Riddle, rivolgendosi direttamente alla sua partner «ma il mio è imperdonabile, soprattutto alla luce di ciò che hai appena detto. Mentre tu eri all'ospedale dove era ricoverata Anita,» racconta il detective «io sono andato dalla vedova De Vitis e dopo circa un'ora di dialogo molto intimo lei mi ha confessato di avere ucciso il marito. Ma a quel punto, peccando di presunzione, ho deciso di non arrestarla poiché volevo cercare di incastrare tutti i complici del marito e farla pagare a Gardiner e a tutti quegli stronzi dei politici. Così ho lasciato la donna da sola a fare i conti con la sua coscienza, ed ecco il risultato. Non solo ora mi sento responsabile per la sua morte, ma ho perso anche l'unica possibile testimone.»

Nella sala riunioni la tensione si fa più densa del vapore che ha appannato i vetri, nonostante le finestre siano spalancate.

Nessuno ha il coraggio di interrompere Riddle che, dopo lo shock iniziale, entra nei dettagli delle rivelazioni raccolte della vedova De Vitis circa il presunto riciclaggio di denaro sporco che il marito avrebbe messo in atto assieme al proprietario del ristorante, Alberto Serrano, e a un numero imprecisato di persone, tra cui la titolare della galleria d'arte nella quale è stato ucciso. Quindi il detective racconta del mistero dello spostamento del cadavere della vittima durante la serata ma soprattutto si concentra sull'aspetto dei festini a base di droga e sesso con i bambini i quali, secondo la vedova De Vitis, venivano organizzati dal marito e da altre persone del suo giro, per ingraziarsi politici e uomini d'affari con questo orribile vizio, per poi chiedere loro favori e raccomandazioni. E proprio questa ignobile e inconfessabile realtà avrebbe spinto la donna ad ammazzare il coniuge. Riddle conclude la sua ricostruzione, spiegando come l'ex moglie di De Vitis gli avesse rivelato anche la data e il luogo del "party" al castello di Hever.

«Mio Dio!» dice Amanda. «Quindi quei bambini nella villa erano pronti per venire sacrificati da quei porci!»

«Proprio così, una cosa ripugnante» sottolinea Riddle. «Ho tentato di convincere Gardiner a fare irruzione ma lui non ha voluto sentire ragioni. Tra l'altro non potevo nemmeno svelargli tutta la questione riguardante la vedova De Vitis. Così ho deciso di andare da solo ma sono arrivato tardi. Per fortuna ci avete pensato tu e il collega di Brixton.»

«Il merito è tutto suo. Io ho solo fatto una telefonata anonima, su sua indicazione» precisa Amanda.

«L'ho sentita alla radio mentre ero quasi giunto al castello,» aggiunge Riddle «sono stato il primo ad arrivare e a trovare i bambini. Non dimenticherò mai i loro volti e i loro occhi. Scusate, colleghi, ma ora mi sento veramente una merda» aggiunge il detective, spostando l'attenzione sulla sua partner. «Se avessi condiviso con te, Amanda, le preziose informazioni avute da Emilia Bonetti probabilmente anche tu avresti fatto lo stesso con me e avremmo potuto unire le forze, arrestare in flagrante quei porci, salvare i minori, liberare Cindy e probabilmente anche arrestare Ruggirello. Invece...»

«Be', mi sembra che gli obiettivi importanti siano comunque stati centrati» sottolinea Clarissa, per allentare lo stress. «Come stanno ora i bambini?»

«Bene, per fortuna. Sono stati presi in cura da un team specializzato della polizia. Verranno fatti tutti gli accertamenti sanitari del caso e poi si passerà alla loro identificazione, sempre se risulterà fattibile.»

«Un momento» interviene Alvaro, raddrizzando la schiena. «L'identificazione dei bambini va eseguita il prima possibile per capire se tra loro c'è anche Nihal, non c'è un minuto da perdere! Ecco, questo è il telefono della responsabile del centro di accoglienza per minori di Senigallia dove la bambina ha soggiornato e dove Ruggirello l'ha conosciuta» spiega l'ispettore, porgendo un biglietto da visita a Riddle. «Chiamatela al più presto, organizzate un collegamento video con lei e mostratele tutte le bambine di cinque anni dai tratti corrispondenti a quelli di Nihal. Se la piccola è tra quelle significa che Ruggirello non è riuscito a scambiarla con l'altra bambina e che quindi potrebbe riprovarci.»

«D'accordo, cercherò di farlo oggi stesso» lo rassicura Riddle, inserendo il biglietto da visita nel fascicolo. «Appena ho notizie ti faccio sapere.»

Dalle finestre entra improvvisamente una ventata fresca che asciuga i vetri e colma di nuovo ossigeno la stanza, portandosi via rimpianti e dissidi.

I quattro poliziotti si alzano in piedi simultaneamente e si stringono le mani, guardandosi negli occhi. Clarissa e Amanda non riescono a trattenersi e si lanciano in un abbraccio.

«Noi adesso andiamo a fare qualche domanda al Dissapore,» dice Gerace a Riddle, prima di uscire dalla stanza «spero abbia finalmente aperto.»

Il detective inglese guarda l'orologio e alza il pollice verso il collega italiano.

Due minuti più tardi, Alvaro e Clarissa sono in cammino verso il ristorante, entrambi eccitati come non lo sono mai stati negli ultimi quattro anni.

«Perché non hai detto niente?» domanda a un certo punto Clarissa.

«Ti riferisci a Peter McBride?» chiede Alvaro.

«Sì, proprio a lui. Da come lo ha descritto Amanda è chiaro che si tratta del *nostro* Peter.»

«Sì, non ci sono dubbi, è *proprio* quel McBride. Ma in quel momento non ce l'ho fatta, non volevo distogliere l'attenzione da ciò che stava raccontando Amanda e poi non mi sembrava così importante.»

«Da come ne parlava ho avuto l'impressione che lei ci tenesse molto a Peter» sottolinea Clarissa.

«Sì, anch'io. E non mi meraviglio. È una persona speciale.»

«Pensi di contattarlo?»
«Non lo so. Spero ce ne sia l'opportunità. In fondo questa storia appartiene anche a lui. Non dimenticherò mai quanto è stato fondamentale il suo aiuto nell'inchiesta sulla bambina scomparsa a Cesenatico. Peter per me è qualcosa di più di un collega, è come un fratello.»

62

Le ultime ore per Alexandra Evie Mangiarotti sono state un incubo. Prima di soccombere nello scontro a fuoco con McBride, il terzo *traveller* è riuscito a inviare il messaggio in codice, previsto in caso di grave emergenza e a dare l'allarme. L'ordine di annullare tutto è arrivato contemporaneamente a dieci persone tra cui Evie, il suo amante Jerry O'Moore, il gangster irlandese da cui dipendevano gli uomini a guardia della villa, e il responsabile del Commercio Estero, Aldo Bertello, uno degli organizzatori principali della "festa" al castello di Hever. In pochi secondi il testo No Party è stato spedito a tutti gli invitati e ognuno di loro, come da procedura, ha inviato un Charlie per confermare di averlo ricevuto. Gli uomini di O'Moore hanno fatto appena in tempo a correre nella villa, prendere i cellulari e i documenti dei *travellers* uccisi, recuperare tutte le schede video delle telecamere a circuito chiuso dell'edificio e a dileguarsi prima dell'arrivo della polizia. Non sono però riusciti a portare con loro i bambini, circostanza che, teme ora Evie, potrebbe rilevarsi molto pericolosa sebbene sia improbabile che qualcuno dei piccoli possa essere in grado di fornire alla polizia elementi che riconducano ai vertici dell'organizzazione. In ogni caso, vista la presenza dei bambini, gli inquirenti seguiranno la pista del traffico e dello sfruttamento dei minori, tentando di identificare i banditi irlandesi e capire a chi possano essere collegati, riflette la donna, cercando un modo per calmare la sua ansia. Sarà alquanto difficile che la polizia possa stabilire un collegamento tra l'episodio e loro, si convince Evie, considerando come il blitz sia avvenuto in una villa anonima, intestata a una società fittizia registrata a Singapore e l'affitto delle sale del castello, dove avrebbe dovuto svolgersi la festa, sia stato fatto in forma non ufficiale, senza niente di scritto e quindi impossibile da accertare. Ciò che però continua a turbare la titolare della galleria Browns Arbiter è la figura di quell'uomo, alto, grosso e nero che da solo è riuscito a neutralizzare i tre *travellers*. Anche dopo avere esaminato con cura le immagini delle telecamere della villa, gli uomini di O'Moore non sono ancora riusciti a identificarlo. Il suo modo di agire, sono certi, è quello di un professionista, addestrato militarmente, ma più che un poliziotto, o un uomo delle forze speciali, è sembrato loro un *contractor*, in missione privata. Possibilità che rappresenta una minaccia ben più concreta per tutta l'organizzazione. E un altro motivo di apprensione, seppure meno pressante, riguarda il trafficante che si è offerto di scambiare una "sua" bambina con una di quelle a disposizione della struttura. Il fatto che costui abbia avuto contatti solo con gli uomini della sicurezza e non sappia, in teoria, chi c'è sopra di loro dovrebbe ridurre il pericolo, pensa Evie. Certo se tutto fosse andato come previsto a quest'ora l'uomo sarebbe morto e il suo corpo sepolto da qualche parte nei campi del Kent, si rammarica la donna. Il fatto che, per una strana coincidenza, il suo volto sia sfuggito alle telecamere della villa rappresenta un piccolo margine di rischio poiché, a questo punto, gli unici che avrebbero potuto riconoscerlo, rintracciarlo ed eliminarlo sono morti. Comunque Evie dubita fortemente che quel trafficante, scappato a gambe levate dalla villa si rifaccia nuovamente vivo con la sua proposta di scambio.

La galleria Browns Arbiter è un viavai di facchini che imballano e impacchettano le opere che si sono salvate al massacro della serata di inaugurazione. Sono tutte dirette alla Tate Modern, il museo di arte moderna di Londra dove è in programma una grande esibizione per celebrare l'arte italiana, organizzata dalla stessa Tate, in collaborazione con le più grandi case d'aste internazionali e tutte le istituzioni politiche e diplomatiche italiane presenti nella capitale britannica. A dirigere i lavori un ragazzo indiano che la titolare della galleria ha dovuto assumere temporaneamente a causa dell'assenza della sua assistente, Roberta Gallagher, la quale ha telefonato per avvertire che è malata e che rimarrà a casa per alcuni giorni.

Chiusa nel suo ufficio immacolato con le pareti bianche, il parquet ad assi lunghe della stessa tinta e un divano in pelle color panna, Evie Mangiarotti controlla ripetutamente il suo cellulare per capire se siano arrivati messaggi o notizie da O'Moore mentre, navigando col laptop sui siti dei quotidiani e su Twitter, cerca nervosamente delle notizie aggiornate riguardo alla sparatoria di Hever.

Quando il suo smartphone inizia a squillare la donna ha un sussulto e si lancia sull'apparecchio. Ma sul monitor non compare nessuno dei nomi registrati nella sua rubrica telefonica bensì quello di un utente a lei sconosciuto che sta chiamando attraverso Skype. Si chiama «IT» e come *contact picture* ha l'immagine del clown del film di Stephen King.

Evie ha un attimo di indecisione, poi accetta la chiamata.

«Chi parla?» domanda in tono severo.

La linea rimane per qualche secondo in silenzio poi una voce metallica penetra nell'orecchio della donna.

«Non ha importanza chi parli, Lady Mangiarotti, o preferisci che ti chiami Alexandra Clarke?»

A sentire pronunciare il suo nome da nubile la donna ha un fremito. Nessuno la chiama così da oltre trent'anni e pochissimi, nel suo ambiente, conoscono il suo passato. Un leggero tremore si insinua nella sua voce ma Evie cerca comunque di mostrarsi sicura di sé.

«Non ho tempo da perdere!» strepita. «Mi dica cosa vuole o vada a farsi fottere!»

La voce al telefono si trasforma in una sottile risata, altrettanto metallica.

«Oh, certo! Il tempo fugge, vero Evie? Che peccato per quella bella festa a Hever, con tutti quegli splendidi bambini! Sarebbe stata un vero spasso. Ma ce ne sarà presto un'altra, spero...»

La titolare della galleria inizia a sudare e a guardarsi intorno, quasi temendo che qualcuno possa ascoltare le parole di IT.

«Non so di cosa stia parlando» replica la donna con la voce traballante.

«Complimenti, questa frase non l'ho mai sentita! A dire la verità, speravo che una donna della tua classe avesse un pizzico di originalità in più. Peccato. Permettimi allora di rinfrescarti la memoria.»

Un doppio *bip* avverte la donna che il suo smartphone ha ricevuto due messaggi. Evie allontana il telefono dall'orecchio e clicca sul primo. C'è una foto di lei assieme a Costantino Vitiello e Jerry O'Moore, seduti a un tavolo nella saletta privata del Galvin At Windows dell'hotel Hilton di Park Lane.

Evie apre il secondo e compare un testo: Era buono il White Lady di Marco?

La donna si succhia le guance, si inumidisce la labbra siliconate, riavvicina il cellulare all'orecchio e sentenzia: «Tutto ciò non ha alcuna importanza e non significa niente. Gli stalker come te mi fanno pena. Vai a masturbarti davanti alle scuole, stronzo impotente!».

Dall'altro lato del telefono scatta un applauso.

«Andiamo già meglio, My Lady! Ma sono certo che puoi fare di più...»

Un altro *bip* e un altro messaggio, questa volta vocale. Evie mette il telefono in vivavoce e schiaccia play.

«*...trattava con tanti ambienti diversi, inglesi, italiani e internazionali. Per quello che mi riguarda era lui in persona che comprava le opere d'arte e finanziava le mie esposizioni. Era un uomo molto educato e istruito, un essere speciale...*»

«*...Certo, come no! Speciale nel comprare le* lavanderie *e fare milioni di bucati! Per non parlare di quei bei festini a luci rosse con i minorenni che raccattava dalle cosiddette organizzazioni umanitarie da lui stesso sostenute per fare sfogare i suoi simili, salvo poi farli sgozzare come dei conigli. Ma per favore, stai almeno zitta, visto che sei tu la regina di questi party...*»

La donna sente una cascata di gocce di sudore gelato che le scende lungo la schiena. Prova a dire qualcosa ma non trova le parole.

«Interessante, vero?» riprende la voce, facendosi ancora più tagliente. «Ed è solo un assaggio. A proposito, d'ora in avanti devo chiamarti Sua Altezza Reale? O la regina delle feste? Però mi sorprende che una dama della tua levatura se la faccia con quel buzzurro irlandese. Che tra l'altro mi sembra piuttosto incapace e sprovveduto come gangster. Lui e i suoi bifolchi da campo nomadi. Hai presente quello che gli faceva da guardia del corpo quella sera all'Hilton? Mi è bastato sventolargli sotto il naso tremila euro per convincerlo a farmi entrare nell'elenco dei fornitori senza fare domande. Veramente un dilettante. Dovresti fare più attenzione, mia cara, quando scegli il personale. Hai visto che fine hanno fatto quei tre alla villa?»

«Ah! Sei tu! Adesso ho capito!» dice Evie, leggermente sollevata. «Sei quel trafficante che voleva scambiare la bambina! Potevi dirlo subito invece di fare tutta questa messinscena! So che l'altra sera nella villa c'è stato un imprevisto, ma se vuoi possiamo metterci d'accordo. La bambina ce l'abbiamo ancora noi.»

«Wow! Ecco la regina delle opere di sangue in azione! Finalmente!» plaude la voce. «Ora sì che ti riconosco!»

«Se mi dici dove sei te la faccio consegnare anche oggi stesso» propone la donna.

«Che peccato, stavi andando così bene! Davvero, mia regina, credi che io sia così stupido da cascare in questo banale tranello e farmi ammazzare come uno di quegli zingari puzzolenti? Mah, mi deludi...»

«Va bene, va bene. Che cosa vuoi allora?»

«Per prima cosa il mio amico IT vorrebbe ricevere una bella foto della piccola Nihal che tiene in mano un giornale con la data di oggi, poi, se lui sarà contento, ti occuperai di organizzare personalmente la consegna che dovrà avvenire in un posto aperto al pubblico e con tanta gente.»

«Okay, nessun problema. Riceverai la foto al più presto» conferma Evie. «Quanto alla consegna della bambina, ti propongo la galleria Tate Modern, sulla riva sud del Tamigi, a Bankside. Domani sera nella Switch House, la nuova ala del museo, ci sarà una serata speciale per celebrare l'arte italiana. Ci verrà un sacco di gente. Io sarò lì con la bambina.»

«Tesoro, sei una vera artista! Che performance sublime! Mi hai quasi convinto, non appena avrò la foto di Nihal ti manderò le istruzioni per il ritiro.»

«Siamo d'accordo allora» dice la donna, che ha ritrovato la sua abituale verve.

«Aspetta, dolce Eva. So perfettamente che domani sera cercherai di farmi ammazzare e di tenerti la bambina ma mi sento in dovere di avvertirti di una cosa. La versione originale e completa di quel bellissimo messaggio vocale che hai appena sentito, accompagnato da splendide foto tue e dei tuoi amichetti e da un bel resoconto scritto, verrà spedita a YouTube, Twitter, Instagram e a telefoni e computer di poliziotti e giornalisti se non disattiverò personalmente l'invio, quando sarò di ritorno dalla Tate. Sarà un po' come una letterina d'addio del pagliaccio. Lo sapevi che hanno inventato un app che si chiama *Scheduler* per programmare i messaggi da inviare? Che bella cosa la tecnologia...»

«Ti consegnerò la bambina, te lo assicuro!» promette la donna. «Ma voglio delle garanzie. Chi mi dice che, una volta avuta la bimba, non invierai ugualmente il messaggio?»

«Nessuno, *my bloody Queen*!» scoppia in una risata il pagliaccio. «La vita è imprevedibile ed è sempre piena di sorprese! Una vera opera d'arte.»

63

La vetrina del negozio al numero 216 di Stockwell Road è quasi interamente coperta da pannelli di cartone. Della scritta BEST BARBERS, nell'unica parte in vetro che ancora resiste, sono rimaste soltanto una B e una T. Frammenti di legno e vetro sono sparsi davanti al locale sulla cui porta, anch'essa foderata di cartone, qualcuno ha attaccato un foglio A4 con il nastro adesivo con la frase CHIUSO PER LUTTO.

La polizia ha messo i sigilli ma i timbri sono scomparsi dopo mezza giornata e la serratura è stata scardinata. Al suo posto c'è una catena, chiusa dall'interno con un grosso lucchetto, che lega il foro lasciato dalla toppa sfondata a uno dei montanti della vetrina.

Peter McBride bussa una prima volta sulla striscia di telaio in ferro della porta. Attende qualche minuto e bussa una seconda volta con più vigore.

La terza volta, oltre a prendere quasi a pugni la porta, tira con forza la catena verso di sé fino a fare sbattere il lucchetto dalla parte opposta dell'uscio.

«Apri Horace, lo so che sei lì dentro!» urla il poliziotto. «Sono Peter McBride, ho urgente bisogno di parlarti.»

Il detective rimane in piedi, davanti alla porta, con le braccia conserte in attesa di un segnale dall'interno che arriva però solo dopo tre minuti abbondanti.

La catena comincia a scorrere fino a scomparire dentro il negozio, la porta si apre lentamente e sulla soglia compare un uomo che dimostra almeno dieci anni in più dei suoi quarantacinque, con gli occhi gonfi e cisposi, le treccine grigie, unte e attaccate al cranio e una camicia a scacchi rossi e blu, tutta macchiata, che fatica a contenere un ventre gonfio e sformato. Il tipo puzza di alcol e sudore rancido e fa fatica a camminare.

«Cristo Horace, ma come ti sei ridotto!» lo ammonisce McBride. «Mi fai entrare?»

L'uomo si fa di lato per permettere al poliziotto di infilarsi nel negozio. Non appena varca l'ingresso, Peter è costretto a tapparsi il naso a causa del fetore di fumo, sangue e resti umani decomposti che impesta l'ambiente.

«Porca puttana, che schifo!» grida McBride. «Come cazzo fai a stare in questo merdaio?» domanda al barbiere.

«Il merdaio, come lo chiami tu, è la testa di mio cugino Desmond o ciò che ne rimane» sottolinea Horace. «La polizia ha portato via i cadaveri ma ha lasciato qui tutto il resto.»

«Mi dispiace, Horace, capisco tutto, ma devi reagire, non puoi vivere in queste condizioni!» lo esorta il detective. «Chiama tuo figlio e i suoi amici e fatti aiutare a ripulire il negozio. E per carità smetti di bere e di fumare quella merda! Non ti reggi nemmeno in piedi.»

«Perché dovrei farlo, Big? Chi se ne fotte del negozio e della mia salute? La polizia? I servizi sociali? I vicini? Mio figlio Justin? I miei presunti famigliari? Non interessa a nessuno di me e di quello che hanno fatto a Desmond.»

«Ti sbagli, fratello. A me importa.»

«Ci hanno usato, ci hanno ammazzato, hanno distrutto il nostro lavoro e la nostra vita» prosegue Horace, senza ascoltare le parole del poliziotto. «Ma per tutti, qui a Brixton, è una cosa normale. Una conseguenza logica e inevitabile di quello che sta accadendo. Là fuori si stanno ammazzando ma qui la morte è già passata.»

«Te lo ripeto, Horace, non è tutto perduto» insiste McBride. «Brixton si può cambiare se tutti noi lottiamo insieme per farlo. Questo quartiere non è di proprietà di un manipolo di narcos del cazzo che arruolano dei poveri ragazzi analfabeti e li mandano ad ammazzarsi per le strade! Non sono le loro luride sterline che fanno muovere e andare avanti la vita tra queste mura ma il lavoro duro e instancabile di chi vuole vivere onestamente, di chi si alza ogni mattina alle quattro per tirare su il banco di frutta e verdura al mercato o fa decine di miglia in metropolitana per andare a lavorare nei cantieri. Dobbiamo difendere chi vuole mettere su famiglia e fare studiare i propri figli e chi non si arrende ai soprusi, alla violenza e allo sfruttamento. E mi riferisco anche a quello messo in atto dallo stato e dai suoi vampiri che vorrebbero trasformare questo quartiere in un centro commerciale. Brixton può farcela» conclude Peter «perché ha un'anima e un cuore, che non smette di battere anche quando è ferito.»

«Le tue sono gran belle parole, Big,» commenta Horace «ma mi sembrano come le forbici di un barbiere che non riescono a tagliare i capelli perché non hanno più le lame. Desmond parlava come te e adesso è un cadavere senza testa in qualche obitorio pubblico in attesa che lo divorino i vermi. Io morirò prima che questo posto riesca a cambiare. E non sarà fra molto.»

«Guardami, Horace!» lo scuote il poliziotto. «Tu lo sai dove sono nato e cresciuto! Conosci la mia infanzia e la mia adolescenza. Io sono l'esempio che esiste un altro mondo, che si può ancora scegliere.»

«Ti guardo, amico mio, e sai cosa vedo?» risponde il barbiere. «Vedo un uomo pieno di rabbia e di rancore, nato con il destino già segnato che ha lottato tutta la vita per farsi accettare da persone che lo disprezzano, che non si dà pace per le scelte che ha fatto da giovane e nemmeno per quelle fatte da adulto. Che cerca ogni giorno di farsi ammazzare perché è convinto di meritarselo e che ha trasformato la sua paura in dolore. Il tuo non è vivere, Peter.»

Le parole del barbiere sono come un calcio in faccia per McBride che rimane muto, senza fiato mentre nella sua mente ripassano, confuse, le immagini dei suoi quindici anni nel ghetto di Moss Side.

«Pensa quello che vuoi, Horace,» si scuote Peter «sono venuto qui per mettere a posto la situazione e lo farò, costi quel che costi.»

«Ah sì? E come intendi farlo? Organizzando una bella fumata di gruppo tra gli sgherri di Boyd e quelli di Shabba in quello che resta di questo negozio?» chiede ironicamente il barbiere.

«Più o meno» risponde in tono serio il detective. «Ho intenzione di convocare qui Shabba e l'uomo che comanda la gang di Boyd e costringerli a fare un accordo.»

Horace guarda Peter come se vedesse un alcolizzato che beve per dimenticare il sapore dell'alcol.

«Credo che sia ora che tu vada a casa, figliolo,» gli dice «hai bisogno di farti una bella dormita e anche una bella fumata.»

«Non sto scherzando, Horace» insiste seriamente il poliziotto. «Voglio organizzare una riunione a quattro, solo noi e loro. E convincerli a interrompere questa assurda carneficina. In fondo ognuno ha avuto la propria dose di morti da seppellire ed è giunto il momento di posare le armi. Spiegherò loro che tutto è nato da un malinteso ma che ora la questione si è risolta.»

«Non accetteranno mai» ribatte Horace. «Queste guerre vanno avanti per mesi, fino a quando tutto il sangue è fuoriuscito dalle vene. Lo sai meglio di me.»

«Sì ma questa volta è diverso, *bruv*, c'era la pace a Brixton prima di questa storia assurda e disumana, sono convinto che possa ritornare se riesco a farli ragionare. Ma avrò bisogno anche del tuo aiuto.»

«Il mio? Guarda in che stato sono ridotto, fratello, mi

hanno distrutto il locale e portato via tutto. Sono ormai un avanzo di essere umano senza più alcuna voglia di vivere! Come potrei esserti d'aiuto?»

«Horace, tu sai perfettamente che cosa voglio da te,» dice Peter, cercando il suo sguardo «lo hai capito sin dalla prima volta che ho bussato alla porta di questo negozio.»

Il barbiere fa un profondo respiro con la bocca aperta e abbassa la testa.

«È troppo tardi, Big» riprende l'uomo, con un filo di voce.

«Non lo è, Horace, credimi. Di' a tuo figlio Justin di riportarti i soldi che ha rubato. È l'unica speranza che ha per salvarsi. Presto scopriranno che è stato lui a prenderli.»

64

Tranne che per quella mezza giornata nella quale la Scientifica ha fatto i rilievi, il ristorante Dissapore non ha mai chiuso, sebbene non sia ancora chiaro a chi passerà la proprietà del locale dopo la morte di Alberto Serrano. Il numero dei clienti è però crollato vertiginosamente e gli affari sono andati a picco, tanto che tutti i dipendenti con contratto in prova, o assunti da poco tempo, sono stati tagliati. Nella lista dei congedati risulta anche Libero Ruggirello, l'unico in realtà a essersi licenziato, visto che, dal giorno dell'omicidio di Serrano, non si è più presentato al lavoro e non ha nemmeno telefonato per reclamare la paga.

«Abbiamo provato a contattarlo diverse volte ma il suo telefono risulta sempre non attivo» spiega Rocco, un trentacinquenne italiano vestito come un broker assicurativo che ha accolto Alvaro e Clarissa al loro arrivo nel locale. L'uomo, in completo blu gessato di Hugo Boss, camicia bianca con i gemelli, cravatta regimental blu e bianca e scarpe Church nere, modello Westbury, senza stringhe, si è presentato ai due poliziotti italiani come *deputy-manager* del ristorante, facendoli accomodare in un salottino nella zona del bar e offrendo loro una varietà infinita di paste, dolci, biscotti, marmellate, oltre a caffè italiano, tè di Ceylon, spremuta di arance siciliane e acqua minerale delle Alpi svizzere a basso residuo fisso. Cibi e bevande che Alvaro e Clarissa hanno puntualmente rifiutato, iniziando, senza perdere altro tempo, a rivolgere al manager diverse domande.

«Non vedo molti clienti» sottolinea Alvaro. «È a causa del delitto o ci sono altri motivi?» gli domanda.

«A quest'ora non ci sono mai molti clienti,» risponde Rocco con fare sicuro «ma già verso mezzogiorno il ristorante comincia a riempirsi di gente, soprattutto professionisti del settore bancario e finanziario che hanno gli uffici qui a Mayfair ma preferiscono discutere dei propri affari davanti a un piatto di pasta alla Norma e a un bicchiere di ottimo Nerello Mascalese. Poi arrivano i turisti e fino alle sedici diventa un circo.»

«Sarà come dice lei,» commenta Alvaro, arricciando le labbra «al momento però mi sembra tutto piuttosto desolato.»

«Se mi permette di invitare a pranzo lei e la sua signora, sarò lieto di dimostrarle il contrario» dice Rocco con fare servile, spalancando un sorriso a trentadue denti, tutti accuratamente sbiancati.

«La collega ispettrice Clarissa Di Natale e io non siamo qui in visita di cortesia né in vacanza, ma per indagare sugli omicidi» puntualizza infastidito Alvaro, senza però precisare di quali delitti si tratti. «La prego pertanto di limitarsi a rispondere alle domande.»

L'uomo incassa il rimprovero senza fiatare e si mette quasi sull'attenti.

«Certo, ispettore, chiedo scusa.»

«La ringrazio» prosegue Gerace, evitando di guardare Clarissa per non incrociare il suo, più che probabile, sguardo di disapprovazione.

«Lei era presente quando è stato ucciso il dottor Serrano?» domanda Alvaro.

«Nossignore, ero di riposo. Ho lavorato senza sosta nei quattro giorni precedenti e mi sono occupato della parte organizzativa della serata di gala, ma la sera della cena il titolare mi ha lasciato libero.»

«Delle persone presenti in quell'occasione chi c'è oggi?» chiede Clarissa, con fare meno ruvido del suo boss.

Rocco mostra immediatamente di apprezzare i toni più cordiali della poliziotta e le regala un incerto, ma sincero, sorriso, dicendo: «Come forse avrà notato, dottoressa, il personale in questi giorni è un po' ridotto, posso però farla parlare con il capo-chef, Mimmo Finocchiaro, che si è occupato personalmente del menu della serata».

«Molto gentile, grazie» accetta Clarissa, rivolgendo un languido sorriso al manager che scatta in piedi come un soldato, chiede permesso e si dirige verso la cucina, mentre Alvaro continua a sbuffare.

Dopo sei minuti Rocco è di ritorno, precedendo un uomo poco più che quarantenne, dal fisico asciutto, i cui capelli lunghi, neri e ribelli, nonostante le vistose pennellate di gel, e il viso affilato, con un sottile strato di barba che gli dona un'aria da artista bohémien. La giacca nera a doppiopetto con il collo alla coreana e le iniziali M.F. cucite sul petto rivelano però immediatamente il suo ruolo e la sua identità.

«Sono Mimmo Finocchiaro» dice il cuoco, allungando la mano prima a Clarissa e poi ad Alvaro.

I tre prendono posto a sedere nello stesso divano mentre Rocco, dopo avere chiesto permesso, si allontana.

«Spero di non averla distolta dal suo lavoro,» esordisce Gerace, molto più ben disposto nei suoi confronti rispetto a quanto lo fosse con il manager «in ogni caso cercheremo di non portarle via troppo tempo.»

«Nessun problema, ispettore, purtroppo non c'è molto lavoro in questi giorni» ammette tranquillamente Finocchiaro, guadagnandosi subito la stima di Alvaro.

«Stiamo indagando su un cittadino italiano che ha poco meno di trent'anni e ha lavorato per qualche tempo in questo ristorante, come barista o cameriere, credo. Si chiama

Libero Ruggirello. Lo conosce?» domanda Gerace, sottoponendo allo chef una stampa a colori dell'uomo.

«Sì, certo, lo conosco ma non ricordavo il suo nome» risponde prontamente Finocchiaro. «Ha lavorato anche in cucina, anche se solo in occasione della serata di gala in cui...»

Il cuoco ha un'esitazione ma Gerace lo toglie subito dall'imbarazzo.

«Non si preoccupi, siamo al corrente della vicenda ma la nostra presenza qui non riguarda l'omicidio del dottor Serrano ma Libero Ruggirello.»

«Ah, capisco» dice il cuoco, più sollevato. «Che cosa ha combinato questo ragazzo, perché siete interessati a lui?»

«Ruggirello è un ex poliziotto ed è ricercato in Italia per omicidio e sequestro di persona. Sospettiamo che abbia rapito e ucciso almeno quattro bambine di quattro e cinque anni e che sia scappato qui a Londra» spiega l'ispettore.

Finocchiaro tende leggermente gli occhi, assumendo un'espressione stupita, senza però mostrarsi particolarmente impressionato.

«Be', è abbastanza incredibile ciò che mi dice, ispettore, ricordo piuttosto bene quel giovane, l'ho conosciuto esattamente il giorno prima della serata di gala e mi ha fatto un'ottima impressione. Prestava servizio qui al bar come cameriere e mi ha colpito per l'impegno che metteva nel lavoro. Tant'è che gli ho proposto di fare un periodo di prova con me in cucina.»

«Ha accettato?» domanda Gerace.

«Con entusiasmo,» sottolinea Finocchiaro «mi ha ringraziato mille volte per l'opportunità e sembrava anche molto sincero.»

«Sembrava?» interviene Clarissa che fino a quel momento è rimasta in silenzio, prendendo appunti.

«Sì, dico sembrava perché da un giorno all'altro è scomparso e non si è più fatto vivo, nemmeno al telefono. Certo non è stata una grande perdita per la cucina ma devo ammettere che il suo comportamento mi ha sorpreso, difficilmente mi sbaglio quando scelgo i miei collaboratori. Ovvio, ora che mi ha riferito le accuse nei suoi confronti...»

«Ricorda cos'ha fatto Ruggirello la sera della cena di gala, quando è stato ucciso Serrano?» chiede Alvaro.

«Molto vagamente, è stata una serata convulsa, come può immaginare. Ricordo solo di averlo visto in cucina, mentre apriva le lavastoviglie e asciugava piatti e bicchieri. Gli ho fatto un cenno per chiedergli se stesse andando tutto bene e lui mi ha risposto sorridendo e alzando il pollice. Ma questo è avvenuto molto prima del delitto, quando gli ospiti stavano ancora arrivando.»

«E poi non l'ha più visto?»

«Non ricordo. Ci sono stati attimi di delirio totale quando la povera Anita ha scoperto il corpo del dottor Serrano. Gente che urlava, tavoli rovesciati, clienti che scappavano, un vero inferno.»

«E in cucina?»

«Siamo usciti tutti di corsa per capire cosa stesse succedendo e poi nessuno dello staff credo sia tornato al proprio posto, anche perché la polizia ha bloccato ogni persona presente, ha creato dei gruppi e ha cominciato a interrogarci.»

«Ruggirello non era nel suo gruppo?»

«No e non so nemmeno se sia stato identificato e interrogato. Dovrebbe chiederlo ai suoi colleghi inglesi.»

«Lo abbiamo già fatto. Non risulta in alcun verbale di interrogatorio con il suo nominativo. Come se lo spiega?»

«Non saprei. Forse è riuscito ad andarsene prima che la polizia lo fermasse. Tanto più se era ricercato.»

«Non lo era ancora,» interviene nuovamente Clarissa «altrimenti non credo che avrebbe usato il suo vero nome.»

Finocchiaro si volta verso la poliziotta e non aggiunge altro.

«Crede che Ruggirello possa avere avuto un motivo per uccidere Alberto Serrano?» chiede a bruciapelo Gerace.

Lo chef alza le spalle e rimane in quella posizione per qualche secondo.

«Non so rispondere a questa domanda,» spiega, allargando le mani «non so niente di lui e del suo passato, l'ho conosciuto molto superficialmente.»

«E di Serrano che cosa sa?» si inserisce ancora Clarissa.

«In che senso, signora, cos'è che vuole sapere esattamente?» domanda il cuoco, interdetto.

«Ispettrice Di Natale, prego» lo corregge Clarissa. «Mi riferisco al fatto che sia stato ucciso in modo barbaro nel suo stesso ristorante, durante un evento di grande richiamo, sotto gli occhi di personaggi di spicco del mondo politico e imprenditoriale londinese. Si sarà chiesto il perché, visto che lei è a contatto tutti i giorni con questo ambiente.»

«Sono solo un cuoco e trascorro dieci ore al giorno in cucina,» sottolinea Finocchiaro «non faccio parte del mondo che lei ha citato. Detto questo, i miei rapporti con il dottor Serrano sono sempre stati ottimi e la sua morte mi ha profondamente scioccato.»

«Non sa nulla della sua vita privata, del suo lavoro?» insiste Clarissa.

«Il dottor Serrano mi ha confermato a capo della cucina quando ha rilevato il ristorante e ha sempre mostrato grande stima nei miei confronti e apprezzamento per il mio lavoro, ma più di questo non saprei dirle.»

«Chi era il proprietario del ristorante prima di lui?» chiede Gerace.

«Un imprenditore italiano di origini siciliane, che lo ha aperto. Allora il locale si chiamava La Fenice. Il suo nome è Gaspare Mancuso. È stato lui ad assumermi.»

«E perché lo ha venduto?» domanda il poliziotto.

«Stava rischiando il fallimento, anzi, era già fallito quando il dottor Serrano lo ha rilevato.»

«Interessante...» borbotta Gerace. «E dov'è ora il signor Mancuso? Crede che sia possibile incontrarlo?»

Finocchiaro fa un profondo sospiro e poi dice: «È morto. Purtroppo non ha retto».

«Intende dire che ha avuto un infarto? Un ictus?»

«Si è suicidato» dice lo chef, stringendo la mandibola e restando in silenzio.

Gerace e Clarissa si scambiano un veloce sguardo, poi la poliziotta prende un appunto.

«Tornando a Ruggirello,» riprende Alvaro «le ha raccontato qualcosa del suo passato?»

«Quando gli ho chiesto quali fossero le sue esperienze nel settore alberghiero e della ristorazione, lui mi ha spiegato che da studente ha fatto lo stagionale in alberghi della riviera romagnola, come cameriere. Mi ha detto anche di avere lavorato per delle cooperative di assistenza e in quei parchi a tema che ci sono nelle località di villeggiatura.»

«E riguardo al suo arrivo a Londra cosa le ha riferito?»

«Quello che dicono quasi tutti i ragazzi italiani che vengono a cercare lavoro, ovvero che in Italia non si trova e sono qui per fare esperienza, mettere da parte dei soldi e imparare l'inglese.»

«In che periodo ha detto di essere arrivato a Londra?»

«Se non ricordo male, un mese fa.»

«E le ha per caso spiegato in che modo era riuscito a farsi assumere al ristorante?»

«Sì, grazie a una ragazza che aveva conosciuto sull'aereo per Londra, impiegata in una galleria d'arte, a cui ha lasciato il curriculum.»

«Si ricorda come si chiama questa ragazza?»

«Non me lo ha specificato.»

«Le dice niente il nome Emiliano Ossola?» chiede l'ispettore, studiando la reazione del cuoco.

«Certo, ha lavorato qui per quasi un anno, anche lui come cameriere al bar. Ora credo sia all'hotel Claridge's. Anche lui è coinvolto?»

«È possibile che Ossola e Ruggirello abbiano prestato servizio contemporaneamente in questo ristorante?» prosegue Gerace, senza considerare la domanda dello chef.

«Non saprei, ho conosciuto quasi casualmente Ruggirello il giorno antecedente alla serata di gala. Prima non sapevo nemmeno che facesse parte dello staff del ristorante. Ma i tempi ci sono, quindi credo sia possibile.»

Alvaro resta in silenzio per qualche secondo a resettare i pensieri. Quindi si rivolge a Clarissa che sta rimuginando su qualcosa.

«Credo sia tutto, Clarissa, cosa dici?» le domanda Gerace. «Possiamo congedare il signor...»

Ma la poliziotta non lo lascia finire e, girandosi di scatto verso il cuoco, gli chiede, in tono perentorio: «Signor Finocchiaro, risulta dal verbale della polizia inglese che il signor Serrano sia stato ucciso con un coltello per sfilettare il pesce con il quale l'assassino gli ha penetrato la gola da parte a parte...»

Il cuoco inarca le sopracciglia in attesa che l'investigatrice prosegua.

«...è possibile che quel coltello provenisse dalla sua cucina?» domanda Clarissa, in modo retorico, conoscendo già la risposta.

«Sì, lo era. La polizia lo ha accertato.»

«E infatti ci sono i riscontri nei documenti della Scientifica,» conferma la poliziotta «ma le chiedo, signor Finocchiaro, com'è organizzata la sua cucina? Mi spiego meglio, oltre a lei, che è il capo-chef, ci sono il *sous-chef* e altri cuochi di diverso livello e con compiti differenti. È così?»

«Siamo circa una dozzina, compresi i pasticcieri» risponde l'uomo che ancora non riesce a capire il senso di quelle domande.

«Lei è una specie di direttore d'orchestra, se mi consente il paragone, nel senso che dirige il lavoro dei suoi collaboratori mentre cucinano e preparano i diversi piatti» prosegue Clarissa. «C'è chi si occupa dei primi, chi dei secondi di carne, chi di quelli di pesce e via dicendo. Mi sbaglio?»

«Non si sbaglia, signo... ispettrice. Con la differenza che anche io preparo direttamente i cibi e vado ai fornelli. Voglio assicurarmi che tutto venga fatto nel modo giusto.»

«Lo immagino, signor Finocchiaro, lei è un professionista attento e una persona scrupolosa, lo avevo già capito» asserisce la poliziotta. «Ma in questo momento la mia curiosità riguarda i ferri del mestiere, ovvero i coltelli. Ogni chef in cucina utilizza quelli che servono per i compiti che devono svolgere, immagino.»

«Sì, certo, sono tutti ordinati a seconda dell'uso e delle esigenze.»

«E una volta utilizzati dove vengono messi?» chiede la poliziotta.

«A lavare. Abbiamo diverse lavastoviglie per piatti, tegami, posate, coltelli...»

«E qui arriviamo al punto» dice Clarissa, come un avvocato durante l'arringa finale, mentre Alvaro la osserva tra il sorpreso e il divertito.

«Come è stato accertato dai colleghi inglesi, il coltello che ha ucciso il dottor Serrano è uno di quelli utilizzati per sfilettare il pesce ma la Scientifica ha rilevato come la lama fosse perfettamente pulita, senza residui di cibo ma con una leggera traccia di detersivo per lavastoviglie, il che fa supporre che sia stato preso tra i coltelli appena lavati» rimarca la poliziotta. «Per cui le domando, chi era quella sera in cucina che si occupava di lavare e asciugare le stoviglie, signor Finocchiaro?» conclude Clarissa, avvicinandosi col corpo al cuoco.

L'uomo spalanca gli occhi come se avesse avuto una rivelazione, abbassa il tono della voce e dice: «Era lui, Ruggirello».

65

Si è svegliata alle tre di notte, ha fatto una doccia, si è vestita, ha controllato per l'ennesima volta di avere con sé passaporto e carta d'imbarco, quindi è uscita, portando solo una borsa con un cambio di vestiti per tre giorni e un piccolo zaino, dove ha riposto laptop, tablet, cellulare e caricabatterie.

Alle tre e quarantacinque Roberta Gallagher era già sul pullman che collega Victoria Station all'aeroporto di Stansted, assieme alla solita, nutrita, schiera di turisti e viaggiatori da voli low cost del mattino presto.

Un percorso di circa un'ora e mezzo, con le luci dell'alba che filtrano dai finestrini appannati e la voce potente e malinconica di Adele negli auricolari per isolarsi dalle insopportabili chiacchiere degli altri passeggeri.

Roberta è tesa e preoccupata e non riesce a smettere di pensare a quel messaggio ricevuto poche ore prima via Skype da IT: Vattene subito da Londra. Non dire niente a nessuno e non fare domande.

Lo ha riletto un paio di volte, poi, con le mani che le tremavano e il cuore in subbuglio, ha comprato online un biglietto sul primo volo del mattino per il Portogallo, scegliendo come destinazione la città di Faro, nell'Algarve, una delle mete preferite dagli inglesi per le vacanze.

Quindi ha inviato una mail alla galleria Browns Arbiter

per avvertire che il suo congedo per malattia sarebbe aumentato di qualche giorno e che si sarebbe fatta viva più avanti per comunicare la data del rientro.

Giunta all'aeroporto, Roberta si è mescolata alla folla di persone in coda per i controlli di sicurezza, ha superato senza fermarsi la zona del duty free e ha atteso che venisse annunciato l'imbarco del suo volo in un tavolo appartato di un grande pub della zona partenze, confondendosi tra sciami di turisti inglesi in bermuda, infradito e almeno tre pinte di birra già nello stomaco.

Non ha ancora un piano preciso nella testa. Una volta arrivata a Faro, la sua intenzione è quella di affittare una stanza per qualche giorno, nel centro città, attraverso un sito di bed and breakfast e attendere eventuali sviluppi da Londra, liberandosi nel frattempo della scheda telefonica inglese. Prima di partire, ha ritirato duemila euro in contanti da un bancomat internazionale a Victoria Station e presso uno sportello di cambio gestito da nordafricani a Victoria Street, con i quali calcola di andare avanti per alcuni giorni senza la necessità di usare le carte. Da Faro conta di prendere un pullman diretto in Spagna e raggiungere Siviglia, dove spera di avere più tempo per valutare la situazione e studiare le mosse successive, senza il timore di venire rintracciata.

Su un monitor appeso a una parete del pub compare il numero della porta d'imbarco del volo per Faro. L'orario di partenza è confermato.

Roberta attende ancora una decina di minuti seduta al tavolo, guardandosi attorno, mentre almeno una quindicina di persone abbandona il locale per avviarsi verso il terminal.

Dopo avere studiato i loro volti e i loro movimenti, la ragazza lascia una banconota da cinque sterline sotto alla tazza del caffè e si avvia a passo svelto verso il gate. Lo raggiunge in otto minuti, dopo avere evitato le scale mobili e rimanendo sempre a testa bassa, con lo sguardo puntato verso il pavimento e un cappellino bianco con visiera infilato sulla testa.

In attesa dell'imbarco si è già formata una lunga fila di persone che Roberta osserva tenendosi a distanza, seduta nelle poltrone di un'uscita opposta a quella del volo per Faro. L'aereo è pieno e le operazioni procedono a rilento. Al contrario il cuore di Roberta non allenta il ritmo dei battiti, nemmeno quando, dopo avere controllato per l'ultima volta eventuali messaggi, chiamate o mail, la giovane estrae dal cellulare la scheda e la spezza, gettandone i frammenti nel vano per la plastica di un cestino dei rifiuti del terminal.

Quindi si avvia verso il banco delle hostess di terra, infilandosi nel gruppetto degli ultimi cinque passeggeri. La donna che controlla i documenti di viaggio ha una trentina d'anni e un accento del Nord dell'Inghilterra. Roberta le porge la copia stampata della carta d'imbarco e il passaporto aperto sulla pagina della foto. La hostess la ringrazia, prende i documenti e le sorride mentre Roberta si sforza di ricambiare ma è troppo tesa per riuscire a muovere i muscoli della faccia. Dopo avere passato il codice dalla carta sullo scanner, la donna inserisce il passaporto a testa in giù in un lettore e controlla il monitor. Ripete l'operazione una seconda volta, rimanendo a studiare per qualche istante ciò che compare sulla schermata del computer. Poi digita velocemente qualcosa sulla tastiera che Roberta non riesce a identificare.

«Ancora un attimo di pazienza, signora Gallagher,» dice la donna, trattenendo il passaporto e la carta «nel frattempo le chiedo la cortesia di spostarsi di lato.»

La ragazza ha un tuffo al cuore. Inizia a guardarsi alle spalle e per un attimo considera l'idea di scappare. Ma senza passaporto non andrebbe lontano, pensa, mentre le sue gambe cominciano a tremare ed è costretta ad appoggiarsi al banco delle assistenti di terra per sorreggersi.

«Roberta?» pronuncia una voce potente alle sue spalle.

La giovane si gira con il cuore in gola e si trova di fronte

Amanda Jefferson in divisa, accompagnata da un'altra donna in borghese.

La poliziotta recupera dalla hostess il passaporto e la carta d'imbarco, ringraziandola. Poi si avvicina a Roberta e la fa segno di seguirla.

«Mi spiace ma per ora non puoi partire» le comunica l'investigatrice in tono fermo. «Abbiamo bisogno di farti alcune domande. Lei è una collega della polizia italiana,» aggiunge «la sovrintendente Clarissa Di Natale.»

Roberta rivolge per qualche secondo lo sguardo alla poliziotta italiana poi si gira verso Amanda che continua a fissarla con aria severa. Respirando a bocca aperta e con le mani completamente ghiacciate, la giovane si incammina, scortata dalle due agenti, verso un ufficio della polizia di frontiera.

La fanno sedere su un piccolo divano a due posti grigio in una stanza angusta e disadorna senza finestre, dove, oltre al divanetto, ci stanno a malapena un tavolo bianco in laminato e due sedie da ufficio di modesta fattura, con le ruote. In un angolo c'è un dispenser di acqua potabile con un cilindro di bicchieri in plastica. Amanda ne estrae uno, lo riempie d'acqua per metà e lo offre alla ragazza che lo afferra con entrambe le mani, bevendo un sorso microscopico.

«Come stai?» le chiede Amanda, facendo un lungo sospiro.

«St-sto bene, grazie» balbetta Roberta, senza alzare la testa.

«Strano, alla galleria nella quale lavori sostengono che tu sia malata.»

«Lo ero ma adesso sto bene» ribadisce la ragazza.

«E quindi hai deciso di partire.»

Roberta annuisce con la testa.

«Portogallo» dice Amanda. «Faro per l'esattezza. Perché proprio lì?»

«Vado a raggiungere degli amici per una piccola vacanza» spiega Roberta, con un tono di voce talmente esitante da non convincere nemmeno se stessa.

«Una vacanza» rimarca Amanda. «Così, senza preavviso e dopo una malattia. Una decisione proprio last minute, insomma!»

«Ho bisogno di riposo e di sole. Si tratta solo di un breve periodo» si giustifica Roberta.

«Ah sì, certo. Tutti avremmo bisogno di vacanze e di caldo. Soprattutto in questo periodo di super-stress. Ma ci sono cose più urgenti e più gravi che ci tengono inchiodate in questa città, purtroppo, come dare la caccia a un assassino che si traveste da pagliaccio...»

Amanda fa una pausa mentre Roberta tenta di deglutire un altro sorso d'acqua.

«Vedi,» riprende la poliziotta «la mia collega Clarissa è venuta fino a Londra proprio per arrestare quel tuo amico italiano che si diverte a travestirsi da clown. Se ancora non te ne sei accorta, Libero Ruggirello è un soggetto estremamente pericoloso. In Italia è ricercato per sequestro di persona e omicidio di quattro bambine di non più di cinque anni. Lo vuoi ancora proteggere? Sappi che rischi come minimo un'incriminazione per favoreggiamento.»

Roberta stringe il bicchiere ma dalla sua bocca non esce nemmeno un fiato.

«Sappiamo che sei spaventata e ti assicuro che saremo in grado di proteggerti,» riprende Amanda «ma abbiamo bisogno della tua collaborazione. In caso contrario sarò costretta a portarti alla centrale. È questo che vuoi?»

La ragazza scuote lentamente la testa.

«Bene, allora adesso stai tranquilla e prova a rispondere con calma e sincerità alle nostre domande. Prima che tu ti metta a cercare altre giustificazioni fantasiose, ti faccio presente che stiamo tracciando il tuo telefono cellulare dal giorno in cui ci siamo conosciute all'ospedale dove era ricoverata Anita. Ti abbiamo seguita alla stazione di St. Pancras e ti abbiamo vista in compagnia di Ruggirello. Lo stesso vale per questa mattina, quando sei uscita di casa e ti sei diretta qui all'aeroporto di Stansted. I tuoi dati erano in tutto il sistema di controllo dei documenti dello scalo, perciò ti avremmo fermato qualunque fosse stata la tua destinazione. Per il momento non sei indagata ma tutto dipenderà dalle tue risposte. Perciò ti chiedo, Roberta, perché stavi scappando in Portogallo?»

La ragazza alza lo sguardo verso le due poliziotte. I suoi occhi sono colmi di paura e di sgomento.

«Me-me lo ha ordinato lui, di-di andarmene da Londra...» farfuglia Roberta.

«Lui chi? Ruggirello?» domanda Amanda.

«Sì-sì.»

«Quando?»

«Ieri, con un... messaggio.»

«Cos'ha scritto?»

«Di andarmene al più presto e non dirlo a nessuno.»

«Posso vedere questo messaggio?» chiede la poliziotta.

«Ho distrutto la scheda, mi spiace.»

«Hai più sentito Ruggirello dal vostro incontro alla stazione di St. Pancras?» insiste Amanda.

«No.»

«Però eri stata tu a organizzarlo, giusto?»

«Sì, l'ho chiamato io ma è stato lui a scegliere il luogo dell'appuntamento.»

«Perché lo hai contattato? Gli hai raccontato del nostro dialogo all'ospedale?» la incalza Amanda.

«Mi dispiace... ero sconvolta» ammette Roberta.

«Lui cosa ti ha chiesto?»

«Voleva sapere che cosa mi avesse chiesto la polizia e che cosa vi avessi riferito. Mi ha fatto un sacco di domande.»

«Lo hai messo in guardia?»

«No, ho solo raccontato ciò che sapevo.»

«Era tranquillo?»

«Sì, cioè... come sempre.»

«In realtà a noi è sembrato avesse un atteggiamento piuttosto aggressivo e minaccioso nei tuoi confronti...»

«Be', sì, quando ho detto che vi avevo parlato del suo costume da pagliaccio ha cominciato ad agitarsi.»

«Gli hai svelato di avercelo consegnato?»

«No, gli ho detto di averlo portato in lavanderia.»

«Ci ha creduto?»

«Credo di sì.»

«E poi? Nient'altro?»

«No, nient'altro. Ha detto di non cercarlo in nessun modo e che si sarebbe fatto vivo lui per recuperare il costume.»

«Invece ti ha scritto per avvertirti di andartene al più presto da Londra...»

«Esatto.»

Amanda fa un altro profondo respiro, schiocca la lingua contro il palato e stringe le labbra.

«C'è qualcos'altro che sai di Ruggirello che non ci hai detto?» riprende la poliziotta, fissando negli occhi la ragazza.

«No-no!» risponde ansiosa Roberta.

Clarissa, che fino a quel momento si era tenuta in disparte, fa un segno alla collega, chiedendo il permesso di intervenire.

«Certo!» risponde Amanda, tirandosi indietro con la sedia.

«Mi chiamo Clarissa Di Natale e faccio parte della sezione di polizia postale della questura di Bologna» si presenta la poliziotta. «So che hai origini di Piacenza e quindi siamo conterranee» prosegue, cercando di creare un diverso piano di comunicazione con la ragazza. «Anche Libero Ruggirello è originario della nostra regione, anche se, in realtà, è romagnolo. Viene dalla provincia di Cesena, te lo ha detto?»

Roberta fa segno di sì con la testa.

«E cos'altro ti ha raccontato della sua vita in Italia?»

«Non tanto,» dice la ragazza con un filo di voce «mi ha detto di avere fatto tanti lavori in posti diversi, dagli alberghi ai centri anziani, ai parchi divertimenti e come animatore per bambini.»

«Dove lo hai conosciuto?»

«Sull'aereo, da Bologna a Londra.»

«Quanto tempo fa?»

«Sarà passato poco più di un mese.»

«E ti ha spiegato il perché del suo viaggio a Londra?»

«Mi ha detto che era in cerca di lavoro e mi ha chiesto se avessi qualcosa da suggerirgli.»

«E tu lo hai aiutato, giusto?»

«Be' sì, per quanto fosse nelle mie possibilità.»

«In che modo?»

«Ho fatto girare il suo curriculum negli ambienti di mia conoscenza e gli ho procurato un lavoro nella galleria, anche se solo per una serata.»

«Ti riferisci all'inaugurazione della mostra di arte contemporanea alla Browns Arbiter durante la quale si è consumato un omicidio?»

«Sì, proprio quella» conferma Roberta, abbassando il tono della voce.

«Ricordi cos'ha fatto Ruggirello quella sera?» chiede Clarissa.

«Era con me in una stanza assieme ai figli degli ospiti. Avevamo organizzato un piccolo buffet con dolci e bibite e uno spettacolino per bambini. Lui era vestito da pa...» si interrompe la ragazza.

«Indossava il costume da pagliaccio?» riprende Clarissa.

«S-sì.»

«Si è mai allontanato da quella stanza?»

«Non che io ricordi, ma a un certo punto nella galleria è scoppiato il caos e sono arrivati di corsa i genitori per recuperare i bambini.»

«E lui?»

«L'ho perso di vista. Di sicuro però prima di andarsene si deve essere tolto il costume, perché l'ho trovato a terra, in un angolo della stanza.»

«E lo hai recuperato?»

«Sì, me lo sono portato a casa. Poi gli ho mandato un messaggino per avvertirlo che lo avevo preso io. Mi sono offerta di farglielo lavare.»

«Cosa ti ha risposto?»

«Mi ha ringraziato.»

«E basta?»

«Sì.»

«Riguardo al ristorante Dissapore,» prosegue Clarissa «mi confermi che sei stata tu a segnalare Ruggirello al manager del locale?»

«Avevo saputo che cercavano personale per il bar e siccome Libe... cioè Ruggirello mi aveva detto di avere lavorato anche negli alberghi, quando era in Italia, ho pensato di chiedergli se fosse interessato. Lui ha detto di sì e allora ho fatto il suo nome al ristorante.»

«Dopo l'omicidio del titolare del Dissapore hai avuto modo di vederlo o di sentirlo?»

«Solo per messaggio e poi quella volta alla stazione di St. Pancras» risponde Roberta, tirando su col naso.

«Sei mai stata a casa sua?»

«No, mai.»

«Senti, Roberta,» attacca Clarissa dopo una breve pausa «Libero Ruggirello è un ex poliziotto ma è anche un pericoloso criminale, un pedofilo e un assassino. Hai mai avuto il sospetto che fosse venuto a Londra per qualcosa in particolare? Che avesse in mente un piano?»

«Assolutamente no, lo giuro!»

«Ti ha mai parlato di una bambina di nome Nihal?»

«No, in nessun momento.»

La poliziotta italiana fa un'altra breve pausa. Poi chiede alla ragazza: «Posso vedere il messaggio che ti ha scritto?».

Roberta sbianca e dilata le pupille.

«Ho tolto la scheda telefonica e l'ho distrutta, ve l'ho detto» cerca di giustificarsi.

«Non ha importanza,» sottolinea Clarissa «il dialogo scritto rimane anche senza scheda nella chat degli SMS. Me lo puoi mostrare per favore?» insiste la poliziotta.

Roberta riprende a tremare e passa il cellulare all'investigatrice ma prima, con la voce rotta, ammette: «Mi ha scritto un messaggio via Skype. Il suo nickname è IT, come il pagliaccio di Stephen King. Eccolo».

66

Non è un mattino qualunque a Brixton.

Il sole preme con i suoi raggi contro la fitta coltre di nuvole grigie che sovrasta il Sud di Londra ma riesce soltanto a creare dei flussi luminosi, lunghi e sottili, che trafiggono il cielo, destinati a perdere intensità e calore nel contatto con il suolo.

Getti di fumo bianco sbocciano dalle fognature come geyser metropolitani, dissolvendosi nello smog che soffoca il quartiere.

Le strade e le piazze sono aggredite da colonne di macchine e autobus che si muovono al rallentatore, come rettili che cercano buchi di luce nei quali lanciarsi.

Il ritmo della vita procede, incessante, nelle trame quotidiane di un non-luogo che ogni giorno finge di essere uguale a se stesso, terrorizzato dai cambiamenti che non riesce a comprendere, né a gestire. Anche oggi l'assenza effimera della droga spezzerà quel filo sottile che collega un'esistenza alla realtà. Anche oggi, in nome dello sviluppo e del progresso, la città-mostro divorerà un pezzo di vita e di storia di questo borgo, spargendo sale sulle sue ferite aperte, fino a ricoprirle con montagne di sabbia e cemento. Anche oggi, come ieri e come domani, le lacrime di questo cuore in fibrillazione bagneranno la terra che non permette ai bambini di giocare, alle madri di sentirsi madonne e agli uomini di vivere in pace.

Non è un mattino qualunque a Brixton, è il mattino di un altro giorno di morte.

Peter McBride ha un peso sul petto e una morsa che gli attanaglia il cervello. Alle quattro del mattino, dopo tre ore trascorse a lottare con il letto, cercando inutilmente di allentare la tensione che gli contrae tutti i muscoli, si è ficcato sotto la doccia bollente, lasciando che il flusso di acqua gli incendiasse i pori della pelle. Nudo e sgocciolante, ha quindi aperto la finestra ed è rimasto a lungo in piedi, al buio, con le mani e le gambe spalancate, fino a quando le correnti gelate della notte hanno ridisegnato la trama della sua epidermide.

Ha trangugiato due tazze di caffè solubile e si è vestito completamente di nero: maglietta a maniche corte, pantaloni stretti, anfibi e giubbotto stile bomber. Ci ha pensato a lungo se prendere o meno la Glock ma alla fine ha deciso di infilarsela nella cintura dei pantaloni, con il colpo in canna.

Alle sei Peter è arrivato a Stockwell Road dopo avere attraversato, a piedi, tutto il quartiere. Ha respirato l'aria inquinata dal fumo degli scarichi degli autobus, ha lasciato che le sue narici si riempissero dell'odore acre del gas dei bruciatori, sprigionato dai tubi esterni dei casermoni popolari, e ha affondato le scarpe nei ruscelli di acqua putrida agli angoli dei marciapiedi.

Ha trovato Horace ad attenderlo in quello che resta del suo negozio di barbiere. Si sono guardati in faccia, a lungo, senza parlare, poi si sono abbracciati ed è stato allora che l'uomo ha sentito la pistola.

«Tu non ci credi, vero Big?» dice il barbiere all'orecchio del poliziotto, prima di staccarsi dalla sua stretta.

«A cosa dovrei non credere?» chiede McBride.

«Che Brixton ricomincerà a vivere in pace, che riuscirai a convincerli e che... ne usciremo vivi.»

«Certo che ci credo! Al cento per cento! Farò capire

loro che non ci sono alternative a un'intesa. E che si tratta di una questione di sopravvivenza, per tutti.»

«È per questo che hai il gingillo infilato nei pantaloni?»

Il poliziotto sorride ironicamente, mentre si passa la mano sul giubbotto, in corrispondenza della pistola.

«Gli accordi si fanno usando il cervello e le parole,» spiega Peter «ma prima bisogna fare tacere il clamore del piombo. Chiederò a tutti di deporre le armi come segno di buona volontà e sarò io a dare l'esempio.»

«Non lo faranno mai, lo sai meglio di me» sottolinea il barbiere. «Ma ormai, per me, non fa alcuna differenza.»

«Lascia stare, *bruv*. Piuttosto, ti sei assicurato che tuo figlio Justin arrivi con i soldi?» domanda McBride.

«Ci sarà, stai tranquillo. È un ragazzo intelligente anche se ha solo diciassette anni e pretende di essere un capo gang» spiega Horace. «Ha fatto un'enorme cazzata a rubare i soldi di Boyd, ma ora ha capito di avere sbagliato e non vuole che la sua stupida bramosia di potere e denaro faccia scorrere altro sangue. Si sente responsabile della morte di Desmond, sebbene non lo avesse mai considerato uno zio e avessero avuto spesso degli attriti.»

«Lo devi strappare dalla strada prima che sia troppo tardi e mandarlo via da Brixton,» dice il detective «non vivrà a lungo se continua a giocare a fare il gangster. Boyd è un criminale pieno di rabbia e di rancore e vorrà sicuramente vendicarsi. Anche se oggi stringeremo un accordo, prima o poi troverà il modo per fare pagare a Justin il suo gesto.»

«Proteggerò mio figlio, stanne certo» assicura il barbiere «fosse l'ultima cosa che faccio nella vita.»

Il rombo del motore e lo stridore degli pneumatici sull'asfalto rompono d'improvviso il silenzio che avvolge il negozio. Peter e Horace balzano in piedi e si avvicinano all'uscita sul retro del locale mentre, all'esterno, avvertono il rumore sordo delle portiere che sbattono e quello metallico delle armi che vengono preparate all'uso. Il poliziotto fa segno al barbiere di restare indietro mentre apre con calma la porta e alza le mani.

Shabba Scratch Rose lo vede e gli punta immediatamente contro un grosso revolver nero. Ha un aspetto minaccioso, non solo a causa della pistola che stringe fra le mani, le treccine legate sulla testa, la canottiera rossa dei Chicago Bulls e i pantaloni in stile militare ma soprattutto per lo sguardo, carico di tensione e di anfetamine.

Dietro di lui, la sua guardia del corpo, un uomo alto un metro e novanta, largo come un armadio a due ante, con una bandana nera sulla testa, il volto tatuato alla Mike Tyson, una divisa mimetica aperta che mette in mostra pettorali e addominali da magazine di culturismo e una pistola mitragliatrice MP5 di fabbricazione tedesca lungo il braccio.

«È tutto a posto, Shabba,» dice McBride, mantenendo la calma «ci siamo solo io e il barbiere, puoi mettere giù la pistola.»

«Fottiti, fratello!» gli risponde il gangster con una voce roca e impastata. «Non mi faccio fregare due volte da quei figli di troia! E nemmeno da te.»

«Entra e controlla tu stesso» ribatte Peter, che nel frattempo si è aperto il giubbotto in modo da mostrare la pistola infilata nella cintura.

Shabba fa segno al sua guardiaspalle di entrare nel negozio, mentre continua a puntare la rivoltella alla testa del poliziotto.

L'uomo imbraccia la mitraglietta, passa di fianco a McBride e si infila nel locale come un militare durante un'incursione. Horace è accanto al muro e rimane in quella posizione con le mani alzate mentre l'uomo perlustra tutti gli angoli del negozio, senza degnarlo di una parola. Terminata l'ispezione il gorilla esce e fa segno di sì con la testa al capo, prima di riprendere posto alle sue spalle.

«Dove sono quei vermi?» sbraita Shabba. «Che cazzo sta succedendo?»

«Te l'ho detto, non è ancora arrivato nessuno,» ribadisce McBride «non ci sono trappole nascoste. Siamo qui solo per trattare un accordo.»

«Vaffanculo, BigMac! Io non tratto con chi ammazza la mia gente! Sono venuto solo a prendere quello che mi spetta e mandare all'inferno quei bastardi. Non ti mettere in mezzo se non vuoi fare la stessa fine, fratello!»

«Avrai i soldi, Shabba,» tenta di tranquillizzarlo Peter «ma niente sparatorie e vendette. Quando arriveranno gli uomini di Boyd, entreremo tutti nel negozio di Horace e poseremo le armi. Rimarremo lì dentro fino a quando non avremo fatto un patto, poi potrai anche andartene con i tuoi milioni.»

Shabba scoppia in una risata graffiante, mentre il suo guardiaspalle rimane impassibile.

«Povero BigMac, fare il poliziotto ti ha proprio rammollito!» lo deride il gangster. «Non esiste nessun trattato possibile con quei pezzi di merda, vincerò questa guerra e Brixton sarà nelle mie mani.»

«Sei tu che sei un illuso, Shabba,» replica il detective «se non scendi a patti con la gang di Boyd, non festeggerai il tuo prossimo compleanno e questa stupida faida finirà per sterminare tutta la tua famiglia. Non ne vale la pena, pensaci.»

«Basta con queste chiacchiere del cazzo, sbirro!» sbotta il gangster. «Tira fuori i miei soldi o riempio di buchi quel bastardo del tuo amico barbiere e do fuoco alla sua stalla. Mi hai già fatto perdere troppo tempo con le tue stronzate!»

I due si fissano intensamente negli occhi e per una frazione di secondo McBride viene sfiorato dall'idea di afferrare la pistola e piantare una pallottola nella fronte di Shabba, pur sapendo che, se anche riuscisse a essere più veloce del bandito, non riuscirebbe comunque a evitare la raffica del suo scherano.

La situazione rischia di precipitare quando, sbucati dal nulla, arrivano gli uomini di Boyd. Compaiono alle spalle di tutti, silenziosi come il cobra tatuato sul collo del gangster che ha il cranio rasato, una vistosa cicatrice sul lato destro della faccia e una fila di capsule d'oro nell'arcata dentaria superiore. Vicino a lui un uomo con la barba nera e crespa, il volto seminascosto dal cappuccio di una felpa nera e gli occhi più gialli del metallo dei denti del suo compare. Sono entrambi mastodontici e armati come dei marines. Oltre alle pistole automatiche argentate infilate nei pantaloni, imbracciano tutti e due dei fucili d'assalto AK 400 russi. Sul dorso delle mani hanno inciso a china il simbolo dei Tell No One.

In un lampo Shabba estrae un'altra pistola, automatica, e mira dritto alla testa di denti d'oro il quale, a sua volta, gli punta il fucile alla gola. Nel frattempo il gorilla e il barbuto allineano le canne dei loro mitra l'uno contro l'altro. Peter resta immobile, nel mirino del revolver di Scratch, con le mani sopra la testa e il cuore che gli sbatte nella cassa toracica. Nessuno dei quattro gangster apre bocca, le loro dita tremano sui grilletti delle armi. La tensione negli sguardi fende quel poco di ossigeno che ancora rimane nello spazio angusto nel viottolo che conduce al retro del negozio.

«Diamoci tutti una calmata!» grida a un certo punto McBride, guardando uno alla volta i banditi. «Non serve a niente se ci ammazziamo qui in strada!»

Le sue parole sembrano non giungere nemmeno alle orecchie dei gangster, che continuano a minacciarsi silenziosamente. Ognuno di loro è in attesa di una mossa, o anche solo di un'occhiata, per scaricare il fuoco su chi si trova di fronte a lui.

«Cristo, ma siete sordi?» urla ancora Peter. «Mettete giù i cannoni e statemi a sentire! Vi ho fatto venire qui per parlare, non perché vi facciate saltare il cervello! Non siamo ancora alla resa dei conti.»

Shabba è il più nervoso e probabilmente il più fatto. Comincia ad ansimare e a inumidirsi le labbra con la lingua. Denti d'oro se ne accorge, stringe gli occhi e serra la mandibola, modificando la curva della cicatrice che gli sfregia la guancia.

I due gregari non si staccano gli occhi di dosso con il prurito che cresce loro nelle mani mentre stringono i fucili.

McBride cambia strategia e si mette a calcolare mentalmente come riuscire a sparare prima dei gangster e allo stesso tempo a togliersi dalla loro linea di tiro quando una voce, debole e tremante, proviene dal negozio.

«Ho i soldi, fermatevi, per l'amor di Dio!» dice Horace, iniziando a tossicchiare.

La sua frase è come un tuono che fa vibrare i timpani dei gangster e del poliziotto.

«Che cazzo stai dicendo, vecchio?» urla Shabba, continuando a tenere sotto tiro sia McBride sia denti d'oro. «Di quali cazzo di soldi stai parlando?»

«Dei tuoi soldi, Scratch!» risponde Horace con un tono di voce più acuto. «Dei dieci milioni di sterline che Jerome Boyd ti deve come risarcimento.»

«Ah sì?» dice Shabba. «E dove cazzo sarebbero questi soldi? Vieni fuori e mostrameli.»

«Non farlo, Horace!» interviene McBride, anche lui gridando. «Non farti ammazzare per nulla!»

Il gangster con le treccine digrigna i denti, muove la testa di scatto per scostare una goccia di sudore che gli scende sulla fronte e piega in orizzontale la pistola che ha puntato alla testa di McBride, movimento che scatena l'immediata reazione di denti d'oro, il quale alza ancora di più il fucile, spostando il mirino dalla gola alla testa di Shabba.

«Allora facciamo così, vecchio,» attacca il boss «o vieni fuori subito con i soldi oppure faccio saltare la testa al tuo amico sbirro. Mi hai sentito?»

«Non ascoltarlo, Horace, se esci ti ammazza!» urla Peter. «Avevi ragione tu, è impossibile convincere questi animali a trovare un accordo. Non preoccuparti per me, scappa e mettiti in salvo!»

La frase disperata del poliziotto sembra in qualche modo scuotere denti d'oro che, dopo essere rimasto in silenzio per tutto il tempo, punta lo sguardo di Shabba e gli dice: «Cosa vuoi ancora, Scratch? Perché non prendi questi cazzi di milioni e te ne vai? Boyd sa che non sei stato tu a rapire sua figlia ed è ancora disposto a riconoscere il suo errore e a passare sopra a tutto. Ma questa è la tua ultima occasione. Se spari a quello sbirro e uccidi il barbiere non avrai scampo, o ti ammazzo io stesso oppure lo farà qualcun altro e farà a pezzi tutta la tua famiglia e i tuoi uomini. Fiumi di sangue invaderanno le strade di Brixton fino a quando anche l'ultimo di voi non sarà annegato. È questo che vuoi, Shabba? Se è così, accomodati, fai esplodere la testa a quello sbirro che hai davanti a te e prega il tuo *Negus* di essere più veloce del mio fucile.»

Il gangster esita, continua a muovere la testa a scatti, mentre il sudore gli imperla la fronte, sta per fare fuoco contro McBride ma si ferma un istante prima di premere il grilletto e abbassa entrambe le pistole. Denti d'oro fa lo stesso con il fucile, seguito a ruota dai due gregari.

Una leggera brezza penetra nel vicolo e sfiora il volto di Peter il quale realizza di aver trattenuto il respiro per diversi minuti.

Il poliziotto si riempie i polmoni di aria e fa un piccolo passo in avanti in direzione dei quattro banditi.

«Andiamo dentro a parlare,» propone a Shabba e al luogotenente di Boyd «loro possono restare fuori di guardia» aggiunge, indicando i due guardiaspalle.

Quindi si gira e si avvia verso l'ingresso del negozio, entra e si mette a fianco di Horace che lo guarda, sbigottito.

Il gorilla e il barbuto si piazzano in corrispondenza degli angoli esterni della porta, pronti a intervenire, mentre Shabba e denti d'oro fanno il loro ingresso nel locale. La porta viene chiusa e i due gangster vanno a occupare gli angoli della stanza, rimanendo sullo stesso lato, mentre McBride e Horace si posizionano in modo speculare dalla parte opposta. Al centro, sotto una lampadina attaccata a un cavo che scende dal soffitto, il detective ha sistemato un tavolo rettangolare.

«Prima di parlare, vorrei che tutti noi mettessimo le armi su questo tavolo» propone McBride, appoggiando lui per primo la sua pistola sul piano di legno.

I due gangster restano immobili.

«Almeno appoggiate i cannoni a terra!» li incita il poliziotto. «Ci siamo solo noi quattro in questa stanza e i vostri uomini sono fuori. Il pericolo è solo nella vostra testa.»

Il primo a deporre il fucile a terra è il gangster dei TN1, imitato pochi secondi dopo da Shabba che, con qualche titubanza, sistema le due pistole ai suoi piedi.

«Bene, vedo che avete ancora qualche neurone sano,» si compiace McBride «e ora facciamo presto, dal momento che sia a Horace sia a me la vostra compagnia risulta piuttosto fastidiosa. La prima cosa che voglio chiarire riguarda la figlia di Boyd. È stata liberata, sta bene ed è a casa con sua madre. Questa è la foto che le ho scattato qualche ora fa» spiega il detective, mostrando prima all'uno poi all'altro gangster un'immagine di Cindy fatta col cellulare. «A rapirla è stato uno straniero che non ha alcun rapporto con le gang di Brixton, ma questo ve lo avevo già detto anche se non avete voluto dare ascolto alle mie parole.»

«Chi è quel pezzo di merda?» chiede denti d'oro. «Sono sicuro che Boyd sarà molto contento di conoscerlo.»

«Non rompere i coglioni!» risponde seccamente McBride. «Quel porco è roba nostra, gli stiamo col fiato sul collo. Si pentirà di essere venuto a Brixton.»

«Certo, come no!» interviene Shabba con un risolino sprezzante che a Peter fa venire voglia di afferrare la pistola e scaricarla sulla faccia del gangster.

«Questo significa» riprende il detective, mordendosi la lingua «che, come non c'era prima, non c'è tantomeno adesso alcun motivo perché vi facciate la guerra. Troppo tardi, direte voi, ma vi sbagliate. In queste ultime ore vi siete dati la caccia e avete riempito queste strade di cadaveri. Troppo sangue è stato versato e ora quel sangue grida vendetta. So bene quali siano le regole del ghetto ma so anche che Boyd, con il quale ho parlato in prigione, ha fatto un primo passo. Quei dieci milioni di sterline sono per te, Shabba, e per le famiglie dei tuoi morti. Boyd ha riconosciuto il suo errore e ti ha teso una mano. Se sei veramente un capo gang come dici, Scratch, prendi i suoi soldi, accetta le sue scuse e metti fine a questa assurda mattanza. Sono certo che anche i TN1 faranno lo stesso.»

Denti d'oro annuisce sommessamente ma Shabba appare inquieto e infastidito dalle parole di McBride.

«Dici solo stronzate, BigMac!» sbraita il bandito con le treccine. «I miei uomini sono venuti in questa fogna per prendere i soldi e sono stati ammazzati come dei cani. Dove cazzo sono i milioni di Boyd? Io continuo a sentire un mare di cazzate ma non ho ancora visto nemmeno una banconota. E mi sto veramente rompendo i coglioni!»

«Li ha rubati mio figlio Justin!» prende la parola Horace, nonostante Peter gli faccia cenno di no con la testa. «È ancora giovane e non ha capito la gravità delle sue azioni. Ha origliato i nostri discorsi e ha approfittato della nostra disattenzione per introdursi nel negozio durante la notte e prendere i soldi. Purtroppo me ne sono accorto troppo tardi e mio cugino Desmond ne ha pagato le conseguenze. Ma ora Justin ha compreso ed è profondamente pentito. Sta venendo qui per restituire tutti i soldi. Arriverà a momenti.»

«E io cosa dovrei fare?» prorompe Shabba. «Dare una pacca sulla spalla a quel segaiolo e fare finta di niente? Per caso credete di essere in uno di quei reality televisivi del cazzo? Per colpa di quel bastardo ci sono uomini che si sono ammazzati là fuori e qualcuno ora deve pagare!»

«Il ragazzo ha sbagliato,» risponde in modo fermo McBride «come lo abbiamo fatto tutti a quell'età. E suo zio Desmond ci ha rimesso la vita. Il conto è già stato pagato.»

Shabba ammutolisce, inizia a respirare a bocca aperta e a sfregare nervosamente l'indice della mano destra sugli incisivi. Peter capisce che presto il gangster non sarà più in grado di controllare gli effetti delle droghe psicoattive che ha assunto. Anche denti d'oro sembra esserne al corrente e continua a guardare con insistenza il fucile che ha appoggiato sul pavimento, davanti a sé.

La suoneria del telefonino di Horace mette tutti in allarme.

Ancora una volta è McBride a prendere in mano la situazione. Urla ai gangster di mantenere la calma e ordina a Horace di rispondere, mettendo il cellulare in vivavoce.

«Papà, sono Justin, siamo qui fuori» parte una voce sul piccolo altoparlante.

«Ciao figliolo, ti stavamo aspettando. Chi c'è con te?» chiede Horace.

«Un mio amico, si chiama Davidson.»

«Hai portato i soldi?»

«Sì, ho con me le due borse.»

«Lasciale fuori, ai due uomini davanti alla porta, e vattene!» ordina McBride.

Silenzio.

«Fai come ti dice!» rincara la dose Horace.

«No papà, tocca a me restituirli. Sono stato io a prenderli ed è giusto che sia io a riconsegnarli.»

«Finalmente uno con le palle!» commenta divertito Shabba. «Bravo moccioso, vieni qui dentro a mostrare i tuoi coglioni!»

Ma denti d'oro non sembra altrettanto divertito.

«Un momento!» interviene il luogotenente di Boyd. «Ragazzo, fammi parlare con il mio uomo.»

«Chi è dei due?» domanda Justin.

«Felpa nera, barba e Kalashnikov» risponde il gangster.
«Eccolo» avverte il ragazzo.
Una serie di fruscii e un lieve lamento.
«Kieron, tutto bene là fuori?» chiede denti d'oro.
«Sì capo... tutto okay» risponde dopo qualche attimo di silenzio il guardiaspalle.
«Hai controllato le borse, ci sono i soldi?»
«...sì, ci sono.»
«I ragazzi sono puliti?»
«Affermativo, capo.»
«D'accordo, facciamoli entrare» sentenzia il bandito, rivolgendosi a Shabba e McBride.
«Hai sentito, Justin? Venite dentro» ribadisce Horace e interrompe la telefonata.
Dopo un paio di minuti e un trambusto soffocato che rimbalza dal vialetto, la porta del negozio inizia ad aprirsi lentamente e Peter sente un brivido che gli attraversa la schiena.

67

«Forse ci voleva lo smoking» scherza Alvaro.

«Qui lo chiamano tuxedo» lo corregge Clarissa.

«Che cosa?» domanda l'ispettore.

«Parlo del completo nero da uomo con il papillon dello stesso colore, modello James Bond. Intendevi quello, vero?» chiarisce la poliziotta.

«Sì, appunto, lo smoking» insiste Alvaro.

«Smoking è come lo chiamiamo noi in Italia ma qui in Inghilterra utilizzano la definizione americana, tuxedo appunto, come il Tuxedo Club, il locale esclusivo fondato nel New Jersey nel 1886 per accedere al quale era obbligatorio indossare quell'abito.»

«Vedo che sei molto informata sulla moda maschile, complimenti!» la punzecchia Gerace. «Chiedo scusa se ho parlato banalmente di smoking.»

«Sono solo una fan di 007» puntualizza Clarissa «e poi mi piace studiare l'evoluzione della moda classica. C'è qualcosa di male? Se vuoi saperlo lo smoking nasce proprio in Inghilterra e prima che diventasse un abito da cerimonia, commissionato dal Principe di Galles nel 1865 al suo sarto Henry Poole, era una veste da camera che veniva indossata dagli uomini nelle stanze per fumatori con lo scopo di preservare i vestiti dall'odore del tabacco. Da qui il nome *Smoking Jacket*. Poi però nell'uso comune si è preferito adottare la dicitura americana.»

«Sono senza parole,» esclama Alvaro «d'ora in avanti mi affiderò alla tua competenza nel settore per aggiornare il mio guardaroba. Resta il fatto che qui siamo come due pesci fuor d'acqua.»

I due investigatori hanno appena varcato l'ingresso della Tate Modern, il prestigioso museo di arte moderna, situato sulla riva sud del Tamigi, di fronte alla storica basilica di St. Paul, collegata alla galleria attraverso il Millennium Bridge, l'unico ponte interamente pedonale sul fiume londinese, progettato dall'architetto inglese Norman Foster e inaugurato nel giugno del 2000.

Alvaro indossa una giacca a petto singolo blu notte, una camicia bianca, senza cravatta, un paio di jeans grigi e scarpe nere allacciate. Clarissa ha una maglietta bianca con l'immagine di David Bowie tratta dalla copertina dell'album *Aladdin Sane* e comprata nel bookshop del Victoria and Albert Museum, una giacca di pelle marrone scuro da uomo di Paul Smith, acquistata di seconda mano presso un charity shop di Hampstead, jeans azzurri sdruciti e stivaletti alla caviglia di camoscio bordeaux.

La serata di gala è una delle più esclusive dell'anno e si tiene presso la Switch House, l'imponente piramide di cemento, mattoni e vetro, alta sessantacinque metri, costata duecentosessanta milioni di sterline e progettata dagli architetti svizzeri Herzog e de Meuron che, dal 2016, ha aumentato la superficie espositiva del museo del sessanta per cento.

L'edificio, dal piano terra al tetto, è stato interamente preso in affitto per una cifra stratosferica da una fondazione con sede legale nella città di Saint Helier, capitale dell'isola britannica di Jersey, incastonata nella Manica e noto paradisco fiscale, bancario e societario.

La serata è dedicata all'arte italiana contemporanea e oltre a celebrare la scuola italiana dell'arte ha lo scopo di attirare fondi e investimenti per finanziare giovani talenti e istituti creativi di grafica, design e progettazione.

La lista degli invitati supera di poco le duemilacinquecento persone fra le quali i componenti di tutto il corpo diplomatico italiano presente a Londra, con in testa l'ambasciatore Angelo Sermonti, i rappresentanti delle istituzioni culturali, imprenditoriali, bancarie e finanziarie italiane che operano in territorio britannico, un elenco infinito di personalità del mondo dell'arte, della musica e dello spettacolo, direttori e editorialisti di giornali e televisioni italiane e inglesi e membri del governo e del parlamento britannico. Vi sono, tra questi, i ministri inglesi dell'Educazione e della Cultura, mentre a rappresentare la politica italiana sono stati invitati i capi dei dicasteri di beni culturali, scuola e università.

A otto tra i migliori ristoranti italiani di Londra, compreso Il Dissapore, è stata affidata l'organizzazione del catering. In ognuno dei quattro piani della piramide è stato allestito un maestoso buffet con piatti caldi e freddi a base di prodotti fatti venire appositamente dall'Italia, assieme a migliaia di bottiglie di vini e spumanti DOC. In tre sale private sono stati preparati altrettanti banchetti con cucine mobili coordinate da chef stellati italiani e menu esclusivi, riservati agli ospiti di riguardo come politici, diplomatici e top manager finanziari. Solo per il comparto alimentare sono state ingaggiate trecentocinquanta persone tra cuochi e camerieri, mentre l'appalto milionario per la sicurezza è stato vinto dalla stessa agenzia privata che si occupa degli eventi di spicco della politica britannica come i congressi di partito e le riunioni del G20.

Duecento hostess, centoventi autisti e novanta addetti alle pulizie, messi sotto contratto da una compagnia italiana di hospitality a stretto contatto la galleria Browns Arbiter, completano le file dello staff.

Alvaro Gerace e Clarissa Di Natale non sono in possesso degli inviti per la serata ma, attraverso l'ufficiale di collegamento della polizia, De Caro, l'ambasciatore Sermonti ha fatto pervenire loro dei lasciapassare diplomatici, validi per tutti gli ambienti.

Anche James Riddle e Amanda Jefferson non compaiono nella lista degli ospiti ma sono ufficialmente in servizio. Il loro invio alla Tate Modern è stato disposto direttamente da Scotland Yard.

I quattro poliziotti si sono dati appuntamento alla fine della Turbine Hall, l'enorme spazio espositivo interno al museo, lungo oltre centocinquantacinque metri per un'area complessiva di tremila metri quadrati, da cui si accede alle due ali del complesso: la Boiler House e la Switch House. Il loro punto d'incontro è sotto il ponte che unisce le due strutture sul quale svetta il famoso albero dell'artista cinese dissidente Ai Weiwei, una scultura alta sette metri e realizzata con frammenti di alberi abbandonati.

Gli investigatori italiani sono già sul luogo dell'incontro da una decina di minuti quando sopraggiungono i colleghi inglesi e Alvaro non può che compiacersi nel vedere arrivare Riddle con un completo marrone di velluto a coste sottili, con i gomiti della giacca consumati, i pantaloni sdruciti e una camicia color panna sgualcita fino all'inverosimile, rigorosamente aperta e senza cravatta. I folti e spettinati capelli biondo-grigi e la barba giallognola completano il suo look naturalmente trasandato ma straordinariamente compatibile con quello di un artista illuminato e pertanto impeccabile in quel contesto. Nondimeno Amanda sembra la versione rap di Catwoman con giubbottino nero di pelle lucida ultraslim sopra una maglietta nera attillata con scollo a V, pantaloni di pelle nera, senza nemmeno una cucitura, che le fasciano le gambe da atleta e stivali F&B con tre fibbie in metallo. L'unico elemento dissonante è la fondina ascellare della pistola che le crea un rigonfiamento sotto il giubbotto.

I quattro si stringono velocemente le mani e cominciano a scambiarsi alcune informazioni.

«Abbiamo contattato in videolink la signora Musotto del centro di accoglienza di Senigallia» esordisce Riddle «e le abbiamo mostrato sei bambine, tra i minori rinvenuti in quella villa a Hever, le cui caratteristiche in fatto di età ed etnia sono compatibili con la bimba sudanese che è stata ospite della cooperativa e che sarebbe nell'interesse di Ruggirello.»

Alvaro e Clarissa ascoltano il resoconto del collega sebbene siano già a conoscenza dell'esito dell'indagine.

«Il riconoscimento, ripetuto più volte, cambiando anche la luce e la prospettiva dell'immagine, ha dato esito negativo. La signora Musotto si è detta certa al cento per cento di non riconoscere la bambina sudanese in oggetto tra le minori che le sono state poste in visione.»

«E questa è un'ulteriore conferma di quello che le colleghe Amanda e Clarissa hanno verificato» aggiunge Alvaro. «Puoi per favore aggiornarci in proposito?» chiede il commissario, invitando la sua assistente a intervenire.

«Con piacere» dice Clarissa, iniziando la sua relazione. «Roberta Gallagher, amica e confidente di Libero Ruggirello, che grazie ad Amanda abbiamo intercettato e fermato all'aeroporto mentre era in procinto di lasciare la Gran Bretagna e dirigersi in Portogallo, ci ha riferito di essere stata contattata dal *nostro* con un messaggio scritto, inviato attraverso il sistema di Voice Internet Protocol di Skype, da un account denominato IT. Il testo, che le intimava di lasciare subito il paese, è stato spedito da una app per smartphone con una scheda ricaricabile che risulta non più in uso. Grazie però al metodo di geolocalizzazione del telefono e penetrando nell'apparato protocollare della rete, sono riuscita a ottenere un numero di informazioni molto interessanti. Innanzitutto il messaggio è stato inviato ieri, nel tardo pomeriggio, in un'area al di fuori della stazione della metropolitana di Baker Street, nella zona centrale di Marylebone. Questo fa supporre che Ruggirello sia ancora a Londra, non lontano da Mayfair. Ma le indicazioni più importanti le ho ricavate violando il suo profilo di Skype, anche se pure questo è stato già eliminato. Lo ha di fatto creato ventiquattro ore fa e l'ha utilizzato per fare una telefonata e per ricevere e inviare dei messaggi tra cui quello a Roberta Gallagher di cui vi ho già riferito. A differenza di ciò che avviene con le chiamate dai cellulari o via WhatsApp, le telefonate via Skype rimangono interamente nel sistema, non solo relativamente ai numeri ma anche in qualità di registrazione. Lavorandoci un po' sono così riuscita a recuperare interamente questa chiamata e ascoltarla. Ne ho fatto una trascrizione che provvederò a inviarvi ma nel frattempo ve la sintetizzo. Ruggirello ha chiamato via Skype un numero di cellulare intestato ad Alexandra Evie Mangiarotti, titolare della Browns Arbiter, la galleria d'arte dove è stato ucciso il cavalier Stefanelli De Vitis, la notte in cui anche il così chiamato pagliaccio era presente. Nella telefonata Ruggirello ha rivolto diverse minacce e ricatti alla Mangiarotti, facendole capire di essere a conoscenza di fatti scottanti che la riguardano, primo fra tutti il festino a luci rosse che si sarebbe dovuto tenere al castello di Hever di cui la donna sembrerebbe essere, stando alle parole di Ruggirello, una delle principali organizzatrici. Lui le ha fatto anche sentire stralci di una registrazione ambientale relativa a un incontro svoltosi in un hotel londinese tra la Mangiarotti e altre due persone, durante il quale emergono riferimenti all'omicidio Stefanelli De Vitis e alle sue attività illecite, compresa quella di riciclaggio di denaro sporco. Inizialmente la titolare della galleria lo ha preso per uno stalker ricattatore, poi lo ha identificato come un trafficante di bambini che si era proposto per fare uno scambio di minori. E qui emerge una delle parti più interessanti e significative per le indagini» prosegue Clarissa, sotto lo sguardo concentrato dei poliziotti inglesi. «La Mangiarotti nella telefonata fa riferimento al festino al castello nel Kent e ammette che qualcosa non ha funzionato riguardo alla sicurezza della villa in cui erano segregati i bambini. Dal dialogo si evince come Ruggirello sia andato alla villa con un'altra bambina da lui rapita, che noi sappiamo ora essere Cindy, per scambiarla con Nihal. Ma l'incursione del detective Peter McBride e lo scontro a fuoco con i criminali a guardia della villa hanno fatto saltare i piani e Ruggirello è stato costretto a scappare senza riuscire a completare lo scambio. Ma in realtà è proprio grazie al blitz di McBride che il pagliaccio si è salvato. Nei piani dell'associazione criminale non era previsto infatti alcun baratto e lo si capisce dal fatto che Nihal non era tra i bambini trovati nella villa. E con ogni probabilità i *travellers* avevano l'ordine di uccidere Ruggirello ed eliminare così uno scomodo testimone e ricattatore. Un'ulteriore conferma di tutto ciò giunge dalle parole della Mangiarotti che nella telefonata assicura a Ruggirello di avere ancora Nihal e gli propone di consegnargliela stasera qui alla Tate durante la serata di gala, venendo incontro alla richiesta del pagliaccio di organizzare lo scambio in un luogo affollato. Il nostro però ha preteso delle prove e delle garanzie. Così, per avere la certezza che la bambina ce l'hanno ancora loro ed è viva si è fatto mandare dalla donna, sempre via Skype, questa foto di Nihal con una copia del "Daily Mail" di ieri.»

Clarissa apre l'archivio fotografico del suo cellulare e mostra l'immagine ai colleghi.

«Quindi ha spiegato alla gallerista che, se gli dovesse succedere qualcosa questa sera, tutte le informazioni di cui lui è a conoscenza riguardo agli affari sporchi della donna e dei suoi complici verranno pubblicate in rete e mandate ai giornali, attraverso un programma di invio di messaggi a timer, infine le ha spedito un testo con i dettagli per la consegna della bambina.»

«Come farà a entrare alla Tate Modern?» domanda Riddle. «Non credo risulti nella lista degli invitati.»

«Non certamente a nome Libero Ruggirello,» interviene Gerace «ma si è fatto inserire con lo pseudonimo di Stefano Re, regista cinematografico. Non si può certamente dire che al nostro pagliaccio manchi l'ironia.»

«Be', credo che un tipo come Stephen King ne sarebbe orgoglioso» commenta Riddle, sorridendo.

«Dobbiamo subito accertarci che sia già arrivato,» dice in tono serio Amanda, ammutolendo il suo collega detective «farò una verifica con il personale che si trova nei diversi ingressi. Ho visto che hanno dei tablet nei quali spuntano tutti i nomi presenti nell'elenco degli ospiti.»

«Certo, Amanda, però non dobbiamo agire d'impulso» precisa Riddle. «È fondamentale che non interveniamo prima della consegna della bambina se vogliamo incastrare anche la Mangiarotti e garantire l'incolumità della piccola.»

La poliziotta di Brixton non replica ma dalla sua espressione rabbiosa i colleghi capiscono al volo che, se dovesse trovarsi a tu per tu con il pagliaccio, non perderebbe certamente tempo a elencargli i suoi diritti.

«Bisogna fare molta attenzione con Libero Ruggirello,» riprende Alvaro «non dimentichiamoci che fino a poco tempo fa era un poliziotto e che padroneggia molto bene le tecniche di investigazione, di raccolta di informazioni e di pedinamento. Inoltre conosce alla perfezione le nostre facce e sa come sottrarsi alla cattura. Ogni tassello che si aggiunge all'indagine dimostra come Ruggirello abbia agito come un detective professionista, sebbene con fini criminali. Ha intuito che l'adozione di Nihal nascondeva qualcosa di illegale e ha ricostruito tutti i vari passaggi, dal centro accoglienza di Senigallia, fino a giungere a Londra. Qui ha trovato il modo per agire sotto copertura e inserirsi nell'ambiente più esclusivo della comunità italiana, facendosi assumere come animatore e cameriere. Ha individuato alcune figure di spicco dell'organizzazione dedita al traffico di minori, come Alexandra Evie Mangiarotti, l'ha evidentemente tenuta sotto controllo e ha raccolto prove per incastrarla e ricattarla, come quella registrazione ambientale effettuata nell'hotel. Una volta venuto a conoscenza dell'esistenza di questi festini, ha trovato la maniera per contattare la manovalanza criminale, sfruttando la loro scarsa professionalità, e si è venduto come procacciatore di bambini da sacrificare, proponendo uno scambio di merce. Per portare a termine il suo piano ha quindi rapito una bambina della stessa età in un quartiere completamente diverso da quello in cui orbitano queste persone. Il resto della storia lo abbiamo sentito poco fa da Clarissa.»

«Ora sappiamo che Ruggirello era presente nelle scene di due delitti, alla galleria e al ristorante,» osserva Riddle «ma che non è stato lui a uccidere il cavalier Stefanelli De Vitis. Credete che possa invece avere ucciso Alberto Serrano?» domanda il detective inglese ai colleghi italiani.

«Non sono ancora riuscita a farmi un'idea» risponde prontamente Clarissa, anticipando Gerace. «Tecnicamente è possibile visto che il coltello utilizzato per trafiggere la gola del ristoratore è uno di quelli che Ruggirello, di turno in cucina, aveva appena lavato assieme alle altre stoviglie. Ma non capisco quale possa essere il movente dell'omicidio, a meno che non venga fuori un collegamento diretto tra Serrano e la bambina.»

«Sul coltello la Scientifica non ha trovato impronte,» precisa Riddle «l'assassino ha usato dei guanti sottili del tipo di quelli usati proprio dal personale della cucina.»

«Anche questo non è un elemento decisivo, visto che lo staff è composto da almeno quindici persone,» sottolinea Clarissa «sebbene non tutti avrebbero avuto dei motivi per sopprimere Serrano.»

«Il bastardo che lo ha sgozzato è lo stesso che ha ucciso quella povera ragazza all'ospedale,» sottolinea furiosa Amanda, che si sente ancora responsabile per la morte di Anita «lei era l'unica ad averlo visto in faccia.»

«Hai ragione,» le concede Riddle, tentando di calmarla «ma chiunque sia stato non sfuggirà alla giustizia, stanne certa. Ricordati però che non siamo qui per vendicare le vittime ma per smascherare un'organizzazione criminale ad alto livello, che gode di protezioni importanti. Non possiamo permetterci passi falsi.»

«Gli invitati stanno arrivando,» rimarca Gerace, rivolgendosi in particolare a Riddle «è ora di passare all'azione. Sappiamo dove dovrebbe avvenire la consegna della bambina a Ruggirello ma non il momento esatto, quindi non dobbiamo mai perdere di vista la Mangiarotti. In teoria la donna non dovrebbe conoscere né Clarissa né me, perciò è più logico che siamo noi a pedinarla, mentre tu e Amanda potreste già dirigervi verso i Tanks, l'area al piano terra della piramide, riservata alle installazioni in movimento e alle performance. Clarissa filmerà tutto con una piccola telecamera in modo da raccogliere anche prove visive. Staremo in contatto con i cellulari, pronti a intervenire. Se e quando gli obiettivi prenderanno strade diverse, Clarissa e io seguiremo Ruggirello, mentre voi vi occuperete della Mangiarotti e dei suoi complici. Avete delle domande?»

«Tutto chiaro,» approva il detective inglese «solo mi chiedo se sarà proprio la titolare della galleria a consegnare la bimba o se lo farà fare a qualcuno dei suoi scagnozzi. In questo ultimo caso non sarà facile individuarlo.»

«Giusto!» sottolinea Alvaro. «Perciò sarà fondamentale identificare immediatamente Nihal e cercare di agire prima, o immediatamente dopo, la consegna della bambina al pagliaccio. Credo comunque che alla fase del *ritiro*, in qualunque modo dovesse avvenire, farà in modo di essere presente anche la Mangiarotti.»

Una risata chiassosa e volgare attira l'attenzione dei quattro poliziotti mentre sono in procinto di dividersi. Alexandra Evie Mangiarotti, vestita con un vistoso abito da sera rosso vermiglio, lungo fino ai piedi, modello ballgown in seta e chiffon, con una quantità sproporzionata di balze e drappeggi, entra nella Switch House accompagnata dal boss irlandese Jerry O'Moore, il quale sembra appena uscito da un casting per un film di Scorsese, fasciato nel suo doppiopetto nero, con camicia nera a righe sottili bianche, cravatta argentata su cui brilla una spilla in diamanti, appuntata sotto l'enorme nodo, e scarpe da matrimonio nere di vernice. Qualche passo dietro la coppia, che continua a ridere sguaiatamente, procedono due energumeni, uno pelato e con una barba folta e nera, e l'altro con i capelli lunghi, sporchi e scompigliati alla Kusturica, la cui provenienza nomade risulta evidente, nonostante i dozzinali abiti da cerimonia che indossano.

68

«Lui è César» spiega Justin, entrando nel negozio di barbiere, senza rivolgersi a nessuno in particolare. I due ragazzi indossano delle tute nere larghe che rendono indecifrabile la loro, evidentemente esile, struttura fisica. Justin ha un cappellino da baseball bianco dell'Adidas, infilato sulla testa, con la visiera girata al contrario e un orecchino d'argento a forma di anello che gli pende dal lobo destro. César ha il cappuccio della casacca tirato su e un lieve accenno di baffi sulle labbra carnose. Ognuno di loro trasporta una grossa sacca nera della Nike.

Horace si fa incontro al figlio ma Shabba lo blocca, raccogliendo una delle due pistole ai suoi piedi e puntandola verso il barbiere.

In un lampo anche denti d'oro afferra da terra il fucile e lo imbraccia.

«Fermi, fermi!» urla McBride, alzando le braccia, con i palmi delle mani rivolti a Horace e a Shabba.

«Ragazzi, venite al centro della stanza e appoggiate le borse sul tavolo!» ordina il poliziotto. «E voi datevi una calmata!» aggiunge, guardando prima Shabba e poi il sicario di Boyd. «Quando avete fatto, uscite lentamente dalla porta sul davanti» conclude.

«No, no! Cazzo! Così non funziona!» interviene Shabba, sempre più irrequieto e smanioso. «I mocciosi restano qui, aprono quelle cazzo di sacche e contano i soldi davanti ai miei occhi. Non voglio che nessuno di voi metta le sue luride mani sui miei soldi!»

Justin e César, che hanno appena posato le borse sul tavolo, a fianco della pistola di McBride, restano immobili, in silenzio, in attesa che i gangster si mettano d'accordo.

Peter sospira in modo insofferente e gira la testa verso denti d'oro per capire la sua reazione.

«Fate come cazzo vi pare, basta che facciamo presto!» dice il bandito, tenendo il fucile a ridosso del petto con la canna verso l'alto e il dito sul grilletto.

«Ci penso io a contare i soldi!» si intromette Horace, accennando un passo verso il tavolo. «Lasciate andare i ragazzi!»

In tutta risposta Shabba gira la pistola in orizzontale, mirando dritto alla testa del barbiere.

«Stai fermo dove sei, vecchio, o ti faccio lo scalpo!» lo minaccia il gangster. «Si fa come ho detto! E voi aprite quelle cazzo di borse, stronzi segaioli!» grida ai ragazzi.

«Prima però voi due mettete giù di nuovo le armi!» urla McBride. «I patti sono chiari!»

Shabba raccoglie anche l'altra pistola e la punta verso il poliziotto.

«Hai rotto la minchia con i tuoi patti del cazzo, Big-Mac! Chiudi una volta per tutte quella fogna o te la sigillo con il piombo!» lo avverte il gangster che ha ormai le pupille completamente dilatate e fatica a controllare il tremore delle mani.

Peter gli si fa incontro con le mani alzate, guardandolo fisso negli occhi, fino a trovarsi faccia a faccia con Scratch, il quale, senza abbassare lo sguardo, gli affonda la canna della pistola nel fegato.

«Tu adesso mi togli la pistola dalla pancia e la appoggi, insieme all'altra, sul pavimento,» recita a bassa voce McBride, facendosi però ascoltare bene da tutti i presenti «e lo stesso fa anche quel sacco di merda con la dentiera nell'angolo, intesi? Poi ce ne stiamo tutti fermi nei nostri cantucci mentre i ragazzi aprono le borse e tirano fuori i soldi. Non voglio sentire altre stronzate!»

Shabba stringe i denti, fulmina McBride con lo sguardo ma poi si arrende, abbassa la testa e depone le pistole per terra, tra i suoi piedi e quelli del poliziotto. Un secondo dopo, sotto lo sguardo feroce del detective, denti d'oro appoggia sul pavimento il suo fucile.

«Bene!» commenta McBride. «Adesso tocca a voi, ragazzi!» esclama il detective, rivolto a Justin e César, mentre si riavvia verso il suo angolo.

In quel preciso momento i suoi occhi registrano un particolare che gli spezza il fiato ma che il suo cervello non riesce a mettere a fuoco. Passando vicino a César, McBride ha notato che nella manica della sua tuta ci sono alcune piccole macchie di sangue fresco. E in un istante il poliziotto realizza come da tempo non senta alcun rumore provenire dall'esterno del negozio, mentre, amplificati come effetti sonori di un film horror, gli tornano alla mente quei brevi lamenti soffocati che aveva udito nel viottolo prima dell'ingresso dei ragazzi nel locale.

Il cuore di McBride inizia a battere talmente forte da incrinargli le costole quando capisce che cosa sta per succedere. Si volta di colpo, urlando a squarciagola, ma il suo grido disperato viene coperto dal rumore delle raffiche delle mitragliette che Justin e César hanno appena tirato fuori dalle sacche e con le quali stanno sparando all'impazzata. Il negozio è un inferno di colpi, fuoco e sangue. Shabba è a terra con il petto coperto di sangue e una pistola nella mano destra. Tenta di alzarla verso Justin ma non ha più le forze e il braccio crolla a terra mentre la sua testa si ribalta all'indietro.

Denti d'oro ha scaricato una raffica contro César, facendogli esplodere il cranio, ma non ha potuto evitare i colpi della mitraglietta di Justin che gli si sono conficcati nell'occhio sinistro e nella guancia, riaprendogli la cicatrice e facendogli saltare due capsule. L'uomo è rimbalzato all'indietro e Justin lo ha finito, sparandogli almeno dieci colpi, dall'inguine al collo.

Horace è appoggiato al muro con le gambe piegate. È scivolato giù, nell'angolo, lasciando una scia rossa e densa sul muro nella quale sono rimasti incollati frammenti di osso e capelli. La testa è sorretta dalle pareti. Ha la bocca spalancata, lo sguardo fisso e uno squarcio di sei centimetri nella fronte.

McBride è sdraiato a terra a faccia in giù, con i vestiti coperti di polvere. Justin è in piedi, in mezzo alla stanza, con la mitraglietta ancora stretta tra le braccia e lo sguardo allucinato. Nessuno dei due è ferito.

Un silenzio carico di morte avvolge il negozio di barbiere. La puzza di sangue infiamma le narici di Peter che rimane a terra con gli occhi fissi sul pavimento. Pur senza averlo guardato, sa che Justin è ancora vivo e che gli sta puntando il mitra alla schiena.

«Coraggio, avanti, premi quel grilletto, figliolo» lo esorta, sputando un grumo di polvere. «Tanto ormai è finita. Questo posto è morto, questo quartiere diventerà un inferno e tu hai firmato la tua condanna.»

Il ragazzo abbassa la mitraglietta, tenendola lungo le gambe. Quindi si avvicina al detective e lo colpisce con un calcio leggero a un fianco.

«Alzati, BigMac!» gli dice. «Non voglio ucciderti. Tu non sei come questi merdosi vigliacchi che hanno ammazzato mio padre e mio zio. E non sei nemmeno uno sbirro, tu sei il boss di Moss Side, sei uno con le palle che non ha paura di affrontare disarmato i tanti stronzi che si credono i padroni di Brixton. Ho visto come hai messo a cuccia con uno sguardo quel tossico cagasotto di Shabba Scratch Rose. Altro che gangster! Quello era solo un frocetto reggae che si è fatto fregare come un coglione. E quell'altro, con la dentiera? Un gorilla tutto muscoli e zero cervello. *Fammi parlare col mio uomo*, ha detto, *è quello con la barba e il Kalashnikov...* Sì, certo, e ha anche una lama di venti centimetri puntata nella carotide. Io e César li abbiamo sgozzati come dei conigli quei due stupidi bisonti là fuori. Siamo arrivati alle loro spalle come dei cobra e li abbiamo disarmati. Dovevi vedere i loro sguardi terrorizzati e sorpresi quando si sono resi conto di essere stati fottuti da due che hanno la metà dei loro anni ma il triplo delle loro palle! Tu sei l'unico che sa cosa significhi essere un leader, un capo gang, un uomo. No BigMac, io non ti ammazzo, io ti rispetto e so che anche tu farai lo stesso con me, adesso che hai visto di cosa sono capace. Diventerò il boss di questo quartiere e farò diventare ricca la mia gente.»

McBride si tira su lentamente, si passa la mano sulla testa per togliersi uno strato di polvere e si mette in piedi davanti a Justin, sovrastandolo di almeno quindici centimetri.

Sul tavolo ci sono ancora le borse aperte, senza i soldi. I cadaveri di Horace e di denti d'oro sono negli angoli opposti, quello di César è finito tra i piedi del tavolo mentre Shabba giace alle spalle del poliziotto.

Peter scuote la testa e fa un profondo sospiro. Non ha più voglia di rimanere in quel tugurio buio e fetido, sente il peso della sconfitta che gli opprime il petto e gli schiaccia i polmoni. Tutti i suoi sforzi sono stati inutili, ha fallito come poliziotto e come ex gangster. Guarda la faccia glabra e l'espressione immatura di Justin e rivede se stesso, da adolescente, pieno di paure e di rabbia, nel ghetto di Moss Side, dopo avere affondato per decine di volte il coltello nel corpo esile di Abel, un ragazzo della sua età, con un giubbotto nero come il suo, ma con una scritta diversa cucita sulla schiena.

Guarda il viso da bambino di Justin e sa che lui non avrà la sua stessa fortuna. Che questa volta non ci sarà un pastore che lo strapperà dalla strada e cercherà di fargli capire che la gang non è una famiglia e che non è uccidendo i tuoi simili che diventi più forte. Osserva i suoi occhi neri e profondi e comprende che Justin non riuscirà a sopravvivere al suo destino, che lo ha fatto nascere a Brixton e che lo farà morire prima dei venticinque anni in questo pozzo nero, tra il disinteresse e il cinismo di una città che presto ricoprirà di cemento le sue piaghe e cancellerà anche le tombe di un passato che non vorrà ricordare.

Vorrebbe accarezzarlo, abbracciarlo, parlargli come un padre a un figlio, convincerlo ad andarsene il più lontano possibile da Brixton, da Londra, da questa nazione, promettendogli che non dirà mai a nessuno quello che è successo e assicurandogli che non gli darà mai la caccia. Ma Peter ha la bocca serrata, come le valvole del suo cuore che non riescono più a filtrare il sangue, e i suoi occhi vedono solo il ghigno sadico della morte che si sovrappone al sorriso smarrito di Justin.

Il detective rimane immobile, ancorato al suo fato e ipnotizzato da quell'espressione senza speranza, anche quando sente un movimento alle sue spalle.

La pallottola sparata da Shabba ha il suo nome inciso nel metallo. Gli penetra sotto la nuca, gli attraversa il cervello da parte a parte e gli esce dalla superficie frontale del cranio, trascinando con sé i ricordi, i dolori e gli amori mai vissuti da Peter McBride.

Mentre sente le forze venirgli meno, una serie di sequenze gli passano davanti: il volto pallido di Abel in punto di morte, sua madre in lacrime mentre lo portano via da Moss Side, le minacce e gli abusi del reverendo Stark nel centro di accoglienza, la scuola di polizia, il diploma da detective di Scotland Yard, gli insulti e le offese dei colleghi, la rabbia incancellabile nei suoi occhi allo specchio, il corpo morbido e sinuoso di Amanda e la gioia nel suo sguardo quando hanno fatto l'amore. Il poliziotto chiude gli occhi per fissare questa ultima immagine nella sua mente e si accascia tra le braccia di Justin il quale, facendosi scudo con il corpo di Peter, riesce a impugnare la mitraglietta e a scaricare una raffica sul corpo già esangue di Shabba, su cui esplodono tanti piccoli crateri rossi, come una manciata di sassi gettata in un lago.

McBride inizia a tossire e a sputare sangue, mentre le sue pupille si dilatano e perdono colore. Justin getta il mitragliatore e adagia delicatamente il possente corpo del poliziotto a terra. Un fiotto rosso, denso e grumoso, esce dalla bocca spalancata di Peter e gli cola sulla guancia.

Il ragazzo gli appoggia una mano sulla fronte. Gli occhi di McBride si aprono e il suo viso si fa sereno, la tensione sparisce dal suo volto e il suo petto si riempie d'aria.

Justin avvicina le sue labbra alla fronte di Peter e la bacia.

«Fai buon viaggio, BigMac,» gli sussurra, con gli occhi colmi di lacrime «forse un giorno ci rivedremo.»

Il cuore di McBride smette di battere.

69

I Tanks, lo spazio espositivo che si trova alla base della Tate Modern, somigliano a una gigantesca autorimessa con i muri alti come quelli di una torre e una serie di colonne in cemento, sparse in varie zone della sala. Possono contenere centinaia di persone alla volta ma, nonostante la vastità, sono insufficienti per ospitare tutti gli invitati alla serata-evento.

Per questo la performance organizzata nei Tanks, momento clou della festa, è stata divisa in tre turni e ridotta nei tempi.

Intitolata *Amedeo e la poetessa inglese*, è una messa in scena della storia d'amore tra l'artista italiano Amedeo Modigliani e l'autrice inglese Beatrice Hastings, e celebra la breve e burrascosa vita del grande pittore e scultore livornese.

A dirigerla un giovane regista teatrale inglese, pluripremiato, di nome Ben Kidd, che ha creato un palcoscenico al centro della sala, che ha la forma di un enorme tatami su cui salgono e scendono, provenendo da direzioni opposte e incrociandosi, senza mai fermarsi, decine di bambini e bambine di non più di dieci anni. Indossano delle maschere, tutte diverse tranne due, che riproducono i volti disegnati da Modigliani, con le sue classiche teste allungate, i visi triangolari, i nasi prominenti e le labbra sporgenti. I bambini entrano ed escono da due grossi divisori, immersi nell'oscurità, posti a lato della grande pedana. L'andirivieni è continuo fino a quando, nel calcolo delle probabilità, i due bambini con la stessa maschera si trovano esattamente al centro del tatami, l'uno di fronte all'altro. A quel punto si fermano e si prendono per mano mentre, uno dopo l'altro, tutte le altre maschere spariscono, lasciando che tra i due eletti germogli la vita, l'arte e il sentimento.

Durante lo spettacolo tutte le luci vengono spente a parte i fari direzionali che continuano a illuminare debolmente il palco con sfere luminose blu e gialle.

La sala sprofonda così in un buio compatto e impenetrabile, reso ancora più intenso da delle enormi tende nere che vengono tirate di fronte alle due porte per evitare ogni riflesso di luce dall'esterno.

Non appena entrano nei Tanks, seguendo il primo gruppo di ospiti, tra cui Alexandra Evie Mangiarotti, l'ambasciatore italiano, Angelo Sermonti con la moglie, i ministri inglesi e italiani e il direttore della Tate Modern, Alvaro e Clarissa vengono sopraffatti da un'ondata soffocante di ansia. A preoccuparli non è solo l'oscurità, pressoché totale, che avvolge la sala, ma anche il timore di non essere più in grado di tenere sotto controllo i movimenti della titolare della galleria proprio nel luogo in cui, secondo quanto risulta nel messaggio intercettato tra lei e Ruggirello, dovrebbe avvenire la consegna della bambina.

A complicare la situazione si aggiunge la disposizione del palco e gli spazi in cui viene sistemato il pubblico, dalla parte opposta, rispetto alla pedana centrale, alle due porte d'uscita le quali, non appena chiuse, spariscono completamente dalla visuale.

Invisibili sono anche i due paraventi neri dietro ai quali vi sono i bambini in attesa dell'inizio dello show.

Prima che le luci vengano spente del tutto, Gerace chiama Riddle al cellulare per accertarsi che anche lui e Amanda si trovino nella sala e identificare la loro posizione, scoprendo drammaticamente che in quello spazio gigantesco, schermato da enormi pareti di cemento, non c'è segnale.

In preda all'angoscia Alvaro decide di prendere posto in fondo al salone, vicino alle due porte d'uscita, dove, anche se non riuscirà a controllare opportunamente gli spostamenti della Mangiarotti e a osservare lo spettacolo, avrà più chance di intercettare chiunque possa tentare di uscire di nascosto dalla hall, senza aspettare la fine della performance.

Prima di spostarsi in quella direzione, Gerace chiede a Clarissa di rimanere invece tra gli spettatori e di tenere d'occhio costantemente il nutrito gruppo di personalità, tra cui figurano la gallerista e il suo amante irlandese. Allo stesso tempo la sprona a non perdere di vista i vari passaggi della rappresentazione scenica.

Il buio e il silenzio calano nella sala e una musica in stile orientale si diffonde tutt'intorno al palco, accompagnando la comparsa dei fasci di luce sulla pedana. I primi bambini cominciano a uscire dai due paraventi e a salire sul tatami.

Clarissa, nel vederli, ha un attacco di panico.

Sono tutti vestiti con una tunica nera fino ai piedi e hanno il volto coperto da una maschera bianca. Se Nihal dovesse fare parte di quei mini-attori non esiste alcuna possibilità che lei possa individuarla. I piccoli, tra l'altro, passano costantemente dal buio alla luce, scomparendo dietro ai divisori. Chiunque a quel punto, considerata la totale oscurità del salone, potrebbe infilarsi in quei séparé, prendere la bambina e dileguarsi da una delle porte, oscurate dalle tende.

Nel messaggio via Skype tra Alexandra Evie Mangiarotti e Ruggirello, si indicava lo spazio chiamato The Tanks e la performance dedicata a Modigliani come luogo e momento della consegna di Nihal al pagliaccio ma senza che venissero specificati i tempi e le procedure. Clarissa ne comprende solo ora il motivo e contemporaneamente intuisce, con l'angoscia che le preme in gola, che non sarà la donna a mettere personalmente la bimba nelle mani del mostro.

Il piano è stato studiato con attenzione e sembra inattaccabile.

La sola possibilità che rimane alla poliziotta è quella di riuscire a cogliere, in tutto quel buio, uno sguardo, un movimento o un gesto anomalo che possano farle scattare un allarme e condurla al pagliaccio. E sperare che Alvaro riesca, quasi alla cieca, a rendersi conto che Ruggirello ha preso la bambina e sta per fuggire dalla hall.

I bambini continuano a salire e scendere sulla pedana come tanti pendolari in una stazione ferroviaria all'ora di punta, mentre la colonna sonora, dalle note orientaleggianti, passa a intonazioni più inquietanti e dark, che sottolineano la frenesia e l'attesa. Esattamente lo stesso stato d'animo in cui si trova Clarissa.

Alexandra Evie Mangiarotti continua impassibile ad ammirare la performance, sorridendo apertamente e battendo le mani, senza guardarsi attorno o mostrarsi nervosa. Il suo amante irlandese appare annoiato e infastidito, la sua attenzione è rivolta esclusivamente al culo dell'assistente della ministra italiana dei Beni Culturali, una giovane donna di circa trent'anni, bionda, che indossa un vestito nero da sera, con una profonda scollatura sulla schiena, che si trova in piedi, due file davanti alla sua. Le sue due guardie del corpo ignorano completamente lo show e continuano a muovere lo sguardo a destra e sinistra, negli unici punti della sala rischiarati dalle deboli luci.

Clarissa è concentrata al massimo. Il suo cervello elabora dati come un computer nel quale è stato avviato un programma di decodificazione di una password, ma il flusso dei numeri non si ferma mai. Fino a quando i suoi occhi notano una piccola, impercettibile difformità sul palcoscenico. Nella colonna di bambini che fuoriesce dal buco nero a destra del palco e si appresta a salire sulla pedana, c'è uno spazio di pochi centimetri più largo rispetto al normale intervallo tra due bimbi, come se uno dei mini-attori mascherati fosse uscito dalla fila. Le pulsazioni della poliziotta aumentano di colpo, mentre si allontana in fretta dal suo punto di osservazione e si lancia, praticamente alla cieca, verso il lato destro del palcoscenico.

Sceglie un punto nel buio in fondo alla sala nel quale crede di ricordare si trovi una delle porte e inizia a correre nell'oscurità, inciampando ripetutamente su borse e soprabiti appoggiati a terra dagli ospiti e urtando diverse persone, alcune delle quali reagiscono urlando.

Nella sala cresce il trambusto e la gente inizia a mormorare. Clarissa continua a non vedere nulla davanti a sé ma non diminuisce la velocità della sua corsa fino a quando, prima con i piedi, poi con la faccia, va a sbattere contro la pesante tenda nera che copre le uscite. Inizia a tirarla a destra e a sinistra con le mani per cercare un varco ed è esattamente in quel momento che la porta si apre e lascia entrare nella hall una ventata gelida che raggiunge il volto della poliziotta. Clarissa si gira di scatto verso la direzione da cui proviene quella corrente d'aria e lo vede. Libero Ruggirello ha in braccio una bambina e sta uscendo velocemente dalla sala. La piccola ha indosso una delle tuniche scure, come quelle dei bimbi dello show, ma è senza maschera. Lui è completamente vestito di nero, dal completo alla camicia, alla cravatta, ma i suoi capelli biondi platino sono inconfondibili.

«Alvaro! È qui! Porta a destra! Sta scappando con la bambina!» urla la poliziotta con tutto il fiato che ha in gola e si getta all'inseguimento del pagliaccio, il quale in un baleno riesce a dileguarsi nel vasto corridoio della Switch House e a confondersi tra le centinaia di persone che affollano l'atrio. Clarissa si ferma ansimando e inizia a spostare freneticamente la testa da una parte all'altra, cercando di individuarlo nel mare di gente. In quell'istante sopraggiunge Alvaro, con la pistola in mano.

«Dov'è?» grida alla poliziotta, alzando lo sguardo sopra alla folla.

«Non lo so, non lo vedo, ma non può essere andato lontano!» risponde concitata Clarissa, senza staccare gli occhi dalla gente.

«Io vado verso l'uscita!» propone l'ispettore. «Tu controlla le scale.» Ma prima che Gerace si allontani la poliziotta coglie una testa bionda dentro a un ascensore mentre le porte si stanno chiudendo.

«È là!» urla Clarissa, indicando con l'indice la parete ai piedi della scala in cui vi sono i tre ascensori che portano ai vari piani dell'edificio. «Ha appena preso l'ascensore al centro!»

I due investigatori si precipitano verso le porte ma quando le raggiungono nessuno degli ascensori è al piano terra. Nel frattempo la cabina al centro ha raggiunto il terzo livello, dopo però essersi fermata sia al primo, sia al secondo. E in pochi minuti riparte verso il quarto.

«Cazzo! Cazzo!» sbraita Alvaro. «Come facciamo ora a capire se si è fermato a uno dei piani! Se ci mettiamo a cercarlo in giro, rischiamo definitivamente di perdere le sue tracce! Probabilmente a ogni piano ci sono delle scale di emergenza che conducono all'esterno e quello stronzo se la starà già svignando con la bambina, mentre noi siamo bloccati qui! Merda...»

«Le scale di emergenza di tutti i piani sono state bloccate a distanza!» spiega una voce alle spalle dei poliziotti italiani. «Ho appena avuto la conferma dai responsabili della sicurezza del museo.»

Alvaro e Clarissa si girano simultaneamente e vedono Riddle alle loro spalle con il telefono in mano.

«Ero anch'io nella sala della performance e vi ho visto uscire di corsa» spiega il detective. «A quel punto ho detto ad Amanda di rimanere incollata alla Mangiarotti e mi sono precipitato fuori, mentre voi stavate correndo verso gli ascensori. Ho intuito subito ciò che stava succedendo e ho telefonato al capo della sicurezza, chiedendogli di bloccare tutte le possibili uscite non presidiate, soprattutto quelle delle scale di servizio. Gli ho anche domandato di controllare le telecamere situate all'uscita degli ascensori in ogni piano. Sono in attesa di...»

Lo squillo impetuoso del suo cellulare costringe Riddle a interrompersi. Senza nemmeno controllare il numero, il poliziotto striscia velocemente l'indice sullo schermo e si porta il telefono all'orecchio.

«Ottimo, manda un paio di uomini alla porta che dà all'esterno,» dice dopo qualche secondo «ma spiega loro che non devono seguirlo e che devono intervenire solo se tenta di rientrare, noi saliamo immediatamente!»

«Presto andiamo! È sul tetto!» grida Riddle, chiudendo la telefonata e sollecitando Alvaro e Clarissa a seguirlo. «Lo hanno visto uscire dall'ascensore e dirigersi sulla terrazza!»

«La bambina è con lui?» chiede Clarissa.

«Sì, ce l'ha in braccio!» spiega il detective.

Tutti gli ascensori sono in viaggio tra il secondo e il quarto piano e i poliziotti sono costretti a correre su per le scale. Dei tre solo Alvaro ha la pistola in pugno. Impiegano cinque minuti per raggiungere il tetto e ci arrivano con il fiatone. A controllare la porta che conduce alla terrazza vi sono due uomini che indossano una cerata nera, leggera, con la scritta STAFF di colore bianco sulla schiena e hanno delle ricetrasmittenti tra le mani. Riddle estrae il tesserino, spiega loro brevemente la situazione e si piazza in mezzo alla soglia a controllare il flusso di persone, mentre i due uomini della sicurezza escono all'esterno e iniziano le operazioni di evacuazione dei presenti.

In quel momento nella terrazza ci sono circa cinquanta persone, la maggior parte delle quali sta ammirando il solenne panorama di Londra che si gode da quell'altezza. È una notte chiara e fredda. Il vento che soffia con forza dal mare del Nord ha ripulito il cielo, permettendo alla luna di riflettere i suoi raggi candidi sulle pareti di cristallo dei grattacieli della City, mentre la punta illuminata dello Shard sembra indicare il cammino più breve per l'universo. Più in basso, a ridosso del Tamigi, migliaia di piccoli punti luminosi disegnano strade, piazze e quartieri, dando vita a un presepe pagano in continuo movimento, simbolo di quel benessere fugace ed effimero che si è impadronito della città, cancellandone l'anima.

La terrazza è di fatto un percorso che si affaccia su tutti e quattro i lati della piramide e circonda il corpo centrale. Delle colonne di cemento e delle ringhiere di ferro, alte circa un metro e cinquanta, proteggono il perimetro della terrazza. Alvaro a Clarissa si dividono e iniziano a esplorare il grande balcone, percorrendolo dai lati opposti, mentre gli ospiti defluiscono ordinatamente, seppure con una tangibile inquietudine nei loro volti.

Libero Ruggirello è nell'angolo opposto della terrazza rispetto alla porta. Ha scavalcato la ringhiera e si è piazzato sullo striminzito cornicione esterno di cemento, a un passo dal vuoto. Con la mano destra si tiene stretto alla balaustra, mentre con il braccio sinistro sorregge Nihal. Le correnti impetuose gli scompigliano furiosamente i capelli, come se avesse un fuoco biondo che gli avvolge la testa.

La prima ad arrivare è Clarissa. Non appena vede Ruggirello si blocca, ingoia una palla di saliva e si ferma dinanzi a lui, mantenendosi a una distanza di circa tre metri. L'uomo fissa la poliziotta in silenzio, con uno sguardo glaciale e assente. La bambina è terrorizzata e non riesce nemmeno a piangere. La forza della disperazione la spinge ad aggrapparsi al suo rapitore come uno scalatore appeso a una parete di ghiaccio.

Alvaro arriva col fiato grosso e la pistola spianata. Vede prima Clarissa e poi Ruggirello. Capisce immediatamente la gravità della situazione e si mette a fianco della sua collega, appoggiando a terra l'arma. La poliziotta non perde d'occhio un attimo l'uomo con la bambina ma non ha ancora trovato le parole adatte per dialogare con lui.

La terrazza si è ormai completamente svuotata e il vento sibila tra le colonne e la ringhiera, ululando.

A rompere quella sorta di incantesimo di paura è Ruggirello che, prima di iniziare a parlare, stacca per qualche istante la mano dalla ringhiera, facendo trasalire i due investigatori.

Quindi rafferra la balaustra e stringe a sé la bambina.

«Finalmente!» grida. «Sono quasi quattro anni che attendo questo momento, me lo sono immaginato migliaia di volte e ho cercato in più di un'occasione di indicarvi la strada. Mi aspettavo qualcosa di più da lei, ispettore Gerace!»

Alvaro sta sudando freddo. Il fatto che Ruggirello gli abbia dato del lei gli fa capire che in quel momento è il poliziotto che sta parlando e non il pagliaccio. Libero si sta rivolgendo al suo superiore, esattamente come era accaduto anni prima, durante l'indagine che avevano condotto assieme, riguardo alla bambina scomparsa a Cesenatico. Ed è quindi al tutore dell'ordine che il commissario decide di rivolgersi.

«Agente speciale Ruggirello,» attacca Gerace con un tono di voce autoritario ma disponibile «la priorità adesso è quella di mettere in salvo la bambina. Passala lentamente al di qua della ringhiera in modo che la sovrintendente Di Natale possa recuperarla. Dopo potremo valutare le tue esigenze.»

Ma solo a sentire il cognome della poliziotta, l'uomo cambia di colpo espressione, le sue pupille si dilatano e la sclera diventa bianchissima. Anche la voce cresce di una frequenza e sul suo volto si forma un ghigno perverso.

«La bambina è mia, non di quella troia!» strepita Libero, con un tono di voce da brividi. «Un solo passo e la porto con me all'inferno!»

Alvaro e Clarissa rimangono atterriti. Se prima a parlare

era l'agente Ruggirello, ora a pronunciare quelle parole è stato senza dubbio Filippo il Pagliaccio. Ai loro occhi appare evidente che l'uomo soffre di un grave sdoppiamento della personalità e che, in quel momento, si trova in una fase acuta. L'unico modo per evitare che la situazione possa precipitare, pensa Gerace, è quello di impedire che il pagliaccio abbia il sopravvento sul poliziotto e per fare questo l'ispettore decide di condurre lui le trattative, con il consenso tacito di Clarissa.

«Agente Ruggirello,» riprende Alvaro, cercando di controllare l'angoscia che gli opprime le corde vocali «hai fatto un ottimo lavoro. Sei riuscito a liberare Nihal dalle grinfie di quei criminali e a smascherare i loro traffici indegni. Ma ora è necessario che la bambina venga portata in un luogo sicuro e protetta. Ed è giusto che sia tu a farlo, visto che è solo per merito tuo se la piccola è ancora viva. Pertanto ti chiedo di scavalcare la ringhiera e rientrare con la bambina. Poi, tutti assieme, la accompagneremo in un posto dove tu potrai vigilare sulla sua incolumità, mentre noi procederemo all'arresto dei responsabili. Siamo sempre una squadra, non dimenticarlo.»

Il viso di Ruggirello cambia nuovamente espressione e i suoi contorni si ammorbidiscono.

«È troppo tardi, ispettore!» replica l'uomo. «Il mio potere si è esaurito. In questi anni ho lottato con forza per imporre le mie regole, per fare rispettare la legge, ma tutte le volte che pensavo di esserci riuscito e abbassavo la guardia il male riacquistava le forze e riprendeva il controllo. Ho cercato anche di chiederle aiuto, ispettore, ma lei non mi ha voluto o saputo ascoltare.»

«No, Libero, non è così!» lo interrompe Alvaro. «Io ho capito che avevi bisogno di un sostegno nella tua... indagine e mi sono sempre battuto per portare avanti il *nostro* lavoro. Mi sono scontrato con i miei superiori, ho sbattuto i pugni sul tavolo di magistrati e giudici per tenere aperto il caso. E sono arrivato fino a qua. Se adesso sono a Londra è solo perché non ho mai smesso di credere di potere risolvere questa situazione e ora abbiamo la possibilità, tu e io, di portare a termine la *nostra* inchiesta. Non rovinare tutto, Libero, non è troppo tardi.»

«Io-io... non so...» balbetta Ruggirello mentre Gerace intuisce che forse c'è ancora una possibilità, ma per farlo ragionare il poliziotto che è in lui deve sconfiggere il pagliaccio.

«Ci sono stati dei delitti a Londra in questi ultimi giorni, nella comunità italiana» riprende Alvaro, assumendo un tono ancora più professionale. «Scotland Yard mi dà l'impressione di brancolare nel buio. Hanno nome e fama ma come investigatori valgono molto meno di te e di me. Sono convinto che tu abbia molti più elementi di loro per risolvere i casi. Uniamo i nostri sforzi e le nostre capacità e dimostriamo loro di cosa siamo capaci, agente speciale Ruggirello. Allo stato attuale, quali sono gli ultimi sviluppi della tua indagine?»

Libero sembra ritrovare improvvisamente le energie, stringe a sé la bambina e inizia a elencare una serie di fatti, come durante la lettura di un rapporto.

«Grazie, ispettore. Vista la situazione generale, ritengo di essere in grado di indicare delle responsabilità precise nei soggetti coinvolti a vario titolo nell'inchiesta. Nihal, che meno di un'ora fa è stata sottratta con successo all'organizzazione criminale, è stata acquistata da un centro di accoglienza di Senigallia da una fittizia associazione benefica, registrata nel Regno Unito, che ha prodotto carte false che indicavano la decisione di darla in affido a una famiglia italiana residente a Londra. Allo scopo di fare luce su una circostanza che presentava parecchi lati oscuri, ho spostato il mio raggio d'azione nella capitale britannica. Qui, grazie a un meticoloso lavoro investigativo, ho scoperto come la vera destinazione della minore fosse all'interno di un giro di prostituzione minorile, gestita da un'associazione per delinquere, composta da elementi della malavita italiani, inglesi e irlandesi, in attività sul territorio britannico. Sempre grazie alle mie investigazioni, sono venuto a conoscenza di come, nei vertici di tale organizzazione, vi fossero elementi di spicco della comunità italiana di Londra, tra cui imprenditori, uomini d'affari e delle istituzioni. Uno di questi è il defunto cavalier Achille Stefanelli De Vitis, deceduto in seguito a un attacco all'arma bianca compiuto dalla moglie, Emilia Bonetti, durante la festa di inaugurazione di una mostra presso la galleria Browns Arbiter di Londra, la cui titolare, Alexandra Evie Mangiarotti, risulta anche lei coinvolta nel traffico e nello sfruttamento di minori.»

L'agente Ruggirello è ormai un fiume in piena. Mentre continua a elencare i fatti, Alvaro lancia una furtiva occhiata a Clarissa per accertarsi che stia videoregistrando tutto ciò che dice.

«Sono stato testimone oculare dell'omicidio di Stefanelli De Vitis, in quanto mi trovavo io stesso nella galleria, sotto copertura, e ho visto la donna sopprimere il marito...»

Libero ha un'esitazione, come se qualcosa sfuggisse ai suoi ricordi.

«Cre-credo di avere personalmente spostato il cadavere da uno sgabuzzino a una delle sale della mostra,» farfuglia l'uomo «di avere fatto sparire l'arma del delitto e tutte le registrazioni delle telecamere di sicurezza. E poi di aver sistemato il corpo in modo simile a una delle opere esposte e lavato lo sgabuzzino ma... no-non ricordo bene a quale scopo...»

«È un dettaglio che verrà chiarito in fase procedurale, non ti preoccupare, Ruggirello, procedi pure.»

«Nel corso della mia attività di pedinamento e raccolta informazioni,» ricomincia Libero «grazie alla collaborazione di alcuni elementi del personale dell'albergo, ho effettuato delle registrazioni ambientali all'hotel Hilton di Park Lane, durante un summit tra la suddetta Mangiarotti e due persone riconducibili a organizzazioni di stampo mafioso, irlandesi e italiane. Dai loro dialoghi è emerso in modo incontrovertibile il loro ruolo, e quello del defunto Stefanelli De Vitis, in attività di riciclaggio del denaro, nonché in reati di sequestro di persona, riduzione in schiavitù, induzione alla prostituzione, sfruttamento di minori e omicidio. Per approfondire questo ultimo aspetto ho agito, nei termini di legge, su uno dei cosiddetti manovali dell'organizzazione criminale, offrendogli soldi in cambio di informazioni. Sono così venuto a conoscenza di un incontro organizzato in un luogo segreto, con la presenza delle vittime di cui sopra. Per rendere più credibile la mia affiliazione, mi sono servito di alcuni elementi di esca. Purtroppo l'azione sul campo non ha ottenuto l'esito sperato.»

Alvaro e Clarissa vengono colti da palpitazioni violente quando Ruggirello, con tono distaccato e glaciale, definisce un'esca la bambina che il pagliaccio ha sequestrato a Brixton e ha offerto come merce di scambio per Nihal. Gerace riesce con fatica a controllare il suo malessere, mentre Clarissa prova un senso di nausea.

«Quanto al secondo omicidio,» continua imperterrito Libero «quello del ristoratore Alberto Serrano, non sono al momento in grado di indicare una pista concreta nelle indagini. Posso solo confermare che ero presente nel ristorante Il Dissapore il giorno in cui si è consumato il delitto, poiché impegnato, sotto copertura, nella mia funzione di investigatore. Ma non ho avuto la possibilità di assistere personalmente al fatto di sangue, perpetrato, e questo lo posso affermare con certezza, essendomi fatto affidare un ruolo nella cucina del locale, con uno dei coltelli per sfilettare il pesce in dotazione al ristorante. Il nome di Serrano, tra le altre cose, non è mai emerso nelle mie investigazioni, tranne che per l'amicizia fraterna che lo legava al cavalier Stefanelli De Vitis. Ho ragione di pensare che l'autore del delitto Serrano vada ricercato nel suo ambiente lavorativo e, pur non avendo svolto attività d'indagine a riguardo, mi prendo la libertà di suggerire la possibilità che l'omicida del ristoratore possa essere la stessa persona che ha soppresso in ospedale una delle hostess del ristorante, tale Anita Torelli, poiché possibile testimone oculare del delitto.»

La capacità di Ruggirello di entrare nei dettagli e di descriverli secondo la sua visione distorta, lascia i due poliziotti a bocca aperta. Ma almeno, pensa Gerace, l'agente che è in lui sembra avere conquistato il palcoscenico della sua mente malata. Ora però, occorre trovare un modo per convincerlo a lasciare la bambina.

«Ottimo lavoro, agente Ruggirello!» si complimenta Alvaro. «La tua inchiesta è stata rapida, puntuale ed efficace.»

«Grazie, ispettore!» risponde Ruggirello, mettendosi quasi sull'attenti.

«Mancano solo gli atti conclusivi, quelli che riguardano Nihal» dice Gerace. «Direi che a questo p...»

Ruggirello lo interrompe e ricomincia l'esposizione del suo verbale immaginario.

«In data odierna,» spiega «dopo avere utilizzato uno stratagemma per entrare in contatto con Alexandra Evie Mangiarotti, che sapevo tenere in custodia la bambina, l'ho convinta a farmela consegnare, facendole credere che avrei mantenuto il riserbo riguardo a tutte le attività illecite che la riguardano. La suddetta ha accettato la mia proposta e abbiamo organizzato la consegna, avvenuta regolarmente, e senza particolari inconvenienti, circa quarantadue minuti fa, nell'area del museo chiamato The Tanks, durante una performance artistica.»

Senza particolari inconvenienti. L'assurdità e la follia di questa affermazione rimbombano nelle tempie di Gerace.

«Molto bene, Ruggirello. Mi complimento per la tua efficienza» sottolinea Alvaro, faticando a mantenere lo stesso tono, professionalmente freddo, dell'ex agente.

«Sarà mia cura riferire dei tuoi successi ai vertici della polizia di stato e sono certo che ti verrà conferito un encomio. La tua brillante indagine può ora considerarsi conclusa. A questo punto puoi consegnarci la bambina e poi potrai goderti un periodo di meritato riposo.»

Gerace smette di parlare e rimane con il fiato sospeso, incrociando mentalmente le dita. Clarissa continua a combattere con la nausea e si impone di non guardare la bambina.

Ruggirello ammutolisce di colpo, mentre le raffiche gelate di vento riprendono, facendogli volare la striminzita cravatta nera fuori dalla giacca. Nihal inizia a tremare e divincolarsi, rischiando di cadere.

«No, non posso» dice a un tratto l'uomo, mentre la sua mano si stacca dalla ringhiera di ferro.

Il suo gesto e le sue parole provocano una dolorosa contrazione nello stomaco di Clarissa che non riesce più a trattenersi e rompe il patto del silenzio.

«Lasciala andare!» gli urla. «Nihal è innocente! Come tutte le altre! Sono anni che semini violenza e terrore. Basta con questo schifo! Devi fermarti!»

Alvaro lancia uno sguardo di fuoco verso la sua assistente e tenta di zittirla ma Ruggirello gli ruba la scena. Sposta la testa di scatto verso la poliziotta e la fissa, di nuovo con quel sorriso infernale. Il pagliaccio è tornato.

«Tu non hai nessun diritto di parlarmi in questo modo, puttana!» replica, con una calma terrificante. «Io le ho rese felici, le ho liberate, le ho amate. Sono state loro che mi hanno cercato, perché sapevano che io avrei potuto dare loro qualcosa che nessun altro è in grado di offrire. Tu non sai un cazzo!»

«Stai delirando, Ruggirello!» insiste Clarissa, ormai inarrestabile, nonostante i tentativi di Gerace di farla tacere. «Sei solo un pervertito, un assassino e un pedofilo! Le hai rapite per soddisfare i tuoi schifosi istinti e poi le hai uccise! Lascia libera Nihal se veramente la ami!»

«Fottiti, troia! Lei è mia, vuole solo me! Resteremo insieme per sempre!»

«Mi fai schifo! Sei uno sporco bugiardo!» continua a inveire Clarissa. «Dove sono Anouk, Rebecka, Louise e Birgit? Le hai violentate, le hai ammazzate e le hai fatte sparire. È questo il tuo modo di amare?»

«Chiudi quella bocca del cazzo! Non è vero, non le ho uccise! Sono ancora tutte con me, sono nella mia nuvola.»

«Sei solo un pazzo criminale, ma non ti permetterò di fare del male anche a lei!» urla a squarciagola Clarissa, mentre si lancia verso il pagliaccio, sotto gli occhi atterriti di Alvaro.

Con una mossa di arti marziali la poliziotta sferra un calcio potentissimo sul petto di Ruggirello e contemporaneamente afferra con la mano l'esile braccio della bambina, che comincia a strillare.

Il pagliaccio tenta di trattenere Nihal ma la potenza del colpo di Clarissa al plesso solare gli spezza il fiato e lo fa volare all'indietro per mezzo metro. Rimane qualche istante sospeso nel vuoto con lo sguardo sbarrato e lo stesso agghiacciante sorriso sulle labbra, quindi inizia a precipitare per oltre sessanta metri, sfracellandosi al suolo, proprio di fronte all'entrata del museo.

La poliziotta rimane protesa sulla ringhiera, stringendo il braccino di Nihal, il cui corpo penzola paurosamente all'esterno. Alvaro si precipita ad aiutarla ma quando la raggiunge Clarissa è già riuscita a tirare la bambina verso di sé e la sta delicatamente sollevando oltre la recinzione. Gerace si ferma e decide di non intervenire per permettere alla sua compagna di vivere l'intensità di quel momento straordinario. Seduta a terra, Clarissa stringe tra le braccia Nihal, che sta singhiozzando, e appoggia dolcemente la testa della piccola al suo petto. La nausea finalmente è sparita, dissolta nelle calde lacrime che ora le infiammano il viso.

70

«Sono appena tornato da un incontro all'Home Office» dice John Gardiner, traboccante di boria. «La ministra Ruth Cumberland è entusiasta per il brillante esito della nostra indagine e citerà personalmente il comando di Savile Row nel corso della conferenza stampa di mezzogiorno. Ma la cosa più importante» prosegue il dirigente della stazione di polizia, facendo delle piccole pause per rendere il suo annuncio più solenne «riguarda la tua carriera, Riddle. La ministra ha intenzione di promuoverti a investigatore capo e affidarti la responsabilità della sezione dei crimini finanziari di Scotland Yard. Mi sa che ti toccherà per forza comprarti un nuovo abito.»

James Riddle non raccoglie la battuta e non mostra alcun segno di interesse alle parole del suo capo. Resta seduto sul piccolo divano di pelle consumata in un angolo dell'ufficio di Gardiner, respirando a bocca aperta per non farsi contagiare le narici dall'odore penetrante del profumo di cannella e patchouli con il quale il suo superiore sembra avere fatto di nuovo il bagno.

Il detective ha trascorso tutta la notte alla Tate Modern per coordinare il massiccio intervento di polizia, disposto dopo la morte di Libero Ruggirello e il salvataggio della piccola Nihal.

La festa è stata subito interrotta e l'ala del museo nella quale si stava svolgendo la serata è stata posta sotto sequestro.

Tranne coloro che erano tutelati da immunità diplomatica, tutti gli altri ospiti sono stati bloccati e identificati. Alcuni di loro sono stati posti in stato di fermo con accuse varie: sequestro di persona, tentato omicidio, traffico di minori, riduzione in schiavitù e ancora riciclaggio di denaro, falso in bilancio, truffa ed evasione. Tra gli arrestati, la titolare della galleria Browns Arbiter, Alexandra Evie Mangiarotti, il faccendiere irlandese Jerry O'Moore, assieme alle sue guardie del corpo, l'uomo d'affari italiano Costantino Vitiello e almeno altre quindici persone, legate al mondo dell'impresa e della finanza londinese, sia italiane sia inglesi. Contemporaneamente sono scattati i sigilli per tre tra i più rinomati ristoranti italiani di Londra, sette caffetterie e street food, quattro gallerie d'arte moderna e contemporanea, sette società finanziarie operanti nella City, due uffici legali, la sede di una organizzazione di volontariato per l'accoglienza dei profughi minorenni e una scuola d'arte. La maggior parte degli arresti e dei sequestri è stata disposta dall'autorità giudiziaria grazie alle dichiarazioni della Mangiarotti, la quale, dopo essersi consultata con il suo legale, ha deciso di collaborare con gli inquirenti. La scelta della donna è giunta dopo parecchie ore di detenzione in una cella del commissariato di Savile Row, quando il detective Riddle si è presentato con un tablet e le ha mostrato decine di siti internet e di video delle principali emittenti televisive che proponevano a oltranza la registrazione ambientale del colloquio tra lei, O'Moore e Vitiello, eseguita da Ruggirello all'Hilton di Park Lane.

Dopo avere ricevuto dal governo britannico un'informativa che alludeva al possibile coinvolgimento di diplomatici italiani in un'inchiesta sul riciclaggio di denaro sporco e il traffico internazionale di esseri umani, la Farnesina ha immediatamente sospeso, e fatto rientrare a Roma, l'ambasciatore Angelo Sermonti, il console generale Ludovico Botta, il direttore dell'Istituto italiano di Cultura, Tarcisio Parenzi, e tutto il personale dell'ambasciata, che è stata chiusa e commissariata.

La piccola Nihal è stata accompagnata con un'ambulanza al Great Ormond Street Hospital di Londra, per essere sottoposta ad accertamenti clinici. Gli esami hanno constatato come la piccola non abbia subìto alcun tipo di violenza fisica e sessuale. È risultata però profondamente stressata psicologicamente ed è stata affidata a un team di specialisti di traumi infantili. Parallelamente sono iniziate le pratiche per l'affidamento.

Il cadavere di Libero Ruggirello è stato trasferito all'Istituto di Medicina legale di Croydon per l'autopsia. Sul corpo sono state riscontrate sessantasette fratture, provocate dall'impatto con il suolo, dopo una caduta da oltre sessanta metri di altezza. Ulteriori test hanno escluso la presenza di droghe o farmaci nel suo organismo.

Gli inquirenti sono risaliti anche alla sua ultima dimora. Un monolocale ricavato da un ampio garage, nel seminterrato di un casermone popolare a Gauden Road, nella zona di Stockwell. Qui la polizia ha rinvenuto una carta d'identità falsa, a nome Marcello Ruffini, un computer portatile, tre schede telefoniche mai attivate, una radio-scanner, settata sulle frequenze della polizia, un kit completo per monitoraggio audio, comprensivo di microspia ambientale e microfono direzionale, un binocolo, due divise da cameriere e diversi indumenti, tra cui i pantaloni gialli di un costume da clown, un naso finto rosso e una parrucca bionda e riccia.

Tutto il materiale è stato messo a disposizione degli investigatori.

Riddle, Amanda, Alvaro e Clarissa sono tornati assieme alla stazione di polizia di Savile Row dove hanno continuato a lavorare sino alle undici del mattino. Gerace ha atteso il ritorno della pattuglia che ha compiuto i rilievi nella dimora di Ruggirello e ha chiesto di potere effettuare copie fotografiche e fotostatiche di tutti gli oggetti e i documenti repertati, mentre Clarissa ha ottenuto di potere esaminare il laptop dell'uomo prima che venisse catalogato tra il materiale sequestrato. Al suo interno ha trovato una serie di materiali archiviati senza password, tra cui i verbali di polizia e carabinieri relativi alla scomparsa di quattro bambine tra l'Emilia e la Romagna, oltre a elenchi di cooperative per l'infanzia, associazioni di beneficenza, centri di accoglienza per minori orfani e profughi non accompagnati. Ma la scoperta più importante, Clarissa l'ha fatta nel momento in cui è riuscita a individuare e a ottenere l'accesso alla cloud che Ruggirello aveva creato.

«Sono ancora tutte con me, sono nella mia nuvola...» aveva sostenuto l'uomo, in preda al delirio, poco prima di precipitare dalla terrazza della Tate Modern, quando la poliziotta lo aveva accusato di avere violentato, ammazzato e fatto sparire quattro bambine innocenti.

E proprio analizzando il suo computer, Clarissa ha trovato la risposta a quella farneticante affermazione. Nella nuvola informatica, il pagliaccio aveva custodito tutti i dati e le indicazioni geografiche relative ai luoghi in cui aveva tenuto sequestrate le bambine e dove, probabilmente, le aveva anche uccise e seppellite. Ogni sito riportava il nome della vittima, la data del rapimento e un'altra data. I posti non risultavano essere molto lontani dalle zone delle sparizioni delle bimbe, in aree rurali o marittime, spesso isolate o poco frequentate.

I quattro investigatori si sono lasciati con la promessa di tenersi in contatto e di continuare a collaborare per le rispettive indagini, anche a distanza.

Ma quando Gerace e Riddle si sono dati la mano e si sono abbracciati, Alvaro ha colto, negli occhi del collega inglese, un'espressione di quella stessa disillusione e frustrazione con la quale, da tempo, anche lui ha iniziato a fare i conti.

«Abbiamo avuto dei contrasti e dei dissidi,» riprende Gardiner «nonostante ciò io non ho mai avuto alcun dubbio riguardo alla serietà e al valore delle tue indagini, Riddle, e sono proprio soddisfatto che il lavoro svolto abbia portato i frutti che abbiamo fortemente desiderato. Oggi è un giorno memorabile per la nostra piccola stazione e per tutta la polizia londinese. Permettimi di rinnovarti le congratulazioni mie e di tutta Scotland Yard, caro James, ho sempre saputo che saresti stato un grande acquisto per il nostro reparto.»

«Non c'è niente da festeggiare,» lo gela Riddle «anche ammesso che gli arresti compiuti si tramutino tutti in una condanna, cosa di cui dubito fortemente, restano comunque tante le persone coinvolte in questa vicenda che sono sfuggite alla giustizia. Tutti i diplomatici italiani, per esempio, ma soprattutto l'assassino di Alberto Serrano e della ragazza che lavorava nel suo ristorante, Anita Torelli. Non è stato Ruggirello a ucciderli e non abbiamo ancora nessuna traccia concreta che ci possa condurre al killer.»

«Non ti preoccupare per questo!» lo rassicura il capo, con esagerato ottimismo. «Sono certo che la nostra super-teste potrà fornirci indicazioni preziose anche per i casi rimasti in sospeso. L'inchiesta è sui binari giusti e nulla potrà intaccarne il successo.»

Detto questo, Gardiner si avvicina con lo sguardo trasognato e la mano tesa verso Riddle, il quale però si alza di scatto dal divano e si ritrae, lasciando il suo superiore confuso e leggermente turbato.

Il detective lo fissa con uno sguardo a metà tra il disprezzo e la pena.

«Oh... certo! Immagino che dopo una nottata così sarai molto stanco» balbetta il comandante, cercando di nascondere l'imbarazzo. «Prenditi pure qualche giorno di riposo. Penseremo al tuo trasferimento, anzi scusa, alla tua promozione quando tornerai.»

«Non ci sarà alcun trasferimento. Non intendo accettare promozioni o salti di carriera» risponde Riddle, con un tono di voce imperturbabile.

«Come? Che cosa stai dicendo?» gli domanda sbalordito Gardiner.

«Me ne torno a Hull, non sono un servo e nemmeno un mercenario. Non mi interessa il vostro modo vigliacco e meschino di indossare la divisa da poliziotto, i vostri giochi di potere e il clientelismo che coloro che si definiscono impropriamente tutori della legge mettono in atto con i politici. Londra è una città marcia, dove le regole le fanno i soldi e il classismo è un'attitudine di vita. Non c'è più niente che mi trattenga in questa città. Quando sarò a casa mia, valuterò se continuare o meno con questo mestiere» dice Riddle, girando le spalle al comandante che resta senza parole.

Una volta fuori, in strada, il detective alza la testa per osservare il cielo. Le nuvole sono nuovamente cariche di pioggia. Si incammina lentamente verso Savile Row, con le prime gocce che gli bagnano la faccia.

Ripensa a Emilia e alla mancanza di forza di vivere nei suoi occhi, che lui non ha saputo e voluto vedere.

Mentre vaga lentamente tra boutique di sartoria e vetrine sfavillanti di abiti su misura, James Riddle sente una stretta al petto. Ha il viso completamente rigato, ma non è a causa della pioggia.

71

Non c'è nessuno a rappresentare Scotland Yard perché lui non avrebbe voluto.
Non ci sono preti, sermoni, segni della croce o benedizioni.
Nessun coro, gospel o liturgia. Solo il silenzio, muto e rintronante, che fende l'aria greve e opprimente di una mattina fredda e limpida a Brixton e ferisce il cuore, prima che le orecchie, di quel manipolo di uomini e donne, fermo davanti al sarcofago di Peter McBride.
Una bara nera, senza simboli religiosi, senza decorazioni e senza fiori.
È appoggiata su due cavalletti di legno grezzo, dietro alla station wagon nera dell'agenzia funeraria che la porterà al Norwood Crematorium di Lambeth.
I Windmill Gardens sono una distesa di foglie secche e ingiallite, trascinate dal vento, che non trovano pace sulla terra bruciata del parco. Il grande mulino agita le sue pale in modo scomposto e disorientato, come un gigante che non sa darsi una ragione per ciò che i suoi occhi sono costretti a guardare e cerca di scacciare con le braccia gli incubi che lo assillano.
È stata Amanda a volere organizzare quella piccola cerimonia laica in memoria di Peter nel giardino simbolo del quartiere, dove la terra è nutrita con il sangue di coloro

che hanno gettato via la loro vita, illudendosi che la violenza avesse un senso da regalarle.

È una mattina come tante a Brixton, con una vita spezzata in più, e un nero in meno.

Ma non per Amanda Jefferson, non per Virginia Watson, non per sua figlia Cindy, non per Alvaro Gerace, non per Clarissa Di Natale e non per James "Lone" Oliver, il vecchio custode dei giardini del mulino, il quale osserva quel ristretto gruppo di persone tenendosi a distanza, aggrappato alla scopa con cui combatte una battaglia persa con le foglie degli alberi, e alla vita che gli rimane da vivere.

Non ha fatto scalpore la morte di Peter McBride, non si è conquistata un servizio televisivo sulla BBC London e neppure l'apertura delle pagine di cronaca dell'«Evening Standard».

Per i giornali è stata solo l'ennesima sparatoria di Brixton, figlia di un regolamento di conti fra bande, che ha provocato diverse vittime, fra cui un ispettore di polizia dal passato oscuro.

Piangere è un'opzione che Alvaro si è negato da tempo ma davanti a quella bara spoglia, incapace di contenere il suo dolore, il poliziotto sente le lacrime che gli gonfiano le palpebre e un groviglio di angoscia e disperazione che gli opprime la gola, mandandolo in debito di ossigeno e di vita. Dentro a quella cassa c'è una parte di lui, di ciò in cui Gerace ha sempre creduto e per cui ha lottato, senza risparmiarsi. Non è solo la scomparsa di un amico sincero e di un collega stimato che Alvaro dovrà affrontare, a mancargli maggiormente sarà la capacità che aveva Peter McBride di ricordargli il senso di un mestiere nel quale, da tempo, lui non riesce più a riconoscersi. La sua assenza allargherà quel buco nero dentro il quale Gerace sta rischiando di sprofondare, che puzza di desolazione e di morte.

Clarissa gli stringe la mano e avverte il cuore pulsarle nelle dita. Peter McBride era la personificazione di quel lato di Alvaro che lei ha amato sin dal primo momento, che ha cercato di cambiare con dolcezza e comprensione e di cui non ha mai potuto fare a meno. È un pezzo del suo cuore che si è staccato, volato via nel ricordo di un uomo di cui sentirà la mancanza ogni volta che si sveglierà al mattino e guarderà gli occhi di Alvaro. Tutto sarà diverso ora, per lei, per lui, per la loro vita, per il loro essere poliziotti. Clarissa sa che dovrà lottare ogni giorno per trasformare l'ombra di Peter in un fuoco che la possa tenere unita ad Alvaro. E non in un muro di ghiaccio che li dividerà per sempre. Ma ora, in piedi, al cospetto di quella cassa, non è sicura di averne la forza.

Amanda è stretta a Virginia, mentre la donna tiene in braccio la sua bambina, Cindy. Il vento scompiglia loro i capelli e spazza via le lacrime dai loro volti. Quell'abbraccio all'unica vera amica che ha, e lo sguardo smarrito della piccola, permettono alla poliziotta di contenere la sua rabbia e la sua disperazione. Amanda sa però che è una vittoria temporanea e che, quando tornerà a casa, il fantasma di Peter busserà alla sua porta e le consegnerà tutto il carico di dolore che le spetta. E allora non le basterà pensare alle vite che ha salvato, ai bambini che grazie a lui potranno tornare a scuola, alle battaglie conquistate sul campo, alle ore di amore sincero e universale che le ha donato e ai vampiri che ha tenuto lontano dai suoi incubi. La ferita, nel suo cuore, riprenderà a sanguinare e si porterà via ogni briciolo di indulgenza e umanità verso un quartiere cresciuto in un mondo malato, su cui riverserà tutto il suo odio e disprezzo, fino a quando il sapore della vendetta si mescolerà a quello della giustizia. Solo allora, forse, Amanda riuscirà a spargere le ceneri di Peter e capirà il valore della pace.

Ha pensato tutta la notte a ciò che avrebbe potuto dire, al ricordo di Peter da affidare a parole che non fossero banalmente offensive nei confronti di un uomo che di parole non ha mai avuto bisogno. Con un gesto carico di sofferenza, Amanda si asciuga gli occhi e appoggia una mano sulla bara. La voce le parte dal cuore.

«Lui sapeva che sarebbe finita così,» attacca la poliziotta, guardando un punto immaginario davanti a sé «ha sempre sostenuto che la vita gli fosse stata prestata a tempo determinato e che, prima o poi, avrebbe dovuto restituirla. Peter McBride non credeva nelle divinità o nei profeti ma era convinto di essere stato scelto per una missione e ha trasformato tutta la sua esistenza in una lotta per raggiungere questo obiettivo. Voleva veramente cambiare le cose, fare capire ai ragazzi che, come lui, sono nati e cresciuti solo con le leggi della strada, che esiste anche un'altra possibilità. Non ha mai avuto paura di morire, non ha nascosto il suo passato, non ha cercato compromessi o facili assoluzioni. È stato un buon poliziotto, un uomo trasparente, una persona vera. Per questo è stato isolato, abbandonato, tradito. Non solo da un sistema che non ammette pesi sulla propria coscienza sudicia ma cerca solo falsi eroi da spendere per lucidarsi le mostrine. Anche da quel mondo fatto di polvere, sangue e sudore in cui Peter è stato partorito, che non gli ha mai voluto tagliare il cordone ombelicale. Credeva nella giustizia, quella vera, che non sempre passa attraverso le aule dei tribunali. E ha pagato di persona, andando incontro al suo destino consapevolmente e a testa alta. Penso a sua madre, unico faro nella tempesta della sua esistenza, che Peter amava con gli occhi di un bambino impaurito, la quale, per strapparlo al proprio destino, ha deciso che non avrebbe più guardato quegli occhi, annientando il suo stesso ruolo. Vedo la rabbia che ha disegnato ogni segmento della sua pelle, e che lo ha fatto crescere pieno di incertezze. E piango, pensando a BigMac, un uomo forte e generoso, capace di amare con la purezza di un bimbo. Voglio dirti solo una cosa, Big, ora che stai per varcare la porta dell'ignoto. La tua battaglia l'hai vinta, il tuo sangue farà crescere una nuova pianta in questa terra, fredda e arida. Forse non sarà oggi e nemmeno domani, ma verrà un giorno in cui nasceranno bambini di cui nessuno noterà il colore della pelle, che potranno giocare per strada senza che qualcuno metta loro in mano dei coltelli, delle pistole o della droga, che diventeranno padri e nonni e insegneranno ai loro figli e nipoti che la vita è un regalo e non una condanna, che sapranno amare come tu hai amato me. Vola in alto, Peter, e aiutami a trovare un cielo senza nuvole. Amen.»

Amanda fa un passo indietro mentre i due uomini dell'agenzia funeraria sollevano la cassa e la inseriscono nel retro dell'auto.

Il piccolo gruppo rimane in silenzio osservando la macchina nera che si allontana, passando sotto al grande mulino e sollevando piccole nuvole di foglie secche.

È una mattina come tante a Brixton, o forse è solo l'ennesima illusione.

72

Quattro settimane dopo

La tomba di Gaspare Mancuso è nel monumentale cimitero di Highgate ma non nella sua sezione storica, situata nella parte orientale, dove sono sepolti anche Karl Marx e Ralph Richardson.
La lapide dell'imprenditore siciliano è nella zona nord, assieme a quelle di tanta gente comune, tutti uniti nell'inevitabile oblio della morte. Il cielo grigio che ammanta la collina a nord di Londra ha la stessa tonalità del marmo grezzo della sua pietra tombale, aggredita dalle sterpaglie di un giardino di fiori di sangue, che da secoli accoglie nel suo ventre uomini e donne, e regala la libertà ai loro fantasmi.
Un piccolo pipistrello svolazza in modo scomposto tra le fronde degli alberi nel momento in cui Mimmo Finocchiaro percorre a piedi il viottolo sterrato e raggiunge la lapide del suo defunto amico e datore di lavoro. Il sole si è preso uno dei tanti giorni di riposo dell'inverno londinese e ha abdicato alle tenebre, puntuali nel trasformare il grigio in nero. Ufficialmente il cimitero chiude ogni sera alle diciassette, ma per i parenti e gli amici in visita ai propri cari non valgono le regole da "turisti" e le porte di quel campo di spiriti restano sempre aperte.

È la prima volta che lo chef va a fare visita alla tomba del suo ex mentore da quando il ristorante Dissapore è stato chiuso e messo in liquidazione. Più dirompente dell'omicidio del suo titolare, Alberto Serrano, è stata l'operazione della polizia, scattata dopo il blitz alla Tate Modern e le rivelazioni della "pentita" Alexandra Evie Mangiarotti. Nella rete della giustizia sono finiti tutti i finanziatori del locale, arrestati con l'accusa di riciclaggio di denaro, false fatturazioni e truffa ai danni dello stato. Il personale non coinvolto nell'inchiesta è stato allontanato e il ristorante è stato posto tra gli immobili sequestrati dalla Royal Court of Justice, in attesa di essere venduto attraverso un'asta giudiziaria.

Finocchiaro è rimasto senza lavoro, per scelta, dopo avere rifiutato tre proposte da altrettanti alberghi e ristoranti di lusso di Mayfair e Knightsbridge. Prima di ributtarsi nella mischia, il cuoco pluristellato he deciso di prendersi un periodo di riposo, per riflettere e consultarsi con il suo unico maestro.

«Questi sono per te, Gaspare,» dice Mimmo, appoggiando un mazzo di tulipani bianchi sulla lapide «scusa se non sono riuscito a passare prima ma nell'ultimo mese sono stato un po' preso.»

Il cuoco piega le gambe e si accovaccia dinanzi alla tomba, appoggiando una mano sul marmo per tenersi in equilibrio, mentre il piccolo pipistrello ha finalmente trovato un compagno con cui orientarsi nel suo volo cieco tra le croci e i rami secchi dei platani.

«Ci è voluto del tempo,» riprende Finocchiaro «però alla fine la giustizia ha trionfato e la nostra vendetta si è consumata. Quel mafioso di Alberto Serrano è morto, tutti i suoi complici sono stati arrestati e il ristorante è fallito. Ho fatto ciò che era giusto fare. Per te, per me, e per tutte le persone che lavorano onestamente e cercano di resistere ai soprusi, alle prevaricazioni e alle ingiustizie. La polizia non ha saputo, né voluto, andare a fondo e nessuno mi è venuto a cercare. Il caso è chiuso.»

Lo chef si rialza in piedi e guarda il cielo, buio e senza stelle.

«Purtroppo ci è andata di mezzo una ragazza innocente,» aggiunge «sono profondamente dispiaciuto per lei e per la sua famiglia. Ma non potevo permettermi di lasciarla in vita, mi ha visto uccidere Serrano. Spero tu possa capire e perdonarmi, Gaspare. Non ho avuto scelta.»

Il verso di una civetta attira l'attenzione di Finocchiaro che alza lo sguardo in direzione dei rami di una grossa quercia, alle spalle della tomba di Mancuso, cercando inutilmente i puntini luminosi degli occhi dell'uccello notturno. Due grossi corvi gli volano poco sopra la testa, gracchiando rumorosamente e facendolo trasalire.

«Presto la nostra Fenice rinascerà dalle ceneri dei morti,» dice il cuoco, osservando il nome di Gaspare Mancuso inciso nella pietra, assieme alle date della sua nascita e della sua morte «ma prima dobbiamo concludere la nostra missione. Ho intenzione di accettare la proposta di un ristorante italiano di Chelsea. Dalle informazioni che ho raccolto è un'altra di quelle *lavanderie*. È stato aperto da un prestanome napoletano, legato alla camorra e al traffico internazionale di droga. Prima apparteneva a un piccolo imprenditore salernitano che è stato costretto a ritirarsi e a cedere l'attività. Proprio come hanno fatto con te. Non preoccuparti, Gaspare, questa volta starò più attento. Non ci saranno... effetti collaterali.»

Finocchiaro si bacia le dita e appoggia la mano sulla lapide. Quindi si allontana senza fretta e raggiunge l'uscita del cimitero. La sua Range Rover è rimasta l'unica auto nel piccolo parcheggio all'entrata nord del camposanto. L'allarme sonoro e il lampo dei fanali, azionati dal meccanismo di apertura a distanza delle portiere, fanno scappare una tortora che si alza in volo e si lancia ad ali spiegate verso l'oscurità dei sepolcri.

Il cuoco sale in macchina, esce dal parcheggio e si dirige verso il Sud della città, guidando con calma.

Nei tanti anni vissuti a Londra, Finocchiaro, grazie alla fama raggiunta come chef, ha messo da parte una piccola fortuna. Nonostante ciò si è sempre sentito a disagio nelle zone ricche e benestanti di Londra e non ha mai voluto abbandonare Dulwich, il minuscolo quartiere a sud di Brixton nel quale ha condiviso il primo appartamento con altri giovani immigrati dall'Italia. Col tempo si è potuto permettere prima un monolocale in affitto, quindi un appartamento a due stanze, fino a quando ha deciso di comprare una villetta a due piani con giardino, in stile vittoriano, a fianco del parco di Brockwell, nel cuore di Dulwich, dove ora vive, assieme a un golden retriever e a due gatti.

È una serata fredda, di metà settimana. Le strade del Nord di Londra sono deserte, compresi il mercato di Camden, il polo tecnologico e ferroviario di King's Cross e la zona dei teatri, attorno allo Strand, che Finocchiaro percorre a bassa velocità, incrociando poche auto, una manciata di taxi e una decina di bus a due piani. Giunto a Temple, il cuoco decide di imboccare la strada che costeggia il Tamigi, attraversando Charing Cross ed Embankment. Dalla sponda meridionale, le luci dei grattacieli e delle torri si specchiano nelle acque scure del fiume. Quando le finestre illuminate dell'ultimo piano della Oxo Tower si spengono improvvisamente, Finocchiaro avverte un brivido tra le scapole, mentre un presagio gli attraversa la mente. Lo chef scuote la testa per scacciare quel presentimento ma deve aprire il finestrino per recuperare la regolarità del respiro.

Al ponte di Westminster punta verso Vauxhall, attraversa il fiume e procede deciso verso Oval, aumentando la velocità. Il senso di inquietudine non l'ha ancora abbandonato quando aggira il parco di Kennington, imbocca Brixton Road e raggiunge la zona del mercato. Sono da poco passate le ventitré e le bancarelle sono già state rimosse, i negozi chiusi, i ristoranti hanno abbassato le serrande e i pochi bar ancora aperti stanno spegnendo le luci. In tutta l'area dietro alla stazione della metropolitana si respira un'atmosfera da coprifuoco, oltre a un clima di insicurezza e pericolo imminente. L'urlo di un'ambulanza a sirene spiegate, lanciata verso Stockwell Road, squarcia per qualche secondo il silenzio, prima di perdersi in lontananza. Finocchiaro ha il cuore in gola e stringe forte il volante, come un salvagente in alto mare. Guarda lo specchietto retrovisore e ha l'impressione che qualcuno lo stia seguendo, seppure riesca solo a distinguere il bagliore acceccante dei fanali di due auto, dietro alla sua. Conosce le strade a memoria, eppure quella sera si sente perso e disorientato, tanto da decidere di mettere in funzione il navigatore. Mossa che, per qualche secondo, gli fa perdere la concentrazione. Senza rendersene conto si ritrova a Broughton Drive, una strada poco illuminata e senza uscita, che porta a una serie di edifici popolari, alti al massimo tre piani, con le pareti esterne tutte scrostate. Inchioda le ruote e si appresta a fare inversione, quando giunge un colpo nel finestrino del posto a fianco. Si gira tremando dalla paura e scorge un adolescente con un bomber nero, sopra una felpa dello stesso colore con il cappuccio tirato su. Il ragazzo gli mostra il dito medio e fa segno al cuoco di scendere dall'auto. Finocchiaro sposta lo sguardo verso l'interno della macchina e inizia ad armeggiare nervosamente con il cambio automatico, nel tentativo di ripartire il più presto possibile. Ma è già troppo tardi. Il finestrino dal suo lato va in frantumi e le schegge del cristallo gli si conficcano nella guancia. Una mano si infila nell'abitacolo attraverso il vetro rotto e sblocca la portiera. Lo chef sente la testa che comincia a girargli e il terrore che lo paralizza. La stessa mano che ha spalancato la portiera lo afferra per un braccio e lo scaraventa a terra, fuori dall'auto. Poi partono una serie di calci che colpiscono Finocchiaro al fegato, al basso ventre, alla testa e alla schiena, mentre qualcuno gli sale con entrambi i piedi sulla caviglia del piede sinistro, dislocandogliela. L'uomo urla dal dolore e tenta di ripararsi la testa con le mani, fino a quando il pestaggio si interrompe. Solo allora il cuoco, da terra, riesce ad alzare lo sguardo. Si ritrova circondato da cinque ragazzi, hanno tra i diciassette e i vent'anni e indossano tutti lo stesso giubbotto, un bomber nero con stampata sulla schiena l'immagine di una croce nera con i contorni dorati che ricorda una cassa da morto. I loro occhi sono carichi di rabbia, con le pupille dilatate e l'espressione feroce. Ognuno di loro ha in mano un coltello ma a parlare è solo un ragazzo magro e alto, con il viso lungo e un orecchino d'agento.

«Che cazzo ci sei venuto a fare qui, stronzo!» grida il giovane, sventolando il coltello davanti al volto atterrito dello chef. «Questa zona è sotto il controllo dei Justice. Brixton è nostra e chiunque passi di qui deve pagare!»

Prima che Finocchiaro possa rispondere, uno dei baby gangster gli sferra un altro calcio nel costato, provocandogli una serie di conati.

«Tira fuori i soldi, pezzo di merda!» gli urla il capo gang.

L'uomo tenta di prendere il portafogli dalla tasca dei pantaloni ma uno dei ragazzi gli schiaccia la mano a terra, saltandole sopra con il tallone e fratturandogli tre dita.

Finocchiaro inizia a urlare e a gemere, chiedendo pietà. Ha il viso sporco di terra, sangue e muco e non riesce più a controllare i tremori che gli scuotono furiosamente il corpo.

«Figlio di puttana!» lo aggredisce il capo. «Pensi forse che ci accontentiamo della tua elemosina?»

«Pre-prendete la macchina e-e il-il te-telefono ce-cellulare...» balbetta Finocchiaro, sputacchiando un grumo di sangue a saliva.

«Stai zitto, frocio!» urla il leader della babygang. «Non sei certo tu a doverci dire che cazzo dobbiamo fare! Adesso ti spiego come funzionano le mie regole, stronzo!

Mi dai tutte le tue fottute carte di credito con tanto di codici e io mando uno dei miei a vuotare gli sportelli automatici. Se i codici sono giusti, e prega che lo siano se non vuoi che ti tagli tutte le dita delle mani e le getti nel Tamigi, aspettiamo che passi mezzanotte e tiriamo fuori altri soldi. Poi, se ne ho ancora voglia, ti permetterò di toglierti dai coglioni! Ma le carte e il telefono ce li teniamo noi. Tu prova a denunciare il furto e a bloccare i conti e verremo a cercarti a casa. Tutto chiaro, stronzo?»

Finocchiaro annuisce con la testa, evitando di guardare i suoi aggressori negli occhi.

I giovani criminali si stringono attorno a lui mentre l'uomo estrae con fatica il portafogli dalla tasca, prende due carte di credito e un bancomat e li consegna al capo della gang, assieme ai codici. Questi passa le carte magnetiche, assieme ai pin, a un suo gregario che schizza via, correndo.

Una pattuglia della polizia, con i lampeggianti accesi, appare per qualche secondo all'incrocio tra Broughton Drive e Brixton Road per poi dileguarsi nel buio.

Finocchiaro ha un fremito e per una frazione di secondo prova l'impulso di urlare e chiedere aiuto.

Poi scorge le lame dei coltelli che i ragazzi hanno nelle mani, sulle quali la luna riflette i suoi raggi, e desiste. La sua mente lo riporta a quella sera al ristorante Dissapore e al coltello per sfilettare il pesce con il quale ha trafitto da parte a parte la gola di Serrano.

Dopo dieci, interminabili, minuti il boss riceve una telefonata e sul suo volto scarno compare un ghigno.

«Bravo, culo bianco!» commenta. «I codici erano giusti. Il primo prelievo è andato. Nel frattempo ho però deciso di cambiare programma, tanto so che non resisteresti alla voglia di denunciarci.»

Alza il coltello e si avvicina al cuoco che riprende a tremare come una foglia.

«No-no! No-non farò ni-niente! Te lo-lo prometto!»

farfuglia Finocchiaro, cercando di strisciare fuori da quel circolo.

Ma la gang ha già emesso la sentenza definitiva.

«Basta con queste stronzate!» urla il capo dei Justice. «Adesso mi sono proprio rotto. Vattene all'inferno! Tu e le tue promesse del cazzo!»

È lui a dare il via al massacro con una coltellata che si pianta nel petto del cuoco, sfondandogli la cassa toracica. Poi ne arrivano altre dieci, venti, trenta. Nelle braccia, nelle gambe, nella pancia e nel collo.

Finocchiaro sente solo il rumore della sua carne che si lacera e delle sue ossa che si spezzano a ogni fendente, ma non prova alcun dolore.

Prima che il buio lo inghiotta e il silenzio lo divori, vede il volto di Anita e gli occhi luminosi di una civetta appollaiata sul ramo di una grande quercia che sovrasta la tomba di Gaspare Mancuso.

73

In un cassetto della scrivania, la sua scrivania, conserva la maglietta nera che Peter indossava la sera che venne ucciso. Ha ancora l'odore della sua pelle e del suo sangue.

Quando rimane sola, dopo il lavoro, Amanda spesso la tira fuori, se la porta al viso e respira profondamente.

In quei momenti il suo cuore riprende a sanguinare e l'odio le gonfia le vene, trasportandola in un vortice di ira e smania di vendetta.

La stanza all'ultimo piano della stazione di polizia di Brixton è come McBride l'ha lasciata, con le pareti nude e un piccolo divano di pelle a due posti, sistemato di fronte alla finestra da cui si domina tutto il quartiere.

Il luogo in cui Amanda è nata e vissuta, e verso il quale la donna prova un profondo amore e un incontenibile disprezzo, continua a perdere i suoi contorni. I giorni e le notti passano inesorabilmente mentre Brixton viene aggredita e violentata dallo sviluppo urbano, da nuovi poli commerciali e da ostinate imprese di costruzioni che attaccano senza pietà le fondamenta della sua storia di povertà, immigrazione e dignità, cercando di cancellarne la memoria. Ma non basta il cemento per soffocare il respiro dei morti di Brixton, le cui anime erranti continuano a vagare in cerca di altro sangue da versare, sull'altare di un dio pagano che predica la violenza e benedice la guerra.

Dopo il brillante esito delle indagini sull'omicidio Stefanelli De Vitis, sulla tratta dei minori e sul riciclaggio di denaro, e le inaspettate dimissioni del detective James Riddle, Scotland Yard, attraverso la sua comandante, Angie Brown, ha proposto ad Amanda Jefferson di entrare a fare parte della sezione omicidi della Metropolitan Police, elevandola al grado di *deputy assistant commissioner*, con la prospettiva di una rapida carriera. Ma la poliziotta, cogliendo tutti di sorpresa, ha rinunciato alla promozione, chiedendo invece di potere essere trasferita alla stazione di polizia di Brixton e ricoprire il ruolo lasciato libero da Peter McBride.

Ha lavorato giorno e notte, per quattro settimane, con l'obiettivo di riportare una sorta di armonia nel quartiere e permettere alla sua gente di ritrovare il sonno. Per riuscirvi ha fatto arrestare quasi tutti i componenti di entrambe le bande criminali in guerra fra loro. Sia la gang di Shabba Scratch Rose sia quella dei TN1 sono state smantellate e per le strade di quell'angolo di inferno, nel Sud di Londra, è tornata una quiete apparente, sintomo, in realtà, dell'inevitabile ascesa al potere di un nuovo gruppo criminale.

Ma le armi hanno momentaneamente smesso di fare fuoco e i coltelli sono stati riposti. Così Brixton ha ricominciato a sopravvivere, regalando miraggi di normalità a una città che vuole solo non vedere.

È una notte chiara e senza vento. La luna manda i suoi raggi a infrangersi sulle acque buie del Tamigi, mentre Londra gioca d'anticipo e illumina le strade dei quartieri esclusivi del centro con luccicanti decorazioni natalizie che sembrano già fuori tempo e lampeggiano malinconicamente in lontananza, oltre i ponti di un fiume che assomiglia sempre di più a una linea di frontiera.

Amanda è rimasta in ufficio fino a tardi per terminare dei verbali che deve consegnare il giorno seguente. Ha mangiato un panino freddo con pollo, insalata e maionese che si è fatta portare da una kebab house a fianco della stazione di polizia e ha bevuto due sorsi da una lattina di una disgustosa Coke Zero, rimasta aperta per tutta la giornata.

È quasi mezzanotte quando la poliziotta spegne il computer, si alza dalla scrivania, prende il cellulare e indossa il giubbotto di pelle buttato sul divano.

Quindi spegne la luce ed esce dalla stanza. Chiama l'ascensore e scende fino al piano terra. Fa un cenno con la mano al poliziotto di guardia nella reception dell'atrio, che ricambia il saluto e sblocca il portone. Appena fuori si incammina verso Canterbury Cres e la percorre tutta fino all'incrocio con Pope's Road. Le strade sono semideserte e poco illuminate. Amanda non ha con sé la pistola e non ha addosso il corpetto di protezione in policarbonato, resistente alle coltellate. Si è alzata un'aria fredda che le penetra le ossa e le procura una serie di brividi. La poliziotta allunga il passo e scopre, con una certa angoscia, che le sue ginocchia stanno tremando. Fa un respiro profondo e si dirige verso un'area di parcheggio, ricavata da uno spazio in mezzo a dei container arrugginiti e accatastati uno sopra all'altro. All'entrata dello spiazzo c'è un muro in mattoni bianchi sul quale qualcuno ha disegnato un graffito. Mostra un bambino che soffia su un tarassaco dal quale volano via tanti piccoli cuori rossi. La poliziotta gli passa a fianco, tenendo entrambe le mani infilate nelle tasche dei jeans e incassando la testa dentro al giubbotto. Nell'area di sosta in cemento vi sono sei macchine parcheggiate all'interno degli spazi e due fuori. Una di queste è una Range Rover, dentro la quale ci sono tre sagome, protette dall'oscurità. Amanda si avvicina al fuoristrada evitando di girarsi, sebbene abbia già colto la presenza, alle sue spalle, di due persone, ferme a fianco dell'unica via d'uscita.

Senza chiedere il permesso la detective apre una delle portiere posteriori e sale nell'auto.

Di fronte a lei sono seduti due giovani. Vestono entrambi dei giubbotti neri con l'effige di una croce stampata sulla schiena e hanno i cappucci delle felpe tirati sopra il cranio. Attraverso lo specchietto retrovisore, Amanda incrocia per qualche secondo lo sguardo di quello che è al posto di guida che la fissa con insistenza.

Nel divano dietro, accanto a lei, c'è un ragazzo magro, con il viso lungo, un velo di barba attorno al mento e un orecchino d'argento. Anche lui indossa lo stesso giubbotto con una grossa "J" dorata sul davanti. È particolarmente agitato e rigira tra le mani un coltello Marine Combat con lama da diciassette centimetri, sporca di sangue.

L'atmosfera, nell'abitacolo della Range Rover, è carica di tensione. Amanda è piena di rancore e di stizza e continua a respirare rumorosamente, digrignando i denti. Dopo avere squadrato uno a uno i ragazzi, rompe il silenzio, rivolgendosi con tono severo al giovane seduto al suo fianco.

«Metti via quel coltello, altrimenti mi alzo e me ne vado!» gli ordina.

Senza battere ciglio, il ragazzo infila l'arma nella fodera e la appoggia sul sedile.

«Anche voi,» dice la detective ai giovani davanti «mettete i vostri stupidi ferri sul cruscotto in modo che li possa vedere, e datemi i cellulari.»

Quello alla guida cerca per un secondo lo sguardo del suo capo nello specchietto, poi estrae un coltello serramanico dai jeans e lo appoggia sul contachilometri. Il ragazzo a fianco lo imita, mettendo sopra al vano portaoggetti una replica di una baionetta della Seconda guerra mondiale con impugnatura in metallo ottonato a quattro anelli e lama da sedici centimetri. Poi tutti e tre consegnano i telefoni alla poliziotta.

«È la sua macchina?» domanda Amanda, dopo avere controllato che i cellulari siano spenti.

Il ragazzo vicino a lei annuisce con la testa.

«Bella stronzata! Dovete liberarvene al più presto. Bruciatela, distruggetela o vendetela a pezzi, ma fatela sparire. Non la voglio vedere in giro per Brixton, è chiaro?»

Nessuno commenta ma non ce n'è bisogno.

«Dov'è il cadavere?» chiede la poliziotta, con fare inquisitorio.

«Tra due cassonetti dell'immondizia, coperto da un telone, in un angolo buio, a ridosso della parete di una delle case a schiera di Broughton Drive» risponde il ragazzo con l'orecchino, l'unico che pare autorizzato a parlare.

«Gli avete lasciato addosso i documenti?»

«Sì, abbiamo preso il cellulare, i soldi e le carte di credito, come ci hai detto.»

«Bene. Si è reso conto di qualcosa?»

«No. Lo abbiamo seguito da quando è uscito di casa e siamo sempre stati alle sue costole. Non si è accorto di nulla. Ha passato metà giornata al cimitero di Highgate e poi è tornato a sud. Lo abbiamo beccato in una strada chiusa mentre cercava di fare inversione. Sembrava essersi perso, era una situazione ideale.»

«Vi ha visto qualcuno?»

«Non credo. E comunque, se anche fosse, nessuno parlerà, ne sono certo.»

«Fai bene a esserlo, Justin. Ricordati che, se avete fatto delle cazzate, non sarò certo io a pararvi il culo. Anzi vi faccio arrestare, vi sbatto in galera per vent'anni e vi sequestro tutti i soldi che avere fregato alla gang di Boyd. Se siete ancora a piede libero è solo perché mi servite ma a Brixton sono io ora che detto le regole, questo non dimenticartelo mai, d'accordo?»

Il ragazzo fa segno con la testa di avere capito e abbassa lo sguardo.

«Domani, quando qualcuno troverà il cadavere, manderò un mio investigatore sul luogo dell'omicidio assieme alla Scientifica. Poi farò un comunicato in cui spiegherò come tutti gli elementi facciano supporre che si sia trattato di un'aggressione mortale a scopo di rapina e che l'ipotesi più probabile è che l'uomo sia rimasto vittima di una gang, escludendo la possibilità che gli assassini conoscessero la persona che hanno ucciso. Quindi annuncerò maggiori controlli per le strade di Brixton ma, allo stesso tempo, farò in modo che le indagini sull'omicidio non portino a nulla e lascerò che il tempo faccia la sua parte. Voi evitate di farvi vedere in giro assieme, con quei cazzo di giubbotti.»

«Quanto tempo ci vorrà?» chiede Justin.

«Non è un vostro problema, quello del tempo. So io come riempirvelo se avete paura di annoiarvi. Ecco qui.»

Amanda estrae da una tasca interna del suo giubbotto di pelle un foglio, piegato in quattro. Lo apre e mostra ai ragazzi l'immagine stampata a colori di un uomo sui cinquant'anni, bianco, con i capelli grigi, la pelle del viso abbronzata, perfettamente rasato e con i lineamenti appuntiti.

«Si chiama Aldo Bertello,» spiega la poliziotta «è un ex diplomatico italiano, abita a South Kensington. È un altro di quei porci. Da informazioni che ho raccolto è arrivato a Londra da due giorni. È qui per vendere la casa e, appena firmato il contratto, se ne andrà via definitivamente. È molto improbabile che passi da queste parti, per cui è necessario intercettarlo nella sua zona e prestare la massima attenzione. Conosco bene quel quartiere, è pieno di telecamere. Farò in modo di fornirvi maggiori dettagli sui luoghi che frequenta, sui suoi spostamenti e anche sui turni di pattugliamento della polizia a Chelsea e Kensington. Dovete agire in fretta e fare un lavoro veloce e pulito. E soprattutto una cosa: fate sparire il cadavere.»

Justin osserva in silenzio la donna per qualche secondo. Poi prende il foglio e se lo infila in tasca, mentre Amanda scende dall'auto senza salutare e si incammina verso l'uscita del parcheggio.

Una fitta coltre di nuvole nere scherma la luna, imprigionandola nell'oscurità di una notte senza futuro. Un'atmosfera di morte si impadronisce della città, striscia lungo le strade, invade case e quartieri e ne cancella le sembianze, riversando il suo fardello di solitudine, tormento e pianto. Londra si sforza di ignorarla ma può solo fingere una gioia futile e insensata.

Come il sorriso di un pagliaccio con il trucco consumato.

Grazie a...

All'amico scrittore, Paolo Nelli, che ha pazientemente ascoltato e rimesso in ordine le mie idee confuse prima che si trasformassero in un romanzo.

All'amico scrittore e giornalista, Alessandro Carlini, uomo di grande cuore e coraggio.

Al mio fratello d'arte, Ezio Bosso, che mi accompagna nei percorsi più tortuosi della mia scrittura.

Alla mia editor, Francesca Lang, per il suo prezioso e oscuro lavoro.

Alla mia agente, Benedetta Centovalli.

Ai colleghi e amici scrittori, Grazia Verasani, Patrick Fogli, Carlo Lucarelli, Carmine Mari, Maurizio De Giovanni, Seba Pezzani, Joe Lansdale, Jeffery Deaver, Piera Carlomagno, Gianni La Corte, Luca Bianchini e Romano De Marco.

A Luca Crovi, signore indiscusso del giallo, dei fumetti e del rock.

Alla mia amata Ornella Tarantola, libraia illuminata e amica sincera.

A Clara Caleo Green, faro nella tempesta di Londra.

A Renata Sguotti, colonna dell'Italian Bookshop di Londra.

A Monica Colussi, che mi ha introdotto nel mondo delle gallerie d'arte londinesi.

A Luca Cupani, Stefano Santoro e Riccardo M Alfano, capaci di trasformare in immagini le mie storie.

Agli amici cuochi "londinesi", Giorgio Locatelli, Francesco Mazzei, Danilo Cortellini, Antonio Lello Favuzzi ed Enzo Olivieri, a cui ho rubato alcuni piccoli segreti sul mondo della cucina e dei ristoranti.

A Simone "Sacco" Sacchetti, insostituibile spacciatore di libri in tutta la Romagna.

A Stefano Bellettinari, Marco Pasi e Giulia Gervasio, preziosi sostenitori della cultura e fantastici compagni di viaggio.

Ai miei genitori, Giuliana e Sante.

A Franca, la mia anima.

E a Beatrice e Tommaso, il mio sangue.

Questo libro non è vendibile
se sprovvisto del presente tagliando
PROVA D'ACQUISTO
A REGOLA D'ARTE
566-6419-5